本译著受兰州大学中央高校基本科研业务专项资金自由探索——优秀青年教师科研创新项目“爱尔兰文化身份的多维建构——叶芝《爱尔兰民间神话与传说》汉译与研究”（项目编号：2019jbkyzy032）资助。

爱尔兰
民间神话与传说

◎［爱尔兰］威廉·巴特勒·叶芝　编著
张敏　柴檽　武闪闪　译

图书在版编目（CIP）数据

爱尔兰民间神话与传说 / （爱尔兰）威廉·巴特勒·叶芝（William Butler Yeats）编著 ; 张敏，柴橚，武闪闪译. -- 兰州 : 兰州大学出版社，2020.1
ISBN 978-7-311-05750-3

Ⅰ. ①爱… Ⅱ. ①威… ②张… ③柴… ④武… Ⅲ. ①神话—作品集—爱尔兰②民间故事—作品集—爱尔兰 Ⅳ. ①I562.73

中国版本图书馆CIP数据核字(2020)第019316号

责任编辑　马继萌
封面设计　王　挺

书　　名　爱尔兰民间神话与传说
作　　者　[爱尔兰]威廉·巴特勒·叶芝　编著
　　　　　张　敏　柴　橚　武闪闪　译
出版发行　兰州大学出版社　(地址:兰州市天水南路222号　730000)
电　　话　0931-8912613(总编办公室)　0931-8617156(营销中心)
　　　　　0931-8914298(读者服务部)
网　　址　http://press.lzu.edu.cn
电子信箱　press@lzu.edu.cn
印　　刷　西安日报社印务中心
开　　本　710 mm×1020 mm　1/16
印　　张　24.5(插页2)
字　　数　336千
版　　次　2020年1月第1版
印　　次　2020年1月第1次印刷
书　　号　ISBN 978-7-311-05750-3
定　　价　68.00元

张敏 1982年生，四川省内江人，西南大学文学博士，兰州大学外国语学院副教授。主要研究领域为英美文学。出版专著《自我的现代性书写——英国玄学派诗人乔治·赫伯特诗歌研究》，发表论文“*The Cement Garden* as An Allegory of Modernity”，“Voices of the Dramatic Persona: An Exploration of George Herbert’s Self-Writing in *The Temple*”，“George Herbert’s Self-projection as a Didactic priest in *The Temple*”，《从人物塑造探索〈水泥花园〉的寓意》等；主持完成中央高校基本科研业务专项资金项目“自我的现代性书写——英国玄学派诗人乔治·赫伯特诗歌研究”（17LZUJBWZY072），“马丁·艾米斯‘黑色幽默’创作风格研究”（12LZUJBWYB032）等；参与国家社科项目“英国十六、十七世纪巴罗克文学研究”（07BWW014）。

柴橚 1982年生，黑龙江省哈尔滨人，兰州大学文学博士，兰州大学外国语学院副教授、外国语言学及应用语言学硕士生导师，任甘肃省外国文学学会常务理事。主要研究领域为翻译理论研究与实践、东西方比较文学。在*Studies in Literature and Language*、*Cross-Cultural Communication*、*Canadian Social Science*、《当代外国文学》《外国文学动态研究》《外语学刊》《兰州大学学报》（社会科学版）等核心刊物发表论文多篇；主持教育部、中央高校基本科研业务费科研项目“基于超星学习通移动平台的混合式英语专业‘视听说’教学课程改革实践”“面向21世纪的翻译研究团队建设”“后现代主义典范作品《白色旅馆》的结构主义研究”等9项；出版译著《有无之间的游漾——民间传奇》，在《读者》《视野》等刊物发表埃里克·麦考马克、玛雅·安吉罗等译文（诗）10余篇（首）。

“自强不息，独树一帜”

谨以此书献给兰州大学110周年华诞

献给

我的神秘之友

G. R.

译者序

早在19世纪初，爱尔兰民间文学的早期征集活动大都是本土文人的个体行为。时光荏苒，这些搜集而来的民间传奇大多湮没在各种不为人知的小册子里。1888年，时值23岁的威廉·巴特勒·叶芝（William Butler Yeats）出版了一部名为《爱尔兰农夫童话与民间传说》（*Fairy and Folk Tales of the Irish Peasantry*）的民间故事集，并于1892年推出其续作《爱尔兰神话故事集》（*Irish Fairy Tales*）；作为“爱尔兰文学复兴运动”序曲作品，这两部故事集是叶芝搜集整理爱尔兰大地流传千年的民间名篇，反映了打破英格兰文学浸染、回归本土文化“场域”的强烈欲望。

作为文集，其作者阵容强大，包括诺贝尔文学奖得主叶芝，爱尔兰第一届总统道格拉斯·海德（Douglas Hyde），爱尔兰历史学家帕特里克·韦斯顿·乔伊斯（Patrick Weston Joyce），爱尔兰古文物研究者托马斯·克罗夫顿·克罗克（Thomas Crofton Croker），民俗学家阿尔弗雷德·珀西瓦尔·格雷夫斯（Alfred Percival Graves），《艺术杂志》总编塞缪尔·卡特·霍尔（Samuel Carter Hall），小说家杰拉尔德·格里芬（Gerald Griffin），词曲作家塞缪尔·洛弗（Samuel Lover），诗人威廉·阿林厄姆（William Allingham），诗人爱德华·沃尔什（Edward Walsh），诗人克拉伦斯·曼根（Clarence Mangan），塞缪尔·弗格森（Samuel Ferguson）爵士，奥斯卡·王尔德（Oscar Wilde）的母亲简·弗朗西丝卡·阿格尼斯（Jane Francesca Agnes）等。

在这两本书中，叶芝对爱尔兰民间文学的神怪进行分类，如“群居精灵”“独居精灵：普卡、红帽妖、报丧女妖”“人鱼”“女巫与仙医”“巨人”等等，无不囊括爱尔兰延续千年民间文学的主体，清晰呈现了爱尔兰神话人物之间的谱系脉络。这一创举曾得到王尔德的盛赞，认为叶芝“具有择出爱尔兰民间文学中最出色、最美妙作品的惊人本能”。

而这两本书语言在简单与平实的基础上，突出惊险情节与重要人物内心的深入刻画，使得“人装鬼惩戒他人”“人被妖精诱惑又被自身欲望摧毁”“轮回中对善与恶的裁决”等故事原型无不渗透着对机智、勇敢、正直、美好的向往与礼赞，对残忍、贪婪、自私、懦弱的警示与惩罚。可以说，这些故事比较真实地还原了爱尔兰民间面貌与下层人民的情绪世界，反映了生命紧紧拥抱生活本质的精神历程，并由此迸发出对自然与生命的超验，构成复杂的民族精华，其中又暗含娱乐与教化的双重作用。同时，这些民间故事又保留相对自由活泼的叙事模式，除以线性时间为基础的传统叙事结构外，也涉及同一故事数次重复与改写、故事套故事的叙事结构，这让读者印象深刻、回味无穷。

自此，叶芝完成了一项巨大且有趣的文学工程，也为后人提供了一个如西方古希腊神话般的全景视角，俯视凯尔特神话世界中的种种玄奇。如此经历也让叶芝本人在随后的文学创作生涯中摆脱了当时英爱日渐风行的虚假文儒之风，通过更加纯真的笔触构建凯尔特的民族身份。正如叶芝在其续作序言中写道：“这两本书极为典型地收录了爱尔兰的民间文学。”故此，本书译者将《爱尔兰农夫童话与民间传说》与其续作《爱尔兰神话故事》合译为一本，名为《爱尔兰民间神话与传说》，以期国内读者完美领略爱尔兰民间文学之风姿。

译者才疏学浅，难免有疏漏之处，尚祈各位读者不吝指教。部分故事已收录于译著《有无之间的游漾——民间传奇》与期刊《视野》；《读者》《微型小说选刊》《青年博览》《青春岁月》《金故事》等亦曾转载本书部分译文。

全书翻译分工如下：张敏撰写译者序，翻译第二、三、四、五、

六、七、八、九、十章，约30万字。柴橚与硕士研究生武闪闪、王涛、王凯、张跃承担了序言、第一、第十一章等的翻译工作，约5万字。

张敏

2020年于兰州大学萃龙斋

序 言 一

很久以前，牛津和诺威奇的主教科比特博士曾经感叹英格兰精灵的离去。在“玛丽女王的时代”，他写道：

汤姆劳动归家来，
西斯挤奶似花开；
欢笑敲起小鼓崽，
舞动脚趾合节拍。

而在如今的詹姆斯时代，精灵们早已一去不返，因为“它们是过去那个时代的演员”，总是唱着“单调的圣母颂”。不过在爱尔兰，精灵还是存在的，它们一如既往地给好人发放礼物，给恶人释放瘟疫。过去，我在斯莱戈郡问过一位老人：“您见过精灵吗？”这位老人回答：“真是多得烦人呐。”在都柏林郡的一个小村落，我向一位村妇打听：“这一带的渔民知道有关人鱼的事情吗？”“当然啦，人鱼总会带来坏天气，他们讨厌看见人鱼呢。”另外，一位外国船长指着一位我所熟识的引航员说：“这家伙相信有幽灵。”而这位引航员又指向罗西斯的老家，解释道：“我们那儿的每幢房子里都有好多幽灵。”当然了，住在欧洲德高望重的那位老权威（教皇），即所谓的“时代精神”，他的声音绝不可能传到爱尔兰这里。虽然垂垂老矣不用多久便会体面地躺进坟墓，另一位同样德高望重之人自会接替他的位置。不过，他同样

在爱尔兰无人知晓。随后，还会有下一个，再下一个。当然了，除了在城里的报社、课堂、客厅以及卖鳗鱼饼的小吃店里能够听到这些老家伙的声音，爱尔兰别处哪儿还听得到呢。这些所谓的“时代精神”到底是不是废物，这还真的不好说。不管怎样，这一类“时代精神”哪怕成群结队地袭来，也不会改变凯尔特民族分毫。威尔士的格拉尔德[1]曾在爱尔兰游历，他发现爱尔兰西部岛民颇似异教徒。如今的一位神父也向来自因尼斯特岛的一位家伙求证：“爱尔兰到底有多少位神灵啊？”得到的回答却是：“辽远旷阔的海岛只住着一位神灵。”听闻此言，神父与七百年前格拉尔德的反应如出一辙，惊恐地举起双手。这里，我没有责怪这位回答者的意思，相信“众神论”终归好于“无神论”或者“一神论”。不过，这位岛民多少有些多愁善感、不切实际，无法跟得上19世纪的步伐。但是任凭时光的流转，凯尔特人，他们的环状巨石以及历史悠久的石柱都无法改变分毫。事实上，世间又有谁会真的改变呢？纵有再多的无神论者、智者、教授，他们中的大多数人依旧不愿参加十三人的晚宴，或者让别人递盐，抑或从梯子下走过，又或者遇到晃动着花尾巴的单只喜鹊。当然了，领会上帝教义的子民自会对此嗤之以鼻。可即便是一位见多识广的报社记者，假如诱骗他午夜去墓地，他同样多少有些恐惧，害怕遇见鬼，这是因为我们人类大都是幻想家，对于凯尔特人来说，他们更是不折不扣的想象者。

需要注意，即便在爱尔兰鬼神之说盛行的西部村落，作为一名陌生人，你也不大容易打听到有关鬼怪与精灵的传说。你须多花点心思，不光要跟孩子、老人交交朋友，也要与那些虚度光阴的闲人打打交道，当然了，更不要忘记与那些时日无多，保不准哪天一命呜呼的人聊一聊。老婆婆们知道的最多了，可她们不大乐意开口，因为精灵是神秘莫测的，而且非常讨厌被人谈论。不是有很多老婆婆差点被关进坟墓里或者被精灵下咒打晕的故事吗？

---

① 译者注：威尔士的格拉尔德（1146—1223），布雷肯郡的坎布罗-诺曼大主教，历史学家。作为国王和两位大主教的御用书记员，他四处游历，著述广泛。他在法国学习和教学，多次访问罗马并与教皇会面。其众多作品流传至今。

一旦到了海上，渔网一抛，烟斗一点，伴随着船只吱吱嘎嘎的摇晃声，满脑子鬼啊神啊的老头子们自然放心大胆地聊起精灵来了。万圣节也是获得此类传说的绝佳机会。另外，过去为逝者守灵的夜里也能听到此类故事。可惜，现在的神父们已经反对守灵的传统了。

根据爱尔兰教区的调查记录，以前到了晚上，说书人常常聚在一起比故事，要是谁说的版本与众不同，其他说书人都要背出自己的，并请大家投票表决。故事版本不同的那个人不得不听从结果。通过这样的方式，爱尔兰的故事才会精准地代代相传。甚至到了19世纪的早些年，竞相传颂的迪尔德丽长篇故事[①]与远在皇家都柏林学会珍藏的最古老的手稿一字不差。两者虽有一处不同，错误的一方明显在于手稿，因为当时的记录人漏抄了一段。不过，这种准确性只存在于民间传说与吟游诗里，关于精灵的传奇常常会根据邻近村子或者各地能够通灵的人名进行改编。另外，爱尔兰每个郡通常住着某个特殊的家族或者某些特别之人，他们是一批公认受到幽灵庇佑或者折磨的家伙，譬如住在戈尔韦郡哈克特城堡的哈克特一家，听说他们的祖先之一就是精灵，又或者住在斯莱戈郡丽莎德尔的约翰·欧·戴利，他所创作的诗歌《艾琳·阿隆》竟遭到苏格兰人剽窃，改名为《罗宾·阿黛尔》，随后又被亨德尔[②]借用。当时，后者的清唱剧还没有写出来呢[③]，当然了，这还要包括他的那部《凯里郡的奥多纳休》[④]。可以说，此类传说大都围绕上文提及的人物进行创作，有时候又不惜换掉故事中的主角。诗

① 译者注：迪尔德丽是爱尔兰传奇中最重要的悲剧女主人公，也是现代西方最著名的爱尔兰人物形象。她经常被称为“悲伤的迪尔德丽”。她的故事是基督教在爱尔兰传播之前，凯尔特神话阿尔斯特故事集的一部分。

② 译者注：乔治·弗里德里希·亨德尔（1685—1759），德国出生的英国作曲家，被广泛认为是巴罗克时期最伟大的音乐大师之一，也是英国最重要的古典作曲家之一。主要作品包括《弥赛亚》《萨拉班德》《水上音乐》等。

③ 乔治·弗里德里希·亨德尔曾经在都柏林居住过一阵子，那里的居民应该听过这部清唱剧。

④ 译者注：奥多纳休为爱尔兰本土10世纪常用姓氏。

人更易纳入传说，因为在爱尔兰，诗歌素与魔法密不可分。

这些民间故事情节简单、充满乐感，因为它们恰恰属于这样一个文学层面。数百年来，这些故事讲述的是爱尔兰人生活当中一成不变的话题，诸如降生、爱情、痛苦、死亡。爱尔兰人把生活中的一切写入民间传奇，对他们来讲，世间的万物都是一种神秘的象征。自然，这些故事也囊括了人类自降生所需习得的一切。虽然，城里人拥有乏味、昂贵的机器，可生活却平淡无奇。城里人常常坐在壁炉边，思摸漫漫人生当中的种种插曲。不过，我们无暇体会，因为人生的故事实在太多，再宽广的胸怀也无法全部容纳。据说，这世上最能言善辩的是阿拉伯人，他们只有贫瘠的沙漠和艳阳肆虐的天空，不过他们还有一则谚语："世间的智慧仅降临在三种人身上：中国人的手、德国人的脑和阿拉伯人的舌。"在我看来，这正是生命质朴的意义，这也是当今诗人疯狂追求它的原因，这种质朴不论花费多大的代价也无法求得。

在我熟识的说书人当中，最出名也最有个性的一位要数帕蒂·弗林。他是位身材短小、两眼有神的小老头，一人居住在B村一间漏雨的房子里。按照他自个儿的话讲："这儿可是斯莱戈郡最神秘，精灵最多的地方了。"不过，大多数人还是认为德拉姆海尔或者德拉姆克利夫才能担起如此盛名。帕蒂可是个虔诚的怪老头！要是他碰巧从幽默的故事讲起未曾涉及精灵的话，你大可趁机打量他怪异的外表和乱蓬蓬的头发，他的虔诚模样可真奇怪！现在，他讲的是圣科伦巴[1]与母亲的对话："母亲，今天过得怎么样啊？""太糟糕了！""那祝你明天过得更糟。"第二天，圣人又问："你今天过得怎么样啊，母亲？""更糟糕啦！""那祝你明天还要糟糕。"第三天，"母亲，今天怎么样呢？""感谢上帝，可算好些了。""那祝你明天过得更好。"帕蒂会告诉你，圣科伦巴的讲话看似不孝，实则宽慰人心。接着，他很可能进入心爱的话题：末日的审判者在奖励好人或者把恶人丢进烈火中的时候，脸上总是挂着一种忧郁且超然的微笑。这种微笑会让帕蒂倍感

① 译者注：圣科伦巴，十二使徒之一，是一位在爱尔兰传播基督教的本土传教士。

欣慰，自己也会欢乐得看起来超凡脱俗。我第一次见到他的时候，他正给自己煮蘑菇吃。第二次他在篱笆下睡觉，睡梦中还带着甜甜的微笑。虽然帕蒂已经老得满脸皱纹，可是那双嵌在重重皱纹中犹如狡兔的眼睛所闪现的灵活与快乐亦不属于一成不变的凡间。当然了，笑眯眯的眼神中也透着一丝忧郁，这可是快乐的组成部分，是纯粹的本性和所有动物天生具备的梦幻般的忧郁。此外，年迈、古怪、失聪的他经常遭到孩子们的戏弄。

曾经，帕蒂说他拥有看见精灵与灵魂的超凡能力，事实未必这样。一天，我们正在谈论报丧女妖[①]，他说："我见到过，就在水边，它还用爪子'拍打'河水呢。"他显然暗示这些精灵曾骚扰过他。

即便在爱尔兰神鬼传说盛行的西部村落也不无怀疑之人。在一个清晨，我巧遇一位在一块小得如手帕大小的地里捆着玉米的怀疑者。他与帕蒂·弗林截然不同，脸上的每道皱纹都显得疑心重重，另外他还出过远门！一只胳膊上大约一英尺长莫霍克印第安人的文身便可证明这点。邻近的一位牧师对他摇头，借用托马斯·艾肯皮斯[②]的话说："这些出过远门的人回来少有虔诚的。"果不其然，我跟这位怀疑者一提起鬼魂，他便说："这世上根本没有幽灵，不过，精灵还是存在的。恶魔从天堂坠落时，把这些懦弱的家伙带下来了，扔进了蛮荒之地，这就是精灵的来历。不过现在，它们越来越少了，因为寿命无多，你知道的，它们要回去啦。但是鬼魂，没这回事！告诉你还有什么我不

---

① 译者注："banshee"（报丧女妖）在爱尔兰盖尔语中被称为"bean sidhe"，意思是"拥有超能力的女人"。她们是裸露牙齿、眼睛通红、一个鼻孔，脚部生有青蛙蹼的雌性妖怪。她不会做什么大奸大恶的事情，她的眼睛红肿是因为知道有人死了所以才哭至红肿的。但是人类以为她的存在代表不吉利，固对她心存恐惧。Banshee只针对五个主要家族：奥尼尔、奥布莱恩、奥康诺、奥格拉迪斯、卡瓦奈（the O' Neills, the O' Briens, the O' Connors, the O' Gradys, the Kavanaghs），以及与这五个家族有联姻关系的其他家族。

② 译者注：他是中世纪后期的德国与荷兰教士，著有《模仿耶稣基督》，此书是当时最受欢迎、最著名的基督教书籍之一。

相信的吧，那就是炼狱。”他压低声音，继续说道：“这些都是编造出来的，只是为了让牧师和教士有事儿可做罢了。”说完，这位充满启蒙精神的“智者”又继续捆起了玉米。

在我们看来，爱尔兰民间故事的收集者都有一个显著的优点，不过在别人的眼里或许是个显著的缺点，那就是他们的作品更贴近文学而非科学，所讲述的是爱尔兰民间故事而非人类原始的宗教，抑或是民俗学家竞相研究的玩意。要是做科学的话，难免会把所有故事罗列出来，再如同食品清单那样，精灵国王一项，精灵女王一项。显然，他们并没有那样做，而是记录了人民的声音，把握住生活的脉搏，每位作者所记录的是自己所在时代最为关注的事物。首先，托马斯·克罗夫顿·克罗克[①]和塞缪尔·洛弗[②]出于对爱尔兰精灵的粗浅理解，用幽默的眼光看待一切。作为当时爱尔兰文学的主要作家，由于政治原因忽视民众阶层，将乡间传说比作幽默者的世外桃源[③]，对民间的激情、阴暗与悲剧一无所知。他们的做法并非是错，不过将有关船员、车夫和仆人的故事七拼八凑，夸大为整个凯尔特民族的传奇，创造出千篇一律的爱尔兰形象。如今，这些作品被1948年饥荒时代的爱尔兰作家戳破，他们的作品充满了一种悠闲的特权阶层所具有的热情与浅薄。随后，克罗克的作品中美轮美奂的场景表现出一种触动人心的世外之美。至于农民出身的威廉·卡尔顿[④]，我只能收集他的几篇最为简

---

① 译者注：托马斯·克罗夫顿·克罗克（1798—1854），爱尔兰古文物研究者，一生致力于收集古老的爱尔兰诗歌与民间传说，先后出版过五部著作，并协助成立珀西出版社与卡姆登出版社。他与妻子二人专门研究爱尔兰送葬的习俗，尤其是对爱尔兰语言中恸哭死者以及相应传统的研究，称得上是最早也是最权威的文献资料。

② 译者注：塞缪尔·洛弗（1797—1868），爱尔兰词曲作家、小说家、肖像画家。他是维克多·赫伯特的祖父。

③ 译者注：自欧洲文艺复兴伊始，“Arcadia”被视为未受世间污浊、和谐美好的世外桃源。

④ 译者注：威廉·卡尔顿（1794—1869），爱尔兰作家、小说家。

单的故事，特别是在他的鬼怪故事中，虽不无幽默，却有着一种更加严谨的态度。接下来的是帕特里·克肯尼迪[①]，这位都柏林的老书商似乎对民间传说深信不疑，虽无很高的天分，可他的记录却精准无比，总能运用爱尔兰当地说书人所采用的词语。克罗克之后，最畅销的民间传说莫过于王尔德夫人[②]的《爱尔兰古代传说集》。书中，幽默的口吻完全被痛苦与温柔替代。我们能够听到凯尔特人的心声，他们在忍受多年的迫害后学会了如何去爱，如何用梦境缓解苦楚，并在黄昏时分聆听精灵的歌谣，拷问灵魂，思索死亡。这就是凯尔特人，做着梦的凯尔特人。

另外还有两位重要作家，利蒂希娅·麦克林托克小姐[③]和道格拉斯·海德先生[④]，他们的作品未曾以图书的形式出版。麦克林托克小姐用阿尔斯特省的半苏格兰方言写作，文笔精准优美；道格拉斯先生目前正整理大量的盖尔语民间故事，这些故事大多根据罗斯康芒和戈尔韦地区的盖尔语故事人的口述，逐字逐句记录下来的。他或许是爱尔兰民间传说记录者当中最值得信任的一位了。此外，他还十分了解爱尔兰人民，别人只能看得到爱尔兰生活的表象，他却通晓其中所有的要义。其创作既不风趣也不哀伤又注重生活的描写，我希望他能够将收集到的民间故事改编成民谣，因为他是沃尔什和卡拉南学派最后一代的民谣作家了，这个学派创作的民谣似乎散发着泥炭的烟火味道。

---

① 译者注：帕特里·克肯尼迪（1801—1873），笔名帕特里克·惠特尼，爱尔兰作家，专注爱尔兰民间传奇以及历史奇闻逸事等方面的创作，定期资助都柏林大学学报。

② 译者注：王尔德夫人（1821—1896），原名简·弗朗西丝卡·阿格尼斯，爱尔兰诗人，是爱尔兰民族主义运动的支持者。

③ 译者注：利蒂希娅·麦克林托克，生平不详，唯有两篇短篇佳作收入本书。

④ 译者注：道格拉斯·海德（1860—1949），爱尔兰语学者，爱尔兰首任总统（1938—1945），曾为盖尔语复兴时期重要领导人，是当时爱尔兰地区具有最大文化影响力的盖尔语联盟主席。

这让我想起一种畅销的小册子，它们由商贩沿街叫卖，经常被搁在农家的橱柜里，被泥炭的烟火熏得发黄。你无法在英国的城市图书馆中找到它们的身影。《王室神话故事集》《爱尔兰神话故事集》和《小精灵传说》，这些才是爱尔兰人民的神话文学。

本书还收录了几首有关精灵的诗歌。相比英格兰的精灵诗歌，它们更富有苏格兰诗歌的风韵。很多时候，英格兰神话当中的精灵大都是凡人精心打扮的，因此，没人会相信诸如此类的故事，它们好似来自法国普罗旺斯浪漫且虚无的泡沫，无人买账。

如果说我对本书做出怎样的贡献话，无非是倾尽全力让这本薄薄的小册子囊括了爱尔兰民间信仰中所有的精灵种类。读者或许奇怪，为什么我在书中的所有注释里，都不曾尝试用理性解读哪怕是一只炉台精灵[①]。那么下面，请允许我用苏格拉底的对话来解释原因吧。[②]

斐德洛：苏格拉底，我想知道，北风之神玻瑞阿斯[③]正是从这条伊利索斯的河畔掳走希腊公主俄里蒂亚的吗?

苏格拉底：从前是这么讲的。

斐德洛：这里是确切的事发之地吗？此处小溪清澈透亮，我能想象少女们在此嬉戏的场景。

苏格拉底：我认为此地不太确切，而是距我们四分之一英里之遥的河下游，河的对面正是月亮与狩猎女神阿尔特弥斯的神庙，我想在那儿还应有座波利斯祭坛。

斐德洛：记不清啦，不过请您告诉我，您相信这个神话吗?

苏格拉底：智者总是对世间万物持有怀疑，如果像他们一样，我自然也不例外。这里，我或许有个合理的解释：俄里蒂亚正与毒泉女神法玛西亚玩耍，一阵狂风由北吹来，将她刮倒在附近的山石上，一

① 译者注：妖精的一种，是棕仙（传说中夜间帮助做家务的小精灵）的近亲，但更喜爱恶作剧。

② 引自《斐德洛寓言》，乔伊特英译，克拉伦敦出版社。

③ 译者注：玻瑞阿斯为希腊神话北风之神，对俄里蒂亚求爱不成，便趁她在伊利索斯河畔玩耍时，将其掳走。

命呜呼，尽管如此，还是说成被北风之神玻瑞阿斯带走的故事。不过，关于事发地，人们说法不一。在另一个版本的故事中，据说她是在阿勒奥珀格斯山[①]被掳走的，而不在这里。我个人认为这些寓言故事写得极好，不过，创作这些故事之人却不值得羡慕，因为他们要劳心劳力，不仅要把故事写得别出心裁，并且一旦开始创作，还得解释半人马、吐火兽[②]、蛇发女妖[③]、飞马等等神鬼之物。假如作者自己也怀疑这些神鬼之物，还得按照它们是否存在的可能性逐一删减，这将耗去所有的精力。因此，我可没有时间回答这样的问题。你想知道为什么吗？正如阿波罗神谕所言，首先要认识我自己，当我对自己都懵懂无知的时候，思考与我无关的事情是极其可笑的。于是，我对这所有的一切都说再见，常识对我来说就已足够啦。正如方才所讲，我无意搞清楚此事，只在乎我自己。事实上，作为一种生物，我难道不比一切妖魔之父提丰更为复杂、更加充满激情？又或者不是一个更加精致、更为纯净的生命接受自然所赋予神圣与谦逊的命运？

请允许我感谢麦克米兰出版社的各位同仁以及《贝尔格莱维亚杂志》《全年周刊》和《每月信息》的各位编辑，他们允许我引用帕特里克·肯尼迪[④]的《爱尔兰的凯尔特传说》以及利蒂希娅·麦克林托克小姐的文章；感谢王尔德夫人，她同意我任意摘引她的《爱尔兰古代传说集》（沃德、唐尼出版社）中的内容；还要感谢道格拉斯·海德先生贡献三篇尚未出版的故事，并在许多方面提供有益且宝贵的意见。感谢威廉·阿林厄姆[⑤]先生以及其他诗歌的版权所有者。阿林厄姆先生的

① 译者注：希腊雅典一小丘。

② 译者注：希腊神话中一种狮身羊头蛇尾的吐火怪物。

③ 译者注：希腊神话中，蛇发女妖三姐妹的两位姐姐名为斯忒诺与欧律阿勒，而最小的蛇发女妖正是美杜莎，她被宙斯之子半神的珀尔修斯杀死。

④ 译者注：帕特里克·肯尼迪（1801—1873），爱尔兰民俗学者，作为一位书商，他以收集爱尔兰民间故事闻名。

⑤ 译者注：威廉·阿林厄姆（1824—1889），爱尔兰诗人、日记作者、编辑。

诗篇摘选自《爱尔兰歌谣和诗集》(里弗斯唐纳出版社);塞缪尔·弗格森爵士[①]的作品选自西里、布莱尔斯和沃克出版社的版本;我自己和爱伦·奥利里[②]小姐的诗则选自《年轻爱尔兰的歌谣与诗歌》,它是一本由都柏林吉尔父子出版社发行的小诗集。

威廉·巴特勒·叶芝

---

① 译者注:塞缪尔·弗格森爵士(1810—1886),爱尔兰诗人、大律师、古物学家、艺术家。他是19世纪著名的爱尔兰诗人,他对爱尔兰神话和早期爱尔兰历史的创作可以视为威廉·巴特勒·叶芝等爱尔兰文艺复兴诗人的先驱。

② 译者注:爱伦·奥利里(1831—1889),爱尔兰诗人。她是爱尔兰分裂主义领导人芬尼安·约翰·奥利里的妹妹。

序 言 二

一位讲故事的爱尔兰人

每当我谈及爱尔兰的农夫依然坚信精灵的存在，总会有人横加质疑。他们大都认为我只是在这个引擎轰鸣的时代，试图寻找爱尔兰曾经美好与浪漫的世界。事实上，隆隆作响的车轮和嘈杂声不断的印刷机，还有那些身着黑外套、手持高脚杯自视清高的学者们，这些人与物早就把精灵的国度抛在脑后，让曾经载歌载舞的小精灵消失得无影无踪。

不过，年事已高的毕蒂·哈特老太太并不这样认为。在她那座屋顶生着一簇簇黄景天的茅草屋里，所谓“时代的想法”未出现过。不久前，我还坐在这座位于本布尔滨①山坡上的茅草屋，靠着泥炭生起的炉火，一边吃着烤饼，一边询问她那些住在房屋后山郁郁葱葱山楂树下的精灵朋友们。她如此地坚信它们的存在，以至于害怕冒犯它们！面对我接二连三的询问，她从未直接回答，只是一味隐晦地说：“处理好自己的事，它们也是一样。”不过，每当谈起我的祖父曾在这个山谷里住了一辈子，又或者提醒她我自己七八岁就经常到她家里玩耍的时候，她就不由得松了口，承认与我聊聊精灵的事情怎么也要比和英国游客讲话安全多了，毕竟我打小可是在精灵的山脚下住过的。不过每次聊完，她都不会忘记叮嘱我说一句“星期四了，上帝保佑它们”（拜

① 译者注：爱尔兰地名，位于爱尔兰西北角。

访的那一天正是星期四）的话语，希望能够解除为精灵带来的不悦，也不要因为我们对它们的关注而动怒，毕竟它们喜欢在人迹罕至的地方生活、娱乐。

只要毕蒂决心打开话匣子，就会讲个滔滔不绝，其间，还会时不时地弯下腰，照看一下架在火上的锅，再拨一拨泥炭。火光映照下，她的面颊红润照人。她提到过一位姑娘在科洛尼村子附近被精灵掳走，之后与精灵一起生活了七年的时光。由于和精灵一直跳舞，当她回来的时候，十根脚指头全都磨没啦。还有一个女人，就在我到访的几个月之前，在格兰奇村被掳走了，据说是给精灵喂养人类的宝宝。只要提起精灵们的事情，她都会说得详细、客观，就好像在说亲眼所见的事情一样。对她而言，精灵只是比自己更奇妙也更加精致的小人儿罢了，除此之外与她也没什么不同。她还会告诉你，曾经有位老人跟她说，精灵拥有这世界上最最华丽的客厅和起居室。因此，她总觉得精灵的生活灿烂无比，虽然她的这种想象对其他人来讲，毫无稀奇之处。不过，这样的想象可是能轻易地满足她的内心。因此平日里，我们认为稀松平常的事物在她这座用木椽、干草、白色帆布搭建起来的小屋中，充满了神奇般的色彩。而现在，我们只能依靠图画和书籍幻想出一个珠光宝气、布满皇冠与精致帷幔的精灵国度。可是，毕蒂家中只有一小张端放在壁炉上的圣帕特里克画像，碗柜上色彩斑斓的陶罐，以及女儿在壁炉架上石雕狗后面塞进的一本薄薄的民谣集。如果她讲到的小精灵并不像我们在图书和故事里读到的那样光彩照人，是否会觉得奇怪？她会告诉你，曾有农夫遇到精灵队伍，误认为那是一群和自己一样的农民，直到它们消失在无边黑夜中。更有趣的是，还有些精灵的宫殿总被误认为是乡绅的城堡，直到它们原地消失。

此外，毕蒂·哈特老太太对天国的看法同样朴实，其天真程度就像克朗多金[①]的一位虔诚的洗衣女工。曾经，这位洗衣女工和我的一个朋友提到她看见了“头戴金闪闪的帽子，身着一件在凡间从未被浆洗

① 译者注：爱尔兰地名，位于都柏林西部。

过的衬衫”的圣约瑟夫[①]。说话间，她还能口吐几行古雅的诗句。可见，与本布尔滨相比，都柏林附近的克朗多金的文化教育更胜一筹。

总之，毕蒂·哈特把毕生的梦想都献给了天堂和精灵国度。光阴如梭，节气更迭，她的灵魂始终拥抱着圣徒、天使、精灵、巫婆、山楂树、圣井。对她来讲，这些就像是你我手中的书本、戏剧和图画。诚然，它们的意义远非如此，因为我们当中有太多的人日渐乏味，然而毕蒂·哈特始终充满着对精灵的想象。曾经，在天气晴朗的一日，她对我说：“我站在门口，望着这座山，感恩上帝的慈善。”我注意到每逢谈及精灵的时候，她的嗓音里总带着一丝柔情。她爱它们，因为它们青春永驻，不会如她一般，备受衰老之痛。她爱它们，也因为它们就像永葆童真的顽童。

可以想象，假如怀疑精灵的存在，爱尔兰人民哪儿还能像现在这样心中充满诗情画意？如果没有美丽的传说和狂野悲伤的故事，怎能让爱尔兰人如此疯狂地热爱这片大海与土地？去内陆打工的多尼戈尔乡下女孩又怎会跪下身来亲吻大海？假如不是众多精灵陪伴在爱尔兰人的左右，老人们又怎会生活得如此欢快，又怎会春风满面地诵读爱尔兰的谚语：“湖水不会受天鹅的嬉戏而负重，骏马不会因为缰绳而放缓脚步，人也不会因为自身的灵魂而变得沉重”？

感谢王尔德夫人同意摘引她的《爱尔兰古代传说集》（沃德、唐尼出版社），这是一部迄今为止最具诗情画意且包罗万象的爱尔兰民间故事集；感谢斯坦迪什·奥格雷迪[②]的《库丘林授勋记》，在这部史诗中，他首次提出了爱尔兰历史中的英雄时期；感谢帕特里克·韦斯顿·乔伊斯[③]博士的《费格斯·奥马拉与空气恶魔》；还要感谢道格拉斯·海

---

① 译者注：约瑟夫是福音书中的一个人物，他娶了耶稣的母亲玛利亚，是耶稣的合法父亲。

② 译者注：斯坦迪什·奥格雷迪（1793—1846），爱尔兰裔加拿大诗人、牧师。

③ 译者注：帕特里克·韦斯顿·乔伊斯（1827—1914），爱尔兰历史学家、作家和音乐收藏家，尤以研究爱尔兰语源学和爱尔兰地名而闻名。

德先生尚未出版的故事《无畏之人》。

另外，此书并未收录我在1888年出版的《爱尔兰农夫神话与民间故事》中的作品。

不过，我认为这两本书极为典型地收录了爱尔兰的民间文学。

威廉·巴特勒·叶芝

1891年7月于克朗多金

目　录

群居精灵

调 换 儿

人 鱼

独居精灵

鬼 魂

女巫与仙医

提尔纳诺格

圣人与神父

恶　魔

巨　人

国王，王后，公主，伯爵，强盗……

群居精灵

群居精灵

威廉·巴特勒·叶芝

在爱尔兰，表示精灵的词汇是西霍格（sheehogue），它是由报丧女妖（banshee）中的女妖（shee）一词缀演变而来的，因此，群居精灵又可叫作蒂尼西（deenee shee）。

那么，它们到底是什么呢？爱尔兰农夫认为："它们是既没有好到被救赎，也没有坏到被抛弃的堕落天使。"《阿尔马之书》也曾提到："大地诸神就是爱尔兰异教时期的众神。"爱尔兰古文物学者则认为："它们是达努女神一族的后裔，不过，如今再也没有人供奉它们了，就此不受众人念力的加持，如今的它们只有几巴掌高。"

学者们还会告诉你，有证据证明精灵首领的名字正是达努一裔英雄们的名字，精灵聚集区也是女神达努的埋葬地。达努一族在过去又被称为"斯鲁阿西（精灵部落）"或者"马克拉西（精灵队伍）"。

有很多证据证明它们是堕落天使。首先，来瞧瞧这些神灵的本性吧，它们恣意妄为，以善报恩，以恶制恶，尽管具备诸多迷人的品性，却毫无良知，任性反复，动不动就觉得自己受到冒犯。并且，千万不要对它们谈论过多，只能隐晦地称之为"大人们"或者"多伊纳·麦斯（daoine maithe）"，在英语里就是"好人们（good people）"的意思。不过另一方面，它们又会被轻易地取悦，只要在深夜留一点牛奶在窗台上，它们定会尽心竭力地为你驱灾辟难。民间信仰能够告诉我们有关精灵的方方面面，并追溯了精灵如何沦落却又不算彻底堕落的历程，因为它们所干的坏事并非出于恶意。

那么，它们是"大地之神"吗？也许吧！在西方，各个历史时期

与不同国家的诗人以及所有神秘主义与超自然论者都宣称在这个表象的世界背后存在着一批又一批有意识的生灵，它们既不属于天堂也不囿于凡间，更没有固定的形态，只是人类头脑里想象出来的模样，在我们的举手投足之间，都会涉及并受它们的影响。因此，表象世界仅是它们的皮相。而在梦中，我们会走入其间，与它们一起玩耍甚至打架。或许，这些稀奇古怪的生物也是那些历经磨难的人类灵魂。

不要认为精灵总是小小的，关于它们的一切毫无定论，体型也是如此。精灵似乎以变大变小或者变成其他形体为乐。主要的日常活动为盛宴、争斗、恋爱以及演奏优美的乐曲。故此，它们中只有一种最为勤勉的精灵名为“勒普拉康”（lepra-caun），即英语当中的“鞋匠”。也许是精灵跳舞太费鞋子的缘故，以前在巴利索代尔村子附近，住着一位身材娇小的女人，她与精灵一起生活了七年。当她回家的时候，脚趾头都没有了，因为舞跳得太频繁，脚指头都磨掉啦。

一年中，精灵有三个盛大的节日——五朔节[①]、仲夏节[②]和万圣节前夜[③]。有趣的是，每隔七年，五朔节中的精灵会为了争夺丰收与最好的谷穗四处打架，不过场所主要集中在一个叫作“鲍恩平原”的地方（谁也不知道到底在哪里）。一位老人曾讲述自己目睹精灵打架的场景，它们竟然扯掉了凡人的茅草屋顶。倘若旁边有人，准能看到一股席卷万物的妖风在空中呼啸而过，所到之处吹得稻草、树叶转圈儿。恰逢此时，农夫们都会摘下帽子，说：“愿上帝保佑。”

到了仲夏节，为了纪念圣约翰，每座山头都燃起篝火，这是小精灵最最快乐的时候，它们甚至掳走人类美丽的女子做新娘。

万圣节前夜则是最为忧郁的时刻，按照古老的盖尔人的节日（相

---

① 译者注：五朔节又叫五月节前夜，在每年的4月30日。它无疑是欧洲最古老且最重要的节日之一。

② 译者注：纪念基督教施洗者约翰6月24日的生日而设，后来其宗教色彩逐渐消失，成为民间节日。

③ 译者注：万圣节又叫诸圣节，在每年的11月1日，是西方的传统节日；而万圣节前夜，即10月31日是这个节日最热闹的时刻。

当于中国的农历），这是冬季的第一个夜晚。在这天晚上，它们要与幽灵起舞，恶精灵“普卡”全部出动，女巫们诵念咒语，人类女孩以魔鬼的名义摆上一桌美食，引诱未来情人的魂魄从窗户飘入。另外，万圣节前夜一过，黑莓就不好吃了，因为都被恶精灵“普卡”糟蹋啦。

要是惹得精灵生气，它们准会释放咒法，麻痹众人、放倒牛群。可当开心的时候，它们又会唱起歌。曾经，许多可怜的人类姑娘听到精灵的歌声，从此日渐憔悴，香消玉殒。爱尔兰有很多古老优美的歌曲都是精灵的独家音乐，只不过被凡人偷偷记录下来而已。因此，聪明的农夫绝不会在精灵居住的山寨①附近哼唱《美丽的女孩挤着牛奶》，因为精灵善妒，讨厌自己的曲子从凡人嘴里唱出。作为爱尔兰最后一位游吟诗人，卡罗伦就曾在精灵山寨中睡过一夜，自此，他的脑袋里一直回荡着精灵的种种美妙旋律，这让他一举成名。

那精灵会死吗？布莱克目睹过一位精灵的葬礼。不过，在爱尔兰，我们认为精灵是不朽的。

精　灵

威廉·阿林厄姆

高高山顶迎着风，
灯芯草遍布幽谷，
我们不敢狩猎啊，
害怕精灵的出现；
小精灵，小精灵，

① 译者注：由石头或者泥土构筑而成的封闭圆形土墙，用作要塞、供部落首领居住，里面通常有一座建筑。

齐齐地聚在一处，
绿衫配红帽，
毛发似白枭。

沿着大海的礁岸，
精灵在此安家，
以潮汐做饼为食，
口感薄脆可嘉；
有些栖于芦苇丛，
那是山间小湖一带，
青蛙忠实地护警，
长夜里不梦不眠。

在高高的山巅，
坐着年迈的精灵国王，
白发苍苍，
神思悠远。
以白色的薄雾为桥，
跨过科伦布基尔，
开始庄严的旅程，
从利格山到罗西斯港。
在繁星点点的寒夜，
伴随乐曲，起舞欢快，
邀请北极光女王，
欢乐地共进晚餐。

精灵掳走小布里奇特，
一走就是七年，
待她重返故里，

朋友早已不见。
夜晚与清晨之间，
精灵将其轻轻载回，
误以为她早已熟睡，
她实已悲痛欲绝，
精灵将她投于湖底，
置于蒲叶床上，
静候她再次醒来。

崎岖陡峭的山脚下，
光秃秃的苔藓地，
精灵种植山楂树，
仅仅是为了消遣。
要是有人如此大胆，
挖走精灵的山楂树，
等到半夜，
床铺必有利刺出现。

高高山顶迎着风，
灯芯草遍布幽谷，
我们不敢狩猎啊，
害怕精灵的出现；
小精灵，小精灵，
齐齐地聚在一处，
绿衫配红帽，
毛发似白枭！

弗兰克·马丁与精灵的故事

威廉·卡尔顿

初识马丁，他还是个留着淡红色头发，胡子拉碴，生着副病恹恹面孔的男子，不过有着一双极为白细的手掌。我敢说，这不仅是身子骨虚弱所致，也是他倚靠的是一份简单而轻松的工作。至于其他方面，马丁与普通人毫无分别，通情达理。不过，每当提起精灵，他就会变得狂躁、固执，眼神中释出异样的狂乱与迷蒙，狭长的太阳穴紧绷凸起。

与大家的想象相反，马丁过着快乐的生活。过多谈论精灵的话题似乎并没有让他痛苦甚至恐惧，恰恰相反，他与精灵保持着最最友好的关系。彼此的对话（恐怕都是他这个可怜鬼单方面的对话）为自己带来极大的快乐，每次都是欢声笑语，至少他本人确是如此。

“那么，弗兰克，你是什么时候看见精灵的？”

“嘘！小声点，现在纺织店里就有二十来只呢。有个小老头正坐在纺织机的筘座上，只要一织布，它就会跟着晃来晃去，真是讨厌。它们可是最最狡诈的精灵鬼。快来看，我的放染料的杯子里也塞着一个。快滚，你这小家伙。别再惹麻烦，小心给你好看。呀！住手，你这小贼！”

“弗兰克，你不怕它们吗？”

“怕？为什么要怕？它们可没法子伤我。”

“这是为什么呢，弗兰克？”

“因为我接受洗礼了啊。小时候，神父为我施洗，父亲专门叮嘱要加上一段抵御精灵的祷文，神父无法拒绝，只好照做。上帝啊，对我

来说，这可真是件天大的好事！哎呀，别碰牛油，贪吃鬼！快来看，它们中有个小毛贼正啃我的牛油。它们还想让我当国王呢。”

“这可能吗?”

“千真万确。你可以问问它们，它们会告诉你的。”

“弗兰克，它们长什么样啊?”

“哦，这些矮个子大都身披绿色的外套，脚上的小鞋可漂亮了。那边儿正好有两只，都是我的老朋友啦，正在木轴上跑来跑去。其中那个头戴假发的名叫吉姆·贾姆，另一只头顶三角帽的家伙叫尼基·尼克。尼基会吹笛子。来，尼基，给我们吹一曲，要不看我怎么收拾你，就吹那首‘厄恩湖边’。嘘，注意，咱们好好听一下!”

这时，马丁，这个可怜的家伙双手忙个不停，快速地纺着布，同时还要装出一副聆听音乐很享受的样子。不过，又有谁能真的知道眼前的这种痴迷到底会不会成为一种日渐强烈的快乐呢？说不定它还会超越我们大家各种现实的欢乐。忘了哪位诗人曾经说过：

你的旋律如此玄妙，
幻想总比风景更好。
自然无法媲美想象力，
将美景绘画如此美好。

还是六七岁顽童的时候，我就曾怀着好奇与恐惧跑到弗兰克的织布店里，想听听他与精灵的聊天。从早上到晚上，弗兰克的舌头就如他手中的梭子一样，吐个不停。甚至，这一带的村民都知道，半夜醒来的弗兰克要做的第一件事就是将精灵从自己的床上赶下去。

“滚下去，你们这些小贼，快给我滚下去啊，别烦我啦。尼基，我想睡觉，现在是吹笛子的时间吗？下去，快点。你们乖乖听话，保证有赏。明天，我要调制新的美味，没准还为你们留上一锅底呢。哈哈！你们这些可怜的小家伙可真懂事，现在都下去啦，只剩下这只可怜的红帽妖，它还不想离开我。”随后，我们这位人畜无害却爱自言自语的

家伙再次昏睡过去。

大约就在这个时候，村中发生了一件非同寻常之事，这让可怜的弗兰克·马丁在邻里间好好地挣了回面子。一位名叫弗兰克·托马斯的男人，正是上文我所提到的那位。曾经，在他家里举办了一场舞会，这让我有机会遇上这所房子的主人。不管后来如何，托马斯的孩子病倒了，究竟得的是什么病，我早已忘记了。不过，故事的关键并非于此。

当时，托马斯房子山墙的另一面与其说是抵着，不如说是连着一座山寨，这座山寨确切的名字叫托纳福斯山寨，据说是精灵的出没地。在我眼里，此地异常诡异荒凉，南边的两三座绿色的小丘又埋了几具未受洗礼的孩子尸体。村民大都认为，路过此处也是极为凶险与不吉利的。

那是在仲夏的一个傍晚，恰是这位孩子生病期间，从山寨里传来锯子的声音。天快黑了，还能锯什么呢，真是奇怪。不久，聚在弗兰克·托马斯家里的几位村民要出门查看到底何方神圣敢在山寨拉锯子。其实，大家心里都清楚，没人敢锯掉山寨中的那棵精灵山楂树。

可以想象，他们有多吃惊吧，虽然仔细搜查，可什么都没发现，更别提锯木人的身影了。这鬼地方，除了自己，连个鬼影儿都没有。村民只好再次回到弗兰克·托马斯的屋子。不过，刚一坐下，熟悉的声音再次在十码开外的地方传来。

他们只好再次动身搜查，却依然无果。不过，这次站在山寨中的村民听到了锯声来自远处一个大约一百五十码开外的山洞里。几位小伙立即下去，想弄清事情原委。一到了洞底，好家伙，他们听到的不只是锯子声，还有钉钉子的声响，这些声音又是从山寨底下传来的。村民们合计了一阵，决定去距此八九十码远的比利·纳尔逊家把弗兰克·马丁请来。马丁很快来到现场，没有片刻的迟疑就解开了谜团。

“是精灵啊，我看到它们啦，真是爱折腾的家伙。”

“那它们在做什么呢，弗兰克？”

“做一口小娃子的棺材，框架都打好啦，正在钉盖子呢。”

不出所料，托马斯的儿子去世了。到了第二天傍晚，请来的一位木匠从托马斯的屋里抬出一张桌子，放在山寨中当作临时工作台。据说，做棺材发出的声响与前天晚上的一模一样，一声不多，一下也不少。不过，我认为有关精灵木匠的故事是在葬礼后的几个月才传开的。

此外，弗兰克具备忧郁症患者所有的特征。当我第一回碰见他的时候，他大概三十四岁，从他消瘦与虚弱的体格来看，并没有这么大的岁数，只不过是位对精灵抱有极大兴趣与好奇心的人。因此，我经常看到村民对他指指点点，跟陌生人说："他就是那个能够看见精灵的怪家伙。"

神父的晚餐

托马斯·克罗夫顿·克罗克

熟知精灵传说的人大都知道精灵是被逐出天堂、掉落人间的天使。只不过，它们并不像堕落天使一般，因过多的罪恶落入一个更加幽暗的地狱。不管真相如何，在九月末一个月光皎洁的夜晚，一群手舞足蹈的小精灵玩着各式各样的鬼把戏。它们欢乐的场所位于科克郡西部，距离因希盖拉不远，一座贫瘠的村庄正坐落于此。尽管这里还驻扎着一个营的士兵，可四周险峻的高山与光秃秃的岩石足以让此地比其他村落更贫穷。不过，贫穷对精灵来说并未造成多大的困扰，在这里，它们能够得到自己想要的一切，自个儿关心的也不过是寻找一个人迹罕至的角落，防止人类打搅自己的欢乐。

这个时候，在河边的草地上，小精灵们围成圈子，兴高采烈地跳起舞，头上红色的小帽跟随跳跃，在月光下一摇一晃。舞步极为轻盈，脚下草叶上微颤的露珠从未落地。它们就这样，跳啊，转啊，扭啊，

摇啊，舞姿多样，直到有个精灵惊声尖叫：

你的小鼓快停停，
我们表演近尾声；
敏锐嗅觉已辨出，
神父正在此途中！

小精灵四散而逃，有的躲在铃草的绿叶下，要是它们的小红帽恰巧露出来，就像开出的一朵朵深红色的铃草花。更多的精灵躲在石头下和荆棘丛中，还有的藏在河岸，钻进了千奇百怪的洞穴与裂缝里。

那个小精灵所说的果然没错。此时，霍里根神父正骑着马儿沿着河边的小路走来。此时的他正琢磨着天色已晚，就在第一座小木屋里借宿。打定主意的他便停在德莫德·利里家的门口，跨过屋门还不忘赞颂："赐福此处。"

当然了，霍里根神父无论走到哪里都是最受欢迎的客人。在这片村落，没有人比他更虔诚更受民众的爱戴了。不过，房主德莫德却无比头痛，因为家中穷得除了土豆再没有其他食物能够给这位尊贵的客人享用。老婆娘，德莫德总是这样称呼自己的妻子，即使她才二十岁出头。此时的她正在炉火上张罗着煮一罐土豆。他突然想起河里撒下的渔网，可是，刚撒下去的网是不大可能捕到鱼的。"管他呢，下河看一看，也没什么大不了的啊。自己这么想要一条鱼来为神父做晚餐，没准还真的有呢。"

德莫德下河收网，发现果真有条鲑鱼在网里，而且和"宽李河"中的鲑鱼一样肥美。他下手捞鱼，却不知怎的，渔网被扯开了，自个儿只能眼睁睁地看着鱼儿在水中畅快地游走，好似什么事都没发生过一样。

德莫德惆怅地望着这条鱼在水面划过的尾迹，月光下，宛如一条银线闪闪发光。他愤怒地挥了挥右手，跺了跺脚，嘀咕着："你这条下流的鲑鱼贼，不管去哪里，愿你天天倒大霉！就这么把我甩开了，自

己要是有尊严的话，真应该感到羞耻！你不会有什么好结果的，因为是邪恶的力量帮助了你，你以为我感觉不到吗？”

“这样说可就不好啦，”刚才跑掉的一只小精灵开口说道，它在一大群同伴的拥簇下走到德莫德·利里面前，继续说，“扯网的不过是我们十来只精灵吧。”

德莫德吃惊地看着这位小小的说话者。

只见小精灵接着说道：“不要为神父的晚餐忧心忡忡啦。您为神父捎句话，我们就为您带来一顿丰盛的晚餐。”

“我不才会和你们有任何瓜葛呢，”德莫德坚决地回答，接着补充道，“虽然感激你们的提议，可清楚自个儿不会为了顿晚餐就把自己卖给像你们这样的一帮家伙的。我知道霍里根神父更看重我的灵魂，他也不希望为了顿晚餐就让我卖掉灵魂的，这件事到此为止吧。”

德莫德态度坚决，可小小的发言人依然不弃不舍：“那您愿不愿意帮帮我们，向神父讨教一个问题？”

思考再三的德莫德说：“问个问题没什么大不了的。不过，我可再不想和你们的晚餐有什么瓜葛了，请注意这一点哦。”

“放心，现在请您回去，帮忙问一下霍里根神父，我们的灵魂到了审判日那天，是否可以像基督徒的灵魂一样得到救赎呢？您要是可怜我们的话，就把他的答案快快告诉我们吧。”这只小精灵请求时，其他精灵从四面八方蜂拥至它的身边。

德莫德回到小木屋，正看到妻子把罐子倒扣在桌上，挑出一颗如苹果般大小的土豆递给霍里根神父，上面正呼呼地冒着白气。

“尊敬的阁下，”德莫德犹豫了一阵，继续说，“能否冒昧地问您一个问题？”

“可以呀，什么问题？”

“哎呀，请原谅我的直言不讳，在审判日那天，小精灵的灵魂能否得到救赎？”

“利里，是谁托你问这个问题的？”神父严厉地盯着他，德莫德吓得都快站不稳当了。

“这辈子我是不会撒谎的，是小精灵托我来问的，屋外河岸有成千上万只小精灵，它们正等着我把您的回答捎过去呢。”

“那你现在就告诉它们，想知道答案，自己来问就好了，我非常乐意回答这个问题以及它们想要知道的一切。”

德莫德只好回到河边，精灵们一窝蜂地再次涌来，想听听神父的答案。不过听到要亲自问神父的时候，它们又四散逃开了。数量庞大的小精灵即刻聚拢又即刻奔逃弄得德莫德头晕眼花。

当德莫德再次回家，看到神父毫不在意吃着冷土豆的时候，心里特别过意不去。要知道，贵客短短的几句话就能让精灵迅速逃逸，口中却嚼着毫无滋味的晚餐，而自己明明抓住网兜里的鲑鱼了，最后怎么就让它从眼皮子底下溜走了呢？

拉格纳奈的精灵井

塞缪尔·弗格森

悲伤地，悲伤地歌唱——
“噢，听着，艾伦，亲爱的姐姐：
难道除了眼泪和叹息，
一切已对我无能为力？
他既然把我丢在这里，
掳走希望，为何又留下记忆？
听着，艾伦，我亲爱的姐姐，
（悲伤地，悲伤地歌唱——）
我要到斯莱米什山上，
折下精灵的山楂树枝，

让精灵们施展魔法，
结果好坏已不足惜，
只要能让我忘却记忆，
它依然在折磨我的心！
（悲伤地，悲伤地歌唱——）
精灵是个沉默的族群，
面颊如百合一般苍白。
我不怕那些惨白的脸，
即便从此在梦中徘徊，
只要我能把记忆封住：
我愿与安娜·格雷丝[①]一途！”
悲伤地，悲伤地歌唱！

来听听我的不幸遭遇吧——
面对哭泣的艾伦·孔，
她唯一的妹妹，尤娜·鲍恩
语调压得很低、很低。
黎明前，姐妹躺在床上，
艾伦悲伤地缓缓回答：
“噢，尤娜，别丢了魂，
（来听听我的不幸遭遇吧）
不要陷入渎神的痛苦，
这定会让我忧心忡忡。
近点吧，我浑身颤抖，
只要能伸出温暖的手。
去拉格纳奈的精灵井，
尤娜，我听女巫说过，

① 译者注：参看本书的《精灵的山楂树》。

(来听听我的不幸遭遇吧——)
趁着露水还未消失，
纯洁少女，借冰冷的水流，
用洁白的双手三次清洗胸口，
拔下三棵凤尾草，
围着泉水三圈走，
眼泪、叹息刹那消。”
来听听我的不幸遭遇吧——
所有的悲哀！刹那消！
“噢，艾伦，我亲爱的姐姐，
请陪我一同爬上精灵山丘，
我要试一试这神奇的法术。”
她们起身，脚步轻柔，
离开了熟睡的母亲，
摆脱了家的温柔，
(所有的悲哀！刹那消！)
她们来到精灵井，
山之眼，清澈、冰冷、灰白，
坐落在阴暗的山间。
伫立良久，静默不言，
天色破晓，尤娜·鲍恩裸露丰满的胸部，
(所有的悲哀！刹那消！)
沐浴了三次哆嗦的胸口，
汩汩的井水在上身流淌，
精灵之泉泛起微微波浪。
她从成排的草丛中摘出
富有魔力的三棵凤尾草，
勇敢地投入精灵的仙井，
所有的悲哀！刹那消！

让我们免受精灵的奴役！
艾伦看着她在井边浮现，
两次、三次，消失不见。
泉水、山丘、游泳的少女
一起消融，消失不见！
“尤娜，尤娜！”不论如何呼唤，
只剩下伤心的姐姐！
(让我们免受精灵的奴役！)
尤娜·鲍恩再也不见。
她正走在梦幻的宫殿，
凡人的双眼无法看穿，
哦！守卫难道早已离去，
强如盾牌、城墙的守卫？
除了负心汉尤拉·杜恩，谁还知？
(让我们免受精灵的奴役！)
看呐，两岸的青翠毫无遮蔽，
忧伤的尤娜绝不会再次出现，
是的！你可检查那口仙井，
里面只有光滑的鹅卵石，
和转个不停的碎草片儿。
赶快回家，做你的祷告，
让我们免受精灵的奴役！

泰格·奥凯恩背尸体的故事

道格拉斯·海德

曾经，在利特里姆郡，有位强壮、活泼的小伙名叫泰格，他的父亲是个对儿子毫不吝啬的富裕农场主。随着时间的推移，长大成人的儿子并不喜欢农务，时常沉溺于娱乐与消遣当中。作为唯一的子嗣，老人十分宠溺他，只要泰格高兴便可为所欲为。奢侈的生活让泰格大手大脚，花钱就像撒纸片稀松平常。每当方圆十里筹办集市、举行赛马或者其他聚会的时候，你准能在那里发现泰格的身影。夜晚来临，泰格也很少着家。他就像肖恩·碧威一样，喜欢乱逛于外，夜不归宿。由于相貌俊秀、财力雄厚，女孩们无不对其青睐有加、投怀送抱。在他双眸深邃的凝视下，郡里没有哪个女孩不落入他的魔掌。乡亲们甚至还赋诗一首，讽刺泰格糜烂的生活：

快瞧那个流氓，可以随处亲吻美丽的姑娘，
千万不要惊奇，而这正是泰格的风流倜傥。
他又像一只刺猬，夜晚时刻才会出门闯荡，
从这里窜到那里，早上又变回昏睡的懒样。

到了后来，泰格愈加的狂野不羁。整日整夜不着家，不是随处乱逛，就是从一处跑到另一处追求美丽的姑娘。一说到泰格，老人们无不大摇其头，议论纷纷："老地主要是哪天不幸逝世，这逆子保准很久才能回来守灵，家业也保不长久。"

泰格虽然嗜好打牌、赌博与酗酒，过着吊儿郎当的生活，可他的

老父亲却从不在意，更没想过如何管教、惩罚自己的宝贝儿子。直到有一天，当老地主听到儿子毁了邻家女孩的清白，勃然大怒招来儿子，睿智而又不失冷静地说道：“儿子，你知道我有多么的爱你，从未阻止过你喜欢做的事情。如今，我为你攒下巨额的财富，盼望死后能留下充足的土地与房产。可是今天，听到有关你的流言让我对你感到十分的厌恶，你没法理解作为父亲的我听到此事的悲痛心情。现在，我明确地告诉你。除非娶了那名女孩，否则我会把房产、地产以及其他全部的家当赠予我的侄子。自己永远不会将财产留给一个只会拿钱哄骗女人、有损女性清白的花花公子。现在，自个儿决定吧，是否愿意娶了那个女孩，是否愿意与她一起共享财产，又或者拒绝婚事放弃本该属于你的家财。你可要想好了，明早告诉我你的选择。”

“哎呀，天啊，父亲。不要这么对我呀，我可是你的宝贝疙瘩啊。究竟是哪个混蛋告诉你我不会娶那个女孩?”

父亲根本不再理会儿子，转身一走了之，这让小伙子非常不安，他十分了解这位平常看似安静又和蔼的父亲的牛脾气，一旦决定下来的事情，他决不食言。郡里再没人能像他这般性子，如此的执拗。

可这一次，泰格真的不知道自己该如何是好。虽然，他深爱着那名女孩，曾有迎娶女孩过门的打算，可他又怕自己收不住性子移情别恋，重走酗酒、消遣、玩纸牌的颓废老路。就这样想着、想着，父亲责令尽快完婚的草率决定让他十分懊恼。但拒婚的话，父亲还会想到别的法子继续胁迫自己。

“父亲可真是个大傻瓜。其实我早就准备好结婚啦，不过现在就迎娶玛丽还真有点为时尚早啊。既然父亲现在逼我结婚，那我就先耗上一段时间气气他。”

在结婚与不结两个想法之间，泰格左右不定。时至夜晚，他决定出去走走，冷静一下自己焦灼的头脑。晴朗的夜空之下，泰格叼着烟斗沿着马路溜达。不知不觉，他越走越快，也逐渐忘记烦心之事。此时，深邃的夜空挂着一弯明亮的新月，天地间没有一丝的风响，一切都显得平静而安详。出来将近三个钟头，小伙子这才发觉时至深夜，

是该回家的时候了。“哎呀，我怎么什么都忘啦，现在肯定快到午夜了。”泰格自言自语。

话音刚落，泰格就听见前方出现一片嘈杂的脚步声。“究竟是谁这么晚，在空无一人的马路上赶着夜路?”

好奇的泰格停下脚步，侧耳倾听，却仍听不懂迎面走来的这群人在说着些什么。“哎呀，圣母玛利亚。这恐怕不是爱尔兰语或者英语，也不像法语。”小伙子不由得向前走了几码，借着皎洁的月光，终于看清楚前面究竟来的是谁。原来是一队小精灵，它们正齐心协力扛着一个巨大的物体朝他奔来。“啊，天杀的。只要有妖精在，肯定不会有好事!”精灵们跑得飞快，吓得泰格毛骨悚然。

惊慌中，泰格又瞧了瞧。这才看清这是由大约二十位小妖精组成的队伍，最高的也没过三英尺，更有些精灵灰头银发，看起来老态龙钟。可任凭小伙子再怎么看，也猜不出它们所扛到底是何物。直到它们跑到小伙子近前围住了他，肩上的东西重重地扔在地上，可怜的泰格这才看清矮人精灵带来的是一具死尸。

正当他吓得面如死灰之际，一位年长的矮子开口说道：“泰格·奥凯恩，我们遇到你可真是太幸运啦。”

泰格早被死尸吓得说不出话来，更不知如何作答。

小精灵继续问道：“泰格·奥凯恩，你遇见我们难道不正是时候么?”

小伙子仍闭口无言。

“泰格·奥凯恩，再问你一遍。我们遇见你是不是赶巧啊?”

吓破胆的泰格依然不出声。原来，由于紧张，他的舌头早已紧紧地贴在上牙床，再也不听使唤了。

年迈的精灵满眼戏谑，转身对同伴说：“好吧，既然泰格默许，那我们就可以随意地使唤他了。泰格啊、泰格，你的生活真是太糟糕了，现在你成了我们的奴仆，不能违背我们的意愿，即使违背也是徒劳的。现在，泰格，过来背起尸体吧。”

恐惧中，泰格终于僵硬地从嘴中蹦出两个字：“我不。”

“哎呀，泰格·奥凯恩不抬尸体了。”年迈矮子邪恶地嘎嘎奸笑，笑声如撞破钟般的难听，其他矮子的笑声也好似折断枝条，令人毛骨悚然。“泰格·奥凯恩不抬尸体，咱们就逼他抬。”可怜的泰格还没等到自己开口反驳，就被小精灵围个水泄不通，对着他叫嚣、嬉笑。

他企图逃跑，可精灵们紧跟不舍，最终他被绊倒。刚要起身，它们呼啦一声一拥而上，手脚并用牢牢地抱住了他。可怜的泰格，天生的俏脸只能紧贴脏地，浑身更是动弹不得。六七只精灵立即扛起尸体，重重压在泰格的身上。死尸的胸抵住小伙子的后背与肩膀，双臂牢靠地箍套在脖子上。做好这一切，精灵们机警地跳起，跑出两码之外。蹦起来的泰格，嘴里吐沫星子乱飞，恶狠狠地咒骂着，他使劲地摇晃着身体试图把背上的尸体甩下去，可他却惊恐地发现尸体的双臂早就牢牢地缠在自己的脖子上，双腿也紧紧地夹着自己的臀部。无论怎样使劲，就是甩不下背上的尸体，好似骏马脱不开马鞍一样。泰格惊恐万分，自己快要疯掉了。“哎呀，真是造孽，竟然被小精灵施法制住。现在，我对上天诸位圣灵、圣母发誓。只要能活下来，定将痛改前非，弥补以往的罪孽，赶快结婚。”

那只年迈的小精灵再次向前：“泰格，我让你抬尸体你不抬，现在尝到被迫背尸体的滋味了吧。也许下回，我要求埋葬尸体，你不干的话，我们还会强迫你去做的！”

逐渐清醒的泰格不再害怕与恐惧，他恢复了以往的绅士风度并礼貌地回答：“阁下，您要我做什么，我都会去做的。”

又一阵毛骨悚然的笑声过后，精灵说道：“现在，老实了啊，泰格。我敢打包票，你和我这么一路走下来，定会让你一直老实的。仔细听着，泰格。如果你不听话，不按我说的去做，你绝对后悔。现在，背着尸体到德穆斯教堂去吧，在那里的大厅正中央为尸体挖出墓穴。不仅需要葬好尸体，还得把石板原封不动地盖回原处，更要带走所挖的泥土，不能让人发现地板有任何的变化。不过，泰格，这还没完呢，也许教堂里早就葬满了尸体，其他尸体不愿意共享自己的墓穴。假如真是这样，你还得背着尸体继续跑到卡里克的墓地下葬。那里也没地

方，就去罗南的教堂。要是墓园无法进入，你还得去法达试试。一旦这几处都无法下葬的话，你只有去比迪亚了，那里准能下葬。我是不会告诉你这些教堂墓地中究竟哪个能埋葬尸体的，并且尸体也只能埋葬在这几个地方。做得妥当，我们感激你，你不会受到任何的伤害。要是偷懒，请相信我们定会让你做到令我们满意为止。”

说完，精灵同伴们哈哈大笑，一齐鼓掌叫喊着：“嘻嘻哈哈！去吧，去吧，距离破晓你还有八个钟头的时间，太阳升起之前还没葬下尸体你就输了，嘻嘻哈哈！”它们拳打脚踢逼迫可怜的泰格上路。泰格不得不走，不得不快走，矮人压根没有为他留下任何休息时间。

以前，小伙子不曾见过利特里姆郡还有如此泥泞的道路、肮脏的小巷与曲折蜿蜒的小径，直到今晚他才改变以往的想法。此刻，天地间漆黑一片，只要云彩遮月，泰格就会变成睁眼瞎，跟头摔个不停。即便自己有时倒地受伤，又或者试图逃跑，精灵都会逼着他继续赶路。有时候，小伙子借着明亮的月光，转身就能看清后面紧紧跟随的矮子们，常常听到它们大吵大闹、鬼哭狼嚎，就好似一群海鸥在背后扯着沙哑的嗓子呱呱地叫个不停。虽然泰格想破除精灵诅咒拯救自己，可他连精灵语中一个词都说不出。

他自己只好背着尸体继续走下去。不知过了多久，一只精灵叫住泰格，一群精灵又把他围住。

·个老精灵对他说：“看到那边的枯树了么。德穆斯教堂就在树丛里，你得自个儿走进去。精灵是没法进入教堂的，我们在这儿等你。现在，泰格，勇敢地进去吧！”

放眼眺去，泰格发现高高的围墙早已倒塌一半，一座古老、灰色的教堂坐落于围墙之间，院中稀稀疏疏地种着十几棵老树，光秃弯曲的枝干好似暴怒下青筋暴露的手臂令人恐惧。孤苦的泰格不得不独自向前。从树林到围墙虽然只有几百码的距离，他却走得战战兢兢，不敢回头，直至墓园的大门才稍显放心。古旧的大门早已掉落，泰格顺利穿过去，他也借机瞧了瞧身后，看看精灵是否跟随。可不知是有意还是无意，此刻夜空正值乌云遮月，天地变得晦暗不清，两眼一抹黑

的泰格只好作罢，继续背着尸体踏上长满野草的古旧废弃小路。当他来到教堂，泰格却发现大门早已上锁，面对厚重的大门不知该如何是好。过了一会儿，重负下的泰格费力拔出随身小刀，试着插入看看大门是否腐朽，不过，古老的大门岿巍不动。

“现在，我也没法子了，门紧紧地锁着呢，我自己打不开呀。”

泰格刚这样想，一个声音就钻入耳朵：“去教堂门顶或者教堂墙上找钥匙。”

“是谁在跟我说话？” 泰格被突如其来的声音吓得不轻，不时地来回环视四周，可是周围压根没有他人的踪影。正当这时，奇怪的声音又一次在泰格的耳边响起：“去教堂门顶或者教堂墙上找下钥匙吧。”

泰格吓得满头大汗，大叫：“是谁在跟我说话？”

“是我，是你背上的尸体在对你说话。”

“你竟然可以说话？”

“现在又可以了。”

泰格听从尸体的建议，最终在教堂的一处墙壁上找到了一把钥匙。可泰格仍然害怕，不敢再对尸体多说一句，自己默默地旋开锁头，推开沉重的大门。当门缝足够宽的时刻，胆小的泰格背着尸体迅速地钻了进去。

此刻，教堂里面漆黑一片，可怜的泰格又开始瑟瑟发抖。

“点上蜡烛吧。”尸体建议道。

背着尸体的泰格费力地伸出手在口袋里摸索，掏出火石与钢棒，使劲擦出火花点燃随身携带的碎布。在熊熊的火苗下，他开始打量教堂的四周。原来，这是一座年代久远的教堂。部分墙体早已破落，窗户被呼啸的寒风吹得支离破碎，木头长椅腐烂不堪，剩下六七支老烛台孤零零地站在原地，只有一支烛台上还剩下一小截蜡烛。泰格点燃蜡烛，呆呆地站在原地，内心的恐惧再次袭来，他不断打量着这个既陌生又可怕的地方。正当此时，冰冷尸体的低语再一次钻入他的耳朵：“现在，把我埋了，快把我埋了。那边有铁锹，快快挖墓穴。”顺着尸体的指引，泰格发现倚在祭坛旁边的铁锹，他蹑手蹑脚走过去，捡起

铁锹左瞅瞅又瞧瞧，又小心翼翼地来到教堂中间，铆足力气撬起第一块石板，随后旁边的石板也被他毫不费力地抬到一边。沉重的石板下，土质酥松无比，泰格刚刚铲起三四铲土，就感觉铁锹碰到柔软好似血肉之物。好奇的泰格又快速地铲了三四铲土，终于看见这里早已埋葬了一具死尸。

泰格的心里虽想着一个墓穴不能合葬两具尸体的精灵叮嘱，可想偷懒的他还是冲背上尸体问道："喂，我背上断气的家伙，你愿意和这个尸体一起合葬么？"尸体却不做任何回答。

"不出声就是默认喽。"自欺欺人的泰格立即挥起铁锹铲了下去，也许这回泰格一不小心碰到了早已下葬的死尸，那具尸体诈尸一般嗖地站起来，惊声尖叫："吼！吼！吼！走！走！走！否则你死定了，死定了，死定了！"说完，又立即倒回墓穴。即便此夜经历众多诡异之事的泰格仍旧吓破了胆，头发如猪鬃般根根直立，冷汗呼呼直流，全身上下的骨头瑟瑟战栗，觉得自己快要晕倒了。

过了一会儿，紧盯着墓穴的泰格发现死尸再也没有动弹，胆子渐渐地大了起来。他拿起铁锹扬土埋穴，随后又十分小心地把石板盖好，看起来好似没动过一样。"墓穴中的死尸再也不会钻出来了吧。"泰格自言自语道。

沿着教堂的中间过道，在靠近教堂门口的地方，泰格再次掀开石板挖墓穴。倒霉的是，这次他掀了三四块石板，土还没铲几下，又发现一具只穿着衬衫的老妇尸体。她比刚才那具尸体"更富活力"，还没等泰格继续下铲，她忽地起身，惊叫道："吼，你这小丑！哈，你这小丑，背上的尸体永远找不到墓穴。"

这回，可怜的泰格被惊得后退连连，而这位老妇也不再多言，慢慢地合上双眼，身体失去活力，静静倒回墓穴。泰格只好再次掩埋好墓穴，重新盖回石板。

到了第三回，泰格选择在教堂门口挖坑，可是土还没铲几下，又发现一只手裸露于外。"天哪，我再也不干了，这可怎么办呀。"沮丧中的泰格只得像前两回一样埋土盖板。

此时的他心情沉重，不得不锁好教堂的大门，把钥匙藏回原处，自己坐在教堂之外的墓碑上，不知该如何是好。悲伤与劳累迫使小伙子双手掩面失声痛哭：“这么晚了都没法下葬，自己再也不能活着回家了。”绝望中的泰格企图再一次挣开尸体的双手，可它们却像钳子一般紧紧地箍在脖子上，他越试图松开，死人的双手攥得就越紧。绝望的泰格再次坐回墓碑上。就在这个时候，尸体冰冷黑紫的嘴唇再次张开：“去卡里克。”尸体的提醒让泰格想起妖精们的指示。

他站起身，转过头瞥着尸体说道：“可是，我不知道路啊。”

话音刚落，缠在脖子上的死尸左手顿时松开，手臂指引着泰格前行的方向。泰格只好走出了墓园，再次踏上一条车痕斑驳的石头老路。每逢十字路口泰格不知所往，尸体就会再次伸出左手指示着他通往另一座教堂的道路。

就这样，走啊走啊，在转过好多的十字路口，在穿过蜿蜒不尽的泥泞小路之后，泰格最终看见路旁的一处古坟地。奇怪的是，这块坟地上既没祈祷室也没有教堂。此刻，尸体的手紧了紧泰格，对他说：“埋葬我，快把我葬在这里吧。”

泰格只好蹒跚地向路边的坟地走去。当距离坟地二十码的时候，泰格抬起头竟然发现成百上千的男女老幼鬼魂或站在围墙上或游荡在墓地周围。他们都对他指指点点，嘴部开开合合，仿佛在开口讲话，可他却听不见众鬼发出的任何声响。

胆小的泰格不敢上前，他就直直地站在原地。有趣的是，只要他不动，鬼魂十分安静亦不做任何动作。可当向前走上几码，鬼魂就会立即密密麻麻地“粘”在一起，形成一堵看似无法穿过的鬼墙。起初，泰格有意闯闯，可胆小的他最后还是不敢冒险一试，只好伤心地远离墓地。就在这个时候，自己的耳边又响起尸体命令：“去罗南教堂。”皮包骨头的手臂又再次伸展，指引着他继续前行的道路。

虽然疲倦，泰格依然坚持，路途既不平坦也不短暂。夜空更加晦暗，道路更为难寻。小伙子从未放弃，在无数次的跌倒与擦伤后，泰格终于远远地看到矗立在墓园中央的罗南教堂。重负下的泰格庆幸没

有发现围墙上的鬼影，乐观地认为再也不会有什么东西阻止自己埋葬尸体了。不过，当他试图穿过大门之刻，自己却被门槛绊倒，还没等起身，脖子与四肢就被看不见的东西抓住。它们使劲地挠他抓他，卖力摇晃着泰格，直到他要被弄死的时候，泰格连同背上的尸体一齐被抬到空中，扔进距离坟地百码之外的堤坝里。

泰格慢慢起身，浑身上下又青又肿。他再也不敢走近墓园，害怕再被扔出来。

“喂，背上的尸体，我还要进墓园么？”

尸体闭嘴不言。

“你不说话就意味着我不用再试着进去了啊。”

小伙子只好等待尸体再次开口。不一会，尸体果真回应：“去法达坟场。”

“啊，你个天杀的，我一定要背你去那里？再来一次长途奔袭，告诉你，我定会累趴的。”

虽然不满，泰格在尸体的指引下继续前进。就这样，走啊走啊，走了连泰格都不知道自己走了有多远的路程，直到尸体使劲地抓了抓泰格说：“就是这儿。”

顺着方向，泰格看见一段破败不堪的矮墙，场地四周空空荡荡，角落里堆放着三四块硕大的岩石，怎么看都不像墓园或者坟场。

“这里就是法达么？要把你葬在这儿？”

“是的。”尸体回答道。

“可在这里，我没看见坟墓或者墓碑啊，只有一堆石头。”

尸体不再说话，只是伸出枯手引领泰格前行。领教过被扔出坟地滋味的泰格这回害怕极了，正如他后来回忆所说“当时，心都提到嗓子眼了”。因此，当他走到距离矮墙大约十五至二十码的时候，天地之间突然闪现出一道夹着蓝色条纹红黄相间的神异闪电，它飞来闪去快似云中燕。在泰格的注视下，闪电速度节节攀升、越来越快，最后快得如一条火圈，围绕在坟场周围，无人能毫发无损地穿过。长这么大，泰格还是头一回见到如此壮观的诡异景象。随着时间的流逝，火圈熊

熊燃烧、快速转动，飞溅出白、黄、蓝三色火花。起初围绕坟场的火圈也只是一条又细又窄的火线，可到了后来，火圈越来越宽、越来越大，最后竟然形成一堵又厚又高的火墙，释放出更多耀眼的火花，如此闪亮世所罕见。

泰格早被眼前的奇观深深地吸引，他根本没有勇气穿过这道火墙。仅仅是自己的眼睛就被火焰熏得模模糊糊，眼前犹如一层白雾。眩晕中的泰格不得不坐在一块石头上缓一缓，靠耳朵就能听见快比闪电的火焰此刻绕在坟场外围发出呼呼的声响。

尸体再次发话："去比迪亚的小墓园。"并用双手紧紧地抠着泰格，疼得他大声喊叫，不得不拖着疲惫、受伤的身体摇摇晃晃地继续前行。此时的夜晚，寒风习习，道路艰难，尸体沉重，天昏地暗，泰格疲惫至极，好像再多走一段路就会被身上的负担拖累而死。

又不知走了多久，尸体伸出手，指向前方，说道："将我葬于此吧。"

泰格此刻早已想得明白："精灵告诉过我，尸体只能埋葬在这几个地方。而这里正是埋葬尸体的最后场所，必将可以下葬，否则它们也不会让自己来到这里了。"

此刻的东方已现一丝光亮，云彩被映得似火通红。黎明前夕，月亮已落，群星遮辉，这是天地间最为黑暗的时刻。

"快点，再快点。"在尸体不断地催促下，疲惫的泰格迅速爬上山坡奔向只有几个坟墓的小墓园。现在的他已顾不上一切，勇敢地穿过敞开的大门，并未发生任何异样，受到任何阻挠。泰格跑到墓园中间，急切搜寻挖墓的铁锹，却发现一个墓穴凭空出现在自己眼前。小伙子跑过去往坑里一瞧，下面还有具黑色棺材，他便背着尸体爬了下去，掀开盖子，棺材正如他所预想的一样，里面空无一物。当泰格爬出墓穴之际，一直紧贴泰格身上超过八个钟头的尸体猛然松开箍在泰格脖子上的双手、缠在臀部的小腿，扑通一声掉进打开盖子的棺材里。

激动的泰格双膝跪地，快速谢完上帝的仁慈，毫不耽搁地扣上棺盖，双手用力掀土埋穴，双脚踩实土地之后，才得以安然离开。

此时，太阳冉冉升起，对于现在的泰格来说，首要之事就是回到路边找到一户人家休息。最后，他终于寻得一家小旅馆。饥肠辘辘的泰格睡到晚上才醒来，吃了点东西又继续呼呼大睡直至第二天清晨。随后，他雇了辆马车跑回26英里外的自家村子。直到这时，泰格才知道背着尸体的自己竟然在一夜之间走了这么远的路程。

自打泰格离家那一夜起，远在一方的乡亲们都认为泰格早已离开了利特里姆郡。看到他回来，村人既高兴又好奇，纷纷追问他到底去了哪里。不过，泰格守口如瓶，只把事情的真相告诉给老父亲。

自此，泰格像变了一个人似的，他不再酗酒，不再玩牌，不再输钱，更不会出门乱逛，特别是在夜里。

回来还不到两个星期，小伙子就把玛丽娶过门。在热闹的婚庆典礼上，泰格恢复了以往的活跃与欢快，成为这世上最最幸福的男人。故事最后，我也祝愿大家都能成为像泰格这样既幸福又快乐的人呢。

帕特里克·科科伦妻子的怪病

威廉·卡尔顿

曾经，帕特里克·科科伦的妻子得了种怪病，多年来饱受折磨，不过没人能说清病患如何。要说她病了，却又不像有病的样子，可要说她身体健康吧，她看起来也不怎么好。可以说，她和普通女子一样对自己的丈夫恭顺有加，又可以认为她并非如此。事实上，没人知道她到底怎么了，她的烧心病让丈夫倍感压力。即使在上帝的帮助下，这位可怜的女人在炎热的夏季也不大可能有什么胃口，因为她糟糕得难以想象，没有丁点儿食欲，只能吃些羊排、牛排，或者其他的肉类，这当然还是托上帝的福！因为，她根本不想吃干土豆或者酸奶。说真

的，对于她这样的一位患者来说，可怜的丈夫帕特里克总以为她命不久矣，任凭上帝发落！妻子自然也管不了那么多，因此，她并不介意土豆上多洒点盐，荣耀属于上帝！就像最最鲜美的烤肉配上土豆一样，为什么不呢？不过，倒有一件事能够宽慰她：她与丈夫不会耗上多久了，很快就不用给他找麻烦啦。吃什么也没那么重要。不过，既然得了烧心病，她只好时不时地吃点肉，强迫自己再活上几天。要是自己的男人都那么吝啬，她还能指望谁呢？

好吧，如我之前所说，她卧床不起时日许久，其间也找了多名医生、骗子、男女老少、高矮胖瘦，全都试过了，可一丁点作用都没有。最后，可怜的帕特里克几乎绝望，只能尽力为她保障肉食。苦日子转眼将近七年，在后来丰收的一天，妻子躺在炉火旁的床上哀叹自己的不幸，一位身裹洁净红斗篷的矮女人走进屋子，坐在壁炉边对她说道：“哎，基蒂·科科伦，你躺了快七年了，可病一直都治不好。”

“是啊，我一直在寻思这是怎么回事呢，真伤脑筋啊。”

“实话告诉你吧，现在这样子是你咎由自取。”

“啊？怎么会是这样？如果能够弥补的话，我就会好起来？你觉得瘫在床上，我很高兴、很快活，是吗？”

“不，我不是这个意思。不过，我可以告诉你真相，在过去的七年里，你一直在骚扰我们。我虽是精灵的一员，但出于同情，还是来告诉你患病的原因。假如你努力回想的话，你的孩子们常常在黎明前和黄昏后把你用过的脏水泼出门外，这刚好是我们精灵每天从你家门口来回经过的时候。因此，只要你们在不同时间、不同地点泼脏水的话，对你的诅咒自会消失，你的病也会痊愈，你又会变得和从前一样健健康康的。假如还不听劝，呵呵，那就请你继续老样子躺着吧，谁也治不好你啦。”说了句告辞，精灵就消失不见了。

于是，基蒂遵从精灵的指示。结果，第二天，她发现自己能够如过往那般健康快乐地享受生活啦。

爱尔兰摇篮曲

译自耶利米·约瑟夫·卡拉南[①]的爱尔兰语歌谣

据说，这首歌谣是由一位年轻的新娘所唱，她被精灵囚禁在爱尔兰大地上十分常见的山寨里，精灵们很喜欢住在这样的地方。一天，她假借哄孩子入睡，悄悄来到寨子的外缘，对不远处的一位姑娘轻声歌唱，恳求该名女子将此歌唱给自己新婚不久的丈夫，希望他能提着那把神奇的钢刀来破解精灵的诅咒。

睡吧，宝贝！夏日微风
吹拂沙沙作响的树木，
精灵之歌是最最甜美的音符，
在我们的身边轻轻地飘浮。

快睡吧！悄悄哭泣的野花，
将芬芳之泪在你头顶洒下，
爱的声音让你睡得甜香，
枕头就是妈妈的乳房。
快睡吧，我的宝贝！

自从我被送到精灵的豪房，
疲惫、绝望虚度时光，

① 译者注：耶利米·约瑟夫·卡拉南（1795—1829），爱尔兰诗人，生于爱尔兰科克郡。

哪怕大厅里宴会丰盛，
墙壁回荡欢乐的声响。
快睡吧，我的宝贝！

在辉煌的穹隆顶房，
有多少少女与妙龄的新娘，
数不清的圣贤，皱纹满面，
数不清的女监，日渐佝偻。
快睡吧，我的宝贝！

哦！假如你听到我的歌声，
快将消息递给哀悼的家人。
让他提着神奇的魔刀，
刀光闪现，魔咒全消。
快睡吧，我的宝贝！

快！因为明天太阳一出，
可恨的咒语就会恢复，
从此，我再无法摆脱半步，
直到生命消失，心脏干枯。
快睡吧，我的宝贝！

睡吧，宝贝！夏日微风
吹拂沙沙作响的树木，
精灵之歌是最最甜美的音符，
在我们的身边轻轻地飘浮。

白鲑鱼，康镇的传说

塞缪尔·洛弗

很久以前，湖边的一座城堡住着一位倾国倾城的名门淑女，人们都说她已被许配给一位王子。不过，当他们打算成亲的时候，王子被杀了，尸身被丢进湖里。自此，他无法信守对这位女子的婚姻承诺，真是憾事一件。

唉，故事接下来便是失去了王子的姑娘开始神志不清，她和我们一样，善良脆弱，愿上帝保佑她！出于对王子的思念，她日渐憔悴，最后不知所踪。据说，是精灵带走了她。

没过多久，一条白鲑鱼出现在湖里。大家都想不出这小家伙是打哪儿来的，因为自此再没出现过第二条白鲑鱼。时间一年年地过去，这条白鲑鱼一直待在湖里，出现的时候比村中最年长老者的记忆还早，活得比我能说出的时间还长。

到了最后，人们认为它必定是只精灵。除了精灵，它还能是什么呢？因此，人们不曾伤害它。直到有一天，一批邪恶的士兵途经此地，嘲笑这里的村民，认为鲑鱼精的说法十分可笑。其中的一名士兵（祝他倒霉，也愿上帝宽恕我说了这样的话！）发誓要抓住白鲑鱼并把它吃掉，他可真是个恶棍！

您猜那名缺德的士兵后来怎么样了呢？没错，他果然逮到了鱼，随后把它拎回家，端出一口锅，把可怜的小东西丢在锅里。白鲑鱼就像基督徒一般尖叫。可是，亲爱的，你准能想象出这名士兵当时要笑裂了的脸，因为他是个十足冷酷的恶棍。当他认为鲑鱼的一面煎得差

不多的时候，便翻过来煎另一面。你猜猜怎么着？这个小家伙连一丁点灼伤的迹象都没有。当时，士兵就觉得这是条怪鱼，竟然无法煎熟。随后，他嘟囔着："哎呀，再等一会儿翻过来煎一煎吧。"这家伙的脑子实在不怎么好使。

好吧，等他觉得那一面已经煎得差不多的时候，又翻了另一面，哎哟，快来瞧瞧，这小家伙的两面丝毫未伤。"真倒霉，我再来好好煎煎你，我的小宝贝，看看你有多大能耐。"于是，他翻来翻去，白嫩的鲑鱼依旧没有一丝烧伤的痕迹。"哎呀，"这个绝望的恶棍说（说实话，像他这种恶棍除非被逼到绝路，否则绝不可能明白自己是在干坏事，也不会清楚自己是在瞎忙活），"我可爱的小鱼儿，没准你已经熟透了，只是看起来不够焦而已，尝起来滋味也许更好呢，卖相不好味道棒嘛。"说罢，他举起刀叉想要尝一口。可当刀子切上鱼身，白鲑鱼发出痛苦的哀号。要是亲耳听到这个声音，你准会觉得如果真的伤害了它，自己也会性命不保的。白鲑鱼立即从锅中跳出来，掉进面粉里。不过，在它掉下去的面粉窟窿里，窜出一位美丽的女子。这可是世间最最美丽的一位女子了，只见她身着一袭白衣，发间束着一缕金带，手臂上淌着鲜血。

"哎呀，好好看看你切我的伤口，你这恶棍。"她边说边伸出手臂。哦，我的老天爷哟，士兵当时准以为自己的眼睛要瞎掉了。

"干吗要设下陷阱，妨碍我的职责，就不能让我好好待在凉爽自在的湖水里么？"

此时，大兵就像条浑身湿透的狗颤抖不已，结结巴巴勉强说了些讨饶的话，说什么自己不知道她是在站岗，否则他这么好的一个士兵也不至于愚蠢地打扰她。

"我的确在站岗啊，一直在等待我的爱人来水中找我，要是他来的时候我不在，我定要把你变成小银鱼，只要草还在生长，水还在流淌，就让你永无消停之日。"

一想到要变成条小银鱼，这名士兵以为自己真的要完蛋了，便开始乞求怜悯。这位女子继续说："不要再作孽了，恶棍，否则追悔莫

及。从今往后，还是做个好人吧，默默地忏悔。现在，送我回湖里，在哪儿找到的，就放我在哪里。”

“噢，我的女士啊，我怎能忍心把像您这样美丽的女子扔到湖里淹死呢？”

可他还没来得及多说一句，这位女子消失不见，士兵只看到那条小鲑鱼瘫在地上。他立即把它盛进一个干净的盘子里，不要命地跑起来，生怕她赶不上爱人的到来。他跑啊、跑啊，一路跑回湖边的山洞，把白鲑鱼抛回湖里。一丢下去，湖水变得如鲜血般红艳，我猜想，这是伤口的缘故吧，直到后面的水流将血污冲洗殆尽。直到今天，鲑鱼的侧面还有一块小小的红色伤痕，那就是被刺伤的痕迹[①]。

好吧，自打那天起，这位士兵洗心革面，不仅改变了原来的生活，每日按时忏悔，每周斋戒三次，而且他再也吃不下一口鱼肉啦。

不管如何，正如之前所说，他改邪归正，不久离开军队，成为一名隐士，大家都说他时常为白鲑鱼的灵魂祈祷。

有关鲑鱼的故事在爱尔兰广为流传，许多圣井都出现过鲑鱼。曾经，在斯莱戈郡的吉尔湖边的井中就有这么一条鲑鱼，有个异教徒曾逮住它，放在架子上烤，于是，鲑鱼就有了被灼伤的印记。或许，鲑鱼是很久以前为水井赐福的圣人放养的，不过如今，只有那些虔诚的苦修之人才能发现它的存在。

① 译者注：鲑鱼腮部确有块红斑。

精灵的山楂树[①]

塞缪尔·弗格森

“快从破旧的纺车中起身吧，亲爱的安娜，
你的父亲在山上，你的母亲还在梦乡，
我们爬上峭壁在那里起舞吧，
到峭壁上精灵的山楂树旁。”

三位少女在安娜门前呼唤，
她们绿裙在身，格外婀娜。
安娜放下纱杆与沉重的纺轮，
我承认，四位少女数她最美丽。

她们穿过静寂黄昏的微光，
露着白嫩嫩的脖颈与脚踝，
小溪在慵懒的歌声中缓缓流淌，
走上若隐若现的峭壁小路。

手拉着手，少女们轻声歌唱，
沿着山路，大胆无畏地攀走，
来到美丽、孤独的花楸树旁，
附近有棵黑色的精灵山楂树。

① 选自爱尔兰阿尔斯特地区民谣。

山楂树耸立在花楸树之间，高大修长，
就像拥抱双胞胎孙女的祖母一样，
花楸果簇拥在她灰暗的脑袋瓜上，
看着就像对山楂树甜蜜、红润的亲吻。

四名少女站成一排，
彼此围着粗壮的花楸树干，跳起
旋转的舞步仿佛掠过海面的小鸟，
哦，可有比她们更加快乐的啁啾小鸟！

银白色的迷雾如此庄严，
声音在迷雾中渐渐消散，
黄昏闹鬼的山坡好似沉眠，
暮色变得更加魔幻。

就像天空云雀的音符，个个沉落，
猎鹰的阴影在林薮中，阵阵掠过，
少女们的嗓音变得静默，
蜷缩着，敬畏与困惑。

因为头顶苍天与脚踏草地，
山上花楸树与古老山楂树，
无不透出一股隐隐的魔力，
她们跌落在脚下的青草地。

彼此一起悄无声息地沉落，
优美的手臂搭在低垂的脖颈，
然后又徒劳地遮挡赤裸的手臂，
她们的脖子却再一次无处遮蔽。

她们抱作一团，俯伏在地，
心轻轻地跳动，那是仅存的活人气息，
她们听见精灵轻轻的脚步声，
像空中的一条河在周围流淌。

她们无法作声，祈祷也没有力气，
恐惧、颤抖、无言三女孩无比惊异，
娇美的安娜·格蕾丝被默默带走，
她们不敢睁眼，也无法抬头。

格蕾丝扯开的金发牵着她们的发卷，
发卷垂下，她已被拉得很远、很远，
麻木的双手感受到她滑动的手臂，
她们却没法抬头看她被拖离此地。

无所不在的魔法控制她们的感官，
在这个痛苦、危险的漫漫夜晚，
恐惧、惊奇无法睁开颤抖的双眼，
哪怕四肢也无力从冰冷的草地抬起。

直到夜幕过去，大地露水初生，
遍洒鬼魅的小山与山下的溪谷。
清晨，淡黄的晨风吹走浓雾，
三少女的恍惚这才宣告解除。

女孩们飞奔回家，恐惧、胆怯，
向担心的家人道出奇幻的一夜，
她们日渐憔悴，不久香消玉殒，
安娜·格雷丝却从未再现人间。

诺克格拉夫顿传说

托马斯·克罗夫顿·克罗克

从前，在阴郁的哥尔提山脉脚下，在肥沃的阿赫洛的幽谷里，生活着一位贫苦之人。他的背上还驮个大得吓人的驼峰，看上去就像自己的身子被架在肩膀上一样。脑袋又大又重，每当他坐下来的时候，下巴总要靠膝盖支撑。乡民们很怕在偏僻的地方遇到他，因为啊，这可怜的家伙，虽如出生婴儿与世无争，可其畸形实在严重，看起来像个怪物。有些坏心肠的家伙总是捏造关于他的离奇故事，说他对草药和魔法了如指掌。不过，他确有一双灵巧的手，能把稻草和灯芯草编成帽子和篮子，这也是他赖以为生的途径。

于是，村民给他起了个绰号叫拉斯莫尔，因为他的草帽上总是插着一枝拉斯莫尔的小花（毛地黄的花朵）。另外，他编出的小玩意儿总能比别人要多卖出些钱，这也许是有人出于嫉妒散布谣言的原因。不管到底是不是这么回事，一天傍晚，他从美丽的卡希尔镇返回卡帕镇，由于身材矮小，又驮着个驼峰，拉斯莫尔走得十分缓慢，等他来到诺克格拉夫顿山寨的时候，天色已晚。疲惫不堪的他一想到还有一整夜的路要赶，心中很是忧愁。他坐在大路边上悲伤地抬起头，只见夜空中，

乌云散开月亮升，
好似女王绽光芒，
恰为黑夜披银篷。

正在这时，拉斯莫尔隐约听到一个奇妙的旋律，于是，他仔细倾听，发现自己从未听过如此激动人心的乐曲，仿佛许多轻柔的嗓音同声歌唱，彼此又神奇地融合在一起，形成一种和声。歌词是这样的：

“哒鲁安、哒莫特，哒鲁安、哒莫特，哒鲁安、哒莫特。”①

就这样，唱啊唱啊，停顿片刻，旋律又会再次响起。

拉斯莫尔屏息聆听，唯恐错过半个音符。现在，他清楚地感到这歌声是从山寨下方传来的。虽然，一开始这种旋律令他如此痴迷，可是一遍一遍地重复，终于有些厌烦。于是，拉斯莫尔在“哒鲁安、哒莫特”唱了三遍的停顿之处，把调子升高，应着旋律唱道：“安格斯，哒哒丁。”②随后，他继续跟着旋律，唱道：“哒鲁安、哒莫特。”一唱又是三遍，在歌声的间歇，再次加入：“安格斯，哒哒丁。”

诺克格拉夫顿山寨中的小精灵们听到自己的旋律被这么加上一句，不由得高兴，决定把这位凡人请到它们这里做客，因为拉斯莫尔的音乐天赋远超精灵。于是，一阵旋风刮起，拉斯莫尔像根稻草轻盈地转着圈圈，伴随着美妙的音乐飘进山寨。在这里，他享受了精灵最最尊贵的礼遇，它们把拉斯莫尔视为最最优秀的音乐家，还派仆人专门伺候，致以最为诚挚的欢迎。

不过，他发现小精灵们正展开一场激烈的争论。尽管对他礼貌有加，可拉斯莫尔还是有些害怕。直到精灵国王踱过来，对他说：

拉斯莫尔！拉斯莫尔！
不要怀疑，不要哀叹，
驼峰痛苦，已不在啊，
如不信呢，看背影呀，
奇迹来到，拉斯莫尔！

精灵国王一唱完，可怜的拉斯莫尔浑身顿觉轻松。他高兴极了，

① 周一、周二，周一、周二，周一、周二。

② 还有周三。

感觉自己好似童谣《猫咪拉提琴》[1]中那头神秘的奶牛，轻轻一跃就能飞向月亮。当发现自己的驼峰已从肩膀之上沉沉地摔落之后，欣喜若狂的拉斯莫尔慢慢直身、抬头，以防撞到精灵大厅低矮的天花板。最终，小伙子有生以来第一次完全抬起头颅，他一遍遍惊喜地打量着周围，一切在眼中都变得愈加美丽与愉悦。可是，长时间的兴奋又让自己有些头晕眼花，疲劳的拉斯莫尔渐渐地合上了双眼。

当酣睡的拉斯莫尔再次醒来，天空已然大亮。鸟儿在甜美地轻唱，拉斯莫尔躺在诺克格拉夫顿山寨的边上，牛羊静静地围着他吃草徜徉。匆忙感谢完上帝的拉斯莫尔迫不及待伸手去摸后背，天啊，驼峰果真不在了。他骄傲地直起腰身，走向河水，看着水中的倒影，自己早就变成一个标志的小伙儿。不仅如此，身上还套着件精灵为他编织的美丽衣裳。

在回家的路上，拉斯莫尔一步一跳轻快地走着，就好像生来是位舞蹈家。没人认出丢掉驼峰的小伙儿正是拉斯莫尔。尽管他费尽口舌试图说服乡亲自己就是以前的那个驼子，可他现在的样貌早与过去判若两人。

当然了，拉斯莫尔摘掉驼峰的传奇很快不胫而走。乡下方圆几里的人们无不谈论此事。

一天清晨，正当拉斯莫尔心满意足地坐在门口，一位老妇人走向他，询问前往卡帕河的道路。

“大婶儿，不用问了，这里就是卡帕河岸，您到这穷乡僻壤来找

---

① 译者注：

嘿，嘀嘟！嘀嘟！
猫咪拉着小提琴，
母牛跳过了月亮；
小狗在哈哈大笑，
瞧这戏法多奇妙，
小盘子和小勺子，
手拉手一起跑掉。

谁啊？”

“我从德希的乡村来到沃特福，为的是寻找一位名叫拉斯莫尔的年轻人，听说他的驼峰被精灵治好了。我闺蜜也有个驼背的儿子，也许他也能用拉斯莫尔同样的咒语去掉身上的驼峰，因此我不顾路途遥远来到此地正是为了能得到这个咒语。”

有副热心肠的拉斯莫尔立即告诉这位女士自己的奇遇：如何在诺克格拉夫顿山寨为精灵献歌，驼峰如何从肩膀摔落，自己又如何赚得一身新新的美丽衣裳。

这位妇人非常感谢他，轻松愉悦地回到德希，一走进闺蜜家，就把拉斯莫尔所说的一切告诉了她。于是，她们二人把打小暴躁、狡猾的驼背儿子塞进了马车驶向卡帕河。路途虽然漫长，可她们并不在乎，只要能摘掉儿子的驼峰就好。这一天夜幕降临，她们成功地把儿子安置在诺克格拉夫顿古远的山寨旁。

刚坐下不久，驼背儿子杰克·马登便听到精灵的歌声。歌曲十分甜美，精灵早已按照拉斯莫尔修改的歌词唱着：“哒鲁安、哒莫特，哒鲁安、哒莫特，哒鲁安、哒莫特，安格斯，哒哒丁……”中间再没有了停顿。

可是，贪婪无比、治病心切的杰克·马登在精灵连续唱完七遍之后，自作主张吊着破锣嗓子，发出比拉斯莫尔还要高昂的嗓音大声吼起来，完全忽视了乐曲的旋律，也打破了歌曲原本幽默诙谐的意境，独自把“安格斯，哒哒丁，安格斯，哒海那”[①]唱了两遍，自己觉得唱两遍总比唱一遍要好，认为拉斯莫尔唱了一遍就能得到一身新衣裳，自己唱了两遍就该得到两套。

可是，杰克·马登开口歌唱不久，他就被一股惊人的力量带入了山寨。小精灵非常懊恼地盘旋在他的周围，叫嚣着：“是谁破坏了我们的歌，是谁破坏了我们的歌？”精灵王首当其冲，近前怒喊：

① 还有周三，还有周四。

杰克·马登，杰克·马登！
你的嗓音真难听，
原本旋律美妙声。
作茧自缚你真能。
我们让你浑身疼。
双峰给杰克·马登。

在国王的命令下，二十位强壮的小精灵把拉斯莫尔掉落的驼峰钉在了杰克的驼峰之上，就像最精湛的木匠用12便士昂贵的钉子钉起来一样牢固，最后又把他踢出精灵山寨。到了第二天早上，当母亲和闺蜜来寻他的时候，长着两个驼峰的杰克·马登躺在山寨边上只剩下半条命。这样的情景惊得她们面面相觑、闭口不言，生怕驼峰会跑到自己的背上！最后，面容疲惫、心情沮丧的妇人们只好把倒霉的杰克带回了家。由于多了一个驼峰的拖累，再加上长途旅行的劳苦，回家不久后，杰克·马登就病死了。自此，这两位长舌妇便恶毒地谣传，死去的杰克会诅咒任何听到精灵唱歌的人类。

尼戈尔郡的小精灵

利蒂希娅·麦克林托克

毋庸置疑，假如惹恼了精灵，那可是件大大的坏事。要是激怒了它们，小精灵们真的会害人不浅；不过要是善待它们，它们又会成为最好的邻居。

这么一天，我母亲的姐姐独自一人在家中烧着一大锅开水。这个时候，一只小精灵从烟囱上掉了下来，不小心把腿滑进了锅里。

它惨叫一声，屋子瞬间挤满了精灵，它们七手八脚把它从热锅里拉出，抬到了地板上。

“是她烫伤你的吗?”

“不，不，是我不小心，烫着自己的。”

“好吧，好吧，自个儿烫伤的，我们无话可说。要是她烫伤你的，我们定要她付出沉重的代价。”

精灵游乐场

威廉·卡尔顿

兰蒂·姆克洛斯基一讨到老婆，就要盖所房子养她。他买下一块大约六英亩的小农场，只差一幢称心如意的房子了。在一番搜寻之后，他将房址选在了一片绿荫环绕的土地上，那正是精灵们的游乐场。

虽然，有村民告诫他不要这样做，可顽固的兰蒂就是不听，声称自己并不害怕，哪怕得罪了全欧洲的精灵，也不会放弃这么一块风水宝地。不久，他麻利地盖好了自己的婚房。按照爱尔兰的习俗，新屋落成，房主必会广邀亲朋、邻里共贺乔迁之喜。在同一天，兰蒂把妻子娶回家，并雇了位小提琴手，也买了不少威士忌，好让夜晚道喜的客人好好享受，载歌载舞。

夜幕降临，一切都在喜庆的氛围中顺利地进行着。正当大家伙兴致高昂之时，头顶突然传来一声怪响。大家侧耳凝听，原来房顶上传来拆卸、挪移重物和大口喘气、不断抱怨的声音，好似有一千只小精灵正齐心协力拆房顶似的。

“快加把劲！一定要在午夜前把兰蒂的房子拆掉。”一个声音发号施令。

对兰蒂来说，这可不是什么好消息。可发现对手不好对付的他最终只好硬着头皮走出家门，冲着屋顶喊道：“先生们，真是万分抱歉，我把房子盖在你们的领地上啦。假如能给我一个晚上的时间，我便能在明天天亮之前把房子拆掉。”

话音刚落，上方传来一阵噼里啪啦的掌声，像是有一千多只小手同时鼓掌似的，其间还有小精灵不时叫喊道：“好样的，兰蒂！你大可以把房子挪到乡间小路旁的两棵山楂树之间。”又一阵掌声过后，嘈杂的声音越来越远，最终四周归于平静。

不过，对于兰蒂来说，这样的结局其实并不算太糟。在为新房打地基的时候，他竟然挖出整整一灯芯草罐子①的金币。即便明天要离开精灵游乐场，兰蒂也比过去任何时候都要富有。若不是有此奇遇，他才不会发大财呢。

大姑娘纺纱赛

威廉·卡尔顿

在爱尔兰北部，适婚的女孩们常常聚集在农场举行纺纱比赛。这些手法敏捷、技巧娴熟的姑娘大都在日出前一个小时准时到场。每逢此刻，她们的心上人或者亲兄弟保准前来帮忙。他们一边推着纺车一边护送她们穿过田野。比赛的现场可谓热闹非凡。盛大的赛事不仅促进了纺纱行业的发展，也能激发每位纺织能手的自豪感。

到了比赛那天的清晨，即便在远处，大伙也能听到姑娘们的欢笑声、转动纺车的嗡嗡声以及每位姑娘纺线最终成绩的报数声。有时，

① 农民用来泡蜡烛灯芯草的金属容器。

比赛甚至在破晓前两三个小时就开始了。不过，众姑娘们最最期待的，还是比赛之后的舞会。当比赛结束的时候，新诞生的冠军如同女王一般，备受瞩目与尊重。

现在，回到我要讲的故事来吧。肖恩·布伊·姆盖维拉是整个教区干活最麻利、品行最端正的小伙子。他擅长使用连枷、铁锹、镰刀等农用工具，其他的年轻人无人能及。他还生得仪表堂堂，身强体壮，即便不是所有的姑娘为他争风吃醋，大多姑娘对他钟情有加也是事实。不过，他不会草率地选一位女孩成为妻子。自己希望娶到一个如他一般品行端正、勤勤恳恳并且心灵手巧的女孩子。这样，难题就出现了，因为十几个女孩都能够满足他的要求，而且个个生得貌美如花，都排队等着嫁给他呢。在这些妙龄女孩中，他觉得比蒂·科里根与莎莉·戈尔曼更加出众，两人又都是纺织冠军，而且非常谦虚，都说对方的纺织技术更胜一筹。两位姑娘在教区备受夸赞，所有人都祝福她们，希望她俩能够寻得好的人生伴侣。对二位姑娘有好感的肖恩也游移不定，不知选谁好。于是，他决定下周举行一场纺织比赛，向邻里宣称比赛中胜出的女孩将会成为他的妻子。教区里的人十分清楚冠军必定是她们二人中的一位。两位姑娘欣然同意，比蒂说，莎莉赢定了，出于礼貌的莎莉也回应道，比蒂将会是大赢家。

距离比赛还剩下两天的光景。这天下午大约三点钟，一位脚踩高跟鞋，身披红斗篷的矮妇人走进了老帕迪·科里根的房子。屋中只有比蒂一人。一见到这位妇人进屋，她便急忙起身，把椅子拉到壁炉边上，邀请她坐下休息。老妇人应邀坐下，两人随后愉快攀谈。

“听说肖恩·布伊·姆盖维拉家将举办一场纺织比赛?”妇人问道。

“是啊，夫人。”比蒂笑着回答，兴奋得涨红了脸，知道自己的命运与这场比赛息息相关。

“赢了这场比赛的人就能赢得一个满意的伴侣?”

“啊，是这样子的。”

“肖恩可是个品行不错的小伙子，谁要是能嫁给他，保准幸福。”

“是啊，”比蒂回答道，不过又叹了口气，她心里多少有些担心，

害怕自己错失一位优秀的丈夫。事实上，每位女孩都会为自己的婚姻大事操心。不过，出于礼貌，比蒂话锋一转：“您看起来多少有些疲惫，快来吃点东西，喝杯牛奶再赶路吧。”

“好心的姑娘，谢谢你，那我就吃一点，祝愿一年后的你生活幸福无比。”老妇人说道。

“希望好人总会有好报。”

“是呀，希望好人有好报。”

她吃光了比蒂为她端上来的食物。

“好啦，”老妇人边说边起身，“你真是位善良的姑娘，在星期二早上比赛之前，假如能够知晓我的名字，那么你就会赢得比赛。当然啦，还能获得一位称心如意的老公。”

“哎呀，我以前可没见过您，也不知道您是谁，更不知道您住哪儿啊，怎么才能知道您的名字呢？”

“你从未见过我，”老妇人说，“也许以后还能再见我一次。我知道你深爱着肖恩·布伊。不过，在比赛结束前，依然不知道我名字的话，那么你将永远失去自己想要的一切。”

说完，这位神秘的老妇人便离开了，只留下可怜的比蒂暗自沮丧。说实话，她深爱着肖恩，不过要弄清楚老妇人名字的机会着实渺茫。

当比蒂在家中满心惆怅的时候，莎莉·戈尔曼也独自一人在家，满脑子同样琢磨着比赛的事情。亲爱的读者，你们猜猜这个时候谁走了进来，正是我们的老朋友，那位身披红衣的矮婆婆。

莎莉说：“上帝保佑您，夫人，今天天气可真好呀！”

“是呀，今天天气确实好。”

“那您在旅途中遇到了什么新鲜事吗？”

“刚从邻里那儿听来的趣事，肖恩家将举行一场盛大无比的纺织赛，据说，你要么赢得比赛，夺得如意郎君，要么拱手相让。”神秘的妇人紧紧地盯着莎莉。

“我倒不怎么担心，即便失去他，自己也会找到另一位像他那样的如意郎君的。”莎莉自信地说道。

“再找一位像肖恩这样的男人可不容易啊。假如这次能够得到他，你一定开心死啦。”

“这就不劳您费心了，比蒂是个好女孩，可在比赛中，她还从未赢过我呢。您不坐下来休息一会儿吗？看起来，您多少有点劳累呀。”

“亏你这么想，想迟了总比没想到要好。我权且待上一会儿，再看看你是个怎样的姑娘。”妇人寻思着。

于是，妇人坐下来，聊了些女孩关心的话题。大约过了半个小时，妇人起身，拄着拐棍向莎莉告别。不过，没走多久，她回头望了望，忍不住自言自语：

她聪明伶俐，
一心向往爱情；
她灵巧严谨，
却不讨人欢喜。

与此同时，可怜的比蒂正想方设法到处打听这位妇人的名字。可所有人都说从未见过也从未听说过有这么一位神秘的老婆婆。到头来，比蒂沮丧无比。毫无疑问，要是错过了肖恩，自己定会伤心许久，因为她再也找不到像肖恩这样的棒小伙了，即使会遇到别的小伙，她也不会像爱肖恩这样爱其他男人。

比赛的日子终于到来，美丽的姑娘们涌进了肖恩·布伊家里。不过，她们更羡慕比蒂和莎莉，因为她俩无疑是其中最最美丽的姑娘。此刻，屋里充满了欢声笑语。毫无悬念，比蒂和莎莉在纺纱比赛中遥遥领先，不过大家很难在二人中选出胜者，因为两位丽人的纺纱速度不相上下，即便是报数员也无法分辨孰胜孰负。看热闹的众人更是急切地等待着比赛结束，看看究竟是谁能够成为最后的赢家。

大半天已经过去，两位姑娘的纺纱速度依然不分伯仲。突然，比蒂织布机的纺轮一分为二，在场的众人无不惊讶，随即为她难过。更让她心伤的是，直到现在，自己依然不知那位身披红斗篷神秘妇人的

名字。这如何是好？此时的她束手无策。所幸她十四岁的弟弟约翰尼·科里根就在旁边，原来是父母派他来关注赛事的。这个机灵的小家伙不由分说，快速抄起损坏的纺轮向工匠唐纳·麦克斯克尔的住所奔去。虽然机会渺茫，约翰尼却一心希望姐姐能够赢得比赛。为了节省时间，他横穿镇子，途经精灵出没的尔鲁顿山寨的时候，突然听到不远处一棵山楂树下有位女士一边转动纺轮一边轻声歌唱：

镇上有位美丽的姑娘，
可她却不知我的名字，
我叫埃文·特罗特（缓步婆婆）啊，
埃文·特罗特（缓步婆婆）就是我。

听到这儿，约翰尼大胆上前却不失礼貌地说道："小镇上有个女孩，她现在非常伤心，不仅她的纺轮坏掉了，还要失去如意郎君。现在，我要去工匠唐纳·麦克斯克尔那里修一下。"

"这位姑娘叫什么名字？"红衣妇人问道。

"比蒂·科里根。"

听到这个名字，妇人立即把自己的纺轮从纺织机里抽出来，交给约翰尼，并叮嘱他立即交给他姐姐，这样就不用再去找唐纳·麦克斯克尔修补了。

"小伙子，现在快没时间了，赶快回去给你的姐姐吧，不要告诉她你是怎么得到纺轮的，也不要说是埃文·特罗特给你的。"神秘妇人补充道。

小伙子不由分说，迅速地跑了回去，迅速把纺轮交给姐姐，不过他还是告诉了姐姐，是一位披着红斗篷名叫埃文·特罗特的老妇人送给他的。听到这个名字，比蒂喜极而泣，现在，她终于知道这位神秘老妇人的名字了。她重新埋头纺纱，再没人比得上她纺织的速度。在场的众人无不惊讶，因为比蒂纱筒上的线越来越多，她的朋友们情绪激昂，而萨莉伙伴的表情却愈加严肃。渐渐地，莎莉发现比蒂竟要赶

上自己，于是，自己也开始拼命地纺线。最后的时刻即将来临，两人再次打成了平手。就在这个时候，那位神秘的红衣妇人突然出现，她嚷嚷道：“这里有人知道我的名字吗？”当她问第三遍的时候，比蒂终于鼓起勇气开口说：

镇上有位美丽的姑娘，
她知道您的名字，
您叫缓步婆婆（埃文·特罗特），
缓步婆婆（埃文·特罗特）就是你。

“哎呀，你说得一点也没错，你和你未来的夫婿可要以我这个缓步婆婆作为人生向导呀。要记住，在人生的道路上，一步一个脚印地稳步向前，既不要停下脚步，也不要一直急速前行。”

不必说，比蒂最终赢得了比赛。她和肖恩一起生活了很久，日子过得极为幸福。现在，我也要祝福我亲爱的读者，祝福你我同样能够福寿绵延、幸福安康。

灵　犬

佚名

话说帕蒂·米德米特是整个基尔代尔郡最最吵闹的小伙了。即使到了盛大的守护神节日，他也不会消停。他四处惹祸，在播种的节气也不去小小的农场里播种，却一心想着哪天地里能自行长出大麦来。因此，可怜的帕蒂穷得叮当响，到了后来，自家仅剩下的一头猪和一头牛也相继死去。

倘若他还有点脑子的话，幸运之神还是会眷顾他的。有天晚上，他喝得烂醉如泥，倒在莫诺格的山寨里，做了个美梦，梦到在很久、很久以前，有人在他躺下的地方埋了一罐财宝。

于是，第二天夜幕降临，一直默默记着这场美梦的帕蒂·米德米特扛着铲子和锄头，带着一瓶圣水，再次来到了山寨。他先用圣水围着前夜休息之地浇了一个圈，然后毫不犹豫地挖了起来，笃定从此将不愁吃喝。挖到及腰深的时候，锄头突然碰到一块石板，就在这时，自己身边传来一阵喘气声，帕蒂抬头一看，发现一只长相可爱的灰色猎犬正蹲坐在自己面前。

“上帝保佑你。”帕蒂惊叫一声，吓得头发直立。

“也保佑你。”灰犬回道，可它省略了“上帝”，因为这条猎犬是精灵的化身，而耶稣基督正是保护我们永远回避像它这样的家伙的。

“哎呀，帕蒂·米德米特，你在这个墓穴里挖来挖去的，到底在找什么呢？”

“说实话，没找啥啊，没找啥呀。”帕蒂并不喜欢这条灵犬，故如此作答。

“哎呀，放轻松，帕蒂，你以为我不知道你在找什么吗？”

“老实说，如果您真知道的话，那我告诉您不是浪费口舌吗？特别您这样文质彬彬的绅士居然跟我这个穷小子讲话。”

“那好吧，现在过来，坐在边儿上。”帕蒂竟然像个傻瓜照做了，他刚迈出用圣水画的圈子，灵犬就张开大嘴，吐出火焰，张牙舞爪地朝他扑来，吓得帕蒂魂飞魄散、逃之夭夭。

可是，到了第三天晚上，贼心不死的帕蒂再次出现在这里，他坚信此处必定藏有金币。正如上次一样，他又用圣水画了个圈，然后敲了敲石板。之后我们的“绅士”——那条灰狗再次出现。

“呵呵，你又来啦。不过，这次骗我可没那么容易了。”说完，帕蒂又敲了敲石板。

“好吧，帕蒂·米德米特，既然你想要钱，就直接说吧，多少钱能满足你？”

帕蒂挠了挠头，琢磨了一会儿，说：“您愿意赏给我多少呢？”他想表现得体面一些，不至于过于粗鄙。

“只要你觉着合适，就行啊，帕蒂·米德米特。”

“天呐，这样的话，我要多少都不够啊。我要五万英镑。”他说道。（可话一出口，他就后悔自己没说十万英镑，因为这灵犬肯定腰缠万贯。）

“如你所愿。”说完，灵犬迈着轻盈的步伐走开了。不久后，灵犬两只前爪抓着一支装满基尼金币的罐子走了回来。

“帕蒂，快过来看看有多少。”灵犬说道。不过，这回长了记性的帕蒂一动不动地站在圈子里。灵犬只好把罐子推到圣水画成的圆圈边上。帕蒂满心欢喜地把罐子拉了进来，随后马不停蹄地赶回家。可是，一进家门，罐中的金币竟然变成了一堆小骨头。他的老母亲看到这一幕便嘲笑自己的傻儿子。恼怒的帕蒂发誓要报复这条骗人的灰狗。于是，到了第四天晚上，他又进入了山寨。同上次一样，灵犬再次出现。

“哎呀，帕蒂，你又来了。”

“你个老骗子！这回除非把埋在地下的金币挖出来，否则我绝不离开。”

“好吧，帕蒂·米德米特，看在你胆大、爱冒险的份上，如果你还愿意和我一起躲避这个寒冷之夜的话，我将弥补你过去所有的损失。”言罢，天空飘起了大雪。

“这回，我要是听了你的鬼话，我连家门都进不去啦。你能给我的只是堆破骨头，或者恨不得敲碎我自己的骨头，不过，这两个选择哪个都好不到哪儿去呢。”

“哎呀，帕蒂，这次以我的名誉担保。再说我可是你的老朋友啦，别再自以为是了，现在跟我走，财富就在眼前。妄自待在原地的话，你只能一辈子当穷光蛋。”灰狗劝道。

贪婪的帕蒂最终同意了灵犬的请求。就在这个时候，山寨中间出现了一座华丽的楼梯。他们沿着楼梯走了下去，绕了好几个圈，最后走进了一栋比伦斯特公爵宅邸还漂亮的房子，只见房间里摆满了金制桌椅。

看到这样的情景，帕蒂自然十分高兴。刚一坐下，一位样貌端庄的夫人递来一杯饮料。不过，帕蒂连一口饮料都没喝完，周围传来一阵毛骨悚然的嚎叫声。只见美丽的夫人和灵犬露出了原形，变成了小精灵，帕蒂还没来得及祈求上帝保佑，就被这些精灵抓住四肢，抬到河边一座陡峭的高山上，不由分说把他抛了下去。“哎呀，天杀的啊！”帕蒂失声尖叫，不过现在再怎么喊叫也无济于事。他摔在了一块岩石上，昏死过去。直到翌日清晨，人们才发现他躺在科尔海尔城堡的壕沟里，一定是精灵把他抬到这里的。自此以后，不论贪婪的帕蒂走到哪里，他那奇特的样貌都会引人注目，因为他不仅摔断了腰，而且嘴巴也被精灵挪到了本该长耳朵的地方。

诗人西恩肯与猫王的故事

王尔德夫人

西恩肯是位赫赫有名的吟游诗人。他获得爱尔兰桂冠诗人的头衔之后，康诺特的国王瓜伊雷为了表示庆贺，专门为他和整个吟游诗人协会举办了一场奢华的宴会。当时，应邀而来的有才华横溢的诗人、学识渊博的史学家、画家、科学家甚至睿智的贵妇。国王盛情款待这些尊贵的客人，在通往宫殿的路上人流如潮，至今依然被称为“盛宴之路”。

即便如此，国王每日还会问：“我的贵客过得如何啊?”不过，尊贵的客人们都心怀不满，因为他们想吃到国王无法找到的珍馐佳肴。因此，国王非常悲伤，祈求上帝赶走这些“无理取闹的博学之辈”。

尽管如此，宴会还是持续了三天三夜。贵宾饮酒作乐，不亦乐乎。宴席间，诗人协会用婉转动听的音乐和美妙绝伦的诗歌让一众贵族享受不已。

不过，西恩肯却是一副愠怒的模样，他不吃也不喝，因为他嫉妒爱尔兰康诺特省的贵族。当亲眼见到这场奢侈无比的宴会，西恩肯便扬言除非把贵族及其仆人赶出殿外，否则自己绝不进食。

第二天，瓜伊雷再次问西恩肯：“我尊贵的客人啊，与这群卓越优秀的人相处得如何?”西恩肯回答：“我的一生从未如此度日如年，夜不能寐，茶饭不思。”一连三日，他不吃不喝。

看到整个吟游诗人协会的人都在觥筹交错，而爱尔兰的桂冠诗人却滴水未进，日益憔悴，国王甚是忧愁。于是他派遣温文尔雅、做事干净利落的心腹为西恩肯奉上特色菜肴。

“快快端走，”西恩肯说，“我一口也不吃。”

“您这是为何呢，尊贵的桂冠诗人？”仆人问。

“因为你不是体面的年轻人。”西恩肯回答，“我曾经见过你的祖父，他天生不长指甲，因此，我绝不吃你手中之物。”

接着，国王召来一位美丽的少女，也就是他的养女，对她说：“孩子啊，快把这块蛋糕和这盘鲑鱼送给我们这位杰出的诗人，由你服侍他用餐吧。”于是少女来到诗人面前。

不过，西恩肯看到她，便开口问道：“是谁派你来的，为何端来食物？”

“尊贵的阁下，是国王派我来的，”她回答道，“因为我相貌清秀，国王就吩咐我亲自服侍您用餐。”

“快快拿走，”西恩肯说，“你不是个体面的姑娘，我所识之人没有比你更令人厌恶的了。我见过你的祖母，有一天她坐在墙头，伸手为几个赶路的麻风病人指路。我怎能碰你端上来的食物呢？”于是少女伤心地离去。

听闻之后，国王动怒，大声嚷嚷道：“我要诅咒说出此话之人！诅咒西恩肯临终之前被麻风病人亲吻！”

这时，西恩肯旁边的一位年轻女仆对他说：“阁下，鸡窝有枚鸡蛋，我可以为您拿来吗？”

“一个鸡蛋足矣，”西恩肯说，“快取来给我吃。”

不过，女仆取鸡蛋却发现鸡蛋不见了。

“是你把它给吃了。”诗人怒气冲冲。

“我没吃啊，”她回答说，“必定是老鼠把鸡蛋叼走了。”

“那我就赋诗一首，狠狠地嘲讽它们。”说罢，西恩肯吟出一首极为辛辣的讽刺诗。顷刻间，十只老鼠在他面前倒地而亡。

“甚好，”西恩肯说，“不过猫才是罪魁祸首，因为捕老鼠是猫的责任。因此我要再嘲讽猫族和它们如今的首领伊鲁桑——老猫王亚鲁桑之子。我知道它和妻子‘火性’，女儿‘尖牙’，兄弟‘咕噜’和‘嗷叫’都住在一起。我要从伊鲁桑本人说起，因为它是现任猫王，统领

所有的猫。”

于是他吟唱道：“伊鲁桑，你这只有爪子的怪物，本该攻击老鼠，却将它们放走，你是猫中的懦夫。难怪，水獭咬掉了你祖先的耳朵尖，让你们的耳朵一直留下豁口。垂下你的尾巴吧，这就对了，因为老鼠在嘲笑你啊。”

伊鲁桑在洞里听到了这些话，勃然大怒，就对自己的女儿“尖牙”说：“西恩肯在挖苦我，我要找他报仇。”

“别呀，父亲，”她说，“把他活着捉到这儿吧，好让我们大家一起出出恶气。”

“一会儿我就去把他捉来，”伊鲁桑说，“让你的兄弟跟着我去。”

当西恩肯听到猫王要来杀他的时候，他胆怯了，哀求瓜伊雷和贵族们护他周全。不过没过多久，一阵轰隆的巨响传来，天地之间火花四溅。猫王立即出现在众人面前，它足有一头公牛那么大，生着扁平的鼻子、尖利的齿爪，不过身手敏捷灵活。它怒目圆睁、杀气腾腾，无视众人，径直来到西恩肯面前，一把抓起他的胳膊，猛地甩到背上，在众目睽睽之下从容离去。

此时身陷困境的西恩肯只好拿出奉承的本领。“尊贵的伊鲁桑啊，”他大声说，“您是那么的光彩动人，是风驰电掣、力量与敏捷的化身！啊！尊贵的猫王伊鲁桑，老猫王亚鲁桑之子。请您饶了我吧。您伟大的光辉将耀于我。哦，伟大的猫王陛下啊……”

好话说尽，猫王却依然不肯松手，而是径直去了克隆马诺伊的铁匠铺，圣人基兰碰巧在那里。

“啊！”圣人惊呼，“坐在猫王背上的可是爱尔兰首席吟游诗人吗？瓜伊雷就是这么对待我们的诗人吗？”于是，他跑到火炉旁，抄起一根烧得通红的铁棒狠狠地戳猫王的肚子，结果铁棒穿透猫身，猫王一命呜呼。

“究竟是谁下此狠手，我要诅咒他！”诗人起身后说道。

“你这又是为何？”圣人基兰问道。

“因为啊，”西恩肯回答，“我宁愿伊鲁桑杀掉我，把我一口一口地

吃掉，这样就能让瓜伊雷因赐我粗劣之食而蒙上耻辱，我陷入此等境地全拜他那糟糕的晚宴所赐。”

当其他国王听说西恩肯的不幸遭遇，便纷纷派人邀他去他们的宫廷暂住。不过西恩肯拒绝了他们的好意，最终回到自己的府邸。自此，国王们再也不敢怠慢西恩肯了。

在有生之年，西恩肯在所有的宫殿都享受着最为优越的宴会席位，贵族们都要置于其下。这样，他十分心满意足。最终，他和国王瓜伊雷重归于好，国王为此再次大摆三十日的盛大筵席，特意邀请西恩肯、吟游诗人协会的所有成员，以及其他文艺杰出人士，尽情享用佳肴美馔，畅饮盛满银杯的法国上等好酒。作为对国王盛情款待的报答，吟游诗人协会创作出一首首绝佳的赞美诗，夸赞他为“慷慨无双的国王瓜伊雷”。由于这一首首不朽的诗歌，国王瓜伊雷的名号一直流传至今。

调换儿

调换儿

威廉·巴特勒·叶芝

有时候，精灵会爱上人类，将他们带回自己的国度，然后留下一个病恹恹的精灵娃娃，又或者放下一根被施了魔法的树枝，让它看起来像个消瘦不堪、濒临死亡的凡人。对于它们来讲，盗走人类的宝宝是件稀松平常之事。假如有人用嫉妒的眼神俯身看着哪个孩子，那么精灵就会拥有带走这个孩子的魔法力量。当然，辨别一个孩子是不是精灵丑娃是有很多法子的。万无一失的方法就是将孩子举到火上，然后诵读："燃烧啊，燃烧啊，若是邪灵所赐，就会化为灰烬。若是上帝或圣人所赐，就保他平安无事。"（由王尔德夫人提供）果真是精灵丑娃的话，按照格拉尔德的说法，它就会惊叫连连，冲进烟囱，因为"火是各种鬼魅最为致命的敌人，受蛊之人一旦看到明亮的火焰，便会立即昏厥"。

有时，怪婴也会通过较为温和的方式消失。据记载，曾经一位母亲正俯身照顾一个奄奄一息的精灵丑娃。突然，门开了，一位精灵走了进来，它把从这家人偷来的婴儿抱回了家。"是别的精灵干的。"这位精灵解释道，而它只想要回自己的孩子。

据史料记载，被精灵带走的人都很开心，过着无忧无虑的生活，终日沉浸在美妙的音乐与欢声笑语之中。不过，也有人说，他们一直思念着凡人世界的朋友。曾经，王尔德夫人讲过恐惧的传说：精灵分为两种，一种快乐、温和，另一种十分邪恶，邪恶的精灵每年都要献祭一条生命给撒旦，因此它们盗走凡人。不过，其他的爱尔兰作家并没有给出这样的传统，假如这种恶精灵真的存在，那么也只是普卡、

红帽妖等等独居精灵吧。

蛋壳酿酒

托马斯·克罗夫顿·克罗克

曾经，莎利文夫人觉得她的小儿子被“精灵小偷”调了包，并且证据确凿。原本健健康康、眼睛水汪汪的小男孩一夜间变成了一个皮肤干瘪、哭叫不停的小娃娃。这让可怜的莎利文夫人极为伤心。邻居们都说她的孩子肯定在精灵手里，准是用精灵的娃娃换走了他。

当然了，所有人都这么说，莎利文夫人自然也相信，可她一点也不想伤害家里那个精灵丑娃。尽管面容憔悴、骨瘦如柴，却和她的亲生儿子长得颇为相似。因此，尽管村民纷纷劝她采取措施换回儿子，比如将它放到锅里活活煎死，或者用烧得通红的钳子夹它的鼻子，又或者把它丢进路边的雪堆里，可莎利文夫人无论如何也狠不下心来。

一天，她巧遇一位名叫埃伦·利亚的女人。她在村里无人不知、无人不晓，拥有一种不知如何得来的天赋，既能看到逝者，也能抚慰亡魂，又能掌握大大小小的本领，甚至能够祛除肉瘤、疣子等疑难杂症。

这位传奇般的女人一见到莎利文夫人，便说：“莎利文夫人，你今天很难过啊。”

“可以这么说，埃伦。不过，我难过可是有原因的，因为自己的孩子被抱走了，连句‘请原谅’‘见谅’之类的招呼都不打，留下来的也只是个丑陋、干瘪的精灵娃娃。因此，埃伦，你看到我这般痛苦并不奇怪。”

“这不怪你，莎利文太太，不过你确定那是精灵吗？”

“当然喽！难道我会怀疑自己的眼睛吗？任何做妈妈的都会感同身受！”

“那你是否愿意听听我这个老婆子的意见？”埃伦苍茫、神秘的双眼紧紧地盯着这位悲伤的母亲，继续说道，“不过，你或许觉得这个法子十分可笑。”

“不会的，您能帮帮我，找回我可怜的儿子吗？”

“只要照我说的做，定会如愿以偿。”

满心期待的莎利文静耳倾听。

“把大锅装满水，架在火上，煮到滚沸，打碎一打新鲜的鸡蛋，只留下蛋壳，其他的都扔掉。随后，把蛋壳丢进沸水，这样就会知道到底是你的亲骨肉还是精灵娃娃了。假如摇篮里果真是精灵，那就提起火钳插进它丑陋的喉咙。我保证，打这以后，它们再也不会烦你了。”

莎利文夫人回到了家，按照埃伦·利亚的吩咐，把锅架到火上，底下放足了泥炭，不仅把水烧开，而且煮得滚烫。要是水能有颜色的话，保准通红通红的。

说来奇怪，这时摇篮里的孩子异常安静，他时不时眨着如寒夜星星般冰冷的双眼紧盯着熊熊的火焰和沸水大锅。看到莎利文夫人打碎鸡蛋，把蛋壳丢进沸水，他便用苍老的声音问道：“你在干什么呢，妈妈？”

按照莎利文夫人自己的话讲，当时自己的心都提到嗓子眼啦。这小东西竟然会说话，真是不可思议，果真是个被调包的精灵娃娃。不过，她还是边烤着火钳，边故作镇定地答道：“我在酿东西呢，儿子。”

“那你酿的是什么啊？”小孩追问。

“火钳，你倒是快热啊！”莎利文无比心焦，可火钳实在太粗了，得花一阵子才能烧烫，因此她决定一边跟这小东西扯皮，一边等待火钳烧好，届时就可以戳进它的喉咙。于是，她敷衍地对答：“在酿我想酿的东西呢，儿子。你想知道我酿的是什么吗？”

“想啊，妈妈。你在酿什么呢？”

“用蛋壳酿酒呢，儿子。”

“哇喔！”小东西惊声尖叫，从摇篮中跳起，拍手称快，“我活了快一千五百年啦，还从没见过有用蛋壳酿酒的呢！”这个时候，火钳终于烧红，莎利文一把抓起，冲向摇篮，可不知怎的，脚底一滑，跌了一跤，火钳从手中飞到屋子的另一头。不过，她立即爬起，跑到摇篮，打算把那邪恶的小东西丢进煮沸的锅里。不过这一回，摇篮里躺着的不是别人，而是她的亲生儿子。此时的宝宝正睡得香甜，胖乎乎的小胳膊搭在枕头上，一切都显得祥和、宁静，就像从未被打扰过一样，只有粉嘟嘟的小嘴儿一张一合，发出温柔、均匀的呼吸声。

精灵乳母

爱德华·沃尔什[①]

甜甜的宝贝，金色的摇篮载着你，
柔软雪白的绒毛裹着你，
我要看着你沉睡在凉亭的庇荫处，
在那儿，微风拂过枝繁叶茂的树。
沙沙，沙，啦啦，啦！

当母亲哀痛心碎的时候，
当丈夫失去娇妻的时候，
啊！独自恸哭的人想得很少，
他们不过是为老朽的精灵哀悼。
沙沙，沙，啦啦，啦！

① 译者注：爱德华·沃尔什（1805—1850），爱尔兰诗人。“在他的诗中有一种独特的美和迷人的旋律，使人心旷神怡。”

我们的魔法大厅金碧辉煌，
许多雪白的小脚就此走过。
有偷来的少女，有精灵的女王，
有国王与首领，精灵队伍在此频频出没。
沙沙，沙，啦啦，啦！

睡吧，宝贝！我要好好爱你，
像你凡间的母亲一样爱你。
我们敏捷的战马无比傲慢，
主人到哪儿，嘹亮的蹄声自会相伴。
沙沙，沙，啦啦，啦！

睡吧，宝贝，你的睡梦很快，
还是会在奇妙的精灵乐符中消散。
我要看着你沉睡在凉亭的庇荫处，
在那儿，微风拂过枝繁叶茂的树。
沙沙，沙，啦啦，啦！

杰米·弗雷尔和年轻的姑娘[①]

利蒂希娅·麦克林托克

从前，凡奈特一带住着杰米·弗雷尔和他的母亲。杰米是这位寡妇唯一的倚靠，他用结实的臂膀不知疲倦地为母亲劳作。每逢星期六

① 选自爱尔兰多尼戈尔郡传说。

的晚上，他都会把一周的薪水一股脑儿地倒在母亲的膝盖上，并且十分感激母亲花上半个便士为自己买来烟叶。

甚至“邻居们”都盛赞杰米是最最孝顺的儿子，可他却对“邻居们”一无所知，虽然这些“邻居”是他的近邻，可事实上，除了五朔节和万圣节前夜，它们很少被凡人看见。

原来，距他家约四分之一英里的地方有座残破的古堡，据说那里是小精灵的住所。每逢万圣节前夜，古老的窗户就会透出灯光，路过的农夫会看到小小的身影忽隐忽现，听到从屋里飘出的各种乐器的声响。

大家都知道，精灵正在狂欢，可没人敢去打扰它们。

杰米常常遥望这些小小的身影，聆听动人的音乐，幻想自己进入城堡会是怎样的景象。于是，在这一年的万圣节，杰米起床戴上帽子，并对母亲说：“我要去城堡碰碰运气。”

“什么！”母亲喊道，“你要犯险吗？你可是我唯一的儿子啊！这样做太愚蠢了，杰米！他们会杀了你的，到时候我该怎么办啊？”

“别怕，妈妈。我不会有事的，我一定要去。”

打定主意的杰米出发了，他跨过土豆地，城堡出现在眼前，只见窗户里灯火辉煌，四周褐色的海棠树染成了金色。在城堡废墟一侧的小树林里，杰米停下脚步，聆听小精灵们的欢声笑语和动人歌声，他更加坚定地走进城堡。

许许多多的小精灵正在城堡里随着长笛和小提琴演奏的音乐翩翩起舞，其中最高大的也不过人类五岁孩子的个头，其他精灵则交杯换盏，酒兴高至。

“欢迎，杰米·弗雷尔！欢迎，欢迎啊，杰米！”看到客人，精灵都嚷嚷着。甚至，城堡里每只小精灵都喊了遍“欢迎”。

时间飞逝，杰米玩得十分开心，最后，有只小精灵提议道：“我们今晚要去都柏林，偷个年轻的姑娘。你一块儿来吗，杰米·弗雷尔？”

“啊，我要去！”这位渴望冒险的年轻人大胆地应和。

随后，一群骏马出现在城堡门口。杰米骑上一匹，马儿便载着他

飞向天空。与精灵队伍一道，杰米飞过母亲的小屋，跨过险峻的高山与低矮的山丘，越过阴沉的斯威利湖，穿过小镇和村舍。而此时脚下的村民们正烤着坚果，啃食苹果，庆祝万圣节的来临。对杰米来说，他们到达都柏林之前，似乎飞遍了整个爱尔兰。

“这儿是德里。”精灵们飞过大教堂尖塔的时候说道。一个精灵说完，其余的小精灵都会重复一遍，直到所有五十只小精灵齐声叫喊：“德里！德里！德里！”

沿途飞过的每一个镇子，杰米都会听到这样的报站。最后，他听见一阵银铃般清脆的声音，五十只小精灵齐声嚷嚷：“都柏林！都柏林！”

不过，精灵拜访的可不是什么简陋的房子，而是斯蒂芬·格林里最为宏伟的豪宅。

精灵队伍在一扇窗户附近下马，透过窗子，杰米看到在一张华丽的床上，一张娇美的脸陷在枕头里。不一会儿，这位年轻的姑娘被小精灵抬了出来，刚刚睡过的地方则扔下一根被施了法，变成她模样的木棍。就这样，姑娘被一只精灵抱起飞了一段，随后又换到另一只精灵的马背上。就像来时，每到一处，精灵们都要重复嚷嚷镇子的名字。

快到家啦！听到“拉斯穆兰”“米尔福德”“塔姆内”，杰米就知道很快要到自家门口了。

于是，他建议：“你们全都带过姑娘了，为什么不叫我带她飞一会儿呢?”

“好啊，杰米，”精灵们兴高采烈，“你当然可以抱她一段。”

可是，抱住姑娘的杰米却马上落在自个儿家的门口。

“杰米·弗雷尔，杰米·弗雷尔！你就是这样对待我们的吗?”精灵们叫嚣着，也在门口纷纷下马。

不过，杰米紧紧搂着怀里的东西，即便小精灵把姑娘变成各种奇怪的模样。一会儿是条黑狗，又叫又咬，一会儿是根发红的铁棒，只是摸起来不烫，一会儿又变成一袋松软的羊毛。

杰米死活不肯放手，小精灵束手无策，只好转身准备离开，这时，

精灵中身材最为矮小的一只女精灵尖叫道："杰米·弗雷尔把她从我们身边抢走了，不过，他也拿她没法，因为我要她又聋又哑。"说罢，就把什么东西洒在女孩的身上。

失落中的小精灵骑着马儿渐渐飞远，杰米抬起门闩，进了屋。

"哎呀，杰米！"妈妈嚷嚷道，"整晚都不回家，它们对你到底做了什么？"

"没什么不好的事情啊，妈妈。我运气可真好，给您带回来一位美丽的姑娘，要与您做伴呢。"

"上帝保佑我们!"母亲惊讶得隔了好久才说出话。

于是，杰米将整晚的历险告诉了母亲，最后说道："您一定不会让我放任她被精灵拐走，永远回不来的吧？"

"这可是富家大小姐啊，杰米！她怎能吃得惯我们的粗茶淡饭？我问你话呢，你个蠢娃。"

"好吧，妈妈，待在这儿总比那儿好吧。"杰米指了指城堡的方向。

这时，这位被精灵诅咒又聋又哑的女孩，穿着单薄的衣服，冻得瑟瑟发抖，正向屋中星星点点的炭火挪去。

"可怜的女娃娃，可真是又古怪又漂亮呢！难怪它们会看上她。"老妇人边说边注视着她，面带怜惜。"快找些衣服给她穿。可是老天爷，什么衣服才能配得上她呢？"

老妇人走进自己小得不能再小的房间，从衣柜里端出自个儿只有做礼拜才披的棕色粗毛长袍，接着打开抽屉，掏出一双白色长袜，一条雪白的细麻布长裙，还有顶帽子，这些可都是她的"寿衣"，是她为自己的葬礼准备的衣物。因为，她想着总有那么一天，自己将会成为葬礼仪式上的主角。因此，这些衣物只是偶尔拿出来晒晒太阳。这一回，老妇人可都拿了出来，送给浑身发抖的美丽来客。而姑娘呢，此刻正面带忧伤，幽幽地看了看老妇人，又看了看杰米，最后又看向老妇人。

可怜的姑娘穿上衣服，面露难色，坐在壁炉角的矮凳上，双手掩面。

“如何才能养活像你这样的姑娘呢?”老妇人哀叹道。

“我会养活你们俩，妈妈。”儿子回答。

“大小姐怎么能咽下粗茶淡饭?”

“我养她。”这就是杰米所有的回答。

果然，杰米信守诺言。这位年轻姑娘黯然神伤了好长一阵子，在许许多多个夜晚都以泪洗面，老妇人则坐在炉边纺线，杰米却在编织渔网。过了些时日，他终于习得了捕鱼的技巧，希望能给这位美丽的来客稍许安慰。不过，姑娘十分温柔，每次觉察到他们看向自己，总报以迷人的微笑。渐渐地，她适应了贫苦的生活，自己也开始喂猪，捣土豆，拌鸡食，织蓝色的羊毛袜。

一年就这么过去了，这一天，万圣节再次到来，杰米摘下帽子说：“妈妈，我还要去老城堡碰碰运气。”

“你疯了吗？杰米！这次它们一定不会放过你的。”

杰米不顾母亲的担忧，自顾自地出了门。

他再次来到海棠树林，和以往一样，城堡的窗户灯火明亮，里面的小精灵大声喧哗。他爬到窗户下，听到精灵们在说：“去年杰米·弗雷尔捉弄了我们，把那个漂亮小姑娘从我们身边偷走啦。”

“不错，”那只矮小的精灵女人接着话头继续说道，“不过我已经惩罚他了，那个又聋又哑的女孩此刻正坐在他们家的炉火边呢。不过杰米有所不知，只要从我手中这支杯子里倒出三滴魔酒，就能让她恢复听觉，立刻开口讲话。”

杰米不由得心跳加快，随后，他走进大厅，精灵们却如去年一般，此起彼伏地欢迎了一通，“杰米·弗雷尔来啦！欢迎，欢迎啊，杰米！”喧闹一停，小个子女精灵说道：“杰米，来！为我们的健康干杯，快喝掉我手中的这杯美酒。”

杰米一把抓过杯子，夺门而出，一路上连自己都不记得如何回家的，不过杰米早已上气不接下气，一屁股瘫坐在炉火边。

“你这次肯定吃到苦头了吧，我可怜的儿哦。”妈妈说道。

“不，恰恰相反，这次运气比上次还要好！”他又立即出门，跨过

土豆地，找到姑娘让她喝下杯底仅剩的三滴酒。

奇迹果真发生，姑娘开口讲话，第一句话便是感谢杰米。

屋中三人都有着说不完的话题，即便精灵音乐早已停息，公鸡报晓许久，他们依然围坐在炉火边继续聊着天。

“杰米，请为我拿些纸笔、墨水，我要给爸爸写信，告诉他我的近况。”

可是，几周过去了，寄出去的信音讯皆无。她只好写了又写，不过都石沉大海。

最后，她终于等不住了。

“杰米，你要陪我回趟都柏林，去找我的爸爸。”

“可是，我没钱雇车啊，难不成步行去都柏林么?”

经不住苦苦哀求，杰米最后同意陪她走一遭。他们从凡奈特一路来到都柏林，这一回比精灵旅行要费劲多了。不过最终，他们成功按响了斯蒂芬·格林区那幢豪宅的门铃。

“请告诉我的爸爸，他的女儿在这儿。”她对开门的仆人吩咐。

“姑娘，住在这儿的绅士可没什么女儿。他曾经有一个，不过一年前就去世啦。”

“那你认得我吗?”

“不，姑娘，我不认识你。”

“那请让我见见房主吧，这是我唯一的请求。”

“好吧，这要求不算高，我们试试。”

不一会儿，这位姑娘的父亲来到门口。

“亲爱的爸爸，您不认得我了吗?”

“你怎敢叫我爸爸?”这位老绅士生气地嚷嚷，“你个小骗子，我可没有你这个女儿。”

“快来看看我的脸啊，爸爸，您一定还记得我。”

“我的女儿早死了，早就下葬了。她去世很久、很久了。”老绅士的语气由愤怒变成悲哀，最后说，“你走吧。”

“别说啦，爸爸！请您再看看我手上的这枚戒指，您我的名字都刻在上面呢。”

“果真是我女儿的戒指。你是怎么得到的？恐怕是用什么不正当的手段得来的吧。”

“那叫妈妈来吧，她定能认得我。”可怜的姑娘早已泣不成声。

“我可怜的妻子刚刚忘掉这份痛苦，现在已经很少提及女儿。为什么还要让她想起这桩往事，重新唤起悲伤呢？”

可是，在年轻姑娘的一再坚持下，母亲还是被请了出来。

这位太太刚走到门口，姑娘便喊道：“妈妈，您不认识女儿了吗？”

“我可没你这样的女儿。我的女儿早死了，早下葬了。”

“只要看看我的脸，您定能认出我。”

老太太依然摇了摇头。

“您把我全忘啦。再来看看我脖子上的这块胎记吧，妈妈，您现在认出我了吗？”

“是啊，是啊，我的小格雷西脖子上也有这么一块胎记。不过，我亲眼看着她躺进棺材的，看着棺材板盖上去的。”

这回终于轮到杰米说话了，于是，他将去年万圣节自己的精灵之旅以及精灵如何把一块木头放到她床上，自己又怎样夺取三滴魔酒的事迹和盘托出。

姑娘又接着他的讲述，告诉父母，杰米和他的母亲对她是如何的体贴。

最终，这对激动的父母不知该如何感谢杰米，他们竭尽全力款待了他。最后，杰米提出要回凡奈特的时候，一个棘手的问题出现了。女儿怎么也不肯放杰米一个人走。“杰米要是离开，我也离开。是他把我从精灵那里救回来的，并且打那以后，他就一直养活我。如果没有他，我亲爱的爸爸妈妈，你们再也见不到我了。所以他走，我也走。”

看到女儿心意已决，老绅士只好宣布杰米成为自己的乘龙快婿。他们还用豪华的四轮马车将杰米的母亲从凡奈特接了过来，随后举行了一场盛大的婚礼。

从此，他们在都柏林的豪宅里共同生活。岳父去世后，杰米又继承了一大笔财产。

偷来的孩子

威廉·巴特勒·叶芝

斯路兹树林
遍布在岩石高地。
湖中岛屿郁郁葱葱。
振翅的苍鹭
唤醒昏昏欲睡的水鼠。
我们在此珍藏精灵桶，
里面浆果满满，
樱桃殷红殷红。
走吧，凡人的孩童！
朝荒野与湖边行走，
拉住精灵的手，
人间的哭声太多了，
可你不能全都听懂。

月光洒遍海浪，
映照灰暗沙滩。
我们漫步一夜，
行至罗西斯海角，
跳起古老的舞蹈，
皓腕明眸，交相辉映，
直到月亮溜走。

我们来回跳跃，
追逐海浪泡沫。
纷纷扰扰的人间，
在焦虑的梦中安歇。
走吧，凡人的孩童！
朝荒野与湖边行走，
拉住精灵的手，
人间的哭声太多了，
可你不能全都听懂。

逶迤的溪水奔涌一路，
洒向格伦卡尔湖边山坡。
不过，池塘中水蒲遍布，
却透不出点点星光。
我们寻找沉睡的鲑鱼，
在它耳边窃窃低语，
让它沉入不安的梦。
蕨草尖泪水低溅，
融入新生的溪涧。
走吧，凡人的孩童！
朝荒野与湖边行走，
拉住精灵的手，
人间的哭声太多了，
可你不能全都听懂。

他与我们一同走远，
带着庄重的眼神。
他再也不会听见
向阳山坡牛群低鸣，

听不到架上的水壶
对他唱着欢快的歌谣。
也看不见棕色的老鼠
在燕麦柜里蹦蹦跳跳。
因为他走了，凡人的孩童，
朝荒野与湖边行走，
拉住精灵的手，
人间的哭声太多了，
可你不能全都听懂。

小小风笛手

托马斯·克罗夫顿·克罗克

不久前，蒂珀雷里郡的边界处住着一户人家。丈夫名为米克·弗兰尼根，妻子名叫朱迪·穆尔顿。俗话说得好，好人有好报。这对贫苦的夫妇受到上天的祝福，生了四个孩子，并且全都是男孩。其中三个儿子长得健壮帅气。在炎炎夏日的午后，三名男孩站在门口，卷曲的亚麻色头发垂到额头，红润的脸颊如红彤彤的小苹果，手里还攥着热气腾腾的土豆块。看到这样的场景，全部的爱尔兰人都会为自己的同胞能够养育如此完美的孩子羡慕不已。当然，这种自豪感对于他们的父母来说，更是如此。

不过，那个排行老四的孩子却与他的兄弟们完全不同。可以说，他是上帝自创造人类以来面貌最丑、脾气最坏的孩子了。一副瘦弱的身子连站都站不稳，更别提自己爬出摇篮。一头凌乱的卷发，黑不溜秋像是一堆煤炭。小小的脸蛋黄绿黄绿的，一双通红的眼睛贼溜溜地

转个不停。还不到一岁，这怪娃娃便长出了一口利牙，两只手也如猫爪一般，尖利无比。那对细腿也不会比鞭子柄宽到哪里去，弯曲得比镰刀还要厉害。更糟糕的是，他的胃口竟然比鸬鹚还大，一张嘴全是稀奇古怪的声音。

邻居们都怀疑他哪里不对劲。当大伙儿聚在炉火旁聊宗教和精灵的时候，母亲便把他放在靠近炉火的摇篮里，那里既舒服又温暖。每当这时，这个怪娃娃就像恶魔附体似的，直挺挺地站起身。关于这个孩子的种种不正常，乡亲们曾聚集在一起，商讨对策。有人建议应该用铁锹把他铲起，然后扔掉。可妻子朱迪强烈反对，自个儿亲生的娃娃怎能像死猫或者死耗子那样被铁锹铲起来，然后扔进粪堆呢？不行，绝对不行，这样的建议她一个字都听不下去。还有一位技艺高超、精通仙术的老妇人曾经强烈建议妻子把钳子放在火里烧红，然后用它夹住孩子的鼻子。这样一来就能让这小子老老实实地说出自个儿的来历，因为大家都怀疑他是个调换儿。可是，心软的朱迪实在太疼爱自己的孩子了。别人如何劝说她，她就是不听。不过，谁还能责怪一位伟大的母亲呢。大家你一言他一语，提出许多建议。最后，一个人提议找来博学的神父，让他来看看小孩。朱迪自然没法反对，不过家里接连发生的怪事情又把邀请神父的事情耽搁了。到头来，神父一直没有出现。

日子就这样一天天地过去，这小家伙聒噪不止，吃得也比三兄弟加起来的还要多，做出的恶作剧更是五花八门，就好像是个天生的捣蛋鬼一样。直到瞎子笛手提姆·卡罗尔的到来，如此糟糕的日子才有所改变。这一天，瞎子笛手提姆来到他们家中做客。他在炉火边坐下，与女主人聊天。

不久，从不吝啬技艺的提姆架起了风笛，开始演奏优美的曲子。乐声一起，像只耗子的小家伙立即从摇篮里坐了起来。只见他挤眉弄眼、咧嘴大笑，黄褐色的长胳膊甩来甩去，卷曲的小腿乱蹬个不停，仿佛对音乐非常感兴趣。

小家伙闹腾得实在厉害，母亲朱迪只好请求提姆把笛子借她儿子

玩一会儿。很喜欢孩子的提姆欣然同意。不过，提姆看不见，朱迪只能帮着把风笛放进摇篮里，架在儿子的身上。这时，神奇的事情发生了，这小家伙根本不需要别人帮忙，只见他熟练地扣上皮扣，一只胳膊提起笛管，另一只胳膊夹住皮囊，像有着二十多年经验的笛手一般，熟练地吹起欢快与美妙的《希拉纳吉》[①]。

在场所有人惊呆了，可怜的朱迪被吓得不停地画着十字。而眼瞎的提姆呢，他并不知道何人在吹奏，只顾着自个儿高兴。当他得知这只是不满五岁的小娃娃第一次吹风笛的时候，狂喜不已，衷心祝福朱迪生了一个这么好的儿子，还主动说如果她允许，他要收这孩子为徒，因为他笃定这孩子是个天生的笛手，一位旷世奇才，只要让他亲自指导，相信过不了多久，这个小娃娃的本事在全爱尔兰无人能及。

原本害怕邻居风言风语的朱迪听到儿子是个天才的说法，便打消了自己过往心中的疑惑，庆幸儿子日后不但不会沿街乞讨，甚至能有一份正经活儿养活自己。因此，丈夫米克一收工回家，妻子就把白天发生的怪事原原本本地告诉了丈夫。米克听后自然高兴，因为这孩子一直是他的心病。到了第二天，他就赶着一头大肥猪去集市叫卖，然后前往克朗梅尔为儿子定做一套风笛。

不到两周时间，风笛送到家，躺在摇篮里的小家伙一看见风笛，便开心地手舞足蹈、哇哇乱叫，玩起了各种鬼把戏。为了换回片刻的安静，家人只得把刚刚买回来的风笛立即交给他。一拿到笛子，小家伙立即摆好姿势，吹奏起吉格舞，优美的旋律让家人惊叹不已。

自此，“小小风笛手”的名号不胫而走。他演奏的《莫得拉夫的老街》《玉米地的野兔》《猎狐曲》《卡瑟尔的草筢子》《风笛手的空想》等经典爱尔兰舞曲，总能让人不禁地翩翩起舞，这让其他风笛手望尘莫及。听他弹奏的《猎狐曲》，你定会大吃一惊，仿佛身临其境：捕猎时猎狗的吠叫，小猎犬紧随其后的狂吠不止，猎人甩着皮鞭驱赶猎犬

① 译者注：希拉纳吉（Sheela-na-gig），裸体女性展示夸张外阴的雕像。它们是遍布欧洲的奇特建筑，出现在基督教教堂、城堡和其他建筑上。爱尔兰拥有最多的希拉纳吉雕像。

历历在目。

而这个小鬼最大的优点莫过于他从不吝啬音乐。于是，青年男女、乡里乡亲时不时地在他家的小木屋中载歌载舞。只要笛声响起，他们便脚底生风。这种从未有过的一种笛声能让他们跳得轻松快活。

不过，除了那些经典的爱尔兰乐曲，小家伙还能演奏一首大家从未听过的魔曲。只要他奏起这首曲子，家中所有的东西似乎都要跟着跳起来：碗橱里的餐盘、粥碗叮当乱响，锅壶、瓦罐蹦蹦跳跳。甚至，连大伙儿屁股下的板凳也像被施了咒一般，全都不安分啦，带着凳上的老老少少一起嬉戏舞动。

女孩们总是抱怨，只要这首魔曲一吹，她们就没法好好跳舞，手脚也不听使唤，每一舞步都像是在溜冰，稍不留神就会摔得四脚朝天、鼻青脸肿。而那些穿上崭新舞鞋，套上五颜六色吊袜带，打算一展舞姿赢得心上人的年轻单身汉们，只要听到这首曲子，他们连脚趾头和脚后跟都傻傻分不清啦，最最擅长的舞步都跳不准，只觉得天晕地旋、神志不清。最终，男女老少跌跌撞撞挤在一块儿。看着大家打着转、乱成一团，这个小鬼甭提有多高兴。

随着年纪的增长，这小家伙的性子愈加顽劣。到了六岁的年纪，家中从未有过片刻安宁，他不是让兄弟们被烧伤，就是用罐子、凳子把他们绊倒，摔断他们的腿。一次，正值农忙秋收，这小鬼一人留在家里。等大家回来的时候，母亲发现家里猫咪的四肢被牢牢地捆在狗背上，猫脸对着狗屁股。这小鬼却在一旁卖力地吹奏这首魔曲。于是，狗儿狂吠、上蹿下跳，猫咪害怕，喵喵地乱叫，使出浑身的力气来回甩着尾巴，砸在狗头上。情急中，狗恨不得咬下猫的尾巴。就这样，家中一片狼藉。

还有一次，雇主来米克家中做客。他是个正派、受人尊敬的乡绅。朱迪赶忙用围裙擦了擦凳子，请他坐下来歇歇脚。这位乡绅背对着摇篮坐在凳子上，身旁有一盆准备做布丁的猪血。捣蛋鬼静静地躺在摇篮里等待机会，不一会儿，他找准时机甩出带钩子的绳子，将这位乡绅的新假发吊起来，随即扔进猪血盆里。还有一次，朱迪挤完奶，正

顶着一桶牛奶往回走，倒霉娃一看见母亲回来，便吹奏起这首魔曲。这下可好，朱迪不自主地放开扶着牛奶桶的双手，只顾着拍手鼓掌，结果一整桶牛奶全都倒在提着一桶泥炭、准备做晚饭的父亲头上。总之，这孩子的鬼把戏和坏点子三天三夜都讲不完。

不久，米克雇主的牲口接连出事：一匹马瘸了腿，一头健康的小牛一夜之间死于黑腿病，几只羊又因尿血而死。原本温顺的牛群狂躁不已，不是踢翻牛奶桶，就是顶破牲口棚。雇主认为这是米克的怪胎儿子捣乱所致。

于是，在后来的某一天，他把米克叫来说："米克，你也知道，这段时间农场接二连三地出怪事。这么和你说吧，我觉得这些都和你家孩子有关。我被这些怪事折磨怕了，一想到明早又要出什么幺蛾子，就睡不着。算我求求你了，米克，你还是另谋生计吧。你是个能干的农夫，肯定能找到其他工作的。"米克也为农场的损失感到痛心，自己的儿子居然是罪魁祸首，这让他更加难过。尽管孩子顽劣，但毕竟是自己的儿子，既然生了他，就要把他养大。最后，他答应会带上家眷离开此地。

因此，到了星期天教堂做礼拜的时候，米克告诉乡里乡亲自己不打算留在约翰·赖尔登农场继续干活了。刚一说完，就有一位家在几公里之外的农场主力邀米克，说自己正好缺少一位犁地的好农夫（原来的农夫碰巧离开了），并为他提供一个住处和一片菜园，好让他在农场专心务农一整年。按照约定，这位农场主下周四会派一辆马车搬运米克一家微薄的家当。

离开的时间终于到来，马车如约而至，东西被搬上了车。米克把装着捣蛋鬼和风笛的摇篮放在车顶，好让妻子朱迪在一旁照看。牛群走在马车前面，小狗跟在后面。不过，自打上回的恶作剧，猫咪早就跑得远远的，再也不回来啦。此时正值丰收，在这个秋高气爽的日子里，另外三个儿子边赶路，边摘路边的山楂和黑莓吃。

途中，他们要穿过一条河，由于河岸高耸，等他们行至桥头，大

家才发现水流湍急。原本安安静静躺在摇篮里的捣蛋鬼，一听到河水的咆哮声（大雨已下两三天，河水泛滥），忽地坐起身，四下张望，眼见父母要带他过河，便惊声尖叫。高昂、凄惨的叫喊声就连被夹住尾巴的耗子也比不上。

“闭嘴，你这疯娃子，”朱迪说，“有什么好害怕的，只是过一座石桥而已。”“胡说，是你们骗我到这个鬼地方来的。”说罢，小家伙继续大呼小叫。越往桥上走，他叫得就越凶。最后，忍无可忍的米克随手抽了儿子一鞭子：“你是不是发疯啦，就不能消停一会儿？耳朵都被你喊聋啦！”

可鞭子还没甩到身上，小家伙便架着风笛，跳出摇篮，冲着米克古怪地笑了笑，二话不说越过桥栏，跳入河水。“啊！我的儿子，我的儿子！你要离开我了吗！”朱迪尖叫道。米克和三个儿子也立刻挤到桥边往河中瞧。这时，小家伙从桥洞里漂了出来，只见他盘坐在河面一朵白色浪花之上，欢快地吹奏风笛，就像什么都没发生过似的。在湍急的水流中，他颠簸起伏，可吹出的节奏比水流还要快。一家人沿着河岸拼命地追赶，不过到了离桥一百码以外的下游，河道突然一转，绕过一座小山，捣蛋鬼随即消失得无影无踪。自此，再没有人见过他。听说，他带着风笛回到了原本属于他的精灵家园，在那里为精灵演奏最最美妙的音乐。

Jack B Yeats 1892

人鱼

人 鱼

威廉·巴特勒·叶芝

爱尔兰语将人鱼叫作莫鲁阿德（Moruadh）或者莫里咖奇（Murrúghach），是由大海（sea）和少女（maid）两个词组合而成的。据说，美人鱼在人迹罕至的海边并不少见，可渔夫却不愿碰见它们，因为这往往预示着飓风的来临。雄性人鱼（如果能用这样一个词语表达，不过我从未听说过有雄性的人鱼）不光长着绿獠牙、绿毛发，还生有猪眼睛、红鼻头。不过，雌性人鱼尽管都长有鱼尾，手指间还有鸭爪般小小的蹼，却生得美丽动人。有时，它们喜欢挑选英俊帅气的渔民作为情人。曾经，在上个世纪，班特里一带据说有位女子全身生着鳞片，好似一条鱼，她正是这种婚姻延续下来的后代。有时，它们会从海里出来，化成无角小牛，徘徊于岸边，而未能变身的人鱼则头戴一顶叫作科伦·德鲁特的红帽（在爱尔兰，红色自古代表着魔力。因此，精灵以及魔法师的帽子几乎都是红色的），帽子上插着羽毛。一旦帽子被盗，人鱼再也无法返回海底。

灵魂之笼

托马斯·克罗夫顿·克罗克

曾经，杰克·多格提住在克莱尔郡的海边。与父亲、祖父一样，

杰克也是个渔夫，和老婆一起过着与世隔绝的生活。人们总是好奇多格提一家为什么远离人群，住在如此荒凉的角落。因为，这里除了巨大破碎的岩石与广阔无垠的大海，什么都没有。不过，他们选择在此安家必定有自己的理由。

这个角落是整条海岸唯一一个能住人的地方，此处还有座十分宁静的小港，船只可以停泊于此，如海燕归巢般舒适。不过，小港之外有处暗礁一直伸入大海，每当大西洋掀起风暴的时候，一股强劲的西风便吹向海岸，满载货物的船只会被推向这些岩石，撞得粉碎。于是，一捆捆棉花、烟草以及诸如此类的东西，还有一桶桶、一罐罐的葡萄酒、朗姆酒、白兰地和杜松子酒被直接冲向海岸！可以说，这个敦贝格海港就像是多格提家族一个小小的宝库。

如果哪个水手运气好，能够漂到海岸，多格提家族总是善良仁慈地施以援手。杰克本人也曾多次亲驾小帆船（虽然无法与安德鲁·轩尼斯那样的帆布救生船媲美，但总能如塘鹅般乘风破浪），将水手一一救起。可是，一旦船只撞得粉碎，船员全部葬身海底，有谁还会责怪杰克捡拾这些东西呢？

“这又能妨碍谁的利益？比如国王吧，上帝保佑他！大家都知道，他已经够富有的了，缺少海上飘散的这些东西对他来说也没有多大问题。”

尽管杰克是名隐士，可他心地善良、开心向上。只有他才能说服比蒂·马奥尼离开父亲恩尼斯镇中心温暖舒适的家，搬到偏远的岩石之间，与海豹、海鸥为邻。不过，比蒂知道杰克是一个能让女人舒适、快乐的男人。因为，即便不打鱼，光靠流入海湾的天赐物资，杰克就拥有整片乡间一半以上的财富。她的选择果然没错，没有哪个女人比多格提太太吃得好、睡得香，又或者在教堂里做礼拜的时候打扮得更加时髦。

可以想象，杰克见识过许许多多的怪事，也听到过许许多多奇怪的声音，不过，没什么能让他恐惧。因此，他一点都不怕人鱼，心里倒是想着哪天能够碰到一只才好呢。杰克听说它们就像基督徒能够带

来好运。因此，时逢波涛中隐隐看到身着薄雾之袍的人鱼踪影，他便径直寻过去。很多次，比蒂温婉地责备他不该整天待在海上，一条鱼也不带回家，可怜的比蒂哪里知道杰克想钓的是什么鱼啊！

在杰克看来，住在人鱼如龙虾一样多的海域，却从来没有碰到一条，这让杰克十分恼火。更令他气愤的是自己的父亲和祖父过去常常见到人鱼。他甚至记得自己还是孩童的时候，他的爷爷，也就是第一个住在港口的自家人，与一条人鱼往来甚密。要不是担心惹恼神父，他差点请人鱼当自己孩子的教父。不过，杰克始终无法断定是否真有其事。

命运最终决定让杰克见见世面。一天，他驾船沿着海岸向北，比平时稍微远一些，刚拐过海角，就看见一个从未见过的生物。只见它待在离海不远的一块岩石上，通体发绿，抓着一顶三角帽。杰克目瞪口呆地盯着它足足有半小时，而那个东西始终没有挪动手脚。最后，耐心耗尽的杰克打了一声嘹亮的口哨，喊了一嗓子，人鱼（正是此生物）立刻跳起来，帽子往脑袋上一扣，一头扎进海里，逃之夭夭。

不过，杰克的好奇心被勾了起来。自此，他不断地划向那个海角，却再也没有见到那位戴着三角帽的水中先生。思来想去的他始终觉得自己是在做梦。不过，在后来气候恶劣的一天，海浪高如山峰，他决定再去人鱼岩石（往常天气好的时候去）碰碰运气，这次果真望见那个奇怪的家伙在岩石上蹦蹦跳跳，一会儿跳入海中，一会儿又爬上来，一会儿再次跃入水里。

现在，杰克只要选择好时机（也就是暴风雨的天气）就可以看到这位海中绅士了。不过，欲望不止的杰克并不满意，他试着与人鱼结识，最后竟然成功。这一天，狂风大作，他驾船还没来到能够看清人鱼岩石的地方，暴风雨就猛烈地袭来，杰克只好躲在海边的山洞中。结果，他吃惊地发现一条生有绿头发，长有绿獠牙、红鼻头、猪眼睛的人鱼正好坐在自己面前。它有一条鱼尾巴，腿上生有鳞片，如鳍一般粗短的胳膊，全身赤裸，腋下还夹着顶三角帽，似乎在认真地思考着什么。

杰克不免有些胆怯，不过机不可失。最终，他大胆地走到这位静思的人鱼面前，脱下帽子，鞠躬致敬。

“愿为您效劳，先生。”

“也愿为您效劳，好心的杰克·多格提。”人鱼回答道。

“哎呀，阁下，您是怎么知道我名字的？”

“我难道不该知道你的名字吗，杰克·多格提？在你爷爷娶朱迪·里根之前，我就认识你爷爷了。杰克，我很喜欢你爷爷。那时候，他可是位了不起的人物。自打他以后，我还未遇到一个像他那样一口喝下一贝壳白兰地的人类了。我希望啊，孩子，”老家伙眼里闪烁着快乐的光芒，“你不辱他的名头！”

“对此您大可放心，假如我的母亲打小用白兰地喂我，我儿时就是个酒瓶子啦！”

“好吧，看你说得豪爽，真叫我开心。并且，看在你爷爷的份上，我们也要交个朋友。不过，杰克，你父亲可不是什么人物！他一喝酒就上头。”

“我敢肯定，既然阁下住在水下，想必要喝不少烈酒才能抵御潮湿与冰冷。我常听说基督徒像鱼一样能喝。能否冒昧地问一句，您的酒打哪儿来啊？”

“那你的酒又打哪儿来呢，杰克？”人鱼边问边揉着红鼻子。

“哈哈，我明白啦。不过，我猜想啊，阁下，您在水下定有个极为干燥的酒窖藏酒吧？”

“酒窖我最在行了。”人鱼狡黠地眨了眨左眼。

“我也相信，那它一定值得一看。”

“可以这么说，杰克。要不下周一还是这个时候，你来这里与我会面，我们可以多聊聊这个问题。”

就这样，杰克和人鱼成了朋友。星期一，他们再次见面，杰克看到人鱼带来两顶三角帽，每只胳膊下夹着一顶，杰克对此颇感吃惊。

“阁下，可以冒昧地问一句吗，今天为何要带两顶帽子？您不会打算送给我一顶，把它当作古董珍藏吧？”

“不，不，杰克。我可不想这么轻易地送掉帽子。要请你下海与我吃饭，带帽子就是为了这个。”

“愿上帝庇护我们！”杰克十分惊讶，“想让我去海底？我会被淹死的！那可怜的比蒂该怎么办，她会怎么说？”

“她说什么又有啥关系呢？你个傻瓜。谁会在乎比蒂怎么说？当初，你爷爷可不会说这些蠢话，有好多次他戴着这顶帽子跟在我身后冲下大海。我和他在海底多次愉快地享用晚餐，喝过好多贝壳的白兰地酒。”

“真的吗，先生，您没开玩笑？要是哪里不如爷爷，可真是我的悲哀了！好吧，您可别骗我，我豁出去啦！”杰克嚷嚷道。

“这才像你爷爷的孙子，那么现在，跟我来，照我说的做。”

二人离开岩洞，入海游到岩石边。人鱼爬到岩石顶，杰克跟着他。在岩石的另一边，石壁如山墙一样的笔直，下面的海水看起来特别深沉，杰克不由得害怕。

“现在，杰克，戴上这顶帽子，放机灵点，抓住我的尾巴，跟在我身后，你将大开眼界。”

人鱼一下跃入海中，杰克也壮着胆子跟了下去。他们往下游啊，游啊，就好像永远不会停下来似的。此时的杰克不止一次希望自己坐在家中的炉火边，与比蒂一起安安稳稳待在一起。不过，这种奢望现在又有什么用呢。根据当时的感觉，杰克已经在大西洋波涛下几英里的深处了。此时的他仍紧紧地抓住人鱼滑腻腻的尾巴。最后，他们冒出水面，落在海底干燥陆地上一所漂亮的房子面前，只见这所房子外表整整齐齐地砌着牡蛎壳。人鱼转身欢迎杰克来到自己的住所。

杰克惊讶得几乎说不出话来。这个时候，他环顾四周，沙地上除了螃蟹和龙虾悠闲地散步，什么生物都没有。头顶上的大海就像天空，鱼群在海中游弋，好似天上的小鸟。

“伙计，为什么不说句话？我敢说，你想不到海底有这么舒适的地方吧？你是窒息？呛到？还是淹死了？又或者是在为比蒂的事情烦恼？”

“啊！不只是我自己，”杰克开心地露齿一笑，“这世上还有谁会相信在海底能有如此美妙的场所？”

“好吧，来吧，看看它们为我们弄了些什么好吃的。”

饥肠辘辘的杰克看到一缕浓烟从房子的烟囱里冒出来，顿感高兴，因为这预示着屋中正准备一顿丰盛的晚宴。他跟着人鱼穿过房门，看到一间宽敞的厨房里面应有尽有，一个精致的碗柜摆满了锅碗瓢盆，两个年轻的人鱼正忙活着做饭。主人随后把他领进客厅，虽然设施简陋，没有一张桌子或者一把椅子，却放着盛放佳肴的木板和蹲坐的圆木。而且，壁炉中燃着熊熊的炉火，让杰克顿感温暖。

“来吧，我带你看看贮存美酒的地方。”人鱼狡黠一笑，它打开一扇小门，领着杰克走进精致的地窖，里面装满了管子、小桶、大桶和酒缸。

“你觉得怎么样？谁还不能在水下舒适地生活？”

“毫无疑问。”杰克心悦诚服地咂咂嘴，发自内心地说道。

不久，他们再次回到房间，晚餐早已备好。没有桌布，这是肯定的，可这又有什么关系呢？杰克自己家也不是每天铺桌布的。而且，与全国最高贵的家伙过节时的晚宴相比，这顿饭毫不逊色。海鲜应有尽有：比目鱼、鲟鱼、鳎鱼、龙虾、牡蛎和其他二十种鱼全都堆放在板子上，另外，还摆满了许多质量上乘的国外烈酒。老人鱼解释道，红酒对他来说，实在太凉了。

杰克敞开肚皮大吃大喝，直到吃不下为止。他端起一贝壳白兰地对人鱼说：“阁下，为您的健康干杯！不过，恕您原谅，自打我们相识，还不知道您的名字哩。”

“是啊，杰克，不过，现在也不迟啊，我叫库马拉。”

“真是个响亮得体的好名字，”杰克嚷嚷道，再次用贝壳斟满酒，“那为您的健康干杯，库马拉，祝您再活五十年！”

“五十年！我多谢你了！你说五百年，那还差不多。”

“阁下竟然能在水下活这么久！还认识我爷爷，他已经去世六十多年啦。我相信，这里定是让人健康长寿的好住所。”

“毫无疑问，杰克。来吧，咱们继续喝酒。”

他们喝了一贝壳又一贝壳的烈酒，令杰克吃惊的是，自己毫无醉意，杰克猜想，这要归功大海笼罩头顶的缘故，让脑袋时刻保持清醒。

开心的老库马拉唱了不少渔歌，不过，杰克费了老大的力气才记住其中的一小段：

“郎姆·布德尔布，波痕·尼蒂·多布。杜杜·图德尔·库奥，拉弗·塔弗尔·奇蒂布！”

这只是其中反复吟唱的句子，说实话，在杰克熟识的人当中，还没人能听懂它的含义。不过，如今的很多歌曲不也是这样？

最后，他对杰克说：“好了，我亲爱的孩子，跟我来吧，我要让你看看我的珍宝！”他打开另一扇小门，把杰克领进一间屋子，杰克在这里看到了许多稀奇古怪的玩意，这些玩意都是库马拉一直积攒下来的。不过，他注意最多的是靠在墙边的一排类似捕虾笼的小玩意儿。

“杰克，你觉得我的宝藏怎么样？”

“要我说啊，先生，它们非常值得一看，不过，能否冒昧地问一句，这些像捕虾笼的东西到底是什么啊？”

“哦！这是灵魂牢笼。”

“什么？阁下！”

“这些东西是我保存灵魂的容器。”

“啊！谁的灵魂，阁下？”杰克惊奇地问道，“鱼儿难道有灵魂？”

“不是，”库马拉冷静地回答，“鱼儿当然没有灵魂，这里面装的可都是被淹死水手的灵魂。”

“上帝保佑我们免受伤害！”杰克嘟囔道，“那您是怎么得到它们的呢？”

“非常容易，只要在暴雨来临前，布置好两打这样的笼子，淹死的水手灵魂就会游过来，因为不适应水中的寒冷，它们便跑进笼子取暖。于是，我就把它们带回来，让它们待在这个干燥温暖的地方。这些可怜的灵魂呐，它们能待在这样的地方，难道不好吗？”

吃惊的杰克不知该如何回答，只有沉默不言。后来，他们再次回

到客厅，又喝了一点美味的白兰地酒。不久，杰克觉得时间不早了，比蒂在家可能很是心急，便起身告辞。

“好吧，杰克，”库马拉说，“在走之前，再喝上一杯吧，你回去要面对的可是另一段寒冷的旅程呢。”

杰克只好再次喝下这杯送行酒。

“我在想，”他说，“我自己能找到回家的路吗？”

“我给你带路，能有什么麻烦？”

他们走出房门，站在屋前，库马拉取出一顶三角帽，按着来时相反的方向扣在杰克的头上，然后抓住他的肩膀，准备丢向上方的大海。

“现在，”他边说边举起杰克，“你就会回到来时的地方。还有，杰克，小心点，另外记得把帽子丢下来还给我。”

说完，他把杰克举过肩头用力一抛，杰克像团水泡突突地飞了上去，直到跳到来时的那块石头上。随即，他扔出帽子，帽子便像块石头沉入海底。

此时，瑰丽的天空夕阳西下，大西洋的海浪映衬着金色的光芒。逐渐浓重的天空隐约闪烁着一颗孤星，杰克赶紧驾船回家。回家后的他却对比蒂只字不提这次神奇的经历。

不过，那些关在牢笼里的可怜灵魂却让杰克寝食难安，他花费了很多心思琢磨着如何解救它们。起初，他打算和神父谈谈此事，可神父又能有什么用呢？库马拉害怕神父么？再说，库马拉是个友善的老人鱼，它并不认为自己在做坏事，杰克也很尊敬他。如果大家知道自己曾和人鱼吃饭，那对他的名声也没什么好处。总之，他认为最好的办法还是邀请库马拉上岸吃饭，如果可能的话，灌醉它，然后戴上帽子下海解救灵魂。但首先要把比蒂支走，因为生来谨慎的杰克不想让妻子知道灵魂之笼的秘密。

于是乎，杰克突然变得虔诚起来，他与妻子合计假如她去恩尼斯附近的圣约翰井朝拜的话，那么将对他二人的灵魂都有好处。比蒂也是这么想的。于是，在一个晴朗的清晨，妻子早早地出发。扫清了妻子这唯一障碍，杰克立即赶往人鱼岩石，给库马拉发出约定的信号，

朝海里扔一块石头。石头一抛，库马拉立即出现！

“早上好啊，杰克，你找我有什么事吗？”

“阁下，没什么要紧的事，只是想请您来我家吃顿便饭，如果可以的话。”

“好啊，杰克，我答应，什么时候？”

“阁下，您什么时候方便？要不下午一点钟吧，这样您就可以趁着白天回家了。”

“我会来的。”

赶回家的杰克准备了一桌丰盛的鱼宴，拿出私藏多年的烈酒，这些酒足以放倒二十个人。库马拉准时到访，胳膊下依然夹着三角帽。不久，他们二人坐下来吃吃喝喝。席间，杰克惦记着海底笼子中那些可怜的灵魂，便不停地给库马拉灌白兰地，怂恿它唱歌。可怜的杰克此时忘记自己头顶再没有让他时刻保持清醒的大海。结果，库马拉踉踉跄跄地回到海中，只留下酒醉不醒的杰克在家。

直到第二天早上，杰克才悠悠转醒。“想用白兰地灌倒老家伙是不可能的了，到底该如何帮助那些可怜的灵魂呢？”沉思了一整天的杰克突然想出一个绝妙的法子。“有办法了，”他一拍大腿，“我敢打赌库马拉虽然活了许久，可他从未尝过一滴私酿威士忌。幸好比蒂这两天不在家，我倒可以再灌它一回。”

于是，杰克再次邀请库马拉吃饭喝酒，库马拉嘲笑他的酒量不行，永远赶不上他的爷爷。“只要再给我一次机会，”杰克说，“我敢保证，定能把您灌得烂醉如泥。”

“那就如你所愿，随时奉陪。”

在这次家宴中，杰克谨慎地为自己的酒兑了水，而给库马拉喝的却是最烈的白兰地。最后，他建议道：“请问，阁下，您喝过私酿威士忌吗？”

“没有啊，那是什么，哪儿来的？”

“哦，这可是个秘密。不过，它绝对是好东西，假如它没有白兰地或者朗姆酒好喝五十倍的话，您以后就不要再相信我讲的话啦。比蒂的哥哥刚刚送了一点给我，要跟我换白兰地。您可是我们家的老朋友

了，先拿出来招待您。”

“好吧，让我尝尝这酒到底是什么味道。”

私酿威士忌果然厉害，并且酒味一流、芳香醇厚，库马拉异常欣喜，他边喝边唱歌，又笑又跳，最后倒在地板上一醉不醒。杰克一直刻意保持清醒，此时的他发现时机已到，一把抓起三角帽，跑到岩石上跳了下去，很快来到库马拉的住处。

此时，海底寂静无声，就像午夜的教堂墓地，无论老幼，人鱼都未曾出现。他迅速潜进屋，找到笼子，把笼子倒过来，不过里面什么都没有，只听到小小的口哨声、唧唧声。杰克这才想起神父们过去常说的话，活人是看不到灵魂的，就像无法看见风和空气一样。现在，杰克已经做了自己所能做的一切。他把笼子放回原处并为这些可怜的灵魂送上祝福，催促它们赶紧上路。随后，杰克再次戴上帽子，像上回一样弄成来时相反的方向。可随后的事情让杰克犯难，走出房门的杰克这时发现海水远远高过头顶，这回再没有老人鱼库马拉送他一程了。杰克四处寻找阶梯却什么都没找到，也看不见任何一处岩石。最后，他终于发现了一个地方，那里的海水要低一些。他决定试试。碰巧，一条大鳕鱼放下尾巴，机敏的杰克纵身一跃，一把抓住鱼尾，受到惊吓的鳕鱼身子一扭，就把杰克拉了上来。神奇的帽子一遇到水，杰克的身子如酒瓶上的软木塞一般射了出去。不过，忘记放手的杰克和那条可怜的鳕鱼一起冒出水面，速度地飞上岩石。此时的杰克毫不迟疑地往家赶，一路上为自己所做的事情自豪不已。

与此同时，家中正上演一出好戏。就在我们的朋友杰克刚刚踏上解放灵魂的旅途，比蒂朝拜回到家中。在她眼前的却是桌子上的一片狼藉。“真好啊，我竟然嫁给了这么一个可恶的混蛋！我为他的灵魂祈祷，他却交往上流浪汉，还喝光了我哥哥的私酿威士忌，连烈酒也不放过，这可是要卖给达官贵人的稀罕物啊。”突然，她听到一阵古怪的咕哝声，低头发现库马拉正躺在桌子底下。“圣母玛利亚，杰克变成野兽啦！好吧，好吧，我常听说男人喝酒后会成野兽！哎呀呀，杰克，亲爱的，我拿你可怎么办呀？没有你我该怎么活呀？哪个体面的女人

能与野兽一起过活?”

比蒂哭着从房子里逃了出来，她不知道要到哪儿去，不过再次听到杰克熟悉欢快的歌声，比蒂高兴地发现丈夫竟然安然无恙，没有变成不人不鱼的怪物。归来的杰克只好将一切向妻子坦白，虽然，比蒂有些生气，可她必须承认杰克是为了这些可怜的灵魂着想。于是，他们俩又一起回到家，杰克叫醒了库马拉，叫它不要沮丧，因为好多彪悍的男人都有过酒醉的经历。他解释这一切都是人鱼不习惯威士忌的缘故，建议它为了醒酒，可以再喝上一杯。受够了这惹麻烦玩意儿的库马拉最终摇摇晃晃地爬起身，一句客套话都来不及讲，只想着投入大海清醒头脑。

后来，库马拉从未发觉杰克的秘密行动。他和杰克一直保持着最最真挚的友谊，也许这世上再没有人能像杰克一样勇敢地解救灵魂。因为，他背着人鱼潜入海底的住所达五十余次。杰克始终没能见到灵魂，虽有些懊恼，但也因此满足。

就这样，一人一鱼的交往持续了好多年。可在后来的一天早上，杰克像往常一样扔石入海，却无回应。接着，他扔了一块又一块，始终没有应答。到了第二天早上，杰克又来了，却依然得不到人鱼的消息。由于没有神奇的三角帽，杰克无法下海看看老库马拉到底怎么了。不过，他相信这个老人或者说这条老鱼儿，要么死了，要么离开了这片神奇的国度。

弗洛里·坎迪隆的葬礼

托马斯·克罗夫顿·克罗克

坎迪隆家族古老的墓地坐落于巴利黑海湾的一座小岛上，这座岛

屿离海岸并不远。很久以前，由于大海的不断侵蚀，该岛淹没在大西洋海底。过往的渔夫们都言之凿凿，在明媚的午后，行驶在碧蓝清透的海面，常常看到水下古老教堂的断壁残垣。尽管如此，与大多数声名显赫的爱尔兰家族一样，坎迪隆家族依恋着这片古老的海下墓地，一直遵循着家族传统：一旦有族人去世，便将棺木抬到潮水所及的海岸。到了翌日清晨，棺木便不见踪影，于是，大家坚信尸体是祖先抬进了家族墓地。

曾经，有位来自克莱尔郡名叫康纳·克洛的男人，他与坎迪隆家族有着姻亲关系。人们总爱称呼他为“库拉的康纳·麦克，布莱恩特拉的七夸脱高手”，他对这个昵称十分满意。因为，大家都知道康纳在早饭前为了强身健体，总要喝上一夸脱盐水。我猜想啊，他每天还会喝上两夸脱的生威士忌，这一点正如莫伊费尔塔男爵领地的所有男子一样。

得知好友弗洛里·坎迪隆去世，康纳·克洛大胆决定揭开海下古老教堂之谜。因此，一得知噩耗的他立即赶往爱德弗特。在那里，精心打扮的死者被体面地放置在棺木里，一切都显得庄严、肃穆。

话说弗洛里在世的时候是个活泼开朗的年轻人，他的守灵仪式也办得尽善尽美，完全符合他本人生前的风格。葬礼上，村民举行各式各样的活动，至少有三位女孩找到自己未来的丈夫，当然了，后者更加幸运。从丁格尔到塔伯特的村民都来参加。在漫长、悲痛的挽歌仪式过后，按照家族传统，棺材被抬往巴利黑海岸。

哀悼者陆续离开，只剩下康纳·克洛一人。此时的他拧开一瓶威士忌，按照他自个儿的话讲，这是他悲伤时最好的安慰剂。康纳·克洛正坐在海边众多礁石的一块上，静静等候着祖先亡灵的出现。

夜幕降临，四下美丽、宁静。他吹着口哨，哼唱着儿时所听过的乐曲，试着把恐惧抛于脑后。不过，这种空灵悠扬的旋律不仅勾起了他千百种回忆，也让夜色更加凄冷。

康纳·克洛长叹一口气，自言自语：“要是在我可爱的家乡邓莫尔啊，在那座阴沉的城堡附近，我敢肯定棺材定是那些囚犯抬走的。因

为很久以前，这些被杀死在城堡地窖里的犯人，他们从未体面地下葬，好多人连具棺材都没有。我可常听到城堡里传出的鬼哭狼嚎。”言罢，嘴唇贴在自己无言安慰者和同伴身上（威士忌的瓶子），康纳继续说：“不过啊，不是很清楚吗，不过是苍凉的海浪冲击悬崖与岩石发出的声响罢了。噢！邓莫尔城堡啊！你可真是阴暗天空下的恐怖塔楼，四周遍布幽幽的山崖。如果有人伤心往事，看到你就如同一只鬼魂，仿佛从燃烧海藻的烟雾中拔地而起，愿上帝拯救！你的容貌可真吓人，就像午夜的蓝人湖，令人战栗。可不管怎样啊，”他顿了顿，“现在难道不是一个天赐良夜吗？虽然月亮看起来有些苍白，可圣塞南本人也会帮助抵挡所有灾难的。”

事实上，今晚月色迷人，四周遍布着黝黑的礁石，海水拍打白色鹅卵石的沙滩，发出低哑而阴郁的私语，一切似乎正常。康纳时不时地呷上一口威士忌，老觉得周围有诡异，多少有些后悔自己当初的好奇心。看着那具黑色的棺木静静地躺在海岸，庄严、肃穆。恍惚中，康纳觉得苍茫的大海发出的低吟仿佛在为死者恸哭，幽暗的岩洞涌出各种奇形怪状的幽灵。

夜深了，紧盯棺木的康纳有些困倦。不过，每当自己要打盹，他都会使劲地摇摇头，重新打起精神。而逝者那具狭长的“死亡之屋”始终在他的眼前，一动未动。

夜已过去许久，月亮渐渐隐入海内。这个时候，他突然听到海面的阵阵波涛中传来异响，这与单调重复的海浪声迥异。随着时间的推移，怪异之声愈来愈嘹亮。他继续倾听，似乎听到了悲惨、凄绝的恸哭声，哭声的旋律又与起伏的波涛配合得天衣无缝！

随后，哭声越来越响并渐渐靠近沙滩，接着又变成悲伤的低鸣，最终戛然而止。在黯淡的月光下，康纳看到一群长相奇特的神秘家伙从海中冒出，它们围住棺材，把它抬起，准备拖进海中。

“这就是与大地凡人结婚的后果。”一位空灵嗓音的海人说道。

“是呢，”另一个声音听起来十分瘆人，“要不是公主多芙拉被她的凡人夫君葬在此地，我王才不会下令驱使尖嘴獠牙的海浪去啃食墓地

的基石呢！”

“不过，那一天总会到来。”俯身于棺木的第三个海人说道。

“当人类的眼睛窥视到我们的工作，当他们的耳朵聆听到我们的挽歌，就是那一天的来临。”

“届时，我们为坎迪隆家族举行葬礼的仪式也就永远结束了。”第四个声音说。

话音刚落，棺材被一股退却的潮水拖离了海滩。当这些海人准备重回大海，它们中的一位发现了康纳·克洛，只见他目瞪口呆地坐在岩石上。

“这一天终于来到！”这些不属于凡间的生灵喊叫，“这一天终于来到！大地上的凡人看到了海中的形体，大地上的凡人听到了海人的声音！那么，再见了坎迪隆家族！海洋之子再没义务安葬凡人了！”

他们一个个转身盯着康纳·克洛，康纳就像被咒语禁锢了一样，一动未动。于是，它们再次唱起哀歌，追随着下一波潮水与棺木一同离去。不久，挽歌愈来愈远，只剩下海浪的哗哗声。棺木与海人一同沉入古老的海底墓地。

弗洛里·坎迪隆的葬礼之后，坎迪隆家族的逝者再也没有被送到巴利黑海岸，因为再不会有海人抬着尸体潜入大西洋海底的古老墓地了。

格莱勒斯夫人

托马斯·克罗夫顿·克罗克

在夏日一个晴朗的清晨，迪克·菲茨杰拉德站在斯摩维克海港的岸边抽着烟。太阳从险峻的布兰登山后冉冉升起，在阳光的照射下，

阴暗的大海渐渐变成蔚蓝色，雾气从山谷缭绕升起，就像迪克嘴中吐出的烟雾。

“这才是一个美好早晨该有的样子啊。”迪克取下烟斗，眺望遥远的大海。此时海面宁静得就像一大块刚刚磨好的大理石墓碑。“毫无疑问，”他停顿一下，“一个人自言自语排忧解闷真是寂寞，开口讲话只有自己的回声。”迪克苦笑了一下。“要能娶到妻子，不管幸不幸运，也好过一个人过日子吧。人世间，形单影只的日子能有什么意思，这种生活就像无水之瓶、无调之曲、少了腿的剪刀，没有钩子的钓鱼线，总之是不完整的。难道不是吗?”迪克·菲茨杰拉德一边说着，一边将目光投向海边的岩石。虽然那块石头不会说话，可它却倔强、坚定地伫立在那儿，亘古不变。

不过，朝着岩石脚下望去，迪克惊讶地发现一位美丽的姑娘正坐在那里梳着头发。她的头发如浅海般碧绿，清晨的阳光映射着头发上的水珠闪闪发亮。

尽管迪克之前从未见过美人鱼，但他立即猜出这位女子定是海中的仙子，因为他看到姑娘身后有一顶魔法小帽。据说，美人鱼只有戴上帽子才能潜到海底；只要失去帽子，他们就会失去魔法，再也无法回到海中。于是，迪克飞快地跨过海岩，抓起那顶帽子，美人鱼听到跑步声立即转头。

当美人鱼发现帽子不见的时候，一连串泪水从脸上流了下来，接着，她低声抽泣，轻柔的哭声仿佛婴儿的嘤嘤哭泣声。迪克当然知道她为何而哭，可他打定主意不把帽子还给她，想看看自己会不会由此时来运转。可没过多久，他又开始心疼起这位美人来，她楚楚可怜的样子足以让任何男人心生怜悯，更别提与大多数爱尔兰人一样，迪克也有一颗温柔的心。

“亲爱的，不要哭了。”迪克·菲茨杰拉德轻声安慰道。不过，美人鱼就像倔强的孩子，哭得更凶了。

迪克坐在她的身旁，牵着她的手，安慰着她。那双手掌并不丑陋，只是手指间生着薄如蝉翼、白如卵壳的蹼。

“你叫什么名字，亲爱的?”迪克亲近地问道。可她并没有回答；迪克认为她要么是个哑巴，要么就是听不懂他说的话。于是，他紧紧地握住她的手，用这种方式与她交流。肢体语言是通用的，这世上任何一个女人，不管是美人鱼还是人类都会明白。

美人鱼看起来似乎并没有对迪克的举动感到不满。她停止了哭泣，抬头看着迪克·菲茨杰拉德的脸，说道：“先生，你会吃了我吗?”

“丁格尔和特拉利的所有男女都会为我作证，”迪克吃惊地跳了起来，“我的宝贝，就是把自己吃了，也不会动你一下的，宝贝。再说我吃你干什么呢？是不是那些面貌丑陋的捕鱼人把这样的想法灌进你这长满绿色秀发的脑袋瓜里了？今天早上你还在打理头发呢!”

“先生，如果不吃我，那你要对我做什么呢?”

迪克一门心思想要个妻子，自己第一眼见到人鱼的时候，就被她的美貌打动。人鱼说话的声音又和人类的女子一样温柔，因此迪克深深地爱上了她。她称呼他为“先生”的乖巧模样，更让迪克打定主意娶她为妻。

“鱼儿，”迪克模仿她简短的说话方式，“鱼儿啊，我向你发誓，在这样一个被上帝祝福的早晨，请世界见证，我愿娶你为妻，这就是我的打算。”

“请不要重复你的誓言，菲茨杰拉德先生，我也很愿意嫁你为妻，不过还请你稍等，让我盘好头发。”过了好一阵，她才把头发挽成自己满意的发箍，定是想让自己在众人面前打扮得漂漂亮亮的。当一切准备就绪，美人鱼便把梳子收进口袋里，随即低下头，对着脚下的海水喃喃低语。

迪克听见轻柔的声音随着海浪浮动，像风一般，飞向辽阔的大海深处。他好奇地问道：“亲爱的，你对着大海说话呢?”

“是啊，”她漫不经心地回答，“我只是给家中的父亲捎了口信，让他不要等我回家吃早饭了，免得担心。”

“亲爱的，你的父亲是谁?”

“什么！你没听说过我的父亲？他当然是海王了。”

“那么你，你就是海王的女儿?”迪克瞪大双眼，仔仔细细地打量他未来的妻子。

“哎呀，作为你的丈夫，要实话告诉我，既然你的父亲是位国王，那么在他海底宫殿里定有无数的金币吧。”

“金币？金币是什么?”

“金币可是美好的东西，特别是你需要它的时候。是不是只要得到你的吩咐，人鱼就会带来任何你想要的东西?”

“当然啦，他们会带来我想要的所有东西。”

“说实话，在你面前的就是我的房子，可里面只有一张稻草床。我觉得这绝对配不上一位海王的女儿。因此，如果不是很麻烦的话，你能不能让他们送来一张羽毛床，再加两条新毛毯啊？哎呀，我到底在说什么？水下怎么能有这些东西呢!”

“当然有了，菲茨杰拉德先生，只要你乐意，什么样的床都会有。光我自己，就有十四张牡蛎床，这还不算那张抚养幼儿的婴儿床呢。”

“你真的有?”迪克挠着脑袋疑惑地问道，“我说的可是羽毛床。不过，你的床可真的方便，既可以当床使，还可以用来吃，再好不过啦。”

不过，不管有没有床，有没有钱，迪克·菲茨杰拉德都打算娶这位美人鱼为妻，这位美丽的人鱼也答应了他的求婚。于是他们穿过海滨，从格莱勒斯赶到巴林朗尼哥，因为那天早上菲茨杰吉本神父正好在那里。

“迪克·菲茨杰拉德，对于这桩婚事我有两句话说，”神父面色阴沉地继续说道，“你真的要娶这只人鱼为妻吗？愿上帝保佑！无论她打哪儿来，我的建议就是你赶快把这个浑身长鳞片的家伙送回她的族人身边。这就是我的忠告。”

此刻，心中游移不定的迪克正攥着魔法帽，打算将帽子还给美人鱼。而人鱼呢，正热切地盯着那顶帽子。迪克琢磨了好一阵，最终说道：“求您了，神父，她可是海王的女儿。”

“就算她是海王的公主，你也不能娶她，因为她是条鱼呀。”

“求您了，神父，”迪克低声哀求，“她就像月亮一样美丽、温柔。”

“哪怕她绚丽得像太阳，温柔如月亮，美丽如同繁星，你也不能娶她，因为她是条鱼。”神父跺着脚恼怒地说。

“可她拥有海底数之不尽的黄金啊，娶了她，我要多少金子就有多少金子，注定会发大财的，”迪克狡黠地说，“因此不论付出多大的代价，娶她都是值得的。”

“哦！这么一说，就是另外一回事儿啦。你怎么现在才说呢，你应该早点说的。现在，无论怎样你都要娶她为妻，就算她真的是一条鱼，因为没有人会在现在这种艰难时期拒绝金钱的。即便是我也会为你们的婚礼备上彩礼的，才不会像刚才那般费尽口舌劝你离开她呢。”

在老菲茨杰吉本神父的主持下，迪克·菲茨杰拉德与这位美人鱼最终结为夫妇。和其他新婚宴尔一样，这对新人欢欢喜喜地回到了格莱勒斯。婚后，迪克的生活可谓万事如意——小日子过得极为滋润，美人鱼可是这世上最最贤惠的妻子，两人心满意足地生活在一起。

来自海底的美人鱼操持家务的模样令人惊叹，她不仅耐心地打理房子，而且精心养育孩子。到了婚后的第三年，家里已经多了两个男孩、一个女孩。

总之，迪克成了最最幸福的男人，假如他有意识地守护这一切的话，没准儿他还能一直快乐地生活下去。可事实上，他和许多男人一样，并没有足够的智慧知晓其中的道理。

有一天，迪克不得不去拉利一趟，临走前，他嘱托妻子在家照顾孩子们，自个儿寻思着妻子有许多家务事要做，一定不会乱动他的渔具。

迪克刚一走，菲茨杰拉德太太就开始打扫房子。不巧，她一不小心碰倒了一面渔网，在渔网后面的一个墙洞里找到了那顶魔法帽。她把帽子拿了出来，仔细端详着这顶帽子，随后，她想到了她的父王、母后以及她的兄弟姐妹。此时此刻，她十分渴望再次回到他们身边。

她在一张小凳子上坐下，回想自己过去在海底的快乐生活。然后，她又转头看了看自己的孩子们，又想起可怜的迪克有多爱她。要是她

走了，迪克定会心碎吧。“但是，”她自言自语，“他又不会永远地失去我，我还会回来的，一个与父母分别这么久的女儿回家探望一下，又有谁会指责呢?”

于是，她起身走向门口，但很快又转头看了看还在摇篮中熟睡的孩子。她轻轻地吻了他一下。这一刻，一滴泪水在她双眸中打转儿，落在了婴儿红润的脸颊上。她拭去泪珠，嘱托大女儿要好好照顾弟弟们，在家乖乖等她回来。然后美人鱼走到海滨，此时的大海宁静、平和，海水在阳光下波光粼粼，她似乎听到了一阵微弱的甜美歌声，呼唤她回到海底之家。昔日的情感全部涌入心头，她立刻把迪克和孩子们抛于脑后，戴上帽子，纵身一跃，跳进海里。

直到傍晚，迪克才回到家，却没看到妻子的踪影。他问大女儿凯瑟琳，妈妈去哪儿了，不过女儿没法回答父亲的问题。迪克接着又询问邻居，有人说看到他的妻子拿着一顶奇怪的三角帽去了海滨。迪克赶紧回到家中找魔法帽。可是，帽子不见了，一切真相大白。

年复一年，迪克·菲茨杰拉德一直盼望妻子的归来。可是，人鱼杳无音讯。自此，他再也没有见到过她，自己也未再婚，因为他一直觉得美人鱼妻子迟早会回来的，谁也说服不了他，他坚信是她的国王父亲将她囚禁于海底。拿迪克的话说：“她是不会抛弃她的丈夫和孩子们的。”

与迪克一起生活的时候，美人鱼的确是位贤淑的妻子。因此，直到今天，这一带的海民依然尊重传统，称她为格莱勒斯夫人。

独居精灵

独居精灵：勒普拉康、克鲁利康、法·达里格

威廉·巴特勒·叶芝

道格拉斯·海德先生曾经写信告诉我："勒普拉康（Lepracaun）这个名字源于爱尔兰语中的利布罗格（leith brog），意为单脚鞋匠，因为人们通常看到它只做一只鞋。在爱尔兰语里也会拼写成利布罗根（leith bhrogan）或者利夫罗根（leith phrogan），有些地方又会写成卢克里曼（Luchryman），例如在尼古拉斯·奥卡尼[①]现存稀少的《爱尔兰远古传说》中。"

勒普拉康、克鲁利康和法·达里格是否是同一精灵由于不同的心境而变幻的不同形态？爱尔兰的作家各执一词。在许多方面，这三种精灵，如果真的是三种的话，彼此颇为相像。憔悴、苍老、孤独的特质与本书第一章所讲的群居精灵没有任何相似之处。此外，这三者大都衣着简陋，没有一点精灵该有的模样，都是些邋遢、懒惰、爱嘲讽戏弄他人且捉摸不定的小妖。

首先，勒普拉康一直不停地做鞋，这让它十分富有。过去战争年代埋藏的财宝罐如今被它牢牢掌控。按照托马斯·克拉夫顿·克罗克的说法，本世纪早些年，蒂珀雷里一家报社还展示过一只勒普拉康遗落凡间的鞋子。

克鲁利康（在尼古拉斯·奥卡尼的书中又称作派凯尔·凯安）总跑在别人的酒窖里喝得酩酊大醉。有人猜测，它只是勒普拉康纵情觥筹的化身而已。此外，到了康诺特城以及爱尔兰北方，无人再知晓它

① 译者注：尼古拉斯·奥卡尼，劳斯郡人，生卒不详，爱尔兰神话作者。

的名字。

法·达里格（在尼古拉斯·奥卡尼的书中又被写成费尔·迪尔格）意为红帽妖，因为它头戴红帽，除了一天到晚恶作剧，特别是搞些吓人的玩笑之外，再无他事可做。

费尔·戈塔（饥饿之人）是一种瘦弱的幽灵，在爱尔兰饥荒年代，它到处奔走，乞求施舍并为慷慨解囊之人带来好运。

爱尔兰民间传说中还有其他独居精灵，比如宅灵与水灵，它们与英国的鬼火同出一宗。恶精灵普卡与报丧女妖是本书的重点。达拉罕，又名无头鬼，其中的一位过去时常现身于斯莱戈郡夜晚的街头，直到最近还出现过。黑狗怪也许是恶精灵普卡的另一种形态。停泊在斯莱戈码头的船只有时被此物骚扰，只要它一出现，就像全世界的锡碗扔进了船舱，叮当乱响。它甚至还随船队一起出海。

蕾阿楠·希（精灵的情人）会寻找人类男性做伴侣。假如他们拒绝，它只好做他们的奴仆。假如男人应允，它将占有他们。只有找到下一个凡人来替代自己，这些男人方可脱身。平日里，蕾阿楠·希倚靠吸走他们的生命为生，而这些人日渐衰弱，终将难逃一死。不过，它却给予受害者创作灵感，因此蕾阿楠·希又被盖尔人视为缪斯。这就是盖尔诗人常常英年早逝的原因，正是它们的索取无度，才会让诗人活不长久，真是个恶毒的邪灵。

除了以上的精灵，还有各式各样的妖怪，比如水怪奥伊斯卡，湖龙佩士萨（抑或名为皮亚斯特、贝斯蒂亚）等等。不过，它们到底是动物、精灵还是鬼怪，我不甚了了。

勒普拉康：鞋匠精灵

威廉·阿林厄姆

I

小小牧童，你可曾听到
在寂寂山寨中的晨音？
只有哀怨的黄鹂鸟，
在湿热的田间悲鸣，
叽叽叽，喳喳！
难道只有蜜蜂、蚂蚱？
“天灵灵，地灵灵，
提克塔克吐！
猩红皮料密密缝，
左右抽紧绳和线，
一只鞋子就做出。
夏日阳光暖洋洋；
冬天躲在地下面，
嘲笑来袭风与雪！”
耳朵贴在山坡听仔细。
你可觉察小小的喧闹，
精灵忙碌地打打敲敲，
勒普拉康捏着嗓子把歌唱，
一边开心做着活。
它的个头真矮小，

身高不过一掌半。
快去把它找，紧紧怀中抱，
你会成为人上人！

Ⅱ

夏日里看管牛群，
抿着土豆泥，睡在草垛头。
想不想驾着四轮马车，
再把公爵夫人女儿讨？
抓住小鞋匠，美梦全实现！
“打猎穿高靴，
大厅踩凉鞋，
白鞋婚庆穿，
粉鞋去跳舞。
缝这头，补那头，
我们来做独脚鞋；
这一针，那一线，
越来越有钱，
提克塔克吐！”
这只机灵的小财迷
坐拥九十九只财宝罐，
藏在山间、树林、岩石，
圆塔、洞穴、山寨，
还有它独自建造的宝地。
自打古时起，
日日夜夜守护。
罐子里的珍奇，
多到快要溢出，
都是闪闪的金币！

Ⅲ

我发现它在做着活，
杂草丛生的山寨有只小精灵，
皱巴干瘪胡子多，
眼镜架在尖鼻头，
小皮鞋上镶银扣，
膝盖铺条皮围裙。
“天灵灵，地灵灵，
提克塔克吐！
帽檐儿上跳来蚂蚱，
转眼间蛾子飞走啦！
筒靴给精灵王子，
粗革鞋给他儿子，
付个好价钱，付个好价钱，
当我做完这苦活！”
不用说，这小家伙是我的啦。
我盯着它，它盯着我。
“愿为您效劳！哼！”它说，
掏出鼻烟盒，
狠狠吸一口，神情更得意。
古怪的勒普拉康
不怀好意，捧起鼻烟盒，
噗！朝我喷来。
哎哟，刚打了个喷嚏，
它已匆匆逃逸！

主仆逸事

托马斯·克罗夫顿·克罗克

曾经，比利·马克·丹尼尔是个即使在守护神节都敢操土腔、拄橡木棍，一口气喝掉两品脱烈酒的莽撞少年。只要有酒喝，他不担心任何事；只要有人付酒钱，不关心任何人；除了觥筹酣畅，他也不以其他为乐。无论酒醉、酒醒，一言不合便拳脚相加，这一直是比利的行事风格。对他来说这正是解决争吵、结束争端简单有效的方式。可悲的是，正是这么一个整日肆无忌惮、无所顾忌之人最终却陷入糟糕的境地，成为难缠诡异精灵的仆人。

说来也巧，那是一个圣诞节刚过去不久霜寒清冷、月圆皎洁的夜晚，比利哆哆嗦嗦行走于乡间，忍不住唠叨："要我说啊，现在有那么一滴琼浆也会温暖于心的。当然了，我倒是希望能喝上满满的一大杯美酒。"

话音刚落，一只头顶三角金边帽、脚踩银扣粗笨靴的小精灵忽现在比利的身旁，说道："比利，你的梦想即将实现。"此刻，它手捧一支与自己身高差不多的酒杯，杯中早已斟满酒鬼比利随意就能品鉴出的美酒。

"干杯，精灵朋友。祝您健康，非常感谢，不管谁付酒钱。" 胆大妄为的比利虽然认出眼前的精灵，可自己禁不起美酒的诱惑，毫无迟疑地抢过酒杯一饮而尽。

"干杯，比利。但你别再想像对付他人一样再来欺骗我，现在，掏出钱包，像个绅士，来付酒钱吧。"

"让我付钱？休想！对付你这个矮冬瓜我可是易如反掌。"

矮精灵非常生气："比利·马克·丹尼尔！我告诉你，为了抵偿美酒的代价。你将会成为我七年零一天的奴仆，现在准备好跟我走吧。"

放过狠话的比利追悔莫及，可此时的身体早已不受控制，唯有跟在精灵身后，开始了痛苦无期、周游全国的漫漫长夜路。他们爬上高山，穿过低谷，翻越篱笆与沟渠，越过沼泽、灌木丛，从未停歇。

破晓即将来临，精灵才悠悠转身，吩咐道："比利，现在你可以回家休息去了。但今天晚上，你还要来山寨见我。如若不来，你以后危险、倒霉的日子可还长着呢。要是乖乖听话，你就会发现我是位十分宽容的主人。"

比利回到家中躺在床上休息，疲惫不堪的小伙子却丝毫没有睡意，他无法停止对整个奇异事件的思摸。夜晚降临，害怕失约的他早早起床径直来到山寨。不一会儿，精灵再次出现，命令道："比利，今晚要赶很长的路，牵来两匹配好鞍的骏马，我一匹，你一匹。昨夜的步行可能让你十分疲惫，现在骑着马跟我走吧。"

主人十分体恤下属，比利自然一番虚情假意。不过，他接着问道："可是，主人，斗胆问一句，您的马厩在哪儿啊？我只看到山寨角落里的一株老山楂树，山下的涓涓溪流和我们眼前的一小片沼泽地啊。"

"别再问了，比利。快到沼泽里拔两根最粗壮的灯芯草。"

虽不明所以，比利还是按照精灵的吩咐，竭尽所能寻来两根生有一小簇棕色花朵的粗壮灯芯草。

"上马啊，比利。"矮人精灵边说边抓起一根灯芯草跨在上面。

"上哪儿啊，主人？"

"哎呀，像我这样，跨在灯芯草上。"

"逗我玩么，骑在灯芯草上？您难道想说在沼泽里拔来的灯芯草就是骏马？"

"快上，快上啊，别再废话。最好的骏马竟让你这个蠢蛋蛋骑了。"害怕惹恼主人的比利只能装模作样，草草地跨于灯芯草之上。

"大！大！大！"矮人精灵连叫三声，比利也糊弄地吆喝了三声。眨眼间，灯芯草膨胀变成了两匹骏马，载着主仆二人立即飞奔。粗心

的比利这时才发现，先前骑在灯芯草的时候弄错了首尾。马儿飞奔狂速，自己却无力转身，唯有紧紧地抓住马尾巴。

最终，二人停在一所大房子门前。下马后，矮人吩咐道：“现在，比利。跟我好好学，弄不清马头马尾，没有关系。不过现在你可要记住无论上马还是下马，都不要来回转头。爱尔兰的古训说得好，陈酿可让猫儿开口讲话，同样能让人变成哑巴。”

矮子随即嘟囔起稀奇古怪的咒语，全然不懂的比利依葫芦画瓢念着。咒语过后，两人渐渐缩小、起身、飞升。他们相继穿过一扇扇房门的钥匙孔，最终钻进房主私藏琼浆玉露的酒窖。

精灵二话不说，立即狂饮。嗜酒如命的比利自然不甘示弱，小伙子兴奋得边喝酒边感激：“啊，您可是我最好的主人，谁也比不上您。能这样一直喝下去，做一辈子的仆人我也情愿啊。”

“可没工夫和你扯皮，现在，站起来跟我出去吧。”再次诵读咒语，又一次穿过钥匙孔飞出房门，二人先后爬上留在门口的灯芯草。“大！大！大”三声叫唤后，灯芯草又变回了骏马，载着二人腾云驾雾，一路狂奔。

回到山寨，精灵嘱咐比利明晚同时同地再次相聚。自此，他们夜复一夜，月复一月，一会儿跑到这边，一会儿奔到那里，二人跑遍了爱尔兰的东南西北。自此，没有任何一座私人酒窖未曾被他们“光顾过”，这对酒鬼主仆甚至练成闻香辨酒的能力，比任何管家都要在行。

这么一天晚上，比利照例来到山寨与精灵见面。自己正要去沼泽里拔灯芯草，精灵却吩咐：“比利，今晚可要多拔一根灯芯草，我们要多带一个人回来。”虽了解主人向来不喜被问东问西，但默默拔来三根灯芯草的比利心中却思量着这次带回来的究竟是谁，甚至自己也想着拥有仆人的美景：“要是自己有仆人的话，就让他每晚去拔灯芯草，这样我就可以像主人这般绅士了。”

主仆二人再次出发，一路奔波来到利默里克郡一座舒适的农场主大房子前。这所房子位于卡瑞高根尼尔古堡脚下，据说古堡是伟大的爱尔兰国王布莱恩·博茹所建。此时，屋中歌舞升平、狂饮欢乐。矮

人精灵先在屋外默默地倾听了一会儿，转身说："比利，明天我就一千岁了。"

"上帝保佑。这是真的吗，主人？"

"别再说上帝保佑，比利，你会给我闯祸的。明天即将千岁的我也该好好准备下自己的婚姻大事。"

"哎呀，我也是这么想的，如果您真想着结婚的话。"

"为了结婚，我可是专门跑到这儿的。今晚在这所房子中，年轻的达比·赖利将迎娶身材高挑、标志可人、出身名门的年轻姑娘布丽姬特·鲁尼为妻。我可要先娶了她，得把她抢到手。"

"达比·赖利会答应吗？"

"住口！带你来这不是让你问这儿问那儿的。"矮人一脸严肃，比利知趣地不再刨根问底。随后，矮子开始诵读比利早已熟记于心的穿门咒。

两人飞身进屋，为了能看清女孩，飘行中的矮人抓住头顶的房梁，如麻雀般灵巧地藏于房梁之上。紧随其后的比利也学着主人，蹲在对面的另一根房梁上。可是，比利高大的身材不适合狭小的空间，垂下的双腿又不能夹紧房梁。很显然，他的身高不能如精灵一样，将身子妥妥地贴在上面。要是精灵当裁缝，再没人比它蹲着缝衣服更加舒适的了。

房梁上，主仆二人向下瞧着热闹且有趣的婚礼庆典。此时，屋中早已满满地塞了一大堆人，有牧师，吹笛手，新郎的父亲，两位亲兄弟与堂弟；有整晚骄傲无比、觉得实至名归的新娘双亲，头戴棕色缎带帽子的新娘四姐妹以及来自芒斯特省精明强干的三兄弟，再加上叔叔、姨妈、表兄妹，这么一大群人都围在桌前大吃大喝。晚宴也异常丰盛，即便两倍数量的宾客都能满足。

忽然，有趣的事情发生了，正当新娘的母亲为尊贵的牧师切开配以白色皱叶甘蓝的猪头肉，牧师吃得不亦乐乎之际，娇美的新娘却打了个十分响亮的喷嚏，这让饭桌上每位嘉宾都放下刀叉，不过，没有一个人说出"上帝保佑"，大家都认为牧师应首开尊口，这是他神圣的

职责。可是，牧师嘴中塞满了猪头肉，根本说不出话来。婚宴上的欢快愉悦也因此短短地停顿一下，再也没有了虔诚与祝福的味道。

屋中发生如此戏剧性的事件更让人忽视房梁上的主仆二人。矮人精灵“哈”地笑出声来，兀自坐在房梁上欢快地摇晃着腿，眼笑眉开，弯得像拱门一样。“哈”它又笑出声来，脉脉含情地盯了新娘一会儿，接着抬头对比利高兴地说：“现在，她一半可是我的啦，再打上两个喷嚏，不管牧师、经书还是新郎都不能阻止我拥有这位可爱的新娘。”

再次打喷嚏的时候，女孩声音虽小，却羞得满面通红。这次除了精灵，屋中所有人都装作没听见，因为他们都不想说“上帝保佑”祝福的话语。

而此时房梁之上的比利，他瞧着这位面露悔意的可怜女孩，不禁想象这么一位拥有蓝色明眸、雪白肌肤、美丽酒窝、充满健康与快乐的19岁年轻女子不得不嫁给差一天就满千岁的老丑精灵的糟糕事。

正当他思索之际，新娘又打了第三个喷嚏。比利用尽全身力气呼喊：“愿上帝保佑我们。”这是他内心的独白，还是平常的口头习惯，当时的比利自己也说不清楚。而失去娇妻的精灵自然十分愤怒、失望，它立刻跳到比利的房梁上，操着破风笛般尖锐的嗓音痛苦尖叫：“我现在就解雇你，比利·马克·丹尼尔，这就是给你作为仆人的报酬。”话音未落，矮子甩出小脚，踹在可怜比利的背上。这位不幸的仆人大头朝下，栽入婚宴的餐桌中。

此时此刻，如果比利对精灵主人的行为顿感惊讶的话，那么婚宴中所有人更惊异于“突然降临”的比利。听完他的自述，贪吃的牧师库尼终于放下刀叉，迅速让这对新人完婚。在接下来的婚礼庆典中，比利·马克·丹尼尔欢快地跳起了林卡舞，不过，最为高兴与在意的是自己又喝到了好多好多美酒。

多尼戈尔郡的妖精

利蒂希娅·麦克林托克

帕特·戴弗是位习惯漂泊、爱寄宿他乡的修锅匠。曾经，他与乞丐同被睡在尘土飞扬的脏乱小屋，蜷缩在伊尼什欧文荒芜群山私酿威士忌的酒厂旁打盹。有时，他甚至直接躺在石楠花丛或者小沟里，以地为床，以天为被。但与那一夜的经历相比，这些冒险都显得平淡无奇。

这一天，帕特修补完莫维尔与格林卡斯尔两地的铁罐与炖锅，只身前往达卡尔达夫地区。夜幕降临，帕特·戴弗独自一人在山间赶路。

不久，修锅匠挨家挨户敲门寻求借宿。口袋里虽有半个便士的铜板，被自己晃得叮当乱响，可没人愿意开门。

“我所熟悉的伊尼什欧文人的热情、好客究竟跑到哪里去啦？当地人看起来如此粗鲁，付钱也没用！”帕特困惑不解，不由得向不远处的灯光寻去，敲响了这户人家的房门。

屋中有对年迈的夫妇，他们正分坐在炉火两旁取暖。

帕特恭敬地问道：“今晚，可否让我在此借宿一晚？”

“你会讲故事？”年老的男人问道。

“不，先生，我不是个讲故事的能手。”帕特困惑地回答。

“那你就不能待在这儿了，只有会讲故事的人才能待在这儿。”

老头回答的语气十分坚决，令可怜的帕特无法再次开口，自己极不情愿地转身离开，准备继续疲惫不堪的旅程。

“编造故事，取悦老小孩！这倒是个故事。”帕特嘀咕着。

正当自己背起工具包走出房门，疲惫的修锅匠意外发现老人屋子

后面有座谷仓。借着明亮的月光，他寻路走了进去。

这里可真是个宽敞、干净的场所，屋中一角堆放着稻草，作为休憩之地很是不错。帕特立即爬进草堆，很快进入了梦乡。

入睡不久，修锅匠被沉重的脚步声惊醒。透过身上厚厚的稻草，帕特看到四个魁梧的巨汉正拖着一具死尸进入谷仓，尸体被随意抛在地上。

他们在谷仓里点燃一堆火，用绕过横梁的粗绳捆紧尸体的双脚，一位壮汉开始慢慢翻转篝火上的尸体。不久，他冲着四人中最高大的一位喊道："快来，我累了，轮到你了。"

"说实话，我是不会替代你的。"

"帕特·戴弗就藏在稻草里面，为什么不让他出来烤尸体。"

四位大汉冲着可怜的帕特凶狠地叫嚣着，发现自己无法逃脱，帕特只有乖乖就范。

"帕特，从现在开始，你来烤尸体。要是焦了，就拿你来烤。"

可怜的帕特吓得汗毛竖起、直冒冷汗，只得硬着头皮接下这可怕的差事。

随着时间的流逝，看到他熟练烧烤尸体，四位大汉纷纷走出谷仓，放风去了。

突然，窜出的火苗烧断绳子，尸体重重地摔入火堆，火星四溅。恐惧中，帕特发出痛苦的哀号，惊慌失措地冲出仓门，不顾一切逃命去了。

帕特一路狂奔，直到累得快要跌倒才停下来。而眼前一条杂草丛生的排水沟让这位可怜的小伙子产生爬进去躲起来熬到天亮的打算。

刚藏好不久，帕特又听到那心惊肉跳的脚步声。还是那四位大汉，他们依旧扛着那具尸体，尸体又被随意地抛在水沟边上。

"我累了，该轮到你了。"

"说实话，我是不会替代你的。帕特·戴弗就躲在排水沟里，为什么不让他出来抬。"

"出来，帕特！快出来。"四位壮汉大声吼着。帕特吓得半死，只

好再次颤颤巍巍地爬出。

他背着尸体步履蹒跚，慢慢走进基尔顿修道院。这是一片藤蔓遍布、夜枭低鸣、早已废弃的场地，很多已被遗忘的死者长眠于院墙周围盘根错节的荆棘之下。

现在，再没人葬于此地，可四名大汉依然走进废弃的墓地挖起坟来。

他们干活十分卖力、专心，帕特打算再次逃跑。他悄悄爬上围墙旁的一棵山楂树，试图隐匿于浓密的树叶中。

不久，挖坟的一位壮汉说道："我累了，来拿铁锹，该你了。"

"说实话，我是不会替代你的。帕特·戴弗就躲在树上，为什么不让他下来挖?"

可悲的帕特只好再次爬下来。自己刚拿起铁锹，修道院周围的农家小院、附近小木屋里的公鸡开始了晨鸣，这让四位大汉面面相觑。

"我们得离开了。你很走运，帕特·戴弗，若不是公鸡打鸣，你早就和尸体一起葬进坟墓啦。"

当这次可怕的经历过去两个月的光景，修锅匠帕特流浪的足迹早已遍布整个多尼戈尔郡，一次偶然的机会，他来到拉福镇。

在镇广场上拥挤的人群中，帕特遇见一个大块头男人。

男人弯下腰，瞪着虎目，盯着帕特，说："你好吗，帕特·戴弗?"

帕特支支吾吾："很抱歉，先生，我不认识您啊。"

"不认识我了么，帕特?"男人压低嗓音继续说道，"当再次回到伊尼什欧文的时候，你要讲个故事哦!"

南柯一梦

叙述人：迈克尔·哈特

记录者：威廉·巴特勒·叶芝

在走水路的年代，我有次从都柏林顺河而下，来到运河的尽头马林加[1]，便开始徒步赶路。渐渐地，走得精疲力竭，于是我与几位朋友一起乘马车，等歇息好了，再徒步一段。沿途中，我们看到一些姑娘正在挤牛奶，便停下与她们打趣。过了一会儿，我们向姑娘们讨要牛奶喝。“这里可没什么吃的，要不随我们一起回家吧。”女孩们建议道。于是，我们跟着她们走进了一座房子，围坐在炉火旁闲聊起来。又过了一会，其他人都出去溜达了，只留下我一人贪恋温暖的炉火，不愿意动弹。我向女孩们讨些吃的，她们便从火上的罐子里捞出一块熟肉放进盘子里，并提醒我只可吃头颅上的肉。等我吃完肉，姑娘们都走出了屋子，消失得无影无踪。自此，我也再没有见过她们。

当时，夜色渐浓，我坐在那里，如之前一样，不愿离开温暖的炉火。过了一会儿，肩扛一具尸体的两个男人走了进来。一看到他们的出现，我立即躲到门后。一位男人对另一位说：“现在，谁来烤尸体啊？”“迈克尔·哈特！快快滚出来烤肉！”自己只好颤颤巍巍地从门后走了出来。“迈克尔·哈特！”叫我名字的男人又命令道，“现在你来烤尸体，要是把尸体烤焦了，我们就把你绑在架子上烤。”言罢，他们走出房门，放风去了。

我战战兢兢地翻烤着尸体。直到午夜，这两个男人方才回来。一

---

① 译者注：马林加，爱尔兰韦斯特米斯郡的首府。

个人说，肉烤焦了，另一个却说，烤得正好。他们二人吵起了嘴，不过最终都同意放我一马。两人端坐在炉火旁，其中一个嚷嚷道："迈克尔！你会讲故事吗?""不会讲啊。"我回答。话音刚落，愤怒的男人抓住我的肩膀把我扔出门外。

屋外漆黑一片，风声猎猎。自打出生以来，自己还未曾经历如此可怕的夜晚，根本不知道身处何方。过了一会儿，另一个男人走到我的身后拍了拍我的肩膀："迈克尔·哈特，现在会讲故事了吧?"我十分干脆地回答道："会!"

他把我带进屋里，丢在炉火旁，命令道："开始讲吧。""我只会讲一个故事，那就是我原本坐在这里，你们两人却扛着一具尸体闯了进来，还命令我把尸体烤熟。""讲得不错，"那个人说，"现在，你可以到里边的房间睡觉去了。"困乏不已的我立即走了进去，倒床就睡。不过第二天醒来的时候，却发现自个儿躺在一片嫩绿的草地上。

独居精灵：普卡

威廉·巴特勒·叶芝

普卡，爱尔兰语为"Púca"，其本质似乎是一种动物之灵。有些人认为此名源于"poc"一词，即公山羊。不过，也有人对此持怀疑态度，认为它是莎士比亚作品中小精灵派克"Puck"的原型。它们住在人迹罕至的深山与古旧建筑的废墟里，由于孤独变得可怕，噩梦般的精灵之一。

曾经，道格拉斯·海德先生在信中写道："在一则作者不详，名为'玛克娜米克海尔勒'的古老传说中，读到'伦斯特省的一座山里出现过一匹中等大小、身强体壮、皮毛发亮的可怕马怪。它口吐人言，与

所有人都会提到十一月份的节日，对那些向它询问明年十一月之前事情的人类都能给予明智且准确的答案。因此，人们常常在山脚下留下各种礼物、赠品，直到圣帕特里克和神职者的到来。’这个传说似乎与普卡的传说同宗同源。”

的确！除非它是奥伊斯卡，即爱尔兰语中的水马怪（each-uisgé）。据说，过去的爱尔兰经常能看到此生物，它们总是从水中钻出，在沙滩与田野驰骋，人们捉住它，装上马鞍，只要不见水便是良驹。可万一瞥见了湖水，它们就会驮着骑手一齐跃入水底，将他撕成碎片。由于水马怪也是十一月份的精灵，它更有可能是普卡的另一种形态，因为十一月是普卡的圣月，难以想象平日里野蛮、恐怖的水马怪会在十一月份变得彬彬有礼。

因此，普卡是一种具有多种形态的精灵，有时是匹骏马，有时是头毛驴，有时是头公牛，有时是只山羊，有时又变成雄鹰。和所有的灵怪一样，它只有一半的模样属于我们这个世界。

吹笛手与普卡

道格拉斯·海德

很久以前，在戈尔韦郡的邓莫尔住着个傻子，虽酷爱音乐，却只会吹《黑皮肤小流氓》的小调儿。过去，他在乡绅那里还能赚到钱，因为富人时常拿他取乐。一天夜里，笛手在一所大房子里为舞蹈伴奏。伴奏完毕，喝得半醉的他走在回家的路上，当踏上一座临近家门的小桥即兴吹起《黑皮肤小流氓》的时候，一只普卡出现在他的身后，一扬手就把他甩到背上。笛手一眼就认出这只长角的普卡，说道：“去死吧，你这肮脏的小怪物，快快放我回家。我兜里可有十便士的硬币，

还要给母亲买鼻烟呢。”

“别管你的老娘啦，紧紧抓住我。要是掉下来，脖子和风笛准会摔断，现在为我吹一首《贫穷的老太太》。”

“可我不会啊。”

“不管你会不会，吹就是了，我会教你怎么吹的。”

半傻子只好吹起来，这一回，吹出的曲子竟然如此美妙，自己深感意外。“要我说啊，你可真是位厉害的音乐大师。不过，你得告诉我，这要带我去哪儿啊？”

“报丧女妖家里正举行一场盛大的晚宴，就在克罗帕特里克的山顶，我带你去那儿演奏。相信我，这一趟，你会得到好处的。”

“哎呀呀，这还省得我自个儿赶路啦，威廉神父要我去克罗帕特里克一趟，因为在上个圣马丁节，我偷了他家的一只大白鹅。”

说话间，普卡背着他快速地越过群山与沼泽，最终将他带上克罗帕特里克山顶。随后，普卡跺了三声脚，一扇大门应声而开，他们随即穿过大门，步入一间华丽的大厅。

大厅中间摆放着一张金制的桌子，数百名老太太围桌而坐。为首的一位起身道：“十一月的精灵普卡，欢迎你的到来，不过，和你一起来的是谁呀？”

“爱尔兰最棒的笛手。”

另一位老太太跺了一下脚，墙边一扇门自动打开，走进来的恰好是他从威廉神父那里偷来的大白鹅。

“我的老天，我和母亲早把那只鹅啃得精光啦，剩下的鹅翅膀还送给了红发玛丽，正是她向神父告了密，说我偷了他家的鹅。”笛手自言自语道。

桌子被大白鹅擦干净后抬走。

普卡吩咐傻子：“现在为这些可爱的女士演奏乐曲吧。”

笛手只好硬着头皮吹了起来，百名老妇应曲起舞。她们跳啊、跳啊，直到筋疲力尽，直到这个时候，普卡这才说要付给笛手酬劳，于是，老太太每人掏出一枚金币送给他。

“以圣帕特里克的名义起誓，我和勋爵家的儿子一样有钱啦。”傻子兴高采烈。

“那么现在跟我回去吧。” 普卡再次背上笛手，那只曾经被自己吃掉的大白鹅却跑了过来，送给傻子一支新笛子。不久，他再次返回邓莫尔，普卡把他放在桥上并嘱咐他自个儿回家：“如今，你获得两样从未有过的东西，那就是智慧与音乐。”

笛手敲着家门，嚷嚷道：“妈妈，快让我进去，我现在和勋爵一样有钱啦，自个儿也是全爱尔兰最棒的笛手啦。”

“你没喝醉吧。” 母亲说。

“没有啊。”

母亲这才让儿子进了家。笛手掏出金币说：“快来听听我的笛子，我这就吹了。”可这一回他吹出来的根本不是什么音乐，而是群鹅乱吼的破音，甚至还吵醒了左邻右舍，大伙都来嘲笑他，直到他换上旧笛子，飘出最最优美的乐曲，大家的笑声才渐渐平息。打这之后，他告诉大伙自己当晚的神怪经历。

不过，到了第二天一大早，母亲再去看那堆金币，那里除了一堆树叶，什么也没有。

困惑的吹笛人只好求助神父，不过神父丝毫不信他的鬼话。于是，他举起新笛子，又一次呼呼地吹出群鹅齐鸣的破响。

“滚远点，你这小偷。”

然而，当他拿起旧笛子吹出扣人心弦的旋律，神父这才相信他所言非虚。

自打那日起，全戈尔韦郡再也找不到另一位比他更加出色的吹笛手了。

丹尼尔·奥罗克历险记

托马斯·克罗夫顿·克罗克

著名的丹尼尔·奥罗克历险记，大家或许都不陌生。不过，几乎没人知道，他之所以有此番历险，只是因为在普卡居所的老围墙下睡了一觉。我和丹尼尔·奥罗克很是熟稔，他曾住在亨格里山脚，就在通往班特里的大路右边。那是在1813年6月25日，一个晴好的夜晚，早已白发苍苍、鼻头通红的他坐在老杨树下抽着烟斗，亲口为我讲述这个故事。在当天的早些时候，我还待在格伦加立夫打算参观一下德西岛。

“每次讲起这个故事，我都很激动，不过，这也不是头一次讲了。您瞧，在拿破仑之类的家伙还没冒出来的那会儿，老爷的儿子就像现在的年轻人一样，去了法国、西班牙等异国他乡。现在，他回来啦，主人自然大摆宴席，广邀乡里乡亲参加，不管是乡绅还是下人，高贵的、低贱的、富有的、贫穷的。不过，请允许我插一句，从前的老乡绅才叫真正的绅士啊，他们有时会骂骂人，这倒不假，没准还会抽上几鞭子。不过，但我们到底也没吃上什么亏，也从未被逼着交租子。甚至，一年到头，差不多所有佃户或多或少接受过老主人的慷慨施舍。要是现在啊，又是另一码事儿了。好吧，先生，我还是继续给您讲讲我的历险吧。”

“宴席上珍馐佳肴样样皆有，我们纵情吃喝、跳舞，年轻的小主也和来自博埃林的佩吉·贝里跳起舞来，真是一对可爱的年轻夫妇，尽管身份早已大不如前。长话短说，当时的我喝得身体摇晃，一点记不清自己是怎么离开的，只知道出了门。当时，还打算拜访下莫莉·克

罗诺汉，她可是与精灵有来往的女人，想跟她聊聊那头被诅咒小母牛的事情。不过，当我踩着伯亚什诺河滩中的石头台阶，仰望夜空中的星辰，便为自己祈福，这是为什么？因为那天正是天使报喜日[①]喽。结果，一脚踩空，落入水中，当时自个儿就在想：‘要完蛋啦，死神降临喽！我要淹死啦！’为了活命，我开始游泳，就这样游啊、游啊，最后不知怎么的，爬上了一座荒岛。

“我在岛上徘徊，不知去哪儿才好，直到误入一片沼泽。当时，月光明亮好似您夫人美丽的眼眸，先生，请原谅我提到她。环顾四周，除了无尽的沼泽、沼泽、沼泽，什么都没有。自己怎么也想不起来是如何进岛的，害怕得心慌，琢磨着这就是自己的葬身之地了吧。幸运的是，旁边有块石头，自己便坐了上去，边挠头边叹气。突然，月光暗淡，抬眼只见有什么东西正朝我飞来，挡在我和月亮之间，最后发现这不是只鹰吗？绝对是凯里王国最大的一只雄鹰了。

“它盯着我，开口道：‘丹尼尔·奥罗克，你还好吗？’我说：‘很好，谢谢您，阁下，也望您一切安好。’当时，自个儿简直无法相信老鹰什么时候能够像基督徒一样开口讲话了。‘丹，是什么风把你吹到这儿来了？’‘不为什么，阁下，我现在只想平安回家。’‘丹，你想回去的地方是在岛外么？’‘是啊。’我起身告诉它自己怎么喝高了，然后掉进河里，如何游上小岛，又是怎么误入沼泽，却不知道再怎样出去。它思摸了一会儿，说：‘丹，虽然在天使报喜日醉酒不大妥当，不过看在你老实本分，按时做弥撒，从不向我和我的同伴扔石子，也不在田间冲我们瞎嚷嚷的份上，我愿意为你效劳。现在就爬上我的背，抓紧我，别掉下去，我送你出沼泽。’‘阁下，您是在和我开玩笑吧，有谁听过人可以像骑马一样骑鹰了？’它的右爪按在胸前：‘以绅士的尊严担保，我是认真的。现在，要么接受我的帮助，要么在沼泽里等着饿死吧。另外，你的重量已经压得石头往下沉呢。’

“它说得没错，我当时也感到脚下的石头不断下沉。我别无选择，

① 译者注：天使报喜日（Lady-day）在基督教中，天使向圣母玛利亚告知她受圣灵感孕而即将生下耶稣，出自《圣经·新约·路加福音》。

只好安慰自己——‘撑死胆大，饿死胆小’，说道，‘谢谢阁下，谢谢您的好意，我愿意接受。’随即爬上鹰背，紧紧抱住它的脖子，它便像云雀冲入天空。起初，不知道它要对我干吗，只是飞啊、飞啊，只有上帝才知道它到底飞了有多高。‘呃，那么，’本以为它不知道归来的方向，自己便问得十分谦恭，为什么这么谦虚呢？因为自己的命完全受它的掌控呀，‘尊贵的阁下，我恭敬地服从您的明智判断，假如您能飞得低一点，正好在我的小屋上方，把我放下就行了，非常非常感谢阁下。’

“‘哎呀，丹，你把我当傻瓜吗？没看见前面那片地里有两个带枪的人吗？为了听从一个从沼泽冰冷石头上捡起的醉酒流氓的话，挨上枪子儿可不值得。’‘拜托。’我暗暗思忖，不过没敢说出口，因为说出来又有何用呢？好吧，鹰大人继续向上飞呀飞呀，每过一会儿，我就求它飞下去，可根本不管用。‘您到底要飞到哪儿去，先生？’‘住口，丹，管好你自己，少管闲事。’我说：‘天哪，这就是我的事儿啊。’‘安静点，丹。’我只好闭上嘴巴。

“最后，我们竟然一路飞到了月亮上。您从这里是看不到的，但在那里或者我飞过去的那会儿，准能看到月亮的边缘有个镰刀形状的东西，就像这样（他边说边用拐杖在地上画出了形状）。

“‘丹，飞了这么久，我也累了，我也没想到这么远啊。’‘我的天，阁下，究竟是谁要您飞这么远了？是我吗？半个钟头前，我难道没有请求、恳求、哀求您停下吗？’‘别再说没用的，丹。我累了，你得下去，坐在月亮上，直到我缓过来。’‘坐在月亮上？就是那个圆圆的小东西？哎呀，我定会掉下去摔得粉碎的。你可真是个卑鄙的小骗子，是的，就是你。’‘才不是这样呢，丹，你可以快速抓住插在月亮边缘的镰刀柄，这样就不会掉下去啦。’‘不要。’‘随你吧，伙计，要是不照做，我就拍拍翅膀把你甩下去，让你身上的每块骨头都摔成如清晨卷心菜叶子上的露珠一样稀碎。’‘哎呀呀，我可真走运，碰上你这样的家伙。’我用爱尔兰语狠狠地咒骂了一阵，生怕它能听懂，随后，胆战心惊地从鹰背上爬下来，抓住镰刀柄，坐在月亮上。我得跟

您说，那地方可真冷啊。

“等我坐稳，它转身说：‘早安啊，丹尼尔·奥罗克，我想自己捉弄你已经足够啦。你可是在去年洗劫了我的老窝哦（它说的确有其事，不过天晓得它是怎么知道的），作为回报，你就在月亮上随便浪荡着吧。’

“就因为这个，你就把我丢在这里不管了，你个畜生，你个丑陋的怪物，这就是你对付我的法子吗？那也祝你和你的子孙都倒大霉，你这个鹰钩鼻的恶棍。’不过，一切已然无济于事，它展开巨大的双翅，发出阵阵奸笑，闪电般飞走了。在它身后，我放声大喊，让它别走，可它根本不睬我。自那一天起，我再也没见过它，愿霉运和它一起飞走！现在，先生，您可以想象，孤零零的我由于悲伤咆哮个不停。突然，月亮中间有扇门打开了，门的铰链发出阵阵吱吱嘎嘎的声响，像有个把月没打开过似的，我猜是没上油的缘故。门后走出来的会是谁呢？正是住在月亮上的那个家伙①。他乱糟糟的头发，我一眼就认出了他。

“‘早啊，丹尼尔·奥罗克，你还好吗？’他问。‘我很好，多谢阁下，也祝您安好。’‘是什么风把你吹到这儿来啦，丹？’于是，我告诉他，自己怎么在主人家多贪了几杯酒，如何沦落到荒岛上，又怎么在沼泽地里迷路，那只贼鹰如何敷衍我飞离沼泽，最后又故意把我丢到月亮上的。

“月亮上的男人听我说完，吸了一口鼻烟，悠悠地命令：‘丹，你不能待在这里。’‘确实，我根本不愿意待在这儿，可又能怎样回去呢？’‘那是你的事，丹，我只负责告诉你，你绝不能待在这儿，赶紧给我走。’‘我不会妨碍您的，只是想牢牢地抓住镰刀柄免得掉下去。’‘你也不能这么做，丹。’‘求您啦，您家有几口人？能否为我这个可怜的旅者提供一个住处呢？我相信您在这儿不会经常遇到陌生人的，因为路途太远了。’‘就我一个人住，不过，你最好放开那把镰刀。’‘天

① 译者注：月亮上的男人（man in the moon），在欧洲民间故事中，一对圣诞夜仍在工作的夫妇被神明惩罚永远分离，女人被罚去了炙热的太阳上，而男人去了寒冷的月亮上。

哪，拜托了，您走吧，我是不会放手的，您越恳求我，我就越不放手，就这样了。’‘最好放手，丹。’我从头到脚把他仔仔细细地打量了一番，恶狠狠地说：‘啊，小东西，四个字送给你，绝不放手。不过，你要是愿意，倒可以妥协。’‘走着瞧吧。’说完，他转身恶狠狠地关上了门（显然是生气了）。当时，我觉得月亮都快被震下去啦。

“正当我准备和他好好大干一场，他又回来了，手中抓着把菜刀，一言不发对我握着的镰刀柄猛砍了两下，咔嚓！刀柄断成了两截。‘拜拜，丹，’这个怀恨在心的矮老冬瓜就这么眼睁睁地看着我攥着一截镰刀柄从天上掉了下去，‘多谢你的拜访，祝你遇上好天气，丹尼尔。’还没来得及还嘴，自己就翻着跟头，以猎狐犬般的速度迅速下落。‘上帝救救我啊！’大半夜里，体面人被戏弄成这般模样，真是够倒霉的，眼看自己就要完蛋，嗖的一声！一群大雁正贴着我的耳边飞过，它们是从巴利亚谢诺也就是我家那边的沼泽飞来的，不然怎会认得我？这时，一只领队的老雁转头冲我喊：‘是你吗，丹？’我说：‘如假包换。’我这时候早就习惯了各种怪事，另外我同样认出了它。大雁接着问：‘早安，丹尼尔·奥罗克，你今早的身体如何啊？’‘非常好，先生，谢谢您的好意，’我喘着气回答，‘希望阁下也一样。’‘我觉得你正往下落呢，丹尼尔。’ ‘差不多是这样子的，先生。’‘那么，你这么匆忙是要到哪儿去啊？’于是，我告诉它自己如何酒醉，如何误入一座荒岛，如何在沼泽地迷路，一只贼鹰又是如何带我飞上月亮，月亮上的人又是怎么把我轰下来的。‘丹，我来救你，抓住我的双腿，我带你回家。’‘我的宝贝儿啊，您的话真是甜如蜜呀。’虽然，打心底里不大相信，可当时的自己真的别无选择，只能抓住雁腿，和它身后的雁群一起快速地飞起。

“我们飞呀、飞呀，一直飞到广阔的海面，心里十分清楚，因为自己的右手边都看到了科利尔海角。于是，我对大雁说：‘啊，阁下，’自己心想着还是礼貌一点的好，‘请您飞到陆地上吧。’‘这是不可能的，丹，因为过一会儿，我们就要飞到阿拉伯半岛了。’‘阿拉伯半岛！那可是遥远的他乡。哎呀！雁先生，求求您啦。’‘嘘，嘘，你个傻瓜，

安静点儿，我告诉你，阿拉伯半岛可是个好地方，和爱尔兰的西卡伯里一样，两地也就是一枚蛋与另一枚蛋的区别，只不过那里的沙子多了点儿。’

“正当在我们说话的时候，一艘顺风航行的船只进入了我的视线。我赶忙唤道：‘哎呀！先生，请您把我丢到那艘船上，好吗？’‘丢得可不大准呢，这会儿放开你，你准会掉进海里的。’‘不会的，我很清楚，船就在我们的正下方，赶快丢下我吧。’

“非要这样，那就如你所愿吧。看好了，去吧。’于是，它松开爪子，我的老天，它是对的！我扑通一声掉进咸咸的海水里，一直沉到大海的深处。那时候，我彻底绝望了。不过，一只刚刚睡醒挠着痒痒的鲸鱼游向我，它直直地盯着我，随即一言不发抬起尾巴把冰冷的海水泼到我的身上，弄得我全身湿透！直到这时，我才听到一个熟悉的声音：‘快醒醒，你个酒鬼，快醒醒啊。’自己就这样醒了，原来是老婆朱迪正拎着一大桶水往我身上浇呢。哎，愿她的灵魂安息！她虽是个好妻子，可从来受不了我醉酒，收拾我的办法自有一套。

“‘快起来，’她命令道，‘整个教区你躺在哪儿不好，非得要睡在普卡居所的旧围墙下，睡得不怎么安稳吧。’的确如此，这一觉早被什么雄鹰啊、月亮人啊、大雁啊、鲸鱼啊弄得晕头转向，它们又带着我离开沼泽，飞上月亮，掉进碧蓝的海底，真是不胜其扰。我敢说，即使往后醉得比这次厉害上十倍，自己再也不会躺在普卡居所的老围墙下啦。”

基尔代尔的普卡

帕特里克·肯尼迪

曾经，有位R先生，他生前住在都柏林，过着锦衣玉食的生活。

有段时间，他要出国打理生意，仆人们就像主人在家中起居的时候一样，负责看管豪宅。不过到了晚上，仆人们上床后都胆战心惊，因为他们时常听到厨房门砰砰乱响，厨房里的锅碗瓢盆啪啪嗒嗒地发出响声。

这一天，仆人们熬到很晚，他们一个接一个地讲着鬼故事。你猜怎么着？平日里挤不到火炉边，只能睡在马背上的洗碗男孩，这会儿蹑手蹑脚地钻进壁炉里。尽管听着鬼故事多少有些烦厌，可他竟然沉沉地睡过去。

不知什么时候，仆人走光了，炉火也变小了。房门打开的声响吵醒了男孩，似乎是头驴子走在地板上发出的哒哒声响。于是，他悄悄伸出脑袋，果然有头高大的怪驴蹲坐在壁炉前的地毯上打着哈欠。

只见这头驴子打量了四周一番，挠了挠长耳朵，好像很累的样子，嘟囔着："总算可以开始啦。"这时，可怜的小男孩吓得牙齿打战，心想："它要来吃我喽。"不过，这个长耳朵、长尾巴的怪家伙所想的却是其他的事情。它首先拨了拨炉火，从水泵那里打来一桶水，倒进之前吊在炉火上的罐子里。接着，驴子将它的蹄子伸进温暖的壁炉，把小男孩拉了出来。男孩吓得大喊大叫。普卡只是看了他一眼，噘了噘嘴，便将他再次丢进壁炉里。

到了后来，碗柜里没有哪支盘子、碟子或者汤匙不被它抓起来塞进烧水罐子里的，所有的餐具最终都被清洗、擦干，没有任何一位都柏林的厨娘能干得如此井井有条。即便全部的餐具都被整整齐齐地摆在架子上，这头驴也不忘记把厨房里里外外好好收拾一遍。最后，它再次来到小男孩身边，一只耳朵耷拉着，另一只耳朵竖起来，呲着驴牙冲他怪笑。可怜的小男孩吓得大声呼喊，可是嗓子眼怎么也发不出声来。普卡最后用耙子扒拉了下炉火，便离开了，门被重重地关上。不过，小男孩觉得整幢房子都快被震塌啦。

可想而知，到了第二天早上，男孩说出自己昨夜神奇的经历，大伙别提有多吃惊了。他们一整天只顾着谈论此事，七嘴八舌地发表自己的看法。不过，一位肥胖懒惰的洗碗丫头说出了最有趣的建议："天呀，如果普卡真如你所说，在我们睡着的时候把活全干了，那我们干吗还要像现在这样辛苦呢？”“太对了，”另一位仆人应和，“这可是你说过最明智的话了。真的，你说的没错！”

于是，仆人们当天决定一齐罢工。到了夜晚，所有的碗碟都没刷洗，地板也没有打扫，天一黑，大家早早地上床睡觉。果然，第二天一大早，厨房一切井井有条、光洁如新，即便市长大人来此直接用地板盛饭也没多大问题。对于懒惰的仆人来说，这可真是天大的好事。自此，他们偷懒数日。直到有一天，一位莽撞的男孩决定要等到晚上与这位普卡聊一聊。

到了半夜，厨房门猛然撞开，驴子果然大摇大摆走向火炉，男孩多少有些害怕。

“先生，”男孩鼓起勇气问道，“假如我这么说不太冒昧的话，您能告诉我您是谁吗？为什么这么好心在晚上帮我们干活，这些活可是要干上大半天呢。”

“一点儿都不冒犯，我还很乐意告诉你。自己原本是R父亲的一名佣人，不过是其中最懒惰、最无赖的一位了，什么好事都不干。因此，我临终之际便被诅咒，必须每晚来此做完所有的家务，然后再回到寒冷的屋外。要是碰到好天气，还不那么糟糕。可你知不知道，熬到寒冷的冬夜，暴风雪会从午夜一直刮到第二天的日出，我只能把头夹在腿间忍受天寒地冻。”

“可怜的朋友，要怎么做才能让您感觉舒服些呢？”

“哎，我也不知道，不过棉袄或许能够助我在漫漫的寒夜一直撑下去吧。”“的确如此，要是连这个都无法满足您，那我们可就成了忘恩负义的人啦。”

长话短说，几日后的夜晚，男孩再次来到厨房，把一件暖和的棉袄举到可怜的普卡面前，可以想象它当时有多高兴了吧！普卡把四条腿塞进棉袄的袖子里，衣服在胸前和肚皮上扣好，走到镜子前照了照，十分满意自己的模样。“好了，”驴子说，“真是天无绝人之路呀，感激你还有你的伙伴儿，这下舒服多了，那么再见吧。”

说着，它就往门口走，男孩大喊：“哎呀，你走得太早了吧，扫地洗碗的活儿还没干呢！”“哦，恐怕你得告诉那些懒丫头，往后该她们干活啦。因为，只要能得到别人的奖赏，我的诅咒就解开了，你们再也不会见到我啦。”果然，仆人们自此再也没见过普卡，大家都后悔干吗要这么早报答这个忘恩负义的家伙。

独居精灵：报丧女妖

威廉·巴特勒·叶芝

在爱尔兰语，报丧女妖（banshee）一词中的“ban”源自“bean”，意为女人，“shee”指精灵。它们是追随古老家族的侍奉精灵，每当这些家族有人离世，便会发出痛苦的哀号。许多人曾见过它们拍手痛哭的模样。而爱尔兰所谓的挽歌，即农民在葬礼上的哭泣，据说是在模仿报丧女妖的恸哭。假如不止一只报丧女妖出现，这意味着圣人或者伟人即将陨落。有时候，一辆巨大的黑色马车会与报丧女妖一同出现，一位无头鬼骑着一匹无头马牵拉此车，上面载着一口棺材。按照克罗克的说法，它会在你的家门口隆隆作响，倘若开了门，一盆鲜血便会泼到脸上。这些无头鬼魂在爱尔兰的历史上均有所记载。另外，在1807年，圣詹姆斯公园门外守夜的两名警卫死于惊吓。据说一具赤裸上身的无头女尸午夜时分在此攀爬栏杆。之后很长的一段时间，闹鬼的地方再也没派警卫把守。而在挪威，人们将尸体的头砍下，目的是为了减弱鬼魂的力量，也许自从那时起便有了无头鬼的说法，否则，无头鬼便是那些夹着自己的脑袋游过英吉利海峡的爱尔兰巨人。

夜遇报丧女妖

约翰·托德亨特[1]

“啊，您说的是报丧女妖啊？好呀，先生，我正要告诉您呢。有天傍晚，我从和您提到的卡西迪先生家里下班回家，那里离我住的地方不止一英里远，不，差不多两英里。为了少赶路，我租了熟识且正派的寡妇比迪·马奎尔的小屋。

“那是十一月的第一个星期，我走在一段人迹罕至的小路上，阳光被浓密的树木遮挡，四下里漆黑一片。途中，我得经过一座小桥，它架在通往多德河的小溪上。因为当时路上没有行人，我就走在路的中央。哈利先生，人行道可是打那以后很久才出现的事物了。正如刚才所说，我就一直走啊、走啊，走到桥头，小路才变得开阔起来。在那儿，我刚好看到老桥的拱顶，多年后，这座桥才被拆掉。而在当时，四周满是河水蒸腾而起的白雾。

“这么说吧，哈利先生，我虽经常途经此地，可在那天晚上，我总是心神不宁，就像在梦中一样。一走上小桥，阵阵阴风吹进心窝，于是自言自语道：‘哎呀，托马斯，你心里有鬼吗？要是真有的话，你到底怎么啦？’随后，装模作样努力让自己的一条腿抬到另一条腿的前面，缓慢地挪到了老桥的拱顶。天啊！就在那儿，我看见有个老太婆跪坐在桥边，全身缩成一团，低着头，似乎遭受极大的痛苦。

“先生，我当时很同情这位可怜的老太婆，虽然有些害怕，自己还是凑了过去，问道：‘夫人，您待在这儿很冷吧。’她根本不睬我，就

① 译者注：约翰·托德亨特（1839—1916），爱尔兰诗人和剧作家。

像我没说过话一样，只是自顾自地前后晃动着身子，痛苦得好像心都碎了。我又对她说：‘呃，夫人，您还好吗？’本打算用手拍拍她的肩膀，不过一些古怪让我止住了动作，因为仔细打量她，我发现她根本不是什么老太婆，不如看作一只老猫。我注意到的第一件反常之事，哈利先生，就是她的头发，这些头发从肩膀散落而下，拖在身体两侧，足足有3英尺长。哎呀，作为一个邋里邋遢的农夫，自个儿还是头一回见到这么长的头发！也从未在其他女子身上见过，无论是年轻还是年老的。并且，她的头发浓密得像是从年轻女孩头上长出来似的。颜色难以形容，乍一看是银灰色，就像老太婆该有的发色，不过借着月光，我才发现那是如丝绸一般闪亮光泽的。头发散落在肩膀和两只匀称的胳膊上，头埋在手臂里，真像宗教画里抹大拉的玛利亚[①]。此外，我发觉她的灰色斗篷和绿色长袍绝不是用人间凡布织成的。不用说，先生，这只是我不经意间所看到的一切，却需要费这么多的口舌描绘。

“我赶紧后退一步，大叫一声：‘上帝保佑我们免遭伤害！’当时，我就是这么为自己祈福的。不过，哈利先生，我的话还没说完，她就猛地抬起头看着我。这可是我见过的最可怕的一只鬼怪啦，只见她直勾勾地盯着我！愿主宽恕我这么说，她的脸与马尔伯勒大街小教堂里的鬼脸画真是太像啦，苍白如死尸，上面布满了如火鸡蛋壳般密密麻麻的雀斑，眼白布满血丝，也许是拼命哭喊所致吧。而那双眼睁啊，哈利先生，蓝得像勿忘草，冷得如霜夜沼泽洞里洒下的月光，再加上一副死寂的神情，让我骨子里冒寒气。要死啦！那个时候，估计您都能从我头发上拧出一茶杯的汗水！

“当时，我就琢磨着，只要她一站起身，自个儿的小命保准没有了。这个报丧女妖看起来跟纳尔逊柱[②]一样高，双眼睁得大大的，死

① 译者注：抹大拉的玛利亚（Mary Magdalene）曾为妓女，在《圣经·新约》中被描绘成为耶稣的女追随者。罗马天主教、东正教和圣公会都把她作为圣人。

② 译者注：纳尔逊纪念柱（Nelson's Column）位于伦敦市中心的特拉法加广场，高51.59米，纪念死于1805年特拉法加海战的海军上将霍雷肖·纳尔逊。

死地盯着我，胳膊向前伸起，吓得我头发直立，硬得像新扫帚中的猪鬃毛。不过最后，她滑动着离开了，沿着桥的一角滑行，最后钻进河里。

“我当时琢磨她到底是什么。‘哎呀，托马斯！’我自言自语，然后挣扎着迈开双腿。至于那天晚上怎么回到家的，连我自己都记不清楚。也许，只有上帝才知道吧。不过，可以肯定的是，我一头撞到门框，头朝下跌倒在地板中央，躺在那里昏死了将近一小时。而清醒起来的第一件事就是马奎尔太太用满满一杯潘趣酒灌进我的喉咙把我唤醒。我脑袋上的冷水都是她泼的。”

“‘哎呀！康纳利先生，你还好吗？’她问道，‘你怎能这样吓唬我这个单身女子呢？’

“‘我是活着？还是死了？我这是在哪儿啊？’

“‘我的天！你在厨房呢，除了这儿还能在哪儿呢？’

“‘哦，荣耀属于上帝，还以为我在炼狱呢，也有可能是在更糟的地方。唯一不对劲的是，自己觉得太冷，而不是太热啊。’

“‘哎呀，要不是我，你没准快到那里了，不过，你到底怎么了？见到鬼了吗？’

“‘哎，甭管我见到什么了吧。’

“渐渐清醒的我这才知道自己正是这样偶遇报丧女妖的，哈利先生！

“拜托，它的样子我记得清楚得很，而且与传言十分吻合，您一定知道，当时一位来自爱尔兰提隆郡真正古老家族的奥尼尔斯先生正值在此做客。就在那天夜晚，人们听到报丧女妖在他下榻之处哀号，当时还不止一只呢。果然，到了第二天一大早，哈利先生，人们发现他躺在床上，早已去世。因此，假如当时看到的不是报丧女妖，我倒想知道它还能是什么呢？”

挽　歌

克拉伦斯·曼根[1]

致1642年在佛兰德斯遇害的莫里斯·菲茨杰拉德爵士，凯里骑士[2]

恸哭声缓缓响起，
远胜尘世的悲哀，
在南方广阔的平原徘徊，
哀悼英年早逝的首领。
夜半，哭声令我心神震颤，
自己忍不住仰望夜空，
悲痛中下跪，悼词诵咏。
古尔湖上，一遍，两遍，不，三遍，

---

① 译者注：詹姆斯·克拉伦斯·曼根（1803—1849），爱尔兰诗人。曼根的诗歌符合各种文学传统。最明显，也最常见的是，他的作品与民族主义政治作家约翰·米切尔（John Mitchel）的作品出现在《国家》（*The Nation*）、《辩护者》（*The Vindicator*）和《爱尔兰人联合报》（*United Irishman newspapers*）等报刊上，被视为19世纪爱尔兰文化复兴的一种表现。此外，曼根归为浪漫主义诗人。特别是他被比作塞缪尔·泰勒·柯勒律治（Samuel Taylor Coleridge）和托马斯·德·昆西（Thomas De Quincey），这在很大程度上要归功于他传闻中的鸦片瘾以及他倾向于将自己的作品置于幻想或梦想的框架之内。

② 译者注：凯里骑士又称绿衣骑士，是爱尔兰自封建时代就存在的三种世袭骑士（绿衣骑士、白衣骑士、黑衣骑士）之一。

为这位勇士叹息，
月光下的湖畔，
几欲结冰犹寒。
在奥格拉黑暗的峡谷，
凄凉的挽歌和声传出，
那是莫格里的女幽灵，
在为菲茨杰拉德之死恸哭！

远方草原上的卡拉·蒙娜
尖叫、叹息良久。
弗莫伊在高耸的阁楼
哭诉不断。
约尔、基娜尔梅基、艾莫金丽
哀悼连连。
她们的哭声响彻峡谷，
惊醒熟睡的山民。

从劳莫到杜那诺，
商人们惊慌一片，
收起金银财宝，
准备好逃亡。
可无论行至何处，从白天到黑夜，
太阳终将露出曙光，
外乡人都将听到
报丧女妖的警告！

“这，”他们说，“预示着死亡的来临！
不如保命奔逃。”
唉，这些自负的傻瓜啊！

你们竟然胡说八道!
撒克逊的商贩如此卑贱渺小,
这绝不是为你们响起的悲号!
我们的报丧女妖
绝不为商人浅陋的灵魂哀号!

它们的痛苦、悲伤只为
高贵的米利都后代,
他曾要继任昔日的王位,
现在,只能长眠于土!
听!我再次听到哀悼,
在远方!还是在我身旁?
或许,仅仅是夜风呜咽,
从空山寂谷隆隆吹过。

麦克·卡西家族的报丧女妖

托马斯·克罗夫顿·克罗克

这件事发生在1749年。查尔斯·麦克·卡西[①]是一个庞大家族唯一幸存的子嗣,他的父亲在他二十多岁的时候就去世了,自此留下麦克·卡西庄园。尽管这是座爱尔兰庄园,可查尔斯没费多大力气便顺利地继承了这笔遗产。作为一位相貌英俊、寻欢作乐的男人,他既不受贫穷、父亲、监护人的约束,也不讲规矩,更非温良恭俭之辈。坦

① 译者注: 麦克·卡西是一个盖尔爱尔兰家族,中世纪时他们统治爱尔兰蒙斯特省。

白地讲，他整日花天酒地、放荡不羁，周围的朋友也都是出身高贵的纨绔子弟。在这些人中，大部分都比他有钱，也更爱追求享乐，所受约束或许更少。因此，查尔斯总以这些人为“榜样”，为自己的放纵寻找借口。

时至今日，爱尔兰并非是个培养成熟、稳重年轻人的好地方。曾经这里是这世上少有的能花最少钱买到堕落勾当的国度。在这里，可憎的税收官一手拿着讨厌的记录本，一手攥着无情的笔，又或者把笔插在帽子上。他的墨水瓶（“告密者的黑色象征”）挂在马甲纽扣上。那时，他们还不会谴责爱国的酒商。而这些酒商为了规避英格兰的税法，更爱贩卖威士忌。当然，他们也不愿意销售酒名中带有英国“国会”一词的毒液，因为后者总是强迫那些并不情愿的民族接受它。

作为法律的记录天使，税收官有时会记录下某位酒馆老板的过失，但在纸上滴一滴眼泪，让字迹变得模糊不清！因为，税收官时常受到好客邻里的邀请，自己也不大乐意失去这份特殊的待遇。这样一来，市场上的走私犯（基本不用冒什么风险）和高喊公平的商人（基本享受不到什么保护），彼此之间的竞争导致了爱尔兰成为一个不仅流淌着牛奶与蜂蜜，而且到处都是威士忌和葡萄酒的天堂。

在这些能够让意志薄弱的年轻人轻易屈服的娱乐国度中，查尔斯尽情地挥霍青春。刚满二十四岁的他在经历一周的狂欢后突发高烧，再加上原本虚弱的身子，康复的希望几乎渺茫。起初，母亲努力制止他的恶习，最后不得不在无声的绝望中，眼睁睁地看着他步入毁灭。现在，只有母亲日夜守护在儿子的身旁。

身为父母的痛苦与深挚的悲伤交织在一起。这种悲伤只有那些曾经努力并以美德与虔诚培养可爱、听话孩子的大人才有体会。因为，他们目睹了孩子成长的过程。只有顺利成人，父母才可放心。然而，正当自己倍感骄傲的愿望即将实现的时候，他们却痛苦地看到自己的孩子不顾一切地陷入堕落的深渊，步入死亡的边缘并且毫无扭转的余地。

此刻，心焦的母亲唯有真挚地祈祷，即便儿子难逃一死，至少也

要让他在临死之前从愈加严重的精神错乱中恢复片刻，为他留出足够的光明与安宁，能与被他亵渎的天堂和平相处。但过了几天，病情并未出现好转，查尔斯甚至走向死亡的边缘，这并不能误认为是熟睡，因为他平滑的脸颊如大理石一般，极为苍白，这是生命即将离开躯体的征兆。另外，紧闭、凹陷的双眼一动不动，似乎也在暗示着某只“友好之手”将要完成最后的使命。紫灰色的嘴唇半闭着，裸露的牙齿好让死亡呈现出最为可怕也最令人印象深刻的惨状。此刻，平躺着的查尔斯双手摊在身体的两侧，毫无生机。心烦意乱的母亲反反复复试了多次，却依然不见生命的迹象。

请来的医生尝试了各种救治之法，徒劳无果。最后，他只好离开这所悲伤的房子。当医生的马儿牵到门口，一群人聚集在窗前或者零散地站在房前的草坪上。房门打开，众人聚拢而来，他们是佃户、养父母以及穷亲戚，因为关心或者好奇而来。每当有人即将去往另一个“世界”，穷人都会聚集在房子的周围。一看到门厅出来的医生闷闷不乐地上马，众人便带着询问的目光围在他的四周，虽沉默不言，不过意图明显，想要听听他说出诊断结果。终于，医生摇了摇头，沉声说道：“一切都结束了。”话音刚落，在场的女人发出半分钟之久的尖叫，随后变成不断的哀号。声音虽尖锐刺耳，却是真真正正的恸哭。其中时不时夹杂着一位男人深沉的哭泣。这位便是查尔斯的随从。此刻，他在人群中走来走去，时而拍手，时而将双手痛苦地绞在一起。这位可怜的男人不仅是查尔斯儿时的玩伴，也是他的仆人。平日里，特别尊重查尔斯的他就像珍惜自己的生命一样珍惜这位年轻的主人。

最终，麦克·卡西夫人承认了毁灭的来临，尽管儿子罪孽深重，但已走到生命的尽头。好一阵，她直直盯着儿子冰冷的脸，突然，好像有什么东西触碰了心弦，不安而苍白的脸庞落下了泪水。不过，她依然盯着儿子，显然没有意识到自己正在流泪，也忘记用手帕拭去。村中地位稍高的女人过来提醒，按照习俗传统，这是履行丧葬义务的时候了。

母亲只好退出房间，在安排守灵事宜的过程中，仍不忘为数量众

多的各个阶层来客提供食物。尽管她苦痛得说不出话来，尽管只有仆人和一两名家族长者帮她安排必要的流程，可所有的事宜都安排得极为妥当。夫人无法隐藏悲伤，但大家并没有怀疑她的冷静。此时此刻，只有保持冷静才能处理好家务事。在这个不幸的时刻，假如没有她在的话，家中早已混乱不堪。

夜深了，白天屋里屋外弥漫着的喧闹与哀悼现已变成庄严与悲哀的寂静。长期照料儿子疲惫不堪的麦克·卡西夫人依然心痛得无法入眠，她跪在另一个房间努力地祷告。就在这时，一股不寻常的吵闹声打断了祈祷。喧闹是从守灵的人群中发出的，起先是低声的嘟哝，即刻是一片寂静，就好像屋中人被突发的恐惧吓住了，接着传来众人凄厉的尖叫。

顷刻间，人们撞开楼下的房门，跌跌撞撞地涌入走廊，爬上楼梯，冲进麦克·卡西夫人的房间。麦克·卡西夫人只好穿过人群，跑进儿子的房间。只见逝去多时的儿子此刻正坐在床上，两眼茫然地打量着周围，好像刚从坟墓里爬出来似的。凹陷的眼睛与消瘦的脸庞被烛光映照，仿佛是一只可怕的鬼脸。生来坚强的麦克·卡西夫人终究还是女人，她随即跪下，双手合拢，大声祷告。面前的儿子似乎动了动嘴，好像在说："妈妈。"听到儿子的呼唤，夫人激动地扑向儿子，抓住他的胳膊，问道："以上帝和诸位圣人的名义起誓，儿子快说，你是不是还活着?"

查尔斯慢慢地转向母亲，开口说（虽然说话依然有些困难）："是的，妈妈。我还活着，而且……不过，你先坐下冷静冷静。下面我讲的比你亲眼所见更加吃惊。"查尔斯靠着枕头，母亲依然跪在床边，抓住儿子的手，不可置信地抬头看着他。儿子接着说："在我说话的时候，请不要打断我，因为我得在活力尚未恢复之前把话说完，自己很快就要休息了。关于我是怎么病倒的，早已记不清，不过在过去的十二个小时里，我的确来到了上帝的审判席前。不要怀疑，这件事和我的罪行一样的真实。我坚信，这也和我的悔改之心一样确凿。"

"随后，我看到可怕的审判官表现出从仁慈到公正的种种模样。自

己曾经冒犯的众多圣者全都出现，即使现在依然历历在目。人类的语言无法形容他们，我只能将他们尽力地描述出来。简单说，我被放到天平上称重，结果缺少斤两，这足以让他们宣判我的死亡。于是，全能的审判官盯着我，准备宣布我的毁灭。这时，我看到守卫圣人，也就是小时候您经常让我向他祈祷的那位神明，他正以仁慈、怜悯的目光看着我。我向他伸出双手，希望他替我求情，恳求再给我一年或者一个月的时间让我重回人间弥补罪过。于是，他跪到审判官面前，恳请众神对我仁慈。哪怕投胎千万次，我依然不会忘记那一刻的恐惧。自己悬而未决的命运以及是否要承受无休止的苦难都是在那个瞬间决定的。审判官暂停了他的裁决，不久，仁慈并坚定地下令：'回到你生活过的人间吧。你曾在那里践踏过上帝制定的律法，我给你三年的时间悔过自新。三年过去，你将重回这里，再次接受拯救或者毁灭的判决。'随后，我就醒过来了，看见了您，我的母亲。"

查尔斯的力气只能说这么多，他缓缓闭上双眼，精疲力竭地躺在床上。尽管母亲相信超自然的力量，可还是犹豫是否要相信儿子的话。因为，查尔斯刚刚从大病的昏迷中醒来，精神多少有些错乱。不论如何，休息对此时的他来说，极为重要。母亲立刻为儿子安排休息，确保不受打扰。几小时过后，再次醒来的查尔斯精神好了一些，不过他仍然坚信自己刚才所说之事。

从此，查尔斯的习惯与行为明显受到了决定性的影响。虽然，他没与以往的朋友断绝联系，天性也没像浪子回头改变多少，但他再也不参加彻夜的狂欢，甚至努力地改变朋友。至于他的努力是否成功，我不得而知。不过据说，他本人变得极为虔诚，成为由恶行变为善行的榜样。总之，他并没有放弃尊严、友情与快乐。

不过，三年的时光还未过去，他的故事已被众人遗忘。即便提到此事，大家也都认为坚信此事是多么的愚蠢。由于节制与规律的生活，查尔斯的身体比生病之前还要健壮。他的朋友经常拿他一本正经和心不在焉的样子开玩笑。虽然大多数时候，他还是之前那个年轻活泼的小伙儿。与朋友在一起的时候，他们试图从他那里得到有关预言的明

确看法，不过每次，查尔斯都在极力回避，虽然家人都知道他对此事深信不疑。

预言所说的三年之期即将来临，查尔斯的身体却表明他能拥有一个健康长寿的人生。因此，他被朋友劝服，将在春之宫举办一场大型聚会庆祝生日。关于这场聚会的具体事宜以及出席的情况，我们还是读一读亲戚们特意保留的一些信件吧。第一封是麦克·卡西夫人写给一位女士的。这位女士是她的近亲也是她的挚友，住在科克郡，距离春之宫大概50英里之遥。

巴里城堡，巴里夫人收

春之宫，星期二上午

1752年10月15日

亲爱的玛丽，

恐怕你我之间的友谊需要经历一场严峻的考验。你将在这个季节途经糟糕的土路与混乱的村庄，开始为期两天的旅行。这确实需要深厚的友谊才能让你这么一位谨慎的女人欣然接受。因为，我有超乎寻常的理由，希望你陪伴在我的身旁。

你应该知晓我儿子的事情，自己没法在信里和你解释清楚。即将来临的星期日是他梦中预言将被证实的一天。自己虽不好受，却只能面对。亲爱的玛丽，如果你在我身边，我的痛苦定能缓解。另外，侄子詹姆斯·赖安将与简·奥斯本完婚，你是知道的，我儿子是简·奥斯本的监护人。婚礼将于下个星期日在春之宫举行，尽管查尔斯极力要求推迟一两天，希望上帝……不过，剩下的事情，我们还是面谈吧。假如你的丈夫事务繁多，不能陪伴你左右的话，那就说服你自己离开他一个星期。在星期日来临之前，尽快带着女儿们来我家吧。

表妹安·麦克·卡西

这封信星期三一大早就已寄到巴里城堡，因为信差徒步穿过沼泽、

荒野，选择了骑马或马车都无法通行的捷径。巴里太太一看完信，便决定即刻前往。不过，她还有许多家务事要安排（作为爱尔兰普通的贵族家庭，当女主人不在的时候，家庭会很快陷入混乱）。因此，直到星期五的早上，她才和两名小女儿一齐动身，大女儿则留下来帮着父亲料理家务。

她们乘坐的是一辆敞篷的单匹马车（现在依然在爱尔兰使用），不过原本糟糕的路面因为近期的大雨变得更加泥泞。因此，她们把行程分为两个阶段，第一天晚上在途中歇脚，随后继续赶路，这样就能在星期六的晚上到达春之宫。不过，现实的计划又有改变。由于动身过于迟缓并且发觉第一天只能赶20英里的路，她们只好在伯克先生家中借宿一晚。这位先生是她们的朋友，住在离巴里城堡不远的地方。历经一段相当不愉快的旅程，她们终于安全抵达伯克先生的家。至于在第二天去春之宫的路上，她们遭遇到什么以及她们到了春之宫又发生何事，这些都详细记录在巴里家二小姐写给大姐的信中。

春之宫，周日晚上
1752年10月20日

亲爱的艾伦，

妈妈的信将会与我的这封信一同寄给你，她在信中简单描述了此事的经过，而我则准备更加详尽地叙述整个过程，因为自己觉得还是把过去这两天发生的怪事一一记下来较为稳妥。

由于星期五在伯克家，他们陪伴我们很晚，大家迟迟上床，因此昨日再次上路的时候已然不早，加之道路的泥泞，只能慢行。马车走到距离伯克家差不多15英里的地方，天快黑了。妈妈最后决定在伯克兄弟家借宿一晚（他的住所离我们当时所在地只有四分之一英里远）。当时，夜空中的月亮时而明亮，时而躲进厚厚的云朵。云层快速翻滚，每时每刻都在聚拢，这预示着一场暴风雨的来临。狂风在路两旁的低矮树篱中呼啸刮过。这种情况下，我们艰难地前行，一连几英里都找不到一棵挡风的大树。

这个时候，妈妈询问车夫利瑞，我们离伯克兄弟家还有多远？“距离路口差不多还有十码，然后向左拐，走上林荫大道就到了。”“好吧，利瑞。一到十字路口，立即拐向伯克兄弟家。”可是，母亲刚说完，右边的树篱中发出一声痛苦的尖叫，吓得我们浑身颤抖，好似心都被刺透了。如果非要拿什么东西形容此叫声的话，那么它就像是一位女士受到了突如其来的打击所发出的凄厉哭叫。

“上帝保佑！”妈妈喊道，“快到树篱里，利瑞。如果她还活着的话，救救那位女士。我们跑回刚刚路过的那间茅屋，叫来附近的村民前来帮忙。”不过，此时的利瑞只顾着赶车，他颤抖地回答母亲：“女人？那可不是什么女人啊，夫人，我们赶紧离开吧，越快越好。”此时，天地间月光再次消失，周围漆黑一片，我们什么都看不见，只觉得随时都会下起雨来。不久，我们清楚地听到一阵响亮的拍手声，紧接着又是一阵连续不断的痛哭。这一切似乎是在回应刚才那声痛苦绝望的哀号。不仅如此，树篱中好像有人一直与我们肩并肩，一同狂奔。

不过，我们什么也看不见，直到距离岔口不远处，那里往左拐是通往伯克兄弟家的林荫道，向右拐则是去春之宫的小路。就在这个时候，月亮再次从云层中冒出，我们清楚地看见一位身材高瘦、头上无帽、长发披肩的女人，她的身上只穿了一件极为宽松的白色长袍。她就站在树篱的拐角处，脸朝着我们，左手指着去春之宫的方向，右手则快速、猛烈地挥动，似乎要把我们赶到那里。

此时，马儿停下来，显然是被这位突然出现的女人吓着了。而这个人形的怪物就这样站在原地，口中发出的哭喊持续了半分钟。随即，它跳上去往春之宫的小路，即刻消失在我们的视线中。紧接着，又出现了另一只人形怪物，只见它在我们想要拐进林荫路旁的高墙上，同样指着去往春之宫的方向。不过，这个怪物的态度明显带有蔑视与命令的意味，依然反对我们拐入伯克兄弟家。此时，它非常安静，虽然衣服随风飘动，却依然紧紧地裹在身上。

“利瑞，以上帝的名义，我们还是去春之宫吧。”妈妈说，“不管它属于哪个世界，我们都不要激怒它。”利瑞回答：“夫人啊，这可是报

丧女妖。在这个上帝保佑的晚上，为了小命，还是不要去其他地方了，只能去春之宫啦。不过，我担心会有什么不幸的事情发生，否则它们不会让我们去那里。”他边说边赶着马车。而当我们踏上右手那条小路的时候，月亮再次收回光芒，我们再次失去女妖的行踪，不过还能听到持续不断的拍手声渐渐消失在前方。最终，临近午夜十一点，我们才赶到此次旅途的目的地。你将会在妈妈的信中看到等待我们的惊异一幕。为了解释得更加清楚，我必须描述一下上周这里发生的事情。

你知道的，简·奥斯本今天要嫁给詹姆斯·赖安，不过他们和朋友自打上个星期就来到这里。上星期二，也就是麦克·卡西表亲寄信邀请我们的那一天。晚饭前，大家都在房子周围散步，其中有位不幸的女人似乎被詹姆斯·赖安引诱，这些天来，她都忧郁地在此徘徊。

虽然，詹姆斯·赖安与这位女士分手已有好几个月的光景，并给了她一大笔钱，可她一直对他过往许下的承诺耿耿于怀。由于遭遇不幸、失望与嫉妒，她的精神状态似乎不是很好，一直在春之宫附近的树林里走来走去，并用斗篷紧紧地裹住自己，兜帽低低地遮住容颜，尽量避免与赖安的亲戚讲话。

与此同时，查尔斯·麦克·卡西正走在詹姆斯·赖安与另一人之间。他们踏上灌木丛中的一条砾石路，离他人较远。突然，大家被枪声惊醒，这是从查尔斯和他的同伴们刚刚路过的一片茂密树丛中发射的。查尔斯立刻倒地，人们发现他的腿被射伤了。不过来客中有位医生，他立即为查尔斯包扎、救治。检查后，他告知大家查尔斯只是受了点皮外伤，未伤及骨头，过几天就无大碍。“星期天我们就知道答案了。”当查尔斯被抬回房间的时候说道。总之，伤口在当时并未给他带来多大的麻烦，因此朋友们在他家里玩到很晚。

经过调查，人们发现不幸的一枪正是我刚才提到的那位可怜的女孩开的。而且大家弄清楚了，那一枪瞄准的并不是查尔斯，而是毁掉自己贞洁与快乐的赖安。不过，他碰巧走在查尔斯的旁边。在大家毫无结果的搜寻之后，那位女孩走进春之宫，又笑又跳，疯狂地唱着歌，嘴里不断地叫嚣着“自己终于杀死了赖安”。可当她听到受伤的是查尔

斯而不是赖安的时候，她突然发了狂，疯癫中跑出门，从追赶她的人群中逃了出来，再也没有出现过。直到昨晚，就在我们到达之前才被找到。不过，带回来的时候，她已经疯掉啦。

既然查尔斯伤得不重，人们如常为星期天的婚礼做着准备。不过，到了星期五晚上，他再次发烧，到了星期六，也就是昨天的一大早突然病倒，必须接受医生的治疗。两名医生与一名外科医生在十二点左右开始会诊，随即宣布了可怕的事实：除非发生几乎不可能的奇迹，否则查尔斯就会在二十四小时内死去。病因似乎是伤口包扎太紧且未得到正确的治疗。

医生的预测极为准确，在我们到达春之官之前，希望早已泯灭。我们一到达春之官，开门的仆人就告诉了我们这个不幸的消息。不过进屋之际，我们被楼上发出的恐怖尖叫声吓到了，误认为是可怜的麦克·卡西夫人。母亲冲上楼梯，我们俩紧随其后，爬了几节台阶，看到一位年轻的女士正试图摆脱两位男仆，两个男人的力气都阻止不了她。她越过躺在楼梯上的麦克·卡西夫人。到了后来，我才知道这就是那个可怜的女孩。此刻，她试图冲进查尔斯的房间，用她的话来讲，“在他带着恨意去世之前，求得他的原谅”。在她的脑海里，这个疯狂的想法跟另外一个想法混杂一起。一会儿，她请求查尔斯的原谅；一会儿，她又谴责赖安是杀死她与查尔斯的凶手。最后，她挣脱了束缚，尖叫道：“詹姆斯·赖安是你杀了他，不是我。是你杀了他，不是我。”

最后，逐渐清醒的麦克·卡西夫人倒在母亲的怀里。似乎妈妈的到来对她来说是种极大的安慰。她痛哭起来，别人告诉过我，这是查尔斯出事以来，作为母亲的她第一次失声痛哭。不久，这位坚强的夫人带着我们走进查尔斯的房间。听她讲，查尔斯希望我们一来就去见他，他早就认为自己时日无多，希望能在最后一刻施行不受干扰的祈祷与沉思。因此，我们发现他超乎寻常的平静，甚至欣慰地提起眼前这一可怕的事实，他认为这就是命运。自打上次大病以来，自己就在一直准备，也从未怀疑预言的真实性。最终，他与我们道别，就像准备开始下一段简短而轻松的旅行一样。无论多么悲伤，我们都无法忘

记离开他时候的模样。

可怜的麦克·卡西夫人……不过，现在有人叫我了。似乎这里又发生了小小的骚动。也许……

这封信并没有写完。不过，它不止一次地提起母亲的信件曾经简要讲述故事的结局。对于麦克·卡西家族的故事而言，我知道的只有这么多。在查尔斯二十七岁生日的那天，他的灵魂在太阳落山之前，已经回到了上帝的身边。

鬼魂

鬼　魂

威廉·巴特勒·叶芝

鬼魂，用爱尔兰语讲，是特维西（Thevshi）或者塔斯（Tais），它们困于此生与来世之间的空间地带，要么因为对尘世恋恋不舍，要么还有未完成的心愿，要么是对生者怀有某些积怨。“我要缠着你。”这是鬼魂较为常见的诅咒语。我们也会听到诸如“要是她还有点儿用，她就会缠着他的”的说法。一旦朋友离世，有人悲痛欲绝，邻居便会前来相劝：“快安静下来，你这是在打扰灵魂的安息。”此外，按照王尔德夫人的说法，爱尔兰西部小岛上的人们还会告诉你：“你要吵醒那只吞噬死者灵魂的恶犬啦。”人们坚信，暴毙之人比普通死者更易成为阴魂不散的鬼魂，它们会到处移动家具，想方设法吸引众人的注意。

当灵魂离开躯体，有时会被精灵掳走。我听过这样一则故事，一位坐在精灵山寨边上的农夫曾目睹已故多年的村民一一浮现。而这些灵魂被认为是迷失的灵魂，即便躲过精灵一劫，也可能被恶灵抓走。其中，幼童的灵魂最为虚弱无力，处境十分危险。因此当婴孩夭折，农夫会将鸡血洒于门槛，这样恶灵就会被鲜血引开。

鬼魂还会被迫服从生者的命令，一个老村夫曾经讲道：“G夫人的马夫在坟地碰到已亡两日的男主人，便命令它去灯塔闹鬼。男主人现在还在遥远的海上折腾着呢。G夫人都气坏啦，直接解雇了马夫。”那可是座荒凉孤寂的灯塔，多么可怜的鬼魂啊！不过，在王尔德夫人看来，这些只是没有好到上天堂，也没坏到下地狱的灵魂而已，它们被迫服从生前被欺压之人的摆布。

有时，死者的灵魂会幻化成动物。在斯莱戈郡的一座花园，园丁

看到以前的主人化成一只兔子。它们有时也会变成昆虫，特别是蝴蝶。假如你看到尸体旁有只蝴蝶振翅起舞，它是灵魂无疑，这是进入永恒幸福的迹象。1814年，《爱尔兰教区调查》的作者曾经听到一位女子对捉蝴蝶的孩子说：“你怎能确定它不是你祖父的灵魂呢?”

就像苏格兰人一样，爱尔兰人普遍相信离魂一说。假如清晨看到朋友双影，或者说是离魂，这倒没什么。不过，现于夜晚，只怕他将不久于人世。

梦

威廉·阿林厄姆

月夜闻犬声，
窗前观异景；
逝者均已逢，
肩手交叠行。

孤队迟迟往，
始末皆同乡；
初生月明巷，
消亡月影凉。

同窗似孩童，
扮兵略稳重；
夜睹此奇景，
知其葬海冢。

少英老驼孱，
旧爱曾怯言；
坟茔旦夕置，
未识竟已逝。

孤队徐徐往，
一人却异样；
举头向此望，
踌躇仍前往。

久违媔苍颜！
愿偎母胸前！
休憩汝相伴，
拂吾泪满面！

人群似流桥，
光影渐次倒；
凝望众人遥，
多数音容消。

初闻一苦笑，
众人恸悲悼；
哀乐肃幽净，
自此朝夕鸣，
梦醒犹不停。

黑羔羊[①]

王尔德夫人

每到夜里，人们倒脏水的时候习惯大喊一声“当心泼水”，或者用爱尔兰话说是“速离脏水”。这是因为爱尔兰人普遍认为新近死者的灵魂四处游荡，假如脏水泼到它们，情况极为不妙。

曾经，在一个月黑风高的夜晚，一名女人泼出一桶煮沸的脏水，却忘记告知路人，结果传来一声惨叫，好像有人受伤了，可放眼望去，四下空无一人。不过，到了第二天晚上，一只黑羔羊走进这位女士的家，背上全是新烫的伤痕，随后躺在炉边呻吟着痛苦死去。这样一来，人们都知道这是妇人烫伤的灵魂，便虔诚地抱出死掉的羔羊，埋于深穴。不过，在每晚同一个时间，黑羔羊都会再次进屋、躺下、呻吟、死去。如此反复，人们只好请来神父，倚靠他的驱魔神力，最终安息了亡魂，黑羔羊自此不再露面。

后来，人们去检查埋葬羔羊的墓穴，发现尸体早已消失不见，尽管还记得曾亲手埋葬。

① 选自《爱尔兰古代传说集》。

蒂龙传奇

埃伦·奥利里

结霜的夜晚，壁炉冰冷死寂，
三个无助的娃娃瑟瑟战栗；
交缠的金色发卷如往常般美好，
今夜，孩子们却再无人料理。

“我要妈妈啊，妈妈你在哪里?”
泪滴扑簌簌直掉，宝贝们低低抽泣，
甜蜜的艾利，小胳膊搂住金发小脑袋：
“可怜的小威利呀，妈妈早已不在。”

爸爸整日喝酒，已经头昏眼迷，
快来吧，神圣天使，带我们走!
艾利和艾迪互相亲吻，哭声凄凄，
屋外，寒冬的狂风也在高喊抽泣。

突然，哭声止住，
小威利一声欢呼，
房间不再空荡，
妈妈出现，身着柔衣。

宝宝围在她的身边，把裙角攥紧，

母亲给每个害羞的娃娃亲吻不断。
轻轻地爱抚，理清纠结的发卷儿，
宝宝们拥入母亲怀中，轻轻地摇晃。

孩子们躺在小床上，房间里炉火正旺，
艾利、艾迪觉得这就是人间天堂。
妈妈的爱抚无处不在，
哄着他们甜甜地入睡。

他们的眼皮渐渐合拢，
像玫瑰花瓣慢慢收入花中。
又突然睁开，不再惊慌，
幸福地嘟囔："妈妈在屋中。"

母亲轻轻放下孩子，盖好毯子；
宝贝甜蜜安睡，母亲即刻逃离，
公鸡高声打鸣，鬼魂迅速逃逸，
清晨时分，归家的醉汉蹒跚迟移。

在黑夜与黎明之间，一回又一回，
妈妈的灵魂悄悄进屋，哺喂小威利。
莫非炉火边坐着的是一位神圣天使？
人世间的母亲，天堂里的天使？

守诺的格蕾丝·康纳

利蒂希娅·麦克林托克

萨迪和格蕾丝·康纳住在克隆德多克教区一大片泥炭沼泽边上。在这里，他们可以听到大西洋疯狂地拍打海岸的巨响，看到冬季的暴风雪肆虐席卷玛基什群山。即使在夏天，沼泽旁边小屋也显得极为沉郁、阴暗。

萨迪·康纳忙于农务，格蕾丝则做小贩谋生，她行走在村间，挎着篮子贩卖零碎布料、花布、呢子和绒布。村民很少去镇子里，常常从格蕾丝手上买东西，因此她深得大家的喜爱。只要她到来，人们便会腾出桌子，好让她展示货品。此外，格蕾丝为人诚实，大伙儿经常托她到莱特肯尼和拉姆尔顿的商店里捎来东西。每次赶回家的格蕾丝，篮子里都装满了给孩子们的小礼物。因为，善良的村妇会经常说："格蕾丝，亲爱的，这里有块燕麦蛋糕，抹了点儿奶油，带给你家的宝宝吧。"又或者："这有半打鸡蛋，拿回去吧，你有一大家子要养活呢。"

于是，大大小小的孩子挤在疲惫不堪的母亲身旁，哄抢篮子里的礼物。不过，如此节俭、艰苦的生活突然走到了尽头。突发急病的格蕾丝没过几个钟头便撒手人寰，丈夫萨迪竭尽全力将守灵和葬礼办得体面。

在葬礼后的夜晚，萨迪躺在床上，炉火烧得正旺，他突然看到已故的妻子穿过房间，俯身婴儿的摇篮。丈夫惊慌失措地低声祈祷，用毯子蒙住脑袋，不久，他再次抬头一看，妻子已消失不见。

第二天傍晚，他把婴儿从摇篮里抱出来，放到床上，护在身后，希望这样就能避开幽灵访客。不过，格蕾丝再次出现在房间，穿过丈

夫的身体，弯腰抱起身后的宝宝。可怜的男人吓得浑身颤抖，大声嚷嚷："格蕾丝，老婆啊，你回来干什么啊？到底要我怎样？"

"不拿你怎样，萨迪，快把宝宝抱回摇篮，"幽灵轻蔑地说，"身为丈夫，你这么怕我，可我的妹妹露丝就不怕，告诉她明晚在老墙那儿等我。"

露丝和她们的母亲一起生活，住在离姐姐家大概一英里远的地方，她对姐姐的召唤毫无畏惧并准时赴约。

"露丝，亲爱的，" 在老墙现身的格蕾丝对前来的妹妹说，"我一直惦记着篮子里的两条红围巾，它们可是为马蒂·亨特和简·塔格特买的。今天是星期五，都过去八天啦，明天就给她们送过去吧。还有老莫西·麦克柯尔，他付钱让我捎件大衣，现在就压在篮子底呢。好啦，妹妹，永别了，我终于可以安息啦。"

"格蕾丝，格蕾丝，稍等片刻啊，"听到姐姐亲切温和的声音越来越小，可爱熟悉的脸庞渐渐消失，忠诚的妹妹哭喊，"格蕾丝，亲爱的！萨迪怎么办？孩子们怎么办啊？你倒说说啊！"不过，无论怎样呼喊都不能阻碍格蕾丝灵魂的安息！

鬼魂之歌

阿尔弗雷德·珀西瓦尔·格雷夫斯[①]

众人入梦乡，
鲍尔[②]却独慌，

① 译者注：阿尔弗雷德·珀西瓦尔·格雷夫斯（1846—1931），爱尔兰诗人、词曲作家和民俗学家。他是英国诗人和评论家罗伯特·格雷夫斯的父亲。

② 译者注：帕斯婷·鲍尔。

闪过一束光，
投向她闺房；
沉重脚步声，
踱于此门旁，
手掌大且厚，
置于门闩上。

“谁人敢冒险，
在此深夜晚，
不请自大胆，
敢入我闺房？”
“吾爱帕斯婷，
请将门打开，
汝自会看清，
吾乃汝挚爱。”

“吾爱绝非汝，
郎高亦英勇，
放逐流亡途，
远在怒涛中。”
“汝爱尸身骨，
躺于棺木中，
魂魄忠且诚，
特来此寻汝。”

“吾爱神情朗，
谈笑亦明快；
汝声却怅惘，
脸色显苍白；

瞧汝湛蓝眸，
深陷亦悲伤，
帕郎呀帕郎[①]，
汝竟在吾旁！”

黎明近咫尺，
女郎突闻声，
公鸡双展翅，
急欲报晓鸣。
“灰鸡与红鸡，
切勿再啼鸣，
如若惊吾爱，
离别欲匆匆。”

“灰鸡与红鸡，
切勿再啼鸣，
如若郎君离，
愿随逝者去；
自往停晨鸣，
令他入土安，
吾将誓还愿，
为汝戴金冠。”

众人入梦乡，
鲍尔却独慌，
闪过一束光，
投向她闺房；

① 译者注：帕特里克。

翌日清晨忙，
众人纷起床，
女郎心碎亡，
皆知此哀伤。

会发光的男孩

克罗夫人[①]

斯图尔特上校（也就是后来的卡斯尔雷勋爵）年轻的时候恰好随军驻扎在爱尔兰。这一天，酷爱打猎的他为了追逐猎物走得太远，最后迷了路，不巧又遇上暴风雨，只好寻得一位乡绅家敲门求助。斯图尔特上校递上名片，恳请房主今晚提供栖身之所。爱尔兰人的热情好客果真名不虚传，乡绅不仅热情地接待了他，还唯恐招待不周，按照他的客套话讲，在上校莅临之前，已有几位客人迫于同样的原因在此借宿，现在早已人满为患。即便如此，主人还是真诚地表示他会竭尽所能为他寻得住处，随即叫来管家，要求他务必为上校安顿好休息场所，尽力满足所有的要求。由于这位乡绅是个鳏夫，因此家中并无女主操持家务。

其间，斯图尔特上校环顾四周，发现房子里挤满了人，就像在举办一场有趣的派对。另外，房主还力邀他在此盘桓数日，保证他会在此地尽兴捕猎几场。能够无意中碰到这么一个令人满意的地方，上校觉得自己非常幸运。

度过了一个愉快的夜晚，众人终于上床休息。管家却把斯图尔特

①译者注：作者生平不详。

领到一间极为宽敞的屋子。这里几乎没有什么家具，只有壁炉里燃着熊熊火焰，地板上还用斗篷和类似的东西拼了一张临时床铺。

对于打猎一整天、四肢酸困的斯图尔特上校来说，即便这样的场所也是十分诱人的。睡觉前，他拿掉一些泥炭，因为高耸的火苗直直地窜进烟囱，十分危险。做完这件事，上校伸了伸懒腰，倒在地铺上睡着了。

大约过了两个钟头，他突然醒来，房间里光亮耀眼。起初，惊魂未定的他断定房间里着火了，可自己转头仔细瞧了瞧栅格炉，却发现火种早已熄灭，不过烟囱里依然闪着奇怪的光。他坐起身，打算一探究竟。一名全身赤裸闪耀着光辉的小男孩突然从烟囱跳了下来。他仔仔细细地打量了上校，随即消失。房间由此暗淡，斯图尔特根本没有想到这是一次灵异事件，只认为这是房主或者其他房客的鬼把戏而已。他对这些人的无礼行为感到十分恼怒。因此，到了第二天吃早餐的时候，斯图尔特故意不言以示有意离开。好客的乡绅自然极力挽留，还提醒他昨日许下一起捕猎的约定。不过，上校依旧寻着借口冷淡地回应。发觉其中古怪的乡绅最终把他拉到一边，请求他道出原委。于是，忽略了昨夜的种种细节，斯图尔特上校说出自己无故遭到其他房客的戏弄。

房客中的确有些没头没脑的年轻人，他们做出荒唐之事也绝非不可能。因此，主人请他们给上校道歉。可是，每个人都以自己的荣誉担保，没有做过这样的蠢事。主人似乎想到了什么，惊呼一声，拽了拽拉铃，管家随即出现。

他问管家："汉密尔顿，斯图尔特上校昨晚是在哪儿休息的？"

"呃，主人，你也知道，昨天房间爆满，三四个人挤在一间房子里打地铺呢，我就将上校安排到那个房间里啦。不过，我把炭火烧得旺旺的，这样就能阻止他的出现。"

"你太不像话了，明知我严禁任何人进入那里，甚至搬走全部的家具，就是为了确保无法居住。"最后，禁不住上校追问的房主坦白了怪事的原委。原来，他们家族流传着这样的一个传说，只要"发光男孩"

出现在谁的面前，谁终将爬到权力之巅。不过一旦到达顶峰，他将暴毙而亡。而根据家族记录，这则传说十分灵验。

弗兰克·马肯纳的宿命

威廉·卡尔顿

在泰隆郡与莫纳汉郡的群山之间住着位名叫马肯纳的男人。马肯纳有两个儿子，其中的小儿子每逢下雪就出去捕野兔，即便礼拜天依旧如此。父亲经常责备他不该违背上帝让凡人休息的意愿，对他不做弥撒也极为不满。尽管这位年轻人待人有礼、性格温顺，可在这件事上，他对父亲的指责充耳不闻，只要逮到机会就去抓野兔。

我想，那是在1814年的圣诞节早上，天降大雪，年轻的马肯纳依然不愿去做弥撒，而是抄起他的狩猎棒（一根一头大一头小的棍子），准备出发去做自己的喜爱之事。看到他要出去，父亲严厉地斥责并要求他去做礼拜。不过，儿子对捕猎的热情远远超过了对宗教的热爱，压根不听老父亲的忠告。

争执中，老肯纳越来越生气，他意识到儿子完全藐视自己的权威，便立即跪下发了一个狠毒的誓言：倘若儿子一意孤行，除非他死在山中，否则永远找不到回家之路。这个愚蠢且恶毒的诅咒足以让任何一个离经叛道、不尊重父亲的年轻人猛然惊醒。不过，对这个小伙子来说，一点用也没有。据说他当时的回答是不论能不能回来，他都去意已决。事实上，他也是这么做的。他并非一人去捕猎，而是与邻居三四名年轻人一起同行。究竟他们的捕猎过不过瘾，这与本故事无关，我也不得而知。但在当天的傍晚，他们追逐着一只前所未有的巨大黑野兔。这只非比寻常的兔子总是跑到他们面前，好像一伸棒子就能打

到它似的。大伙儿本打算将它引向回家的方向，却没有成功，渐渐地，野兔把他们带进了深山。

傍晚来临，小伙伴们觉得不能再这么追下去了，若是到了晚上或者是再来一场暴风雪，很可能面临山中迷路的危险。他们提议回家，马肯纳根本听不进去："你们想回就回吧，抓不到它，我誓不离山。"面对朋友们的苦苦哀求，他就是不听。此时的马肯纳就像苏格兰人所说，即便面对死亡依然执迷不悟的"必死之人"。最后，伙伴们只好放任马肯纳一人离开。

有史以来最大的一场暴风雪降临此地。这位无视宗教与父亲教诲、一意孤行的年轻人失踪了。雪一停，村民们纷纷召集进山搜寻。积雪厚重，连一个脚印都没有。放眼望去，四下只剩下层峦起伏的群山，找不到任何有关马肯纳的踪迹。老父亲这才想起当天的誓言，追悔莫及。而见证了暴风雪的猛烈、深知其中凶险的村民也没有奢望他能够奇迹般地活下来或者逃出大山。

大约过了一星期，每天都有人陆陆续续寻找马肯纳，却无功而还。直到冰雪消融，尸体才被发现。他仰天躺在狩猎棒画出的圆圈里。经书打开，盖在嘴上，帽子又取下盖住经书和脸。不必说，关于马肯纳的离奇死亡不胫而走。自此，村民常用马肯纳的不幸遭遇编造故事。有些人甚至坚称他翻过群山，出现在莫纳汉郡，也有村民说在克朗斯、艾米韦尔或者五里镇都见过他。虽然这些都是令人振奋的消息，可尸体的发现最后证实了这一悲伤的事实。

如今，一位名叫戴利的男人（名字我记不大清楚啦）恰好生活在马肯纳死去的地方，他曾先后为波特医生、克洛赫主教放牧。家宅极为偏远，可以想象这座房子有多么荒凉，离最近的村邻至少有2英里的路程。此外，住所周围遍布广阔、荒凉的沼泽。即便如此，这里依然是村民发现马肯纳尸体的必经之途，我坚信，他家的房门曾被借用抬马肯纳的尸体。如果真是这样的话，戴利的家人必定见证了尸体被缓缓抬出群山的悲哀过程。往日里无知、迷信的村民都会受到鬼神之风的浸染，更不必说在此事件发生之后，再加上荒凉与凶险的环境，

我们大可认为，这件事给戴利家人留下了难以磨灭的印象。不久，这一点就得到了证明。

首先，据说葬礼上发生了一件怪事，与灵异之说有很大的关联。当送葬队伍走到一个名为莫拉提尼的地方时，一只巨大的黑野兔跑了出来，进山捕猎的年轻人立即认出，这是那只害死马肯纳的兔子。据说，兔子在棺材前方大约20码的距离一闪而过，村民用石头击中它，这一击本足以置普通野兔于死地，不过对于这只兔子而言却未伤及分毫。此外，击中后所发出的声响据说是空洞洞的，就好像打在空酒桶的声音。在举行葬礼的那段时间，村民的神鬼之说纷纷产生，与其他民间传说一样，也许只有时间才能让这些流言渐渐平息。不过，随后的一则消息却像野火般迅速蔓延，拿当时村民的话讲："弗兰克·马肯纳的鬼魂回来啦!"

大约在葬礼之后两个星期的一天晚上，前文提到的放牧人戴利大概14岁的女儿正躺在床上，忽然看到马肯纳的鬼魂，她惊声尖叫并用被子蒙住脑袋。这自然造成一家人极大的恐慌，尽管戴利对神鬼之说深信不疑，可他还是鼓足勇气，冷静地查看了这座只有一个房间的小木屋。父亲没有发现马肯纳的踪影，女儿试着将头伸出铺盖，在家中到处打量。不久，她又睡着了。父亲认为女儿只是看到月光下家具倒影而已。到了第二天，虽然明媚的阳光驱散了昨夜的恐惧，甚至让家人忘记了此事的发生，可当夜晚降临，睡梦中的女儿再次惊醒。最后，这种怪象竟然一直出现，按照女儿的话讲，每当夜幕降临，自己就能知道马肯纳的存在。如此过了数日，这位勇敢的女孩鼓起勇气试着与他交谈。

"以上帝的名义，究竟是什么打扰了您的安息，您为什么会出现在我家里，而不在您的家人或者亲戚面前?"

鬼魂的回答证实了他的存在，不过随后的要求却极为荒诞。

"我没法和朋友们说话，因为自己一气之下和他们分开了。现在，他们正为我的马裤争论不休呢，那可是在圣诞节我要穿上的新裤子。自己生前出发进山还觉得旧裤子方便些，因此没有换上新的。我显形

的目的就是让你告诉我的朋友谁都不许穿它，只能把它捐出去。”

来自鬼魂的警告自然传给了他的家人，村民发现情况的确如此，这足以证明马肯纳鬼魂的存在。现在，女孩与鬼魂不仅经常聊天，彼此的关系也日渐亲近。只要看到马肯纳出现，女孩再也不会害怕。后来，马肯纳还告诉这位小姑娘，朋友抬他尸体往家赶的时候，手竿一类的东西戳伤了他的后背，这让他疼痛难忍！戳伤后背这件事后来也被证实确有其事，这更加深了他们谈话的真实性。

如今，对女孩能与幽灵交谈感到好奇的邻居们纷纷主动登门拜访。而这位女孩既不担忧也不害怕，并真诚地告知所有拜访者她与鬼魂交谈的所有内容。以前，他们都是在晚上见面，随着交情愈来愈深，鬼魂大胆地出现在白天，而女孩呢，也开始在白天时不时地陷入昏睡与鬼魂谈天说地。谈话的内容从上帝到圣母玛利亚，再从天堂说到他们自己。交谈中，姑娘觉得他确实是位很有道德感的小伙子并为她提供了很多好的建议。有趣的是，一个鬼魂竟会如此猛烈地抨击诅咒、酗酒、偷盗以及人性当中的种种恶习。现在，她终于有了一个自己喜爱的话题与村民分享，从来没有哪个鬼魂比她描述的更加活灵活现。全村上下沸腾不已，我清晰地记得，每天都有二三十，甚至五十名村民来此观看女孩自言自语的场景。当时，所有人都在谈论、琢磨此事。我敢打赌，他们在梦中也是如此。本来，我也打算去戴利家走一趟，可保不住鬼魂会以同样的方式出现在我面前，对于我这样偶尔看见死人脸都不敢向同一方向望去的胆小之人来说，这未免太过恐怖。

现在，马肯纳尸体的发现之地堆了座石头小丘，这些石头是他不幸去世之后村民堆攒起来的。因为，途经此处的人们都要往石堆上扔一块石头，至于为何会有这种古老的习俗，抑或蕴含着怎样的寓意，我不甚了了。也许，这仅仅作为一个地标提醒着众人此地曾经发生的怪事吧。

而戴利的家，也就是本次奇异事件的所在地，现已一片废墟，要不是以往的花园还留下那么点绿色的植被，还真的找不到啦。如今那一抹绿色，远远望去，像一块绿宝石，却丝毫没让人联想起美好或者

愉快的事物。不论是怀有强烈好奇心的学生还是坚定不移的无神论者，他们都不敢独自一人来到这里。因为，此处本来就是个阴暗贫瘠的地方，再联想下刚刚所讲的故事，就显得更加荒凉与恐怖了。

利河边的泰格

托马斯·克罗夫顿·克罗克

“我再也待不下去了，就算把克里格洛罕古堡底下埋藏的所有财宝都给我，我也不会待在这儿了！这世上竟然发生这种事！整天被人羞辱，又找不到是谁干的。我一发脾气，马上会被那个人‘吼，吼，吼’地大声嘲笑。过了今晚，就算外面没有我的容身之处，我也要离开这里。”约翰·西恩在克里格洛罕古堡的大厅里愤怒地发了一顿牢骚。他是新来的仆人，才干了三天的活，就发觉自己被一个幽灵缠上了，一种奇怪的声音总是对他冷嘲热讽，那声音听起来像一个把酒桶套在头上的男人的说话声一样，瓮声瓮气的。他绞尽脑汁也弄不清楚究竟是谁在和他讲话，也不知道这声音打哪儿传出来的。“我离开这里总该可以了吧，这样就没事了。”约翰说道。

“吼，吼，吼！安静点，约翰·西恩，否则你将遇到更糟糕的事情。”

约翰立即跑到大厅的窗户，因为这个声音听起来像是从窗外传进来的。不过，窗外连个鬼影子都没有。他刚从窗口转过头来，又听到了一阵“吼，吼，吼”的笑声从他身后的大厅传来。他又立刻调头跑回大厅，可是那里仍旧没什么人。

“吼，吼，吼，约翰啊！”这声音这回又好像是从屋前的草坪上传来的，“你以为自己能看见泰格吗？别做梦了！你这一辈子都看不到！

别费心啦，做好自己的事吧；今晚会有很多嘉宾从科克郡赶来参加晚宴，现在，你该去铺桌子了。”

“上帝保佑啊，又来了！我再也不会在这多待一天。”

“闭嘴，给我老实待着，别再对普拉特先生耍花招，别以为我不知道上次你在杰维斯先生的勺子上动了手脚。”

约翰吓得够呛，不过，他还是鼓起勇气问道：“你究竟是谁？你要是个男人，就赶快露面。”可他得到的答复只是一阵诡异的嘲笑，接着又是一句：“再会，约翰，咱们晚餐时见。”

“上帝保佑！这真是太糟糕了！晚餐的时候，可别让我看到你！大白天的，怎么会有鬼魂，这真是个可怕的地方，我一天也不愿意多待了！不过，他是怎么知道勺子的事情的？如果他把这件事张扬出去，我就毁了！除了提姆·巴莱特，再没人知道这件事了。可是现在，他正在伯特尼湾的荒野中呢，离这儿很远，那他又是怎么知道的？我实在是想不出来！咦，墙角竖着的那个东西是什么！反正不是人！哦，我真是傻到家了，那就是个烂木桩！哎呀，这个地方真是太恐怖了！我明天就走人。这房子哪儿看着都让人心惊胆战。”

整座宅邸萦绕着一股孤寂的气息。它坐落在离马路不远的一片草坪中央，只有零星的几簇水仙和两棵同房子一样古老的树木点缀其间。百余年的风吹雨打在它的身上刻下了岁月流逝的痕迹；墙壁早已斑驳不堪，屋顶上也是白斑点点；到处都晦暗阴郁，早已看不出这座宅邸昔日的豪华与光辉的痕迹，房子内部与它破败的外表有着同样的氛围。当你步入宽敞的大厅，漫步在环绕大厅的回廊，或是探索楼梯下面错综复杂的过道时，只有最青春与最无知的欢声笑语才能抵挡那近乎敬畏的阴郁。

宅邸内有间大客厅被用作舞厅。与其他房间一样，它已破败不堪，墙壁也因潮湿而霉迹斑斑。我清楚地记得自己还是顽童的时候，同学的父亲租下了这座宅邸，他是一位德高望重的牧师。有一次，我踏入潮湿的地下室，这种忧郁的氛围让我冷彻全身。地下室宏大的规模同样让我战栗不已。即便从两名同学那里传来欢声笑语，也不能驱散我

那传奇般的幻想。直到回到了地面，我起伏的思绪方才平静下来。

晚餐时间渐近，约翰已从白天的慌乱中恢复过来。几位贵客早已抵达府邸。他们坐在桌前，开始享用美味佳肴。突然，从草坪附近传来了声音。

“吼，吼，吼！普拉特先生，你为什么不给可怜的泰格一份晚餐呢？吼，吼！今晚晚宴丰盛，怎么就把可怜的泰格忘了呢？”

再次听到这个声音，约翰被吓得手一松，酒杯掉在地上。

“那是谁？”普拉特先生的一名担任炮兵军职的兄弟问道。

“那是泰格，”普拉特说笑道，“你一定经常听到我提起他。”

“上帝保佑，普拉特先生，”另一位绅士问道，“泰格是谁？”

“这个嘛，一言难尽。没人见过他的真面目。我曾和三个儿子花了整整一晚的时间候着他，最后也没看见他。我想我确实看见过一个身穿白色粗呢夹克的人影从花园的门里出来，走到草坪上。但这也许是我的幻觉，因为我发现花园的门是锁着的，而那个家伙，不管他是谁，都在嘲笑我们的徒劳。有时他围绕在我们身边，有时又许久不曾露面。比如现在，我已快两年没再听见从窗外传来空洞洞的嗓音了。据我所知，他从未做过坏事，只是有一次，他打碎了一只盘子，不过很快还回来一只一模一样的。”

“真是太不可思议了。”几位贵宾惊叹道。

“可是，”一位绅士对普拉特儿子说，“你父亲说他曾经打碎了一只盘子，假如看不见他的话，你们又是怎么把盘子递给他的呢？”

“当他要吃东西的时候，我们把盛饭的盘子放在窗外，然后离开。假如有人看着，他是不会去拿的，可是我们一转身离开，食物就被端走了。”

“那他又是如何知道你们是否暗中盯着他呢？”

“这事我也很奇怪，要么他可能什么都知道，要么可能是猜到的。有一次，我和我的兄弟罗伯特、杰姆斯在后面的小客厅里，那里有一扇窗户正对着花园。突然，他在外面喊：‘吼，吼，吼，杰姆斯少爷，罗伯特少爷还有亨利少爷，请赏给可怜的泰格一杯威士忌吧。’杰姆斯

走出房间，斟了满满一杯的威士忌，然后将酒、醋、盐递给他。‘酒就在这儿，泰格，过来拿吧。’‘好，现在把酒放在窗户外的台阶上。’杰姆斯照做了，我们站在原地盯着这杯酒。‘好了，你们可以走开了。’他大声吼道。不过，离开窗口的我们依然回头盯着那杯酒。‘吼，吼！你们还偷看！立刻离开这间屋子，否则我不喝了。’于是，我们走出房间，等回来的时候，那杯酒早已消失不见。过了一会儿，我们只听见他的咆哮声和谩骂声。等到第二天，杯子再次出现在台阶上。杯里有面包屑，可能是他把杯子装进了口袋里。打那以后，我们再也没听过他的声音，直到现在。”

“哦，”普拉特上校惊叹，“那我今天非要见见他。你们可能对这种事不熟悉，但像我这种老兵怎么会被难倒。我马上用完晚餐。要是他再开口，我就要找找他。现在，贝尔先生，能劳烦你为我倒一杯酒吗?”

“吼，吼！贝尔先生，”泰格大声喊，“吼，吼！贝尔先生！很久以前你可是贵格会[①]的教徒啊。吼，吼，贝尔先生，你长得可真英俊！过去一定是个英俊的贵格会信徒。不过现在你不信贵格会了，什么也不信啦。吼，吼，贝尔先生，旁边这位一定是帕克斯先生吧。你今天看起来气色很好，精心打扮了一番，套着丝绸长袜，还有款式入流的红色新马甲。啊，还有这位科尔先生，你们见过这样时髦的家伙么？普拉特先生，您今天邀请的人可是绝配啊。你们中有货真价实的贵格会信徒，有来自马洛的落魄贵族，还有来自运煤码头的酒水税收官，再加上一位从印度远道而来大名鼎鼎的上校。上校啊，你可是这里最最恶心之人啦。”

“你这混蛋!”上校骂道，“我一定要把你揪出来。”说完，他从屋角提起他的佩剑，跳出窗户，踩在草坪上。没一会儿，又传来一阵空

---

① 译者注：又名公谊会，兴起于17世纪中期的英国及其美洲殖民地，创立者为乔治·福克斯，贵格会的特点是没有成文的信经、教义，最初也没有专职的牧师，无圣礼与节日，而是直接依靠圣灵的启示，指导信徒的宗教活动与社会生活，始终带有神秘主义的色彩。

洞的笑声，就像是从哪个怪物嘴里发出来似的。上校吓得停住了脚步，他身后手持橡木棍的贝尔也停了下来。其余宾客都纷纷来到草坪。“来吧，上校，”贝尔先生说，“我们抓住这个无礼的小混蛋。”

“吼，吼！贝尔先生，我在这儿，泰格就在这儿，你快来抓他呀！吼，吼！普拉特上校，你竟然对从来不干坏事的泰格挥剑，你可真是名优秀的战士啊。”

“快快露出你的真容，你这混蛋。”

“吼，吼，吼！快来找我啊，你快来找我啊，普拉特上校，你看到风了吗？你马上就能见到泰格了，现在快进屋用完晚餐吧。”

“只要你还在这世上，我就要把你揪出来，你这混蛋！”上校说道。这时，房子的一角又传来那诡异的笑声。“他在墙角，”贝尔先生说，“快追，快追！”

他们循着声音追去，可那声音时断时续，绕着花园围墙响起，但那里根本没有人。最后两个人累得停下来大口喘气。突然，一个扯着喉咙大叫的声音在他们耳边响起：“吼，吼，吼！普拉特上校，现在你看见我了吧？你听见我的声音了吗？吼，吼，吼！你可真是个有趣的上校，竟然会追着风跑来跑去。”

“贝尔，他不在那里，弄错了，到这里来！”上校说。

“吼，吼，吼！你们可真蠢。你们觉得泰格会在田野里现身？好吧，上校，你想追我，就来追吧！谁让你是个兵蛋蛋呢！吼，吼，吼！”现在，上校被彻底激怒，他立即寻着声音，翻过树篱，跨过沟渠，不断被看不见的目标嘲笑、挑衅，而体形臃肿的贝尔先生很快就被落了下来。一路狂奔后，上校发现自个儿站在了一处悬崖之上，悬崖之下就是利河。只见脚下的这条河深邃幽暗，由此得名“地狱之洞”。此刻，上校站在悬崖边气喘吁吁，用手绢不住地擦拭着额头的汗水。这时，怪声就像从他脚边传来：“现在，普拉特上校，假如你还算个士兵，就从这里跳下去！快来瞧瞧泰格啊，你为什么不来看看我呀？吼，吼，吼！下来吧，普拉特上校，我相信你现在一定热死啦，快下来凉快一下吧，泰格要去游泳啦！”四周常春藤和草丛覆盖着整座悬

崖，构成一幅优美的画面，那声音似乎沿着植被由上而下，向着任何人都无法找到落脚点的悬崖深处传去。“那么，上校，你有胆子跳下来吗？吼，吼，吼！你可真是位迷人的士兵啊。那么再见啦，十分钟之后，我们在宅邸里见喽。上校，现在看看你手表上的时间，你真应该跳下来的。”言罢，下方便传来一声跳水的声响。上校伫立在那里，四周寂静无声。最后，心情沉重的他慢慢地走了近半英里的路程才回到房子。

“你见到泰格了吗？”他的哥哥问他，而他的侄子们则站在旁边，忍不住笑出声来。

“给我倒杯酒，”上校说，“这辈子我都没像今天这般被耍得团团转。那家伙带我绕来绕去，最后把我引到悬崖，然后自个儿跳进了地狱之洞，还亲口对我说，十分钟之内他会再次来到这里。现在已经过十分钟了吧，可他还没来。”

“吼，吼，吼！上校，难道泰格没有回来吗？泰格这辈子从来没说过谎。但是普拉特先生，请给我喝杯酒、吃顿饭，然后我就要和你们道晚安了。我真是累坏了，这都怪上校。”于是，上校叫了一盘食物，心怀恐惧的约翰颤抖着把它放在窗外的草坪上。每个人都紧盯着盘子，过了好一阵，盘子在那里一动不动。

“啊，普拉特先生，你想要饿死可怜的泰格吗？让每个人都离开窗口，亨利少爷，快从树上下来，理查德少爷，你也从墙上下来吧。”

宾客们将视线纷纷转向树和墙，众目睽睽之下，两个孩子只好爬下来。“吼，吼，吼！祝你好运，普拉特先生，这顿晚餐美妙极啦。碟子还给你们，女士们、先生们，再见啦！上校，贝尔先生，拜拜啦！”当所有人都在寻找声音来源的时候，只有一只空盘子静静地躺在草地上。自此，人们再也没有听到泰格的声音。虽然，泰格后来又来过很多回，不过没人见过他，也没人知道他的相貌与性格。

女巫与仙医

女巫与仙医

威廉·巴特勒·叶芝

女巫和仙医两者都从另一个世界获取力量。女巫的力量源于恶灵和自身的邪恶意志，仙医却来自精灵以及与生俱来的灵力。女巫总是令人恐惧、憎恨。人们常常求助仙医，最糟的情况也不过是对你恶作剧而已。然而，最有名的仙医也会受到精灵的特别青睐并被掳走七年。精灵并非总是带走自己喜爱的仙医。还有些凡人，他们忽然变得沉默、古怪，并在灵气充裕的地方独自徘徊。这些人后来大都成为伟大的诗人、音乐家或者仙医。不过，千万不要把这些人与蕾阿楠·希附体的人混为一谈，因为蕾阿楠·希以人的生命为食，让他们渐渐枯竭而死。她是一种可怕的独居精灵，虽然，自奥辛到上个世纪以来几乎所有的爱尔兰诗人的创作都要归功于它。

这里，我们讲的仙医与那些住在山寨或者洞穴中精通草药与咒语、性格欢快、善于交际的群居精灵是朋友。一旦出不了奶油又或者挤不出牛奶，村民便请来仙医，让他看看到底是自然的原因还是巫术所致。因为，保不准是哪个巫女变成兔子吸走牛奶，又或者是哪位巫婆用“死人之手”把奶油捞进自己的搅奶器里。不论如何，遇到这样的情况总有解咒之法。即使哪家怀疑自己的孩子被精灵调了包，他们也会给出建议或者开出药方治疗所谓的“精灵之击”（精灵打到凡人的身上，身上不是起大包，就是全身麻痹）。当然了，精灵有时也会在人类面前显形，提醒他们拆掉新盖的房子，因为房子挡住它们的必经之路。

曾经，王尔德夫人这么描述过一位居住在因尼斯·萨克的仙医：“他终生不沾酒水与肉类，一心吃素。”一个十分了解他的人还这样形

容他："无论冬夏，他只穿同一件法兰绒衬衫，只披同一件法兰绒大衣。参加聚会也会支付自己的份子钱，却从不享用食物与饮料。即便他不讲英语，也从来不学，也会认为没准用英语诅咒敌人能有奇效。在他的意识里，墓地是神圣的，坟墓上的一片树叶都不能带走。人们应当坚守古爱尔兰的传统，比如不在礼拜一掘墓；按着太阳的方向，扛着棺材绕墓三圈，灵魂才会得到安息。和村民一样，他坚信自杀是被诅咒的，因此下葬自杀者，周围的死者都要翻过来，脸朝下。他的日子虽过得富裕，可从未讨过老婆，即便在年少时，也未曾想过，因为他不懂如何爱一个女人。离群索居中，这位仙医独具传奇般的神秘魔力，给再多的钱，也不肯将这种力量授予他人。他坚信自己要是这么做了，准得暴死。另外，他从来不碰榛木棒，随身倒是携带一根梣木杖，祈祷时经常横放在膝盖上。他一生致力慈善事业，虽已值暮年，可从未生病，没有人见过他生气，也不曾从他口中听到任何愤怒的话语。只有一次，大发雷霆的他倒背上帝的祷词来诅咒自己的对手。不过，在临死前，他必定展示这种神秘的力量，并且我们敢肯定，他只会透露给他的继任者。在斯莱戈郡有好几位这样的仙医。据说，他们都很擅长摆弄药草，我的朋友在各自的家乡也发现了这样的人。这一切来得顺其自然，尽管所谓的'时代精神'会发笑，可事实上，'时代精神'本身也无非是一道转瞬即逝的涟漪，说不定哪天就已魂归天外。"

女巫的咒语完全是两回事，它们散发出来的是坟墓的味道。其中最有威力的便是"死亡之手"。据说，她们诵读咒语，挥舞着从死人身上砍下来的手臂，然后搅动水井偷走邻居家的奶油。

如果在死人手指尖插上蜡烛，烛火则永不熄灭，这对盗贼非常有用。另外，魔法对情人同样受用无穷。他们会烤干黑猫的肝脏，研磨成粉，做成爱情的魔药，把粉末掺入茶水，再从黑色茶壶倒出来，保准万无一失。近几年，很多传闻讲述了魔药成功的案例。不幸的是，这种药粉必须坚持服用，否则爱情将会化为仇恨。

不过，巫术的核心始终是变幻形态的魔法，例如在爱尔兰，将人变成野兔或者小猫的魔法，很久以前，狼也是颇受欢迎的变幻形态。

在格拉尔德游历爱尔兰之前，一天夜里，一位僧侣在树林中遇到了两匹狼，一匹奄奄一息，另一匹则祈求僧侣为其施行最后的圣礼。僧侣做着弥撒，进行到临终圣餐环节，他停了下来。狼见状，便撕掉另一匹狼的皮毛，从中露出一位老妇人，僧侣随后完成了圣礼。多年以后，当格拉尔德在此游历，这位接受主教审判的僧侣向他陈述此事，因为人类为动物施行圣礼是弥天大错。不过，这只狼究竟算人还是动物？依据格拉尔德的建议，主教们带着事件的原委连同僧侣本人送到教皇那里等候裁决。直至现在，结果依然未知。

不过，格拉尔德本人认为此事中的狼只是幻象，如他所说，只有上帝才有改变万物形态的神圣法力。他的见识与爱尔兰以及别处的传统观点如出一辙。因此，记录此事件之人大都相信魔法主要产生幻象。帕特里克·肯尼迪就曾提及：有一回，一名女孩无意中摘了片生有四瓣叶子的三叶草，可她本人没有发觉。随后，她捏着草，来到集市，遇到一名巫师。四叶草保护女孩免受蛊惑。当别人看到一只公鸡叼着根巨大的房梁在棚屋顶行走的时候，她却惊讶地问道，一只叼着稻草的公鸡有啥好稀奇的。随即，巫师索要那片草叶，谎称用它喂马。草一脱手，女孩尖叫，喊着房梁要塌下来啦，要砸死人啦。

因此，有一点我们必须牢记：被施了法的事物终究是虚幻的，它注定会不断地改变形态。

多尼戈尔郡的诅咒奶油

利蒂希娅·麦克林托克

去年春天，在离拉斯马伦不远的地方住着姓汉隆的一家人，距离这家人几片地远的农庄居住着多荷提一家。平日里，两家都饲养奶牛，

不过，汉隆一家幸运多了，有一头黑色的高产母牛，因此奶量要比普通奶牛要多得多，搅制出的奶油更加芳香浓郁。

多荷提一家有个名叫格蕾丝的小女孩，乡里乡亲与其说对她十分喜爱，倒不如说对她十分畏惧。她对黑色小奶牛格外感兴趣。一天傍晚，她来到汉隆太太的牛棚，谦虚地请求道：

“我可不可以给您家的那头名叫莫莉的黑色小牛挤奶呀？”

“啊……亲爱的格蕾丝，为什么要给它挤奶？”

“哦，我发现您这会儿太忙啦。”

“谢谢你的好意，格蕾丝，自己再忙也能应付得了呢。挤奶的事儿就不麻烦你啦。”

满脸不开心的格蕾丝转身离去。不过，到了第二天和第三天晚上，她依然来到牛棚，要求帮助汉隆太太挤奶。

最后，汉隆太太实在想不出什么回绝的理由，只好答应。不过很快，女主人后悔了自己当初的决定。自打那以后，小黑牛再也产不出奶来了。

糟糕的情况持续了三天，汉隆一家只好求助住在比尼恩附近的仙医马克·麦卡里翁。

“那头母牛是不是被他人挤奶来着？现在，你觉得它还能产奶吗？只要一品脱就够了。”麦卡里翁说道。

“哦，好吧，亲爱的马克，我想想办法，试着从它身上再挤出一些来吧。”

“好了，汉隆太太，现在，去把门锁上，再拿出九枚没有用过的别针，将它们丢进盛着这一品脱牛奶的炖锅里，最后将锅放到火上煮沸。”

不久，九枚别针在小黑牛莫莉的牛奶中嗡嗡作响。

突然，门外传来急促的脚步声，紧接着是一阵焦急的敲门，格蕾丝·多荷提就在门外，她尖叫乞求：“汉隆太太，快让我进去呀！快快移走那口可怕的锅啊！快快取出那些别针啊！它们正在我的心窝上扎洞呢！我再也不碰你家的奶牛啦！”

在爱尔兰，几乎每片村落都会发生牛奶盗窃的事件，不过解除的方法也是多种多样。有的村民会将耕地的犁刀烧得通红逼迫女巫自个儿冲进来，又或者将崭新的马蹄铁、驴蹄铁烤热，置于搅乳器之下，如果再加上午夜时分从巫婆住所偷来的三根稻草的话，效果甭提多妙啦。

皇后郡的女巫[①]

佚名

大概在八十年前的五月，在皇后郡的拉斯多尼附近，一位罗马天主教牧师在夜里被人叫醒，他要去很远的地方主持一位将死之人的葬礼。牧师毫无怨言，立即动身，对这位大限将至的罪人履行了自己的职责。离开之前，牧师眼看他离开了人世。不过当时天还黑着，叫醒牧师的那位男子请求护送牧师回家，牧师婉拒他的好意，选择一人上路。此时，天地间灰蒙蒙一片，黎明的曙光开始洒向山丘，这位善良的牧师深深地沉醉于迷人的日出景色。他一边欣赏着壮丽的美景，一边挥舞鞭子驱赶路边树篱中飞来飞去的蝙蝠和美丽的夜蛾。不久，初升的太阳光芒万丈，四周的景物洒上金光，一切变得清晰起来。牧师跳下马背，松开缰绳，掏出《每日祈祷书》，一边悠闲地走着，一边做晨间祷告。

可是没走多远，他发现自己原本朝气勃勃的骏马竟然挣扎着要在路边停住。此时的马儿死命地盯着路对面只有三四头奶牛吃草的田野。牧师没有多想，继续赶路。突然，骏马猛地一跃，挣扎着想要逃走。

① 选自《都柏林大学杂志》，1839年。

牧师费了好大工夫才稳住它，仔细打量，却发现马儿浑身颤抖，大汗淋漓。它倔强地站在那里，一步也不肯向前挪，无论是恐吓还是引诱都无济于事。

牧师惊呆了，不过想起村民常说的话，只要蒙住马儿的眼睛，它们就会乖乖听话。于是，他掏出手帕，蒙住马眼，随即上马，轻轻地拍打着它。这一回，马儿果然没有挣扎，却禁不住汗流如注、浑身颤抖。不一会儿，他骑马走入一条两侧生着高大浓密树篱的狭窄小路，这条路一直通向牛儿们吃草的田野。牧师望了望小路，不禁血液凝固，只见一只仅有两条腿的怪物正在小路上飞奔。可无论发生什么，牧师都打算弄清楚这只妖怪到底为何物。因此，他稳稳地站在那儿，双腿怪同样停下来，似乎不敢靠近他。看到这一幕，牧师从路口缓缓地向后退了几步，怪物又跑了起来，不久跑到了大路上。牧师直到这会儿才有机会仔细观瞧眼前的这只怪物，只见它浑身套着黄色鹿皮马裤，膝盖处紧紧地系着绿色的丝带，脚上并没穿鞋袜，长满红色汗毛的双腿沾满水珠、血迹与泥土。这显然是它穿过布满荆棘的篱笆时弄破的。虽然害怕，牧师依然急切地想知道它到底是什么，于是，他赶着马儿追上前与它肩并肩，说道："你好啊，朋友！你叫什么名字？这么早要到哪儿去啊？"

怪物没有回答，只是发出一声怒吼："嗯哼。"

"现在真是个适合鬼怪溜达的早上啊！"牧师说道。

"嗯哼。"

"你怎么不说话呢？"

"嗯哼。"

"看来今天早上，你不大想说话啊。"

"嗯哼。"

这只本不属于人间的怪物依旧保持着沉默，这让善良的牧师多少有些恼火，最后，他激动地说："以上帝的名义，我命令你回答我，你到底是谁？要到哪儿去？"

"嗯哼。"这一声不过比刚才更加响亮，也更加愤慨。

“要我看啊，让你尝尝鞭子的滋味，话就能多点。”牧师甩起鞭子对着怪物狠狠地抽了一记。

怪物发出惊天动地的吼叫，猛地跌倒在路上。浑身上下的每一处都喷出牛奶，奶水多得溢满了路面。牧师的脑袋嗡嗡直响，眼冒金星，等他回过神来，那只可怕的怪物早已消失不见，只剩下一位名叫萨拉·肯尼迪的老妇人正在牛奶里挣扎。原来，由于经常施展邪术，她在这一带早已臭名远扬。现在终于真相大白，是她借助邪恶的力量变成双腿怪，跑到村子里偷牛奶。如今就是火山在脚底爆发，牧师也不会吃惊了。

“萨拉，我早就奉劝过你，不要走歪门邪道，可你就是不听，现在好了，你只能自食恶果。”

“哦！神父，我的神父啊！能不能救救我呀？我错了，地狱大门正向我敞开，这会儿成群的恶魔围向我，等着把我的灵魂拽到地狱里毁灭！”

牧师对此也无可奈何，只有看着老巫婆越来越痛苦，身体不断膨胀，通红的双眼就像着了火，面孔变得如夜晚般的漆黑，全身不由自主做着千奇百怪的扭曲动作，并发出阵阵可怕的尖叫。短短数分钟，她尝尽了人间最为可怕的酷刑。

在回家的路上，牧师将此事告诉了临近小木屋的主人。于是，萨拉·肯尼迪剩下的尸骸被抬到了这里。虽然，她在此地居住良久，可村民对她依旧陌生，没人知道她到底打哪儿来。她在此处无亲无友，家中只有一位上了岁数的女儿和一头奶牛。不过听说，这头奶牛产出的奶油比教区任何一户都要多，大家早就怀疑这个老巫婆用了什么歪门邪道，因为她从不避讳使用巫术，与妖精来往也从不避人。尽管她声称信奉天主教，可从未遵守教会的规定。因此，人们不同意把她埋在教会的墓地里，只好将她的尸首扔进小屋附近的沙坑。

到了葬礼的那天晚上，附近的乡里乡亲全来了，大伙一齐烧掉了女巫的居所，她的女儿逃之夭夭，从此再也没有回来。

兔女巫

塞缪尔·卡特·霍尔夫妇[①]

一天，我出门逮野兔，看到巧如猫咪的小东西正在月光下跳啊、跳啊，它的耳朵一会儿竖起来，一会儿垂下去，大大的眼睛眨啊眨的。“来了哦！”我自言自语，那小东西离我很近，一转身看到我，就朝后跳开，好像在说：“有什么手段就使出来吧！”于是，我拿出手头仅有的一点儿火药塞进枪里，“砰”的一声响，我的天哦，它的叫声足以吓跑整团的士兵。一团浓雾忽然腾起，再也不见。不过，待烟雾散去，我发现兔子所在之处有滩血迹，循着血迹走，我来到了——嘘！小点声——凯蒂·曼科谢恩的家门口。站在那儿，听到屋里传来哼哼唧唧的呻吟声，推开门，房间里就她一人，一副寻常女人的模样。不过，卧在身旁的黑猫却站起身，弓着背，轻蔑地看着我。我没有理会黑猫，而是径直走过去，大声地问道：“凯蒂，你怎么了啊？究竟是什么让你如此痛苦？”

“没什么啊。”

“没什么？那地上是什么？”

“哦，刚才用镰刀砍柴，不小心砍到自个儿的腿上了，地上正是我的血啊。”

---

① 译者注：塞缪尔·卡特·霍尔（1800—1889），一位出生于爱尔兰的维多利亚时代的记者，以其《艺术杂志》的总编身份和极具讽刺的性格闻名于世。

皇后郡的诅咒奶油[①]

佚名

大约上世纪初，远近闻名的阿格瓦村子住着位名叫布莱恩·科斯蒂根的富裕农场主。他经营着一大片奶牛场，饲养了许多奶牛，每年贩卖牛奶和奶油让他赚得盆满钵满。众所周知，这一带牧场水土丰美，布莱恩不仅拥有全村奶量最多的奶牛，而且他家出产的牛奶和奶油也是最最浓郁甜美的，不管拿到哪个市场叫卖，总能卖出好价钱。

就这样，布莱恩·科斯蒂根顺风顺水经营着家业，持续了好多年，直到有一天，奶牛越来越瘦弱，奶场几乎无利可图。起初，布莱恩认为，这是天气或者其他自然原因所致。不过，他很快发现这种情况根本不是自然因素造成的。奶牛看起来没什么不正常，却日渐消瘦，甚至连走动的力气都没有了。许多母牛挤出来的不是牛奶而是鲜血，即便为数不多的牛产下的牛奶也苦得连猪都不愿意喝。用这些牛奶制出的奶油糟糕透顶，闻起来臭烘烘的，狗都不吃。为了寻找补救之法，布莱恩寻遍了村中所有的兽医和仙医，都无济于事。

许多兽医对牛群的怪病无能为力，而仙医则宣称，这场灾难显而易见是非人类的力量所为，可没有什么可行的解决方案，因为夺走他财富的魔法实在太强大了，以至于没有法子能够解除它，除非上帝出手相助。可怜的农场主几乎发疯，他觉察到毁灭正对他虎视眈眈，自己却束手无策！难道要把这些牛卖掉再买些新的？不，那绝不可能，因为这些牛看起来饱受折磨，就算白送，也没人愿意要，卖给屠夫亦

① 选自《都柏林大学杂志》，1839年。

不可行。原来，布莱恩·科斯蒂根试着宰了一头牛，打算自家吃，却发觉牛肉黑得像炭一般，臭得如腐尸一样。

这么一来，束手无策的农场主变得喜怒无常。到了晚上，他根本睡不着，白天又像个疯子在“被诅咒的”牛群中窜来窜去。

糟糕的情况依然持续着，直到七月底一个闷热的傍晚，布莱恩·科斯蒂根太太心情沮丧、烦躁不安地坐在门口转动纺车。偶然间，她瞧见从大路通往自个儿家门口这条狭窄的野草小路上来了位光着脚的矮个子老婆婆。她全身裹着一件红色的旧斗篷，一只胳膊撑着拐杖，另一只手则拄着拐棍，一步一步颤颤巍巍地走来。看到这位古怪的陌生人，妻子竟然心情大好，露出久违的微笑。当婆婆走到自家门口，妻子热情地欢迎她的到来。这可不是嘴上说说的客气话，而是她真心实意欢迎这位陌生客人的来访。

“愿上帝赐福这所漂亮的房子。”老婆婆边进门边说。

“上帝也保佑您，不管您是谁，欢迎您的到来。”

“嗯，我也是这么觉得的，我也是这么觉得的，不然就不会上门叨扰啦。”老婆婆的话有些意味深长。

妻子立即搬了张椅子放在炉火前，请这位陌生人坐下，不过老婆婆拒绝了，她慢吞吞地踱到科斯蒂根太太纺车旁边席地而坐。直到这时，科斯蒂根太太才有机会打量这位老婆婆：她上了年纪，面貌丑陋无比，皮肤粗糙发黑，好像长期暴露在热带气候似的。低窄的额头遍布皱纹，亚麻无檐帽下的白发一绺一绺的。眼睛混浊，布满血丝，还有点斜视，声音嘶哑颤抖、口齿不清。不过，此时的老婆婆也好奇地打量着这所屋子，从一个角落到另一个角落，她仔仔细细地看了一遍。认真的神情就像阿尔戈号[①]的老船员，仿佛能够看透大地的深处。科斯蒂根太太观察老婆婆的一举一动，既好奇，又敬畏，也很开心。

许久，婆婆终于打破沉默，说道：“太太，行行好，我快要晒死啦，你能给我点儿喝的吗？”

---

① 译者注：希腊神话中的一群英雄，在特洛伊战争前几年，大约公元前1300年，陪伴伊阿宋到科尔喀斯寻找金羊毛。

“唉！这里除了水，也没有其他可喝的，不然怎会等您开口呢。”

“那边有群牛，难道不是你家的？”老婆婆的口气无不透出洞察一切的味道。

科斯蒂根太太简短地告知家中所发生的一切，老婆婆默默地听着，遍布白发的脑袋晃个不停，接着又煞有介事地环顾起房屋。

等科斯蒂根太太说完，老婆婆陷入沉思，随后开口道：“家里可有剩下的牛奶？”

“有啊。”

“拿来给我看看。”

女主人便从桶里盛了罐牛奶递给老婆婆。老婆婆闻了闻，尝了尝，立即吐到地板上。

“请问夫人，你的丈夫在哪儿？”

“在牧场上呢。”

“我必须见见他。”

妻子立即差人去叫自己的丈夫，他很快赶了回来。

“乡亲，你妻子告诉我，你家的牛今年可不大对劲啊。”

“她说的没错。”

“那为什么不想想办法治治呢？”

“想了啊！怎么没想？我一直想办法呢，心都操碎了，可是没用啊，它们一天比一天糟。”

“假如我能治好它们，你会给我什么？”

“只要能支付得起，什么都可以。”布莱恩夫妇异口同声，激动得彼此喘着粗气。

“好啦，我只要六便士银币，你们还要答应一切按照我的意思办。”

农场主夫妇对她这么低的要求大为吃惊，二人提出拿出一大笔钱馈赠给她。

“不，我不需要。我可不是什么骗子，事实上，我连这六便士都不想要，不过没有这些银币，我什么都做不了。”

六便士银币立刻送来，布莱恩夫妇也信誓旦旦，完全听从老婆婆

的安排，因为他们早把她当作农场的大救星了。

只见老婆婆从帽子里抽出一根系在脑袋上的黑丝带，递给布莱恩，说："现在，去你的牧场，将这条丝带碰到的第一头牛牵回来。不过，要保证丝带不要碰到第二头牛，在回来前，一个字也别说，还要当心丝带掉到地上。万一出现差错，一切没救啦。"

布莱恩小心地攥着辟邪丝带走出了家门，很快牵回一头红色的奶牛。

老婆婆走出家门，靠近那头牛，一边拔牛尾毛，一边用沙哑低沉的嗓音断断续续哼唱爱尔兰的古老歌谣。那头牛焦躁不安，老巫婆继续唱着神秘的歌谣，直到拔掉第九根牛尾毛，便令布莱恩把这头牛赶回牧场，自己再次回到房间。

"现在，去把你们家每头牛的牛奶挤出来给我。"

妻子领命而去，很快拎着一大桶里面盛着牛奶、鲜血、腐肉的混合物回来。老妇人要求夫妇二人把它倒进搅乳器，做好了搅拌的准备。

"现在，关紧门窗，除了炉火，千万不能让任何光透进来，你们二人便可开始搅奶油。没有我的命令，不要讲话，只要按我的意思去做，太阳落山之前，我们就会找到抢劫你们的可恶家伙啦。"

布莱恩关好门窗，夫妇俩开始搅奶油。老婆婆坐在明亮的炉火旁，又唱起拔牛毛时的古老歌谣，不一会，就把一根牛尾毛丢进火里，继续哼唱并仔细观察着周遭一切。

突然，一阵尖叫声从屋外传来，像是来自一位极为痛苦的女人之口。老婆婆停下咒语，专心地听着。不一会儿，尖叫声来到门口。

"快开门！"老婆婆喊道。

布莱恩立即拉开门闩，三人冲进院子，不过，他们却听到惨叫声已经跑到小路上，越来越远。

"完了，肯定有什么地方出错了，魔法失效了。"

他们垂头丧气地回去，一进门，老婆婆朝下一看，发现门槛上钉

着一块马蹄铁[1]。她立即嚷嚷："我明白啦，难怪魔法失败。外面尖叫的家伙正是给牛施魔法的坏蛋。由于马蹄铁的缘故，她进不了门，快把它弄走，我们再试一次。"

布莱恩立即从门口取下马蹄铁，遵照老婆婆的指示，把它丢进火中烧得通红，然后放在搅奶器下面。

这一回，他们又像刚才那样忙活起来。布莱恩夫妇搅拌牛奶，老婆婆又唱起了奇怪的歌谣并把牛尾毛继续扔进火里，此时的她表情渐渐变得恼怒、失望。脸色苍白，牙关紧咬，双手颤抖。等第九根，也就是最后一根牛尾毛扔进火中的时候，老婆婆看起来已不大像人类了，而是活脱脱一个女恶魔的模样。

直到这时，熟悉的叫喊声再次出现，他们发现一个红头发的老妇人向房子飞奔而来。

"哈，哈！就知道会这样，魔法成功了，她来了，她就是毁掉你家产的坏蛋。"

布莱恩问："那我们现在该怎么办呢？"

"什么都不要做，她要什么就给她什么，剩下的事情交给我就行了。"

这个女人冲过来，愤怒地尖叫着。布莱恩出门见她。原来，她是自己的邻居，说最好的一头母牛掉进水塘了，可家里只有她一人，恳求布莱恩来救救她的牛，别让它淹死了。

布莱恩毫不犹豫地跟着她把母牛从水塘里拉了出来。大约过了一刻钟的光景，布莱恩再次回到家中。

现在正是傍晚，科斯蒂根太太开始做饭。

吃晚饭的时候，他们又谈起白天所发生的异事。老婆婆对咒语的成功得意地笑个不停，并好奇地询问夫妻费尽力气找到的那个女人究竟是谁。

布莱恩满足了她的好奇心，详尽告知此人。原来，这个老女人是

①译者注：马蹄铁是古时爱尔兰避邪、驱邪之物。

住在附近的一位农场主的妻子，名叫蕾切尔·希金斯，大家早就怀疑她与黑魔法有关。她只养了五六头母牛，不过精明的邻居发现，她家每年卖掉的奶油要比饲养二十头母牛的人家要多得多。自打自己家的母牛衰弱，布莱恩就怀疑是她做的手脚，可苦于没有证据，只能保持沉默。

“哦，”老婆婆冷笑一声，“找出强盗还远远不够。假如不好好惩戒她，防止她继续作恶的话，那么现在所做的一切都将白费。”

“那该如何做呢?”布莱恩问道。

“我来告诉你：今晚，你带上两只跑得飞快的猎狗到牧场上藏起来，午夜一到，不管看到是谁靠近牛群，立即放出猎狗，最好把入侵者咬出血来，这样就大功告成了。不过日出前什么都没有出现的话，你就回来，我们再想想别的法子。”

碰巧，农场附近还住着位为乡绅家放牛的牧人。他是位正直、勇敢的年轻人，身边总是带着两只异常凶猛的斗牛犬。布莱恩请他帮忙，他欣然同意，还提出将主人家的灰猎狗带上，因为斗牛犬尽管凶猛，却不够敏捷。他答应布莱恩午夜前来汇合，随后二人分头准备。

到了傍晚，无法入睡的布莱恩焦急地坐在床上等待午夜的到来。他的朋友信守承诺在约定的时间赶来。听完老婆婆的嘱托，二人一同赶往牧场。他们合计究竟哪里才是最佳的藏身之所，最后决定躲在位于牧场尽头一处小小的灌木丛中。这里不仅靠近牧场的界沟，而且周围满是有些年头的山楂树。四只狗在二人的身边乖乖地趴下，等待着神秘之客的到来。

布莱恩和他的伙伴等了好久，既着急又紧张，不过什么都没有出现。眼看着就要天亮，二人打算回家之时，突然听到有个东西正费劲穿过树篱。寻声望去，他们大为震惊，原来是只巨大的野兔试图跃过界沟，跳到离他们不远的草地上。

这只肥兔子一落到地上便一动不动地待了片刻，它谨慎地观察着四周，然后漫不经心地蹦蹦跳跳，先朝奶牛迅速靠近，随后又猛地后退几步，最后它又跳到奶牛身边，疯狂地吸起牛奶，接着又扑向另一

头，就这样把牧场里所有的奶牛吸了个遍，奶牛不时狂吼，听起来极为不安。自打兔子吸上第一口奶，布莱恩忍不住想要逮住它，可聪明的朋友却建议最好等到把这一切做完，届时兔身沉重，它便不可能如往常那般敏捷地逃跑了。

果然，喝完奶的兔子，肚子鼓鼓的，只能慢慢吞吞地离开。它朝着来时经过的树篱跑去，正当临近农场主和他朋友的一刹那，二人怒喊跳起，命令猎狗扑去。

兔子只得喷出牛奶，企图加快速度，可猎狗紧追不舍。不远处，蕾切尔·希金斯的小屋在灰暗的晨曦中忽隐忽现。很显然，兔子打算回到那幢房子里。虽然它故意绕着牧场转了一大圈，可布莱恩和伙伴早就抄近路奔向蕾切尔的房子。二人刚到那里，兔子也出现了，只见它大口喘着气，猎狗紧跟其后。看到这二人的出现，兔子既困惑又沮丧，不过它再次绕着房子跑了起来。最后，它朝着门口奔去。门下方有个小小的半圆形的门洞，就像留给家禽出入的洞口一样。

为了钻进这个小洞，兔子做出最后的努力，可当成功地把头和肩膀钻进去的一瞬间，跑在前面的猎狗扑了过去，狠狠地咬住后腿。兔子发出凄厉的尖嚎，不顾一切地想要摆脱猎狗的撕扯，不过它的一块腿肉被锋利的狗齿撕了下来。与此同时，两位男人撞开大门，只见炉子里泥炭烧得正旺，借着火光的明亮，地板上全是鲜血。这里根本没有什么野兔。两人更加确定这只兔子是老蕾切尔借助恶魔的力量幻变而成的。除非她消失在人间，否则无论如何都要逮住她。因此，他们冲进卧室，听到强忍疼痛的呻吟。

最终，他们在房间角落的一捆灯芯草下，发现了蕾切尔·希金斯本人。而此时的她正痛苦地挣扎，浑身沾满了鲜血。二人对着这位可怜的老妇人说着话，可是她既不愿意，也没有力气回答。伤口不停地往外流血，随着时间的推移，蕾切尔越来越痛苦，毫无疑问，她快要死了。被吵醒的家人围着她哭叫着，祈祷着。老妇对此熟视无睹，情况越来越糟，最后一声凄厉让所有旁观者毛骨悚然。

布莱恩和他的朋友回了家，老婆婆知道了蕾切尔·希金斯的下场，

不过没人知道她是如何得到如此强大的咒法的。在布莱恩的一再恳求下，她接受了一些报酬，并在布莱恩的居所盘桓数日之后，起身告辞。

那天晚上，老蕾切尔的尸身葬在她家附近的墓地。这桩丑事弄得沸沸扬扬，而她的家人因为蒙羞，再也无法在世代养育的村落继续住下去。他们只好变卖所有家财，永远离开了这片生养他们的土地。直到今天，这个故事依然在这一带流传。据说，在夏日灰暗的晨光里，蕾切尔·希金斯幻化成野兔的鬼魂总在老宅附近时隐时现。

长角的女人

王尔德夫人

一天夜晚，一位富婆正熬夜梳羊毛，家人和仆人们都在睡觉。这时，突然传来敲门声，有人在外面喊："开门！快开门啊！"

"是谁呀？"女主人问。

"是我，独角女巫啊。"来人回答。

可怜的女主人误以为是邻居上门求助，便打开房门。一位女士走了进来，只见她手中拿着一副羊毛梳子，额头上生有一只角。她默默地在壁炉旁坐下，急急忙忙梳起羊毛。不久，她又停止手上的动作，大声喊叫："其他人都到哪儿去了？耽搁的时间太久啦。"

随即，第二阵敲门声响起，有人在外面嚷嚷："开门！快开门啊！"

女主人站起身，打开房门，又有位女巫走了进来。不过，这位女巫的额头生有两只角，手里提着纺轮。

她说："让个位置，我可是两角女巫。"言罢，她同样闪电般地开始纺线。

就这样，不断有人敲门，富婆不断迎接，女巫们一个接一个地进

屋。最终，炉火边上坐了十二位女巫，第一位长了一只角，最后一位生有十二只角。

她们梳理羊毛，转动纺车，又编又织，忙忙碌碌，其间又唱起古老的歌谣，不过没跟女主人讲一句话。女主人自然害怕得要死，曾试图起身呼救，不过自己动弹不得，也没法说话，这必定是她们对她施了定身咒。

后来，一位女巫命令她："站起来，为我们做蛋糕。"女主人便开始寻找打水的罐子。不过，她怎么也不找着。

她们命令："拿筛子打水。"

于是，女主人抓起筛子走到井边。可是，刚舀上来的水便从筛眼漏掉了，没办法做蛋糕。可怜的她只好坐在井边痛声哭泣。

就在这个时候，井灵的声音在她耳边响起："抓起黄土和苔藓，拌在一起涂在筛子上。"

女主人照做了，筛子果然可以盛水做蛋糕了。那个声音再次响起："快到房子北角，大喊三声：'芬尼亚的天和芬尼亚的山都着火啦。'"

女主人照做，听到喊声的十二位女巫立即发出骇人的哭喊。她们纷纷冲出房门，逃回斯利弗那蒙山[①]，那里正是她们的居所。此刻，井灵却让女主人赶紧进屋，做好充足的准备，防止女巫再次袭来。

为了破除她们的咒语，她把孩子们的洗脚水洒在门口，然后弄碎女巫趁她不在将熟睡家人的鲜血混入面粉所做成的蛋糕，并给每位家人喂上一点，以此消除魔咒。紧接着，她又扛起一根硕大的横梁把门闩住，这样女巫再也进不来了。等做完这一切，她静静地等候女巫们的到来。

不久，女巫们果真回来。她们怒气冲冲，叫嚣复仇。

"开门！开门！快开门，洗脚水！"

洗脚水却说："我做不到啊，自个儿被洒在地上，要一路流进江河湖海。"

① 译者注：蒂珀雷郡（County Tipperary）的斯利弗那蒙山（Slievenamon）是一座被称为"仙女"的山脉。

接着，她们冲着房门大声嚷嚷：“开门！开门！快开门，木头、树还有横梁！”

房门却说：“我做不到啊，横梁插进门闩，自个儿没力气动弹。”

她们再次喊叫：“开门！开门！快开门，我们混有活人鲜血的蛋糕！”

蛋糕却说：“我做不到啊，自己被弄碎啦，血都流进熟睡孩子们的嘴中啦。”

又气又急的女巫大声咒骂，可最后不得不再次飞回斯利弗那蒙山。一路上，她们用各种稀奇古怪的咒语诅咒井灵，正是它的作祟让女巫讨不到任何好处。最终，女主人和她的房子安然无恙，她还趁机收藏了一件女巫飞行时掉落下来的斗篷。而这件斗篷被家人代代相传，整整传承了五百年。

女巫的远行

帕特里克·肯尼迪

一天午夜，红发詹姆斯被自家厨房传来的怪声吵醒。他偷偷踱到厨房门口，看见六名老妇正围坐在壁炉旁有说有笑。而他的女管家玛奇此刻正精神抖擞、心情愉悦地请女巫姐妹们喝着潘趣酒。

作为房主，他开始羡慕玛奇在这场饮酒作乐中的放肆模样，不过又想起她刚才将一大杯牛乳酒放在床边，力促自己睡前喝下的样子，要是真的喝下了，现在自个儿保准睡得死死的，根本发现不了女巫们的聚会。当亲眼看到、亲耳听见她们以一种讽刺的方式喝着他的酒并祝他身体健康的时候，詹姆斯忍不住想抄起扫帚，不过他还是忍住了。

不久，酒壶见底，一位女巫嚷嚷：“姐妹们，咱们该走了吧？”说完，便戴上红帽，诵读咒语：

带上蓍草和芸香，
还有我的红帽子。
我们这就去英国。

她把手中的树枝当作坐骑，优雅地飞出烟囱，其他女巫紧随其后。轮到女管家的时候，詹姆斯冲进厨房，一把抓住树枝和帽子，说道：“你这个可恶的贪心鬼！要我回来的时候你还在这儿，看我怎么收拾你。”

带上蓍草和芸香，
还有我的红帽子。
我们这就去英国。

詹姆斯依葫芦画瓢念着，咒语还没念完，魔杖便载着他快速地越过房梁，直冲云霄。由于还懂得那么点巫术，詹姆斯小心翼翼，一句话也不敢多说。不然，自个儿保准大头栽下，小命就没有啦。

詹姆斯与女巫一起飞过威克洛群山、爱尔兰海和威尔士山脉，随后又以旋风般的速度冲向一座城堡的大门。詹姆斯差点大声求助，想着自己保准撞死在坚硬的橡木门上。不过，接下来的神奇让他顿感惊讶，自己竟然穿过钥匙孔，飞过走廊，飞下台阶，又穿过地下室的钥匙孔。最终，渐渐清醒的詹姆斯发现自己正骑着一匹高头大马，周围灯光闪烁，他和女巫同伴举着一杯杯倒满起泡酒的酒杯，并互祝健康，就像詹姆斯家厨房的情景一样。

原来，红帽子让詹姆斯变得与其他女巫同伴一样邪恶。当酒桶被喝得底朝天，可怜的詹姆斯开始头痛并渐渐失去知觉。再次醒来的他发现自己被人粗鲁地拉扯，摇摇晃晃地拖上楼梯，在会客厅被城主极

其不体面地盘问。当时在场的所有人，不论高低贵贱，听了他的遭遇，都哈哈大笑。由于此事发生在黑暗年代，詹姆斯这位不幸的伦斯特省人将被处以绞刑，一旦绞架搭好便要执行。

因此，这位可怜的爱尔兰人坐在送他最后一程的马车上，胸前和后背都挂着一块牌子，上面写道“他是个不知悔改的恶棍，每天都把城主的美酒喝干”。突然，他听到人群中有一位老妇人用家乡话喊着：“啊，詹姆斯，我的天哪！如果没有红帽子，你会在一个陌生的地方送死吗?”这句话唤起了这位受害者内心的希望与勇气。于是，他转向城主，谦卑地请求自己可否戴上小红帽赴刑。红帽子准是掉在了酒窖里，城堡主人便派仆人去取帽子。当帽子再次戴在詹姆斯头上的一刹那，他突然感到自个儿的内心充满了希望。另外，城主也格外地开恩，允许他行刑之前对着众人忏悔自己的罪过。起初，他还中规中矩地说着服罪的感言：“善良的人们呐，请以我的教训为戒吧，我的父母慈爱地将我养大……”还没说完，他突然加上一句：“带上蓍草和芸香……”

最终，一心想看热闹的观众失望地发现詹姆斯像支没有准头的火箭直窜云霄，自此消失不见。据说，城主对此事耿耿于怀，自打这以后，他要求犯人必须在定罪后的一天之内立即行刑。

汤姆·伯克的坦白

托马斯·克罗夫顿·克罗克

汤姆·伯克住在一座低矮狭长的农舍，这座农舍外表看上去就像一座巨大的谷仓，恰好坐落在山脚下从基尔沃思通往利斯莫尔的一条小路上。汤姆属于爱尔兰比较稀少的富裕阶层。曾经，在无论是出借还是花掉一百英镑都是一笔相当可观开销的年代里，汤姆的父亲将这

笔钱借给其他地主收取利息。作为回报，他得到了一份长期租约，价值大约是一百镑贷款的六倍。因此，去世的老父亲为汤姆留下数百镑的遗产和一块农场。除此之外，在他父亲临终前，汤姆还得到了一份远比世俗的财富珍贵得多的礼物。即使过去多年，他对此依然视若珍宝。原来，这份礼物是与精灵交流的特殊能力，而掌握这种本领的凡夫俗子在这世上寥若晨星。

汤姆·伯克身材矮胖、健康活跃，如今五十五岁的他，后脑勺的白发短而浓密，而长在前额的头发却直直地翘着，就像一把崭新的衣服刷子。一双小小的灰眼珠子在浓密且突出的眉毛下滴溜溜地乱转，无不透出一股机灵甚至狡猾的精神劲儿。因此，若你要与他讨价还价，你就得像攻城略地的大将军一样，得花很长的时间才能前进一丁点儿。倘若大胆进军，意图明显，那你极有可能铩羽而归。汤姆可不想卖掉你想要的东西，也许另有其人早就跟他谈了整整一个星期了。即便开出的条件似乎极为诱人，他都会用“很好，先生”“所言极是，先生”“非常感谢您的赏识”这些友好的话语回应你。当你起身告辞，你定会心生好奇，汤姆·伯克为何有如此尽人皆知的坏名声，人人都说没人能在他那里讨到便宜。因为当下次再碰见他的时候，你就会发觉汤姆曾经的奉承只不过是表象罢了。你会发现与他打交道并没有取得任何结果，自然也不可能买到想要的东西。因为，这一回的一言一行早已表明汤姆·伯克根本忘记上次的事儿啦，虽然他心里跟明镜似的。你只得重新开始，不过，你的对手汤姆·伯克早就处于完全戒备的状态。

不过，不管受精灵指点，还是出自理智的经验，在与他人打交道的时候，处处戒备小心提防的汤姆终究不是什么愤世嫉俗之人。事实上，爱财如命（又有谁会责怪呢?）是他的一大癖好，节俭勤劳更让他过得心满意足，这些都是在相当漫长且成功的一生中持久未变的习惯。这让汤姆懂得了保持头脑清醒的优势，至少在那些需要控制自己情绪以便谈生意的时候。于是，他有一个大体上的规矩，那就是自己只能在礼拜日一醉方休。不过，规矩是大体的，实际操作起来的话，在比他更加严谨的人看来，只能称为一种习惯。因此，他也曾破例多次，

其中的一些破例是在各种集市的日子里，也包括一些路途遥远朋友们的葬礼、婚礼和洗礼场合。至于后一种情况，奇怪的一点就在于他出席此类仪式比主要参与人还要严守时间。这可以理解为一种超越利益的无私情感，在如今这个私欲横行的世界已不多见。不过，在我看来，导致汤姆·伯克对死者更加敬重的原因是害怕自己遭遇不幸。因为，那些强大、反复无常的精灵常常从凡人之中寻找心仪的对象，并根据人类对死者的崇敬程度决定对活人的奖罚惩处。

也许，出于同样的原因，汤姆和家人经常做一些十分瞩目的善事，例如乞丐很少口袋空空离开他们家的农场，只要开口，就能借宿一晚。充足的土豆和牛奶能让哪怕是爱尔兰最最饥饿的乞丐得到满足。另外，他们还让饥肠辘辘的孩子们聚集在农场，为了弥补这些流浪汉的孤苦无助。要是哪个穷邻居发烧了，汤姆还会在自己的两个农场（除了自己继承的农场，又买了一个）安排病人住在一所尚未出租的小屋，或者派他的佃户在篱笆边建一座棚子，铺上稻草，好让邻居在此养病。由于妻子管理的牛奶牧场巨大无比，远近闻名，因此里面的设施一应俱全，有时候她还会给病人送来一点乳清。甚至，他们的善举还会顾及病人无法劳作的家属。

如果说这其中的一部分缘由出自上述提到的敬重和恐惧的话，那么我相信，还有很大一部分来自同情与责任，以及二者兼而有之的情感，这种情感时不时地会从爱尔兰农民的心中释放而出，即使它偶尔会被贪婪与欺诈的外衣所掩盖。于是，我在爱尔兰常常听到人们公开讲：“做成一笔大买卖，就得付出一点，这样才显得公平。”

而诱使汤姆讲一讲精灵的事情绝非易事。据说他与精灵们来往密切。这位忠实的信徒坚信精灵的魔力，它们偶尔还会将一丝魔力传给他。只要邻里有哪个不幸的家伙被精灵算计，只要礼貌恰当地提出请求，汤姆·伯克很少拒绝。即便如此，他还是免不了被人说三道四：首先，他很难被说服，须用一点温和的外力才能让他应允。此外，在施法的时候，他异乎寻常地郑重严肃，显得高深莫测。只要提到报酬，他就会立即扔下那位不幸的病人，因为这是对他这位超能力高人的侮

辱。说实在的，只要手到病除，大多数像他一样天赋异禀之人，在病人康复后，都不会拒绝接受一些从病人或者病人朋友那里的馈赠。据记载，一位从事这种神秘事务的女仙医曾经接受了一笔丰厚的酬金。值得提一提，她不仅是汤姆的邻居与竞争对手，而且这位女仙医的名字竟然源于的她儿子。她儿子的名字叫欧文，她便被称为欧文妈。就在我刚刚提到的这次治疗中，她被请去帮助一位右腿不能动弹的年轻姑娘，不过，欧文妈发现治愈此病并非易事：自己要经历一趟大约十八英里的旅程，可能是为了拜访一位住在远方的精灵吧。而这次旅行只能由欧文妈骑在一只白母鸡上完成。不过，这次奇怪的旅行最终顺利完成。据这位奇女子预言，当母鸡和骑手到达旅程终点之刻，病人突然有种无法抗拒的跳舞冲动，病腿也完美治愈，这让她的家人高兴万分。这次治疗后，这家人给出了可观的报酬，因为要找到一只愿意背着成年人长途跋涉的母鸡绝非易事。

替汤姆·伯克说句公道话吧，他对那些治疗后的报酬完全不感兴趣，这与我多次打探到的可靠消息不谋而合。几个月之前，他治好了一名年轻女子（一位住在他家附近的商人妹妹），后者从葬礼回来后就成了哑巴了，一连几天无法开口说话。在此治疗中，他依旧分文不收，坚称即使自己买不起晚餐，也绝不收酬金，因为这位女孩是在葬礼上冒犯了一只精灵，而这只精灵又恰好与他家族有关系。他愿意帮助她，但绝不能收钱。

大约就在这件怪事发生的时候，我的朋友马丁先生，也是汤姆的一个邻居，要和汤姆谈笔买卖，不过想谈成功极其困难。马丁先生试尽了一切温和手段，毫无结果，只好诉诸法律，这才让汤姆清醒点，最终达成和解，皆大欢喜。晚餐过后，在马丁先生家里，马丁邀请汤姆去客厅喝上一杯用私酿威士忌调制的潘趣酒。不过这都是表象，其实他想诱导这位邻居聊聊他的超自然法力，碰巧马丁夫人也在，汤姆很喜欢她，这似乎是个千载难逢的机会。

“汤姆，几天前，莫莉·德怀尔又能开口讲话了，真是怪事一桩啊。”马丁先生说。

“可以这么说，先生，”汤姆·伯克回答道，“我还为此出了趟远门，不过现在已经没事了。为你的健康干一杯，夫人。”

“谢谢你，汤姆。不过，我听说你家里也遇到过这样的麻烦事呢。”马丁太太说道。

“是啊，夫人，是够麻烦的。那时你还只是个孩子呢。”

“来吧，汤姆，”好客的马丁先生打断了他的话，“再喝一杯，我倒想听听你的几个孩子是怎么夭折的呢。我听说他们一个一个染上了同样的怪病，就在所有医生放弃希望之后，你的大儿子竟然神奇般地治好了。”

“说得不错，先生，你的父亲就是位医生，上帝保佑他，我绝不会对死者撒谎。在我第四个儿子染病一周后，你的父亲就告诉我，他和巴里医生已尽其所能，依然无法阻止我的小儿子如前几个孩子一样死去。要是带走其他孩子的精灵也想带走他，他们也束手无策了。不过最终，它们放过了他，可我心里难过的是，自己之前并不知道它们为什么要抢走我的儿子。早知如此，我现在就不会只有两个儿子了。”

“汤姆，那你是怎么发现的啊？”马丁先生追问。

“唉，让我慢慢道来，先生。当你的父亲与我说了那番话之后，我不知如何是好，唯有痛苦地沿着林荫小道溜达，你是知道的，先生，这条小道刚好通向迪克·希菲家附近的河边。那是个人迹罕至的地方，我只想一个人静一静。当时的心情真是沉重，一想到就要失去小儿子心就难受，也无颜面对妻子，因为她早已尽心尽力了。而且，上周在他哥哥的葬礼上，她已经哭得快要心碎。不久，我遇到了一名老乞丐，他一般一年会来这里一两次，要是待在附近的话，总会睡在我们的谷仓里。总之，他问我过得如何。‘倒霉死了，詹姆斯。’我说。‘遇到这种事我深感抱歉，’他说，‘但你可真是个笨蛋啊，伯克先生。要是做了该做的事，儿子的病早就好了。’‘我还能做什么呢？詹姆斯，医生们都放弃治疗。’‘那是医生们不知道他得的究竟是什么病，就跟奶牛产不出奶胡乱医治一样，还要找对人。’随后，他告诉我一个名字。”

“汤姆，那人是谁？”马丁先生问道。

“恕我不能相告，先生，”伯克神秘莫测，“不过你经常见到他，他就住在附近。我曾与他一决高下。要是我一开始就去找他，或许我的那几个孩子就不会死啦，詹姆斯也常这么跟我说。总之，先生，我就去找那个人了，他跟我回了家。当然，我照他的吩咐行事，立即在牛棚里为我和小儿搭了一张床，把小儿子放在床上，自己躺在儿子的身边。不久，他睡着了，全身汗津津的，恕我冒昧，当时就好像从河里刚捞出来似的，呼吸困难，胸口剧烈起伏，这种糟糕的情况持续了一整晚。当时，我都觉得孩子熬不过午夜十二点，便要起身去找那个人。不过，坏事并没有发生。最终，我的精灵朋友解决了想把孩子从我身边带走的坏家伙。当时，牛棚里除了孩子和我，再无他人，只有一小截安放在牛棚墙上发出微弱火光的蜡烛。借着它，我看到有个人在我俩旁边来回走动，除了牛群嚼着饲料，四周如教堂墓地一般安静。”

“正如我告诉你的，我正想从床上爬起，就看见死去的父亲站在床边。我是不会拿我父亲来撒谎的，先生，他可是个好父亲。当时，他向我伸出右手，另一只手拄在生前随身携带的拐杖上，看上去十分愉快，对我微笑，好像告诉我不用怕，我是不会失去这个孩子的。‘是你吗，爸爸？’我开口问。他什么也没说。‘如果真是你的话，那就看在逝去亲人的份上，让我握握你的手吧。’他的确这么做了，先生，他的手像孩子的手一样柔软。待了大约有从你家门口走到林荫道尽头那么长时间之后，他就消失了。不出一周，自己小儿子完全康复，就像什么也没发生过一样。如今，他可以从这座赐福的房子一直走到基尔沃思山脉后面的巴里波林镇，再也找不到一个比他还要健硕的十九岁棒小伙啦。”

“但是我猜啊，汤姆，”马丁先生继续说，“你更应该感谢你的父亲，而不是詹姆斯给你推荐的那个人。又或者你认为是他对付了你的精灵敌人，刚好那时你的父亲……”

“请原谅，先生，”伯克打断他的话，“请别把它们称为我的敌人。这么称呼它们，我可不会坐视不管的。先生，我没有冒犯你的意思，祝你身体健康，长命百岁。”

“向你保证，汤姆，我并非故意冒犯。可是，我说的有什么不对吗?”马丁先生回道。

“恕我不能如实相告，先生，”伯克说，“我有约束在身，先生。不管怎样吧，你大可相信是我说的那个人、我的父亲以及他们认识的那些人之间的麻烦解决了。”

停顿的空当，马丁夫人趁机询问汤姆，在他儿子生病的时候，一只山羊和两只鸽子的出现是否意味着什么？因为，大家伙背地里都是这样谈论的。

“哎呀，你看看，”他转身对马丁先生说，“你夫人的记性可真好！你说的对极了，夫人。山羊是我送给女主人的，也就是你的母亲，因为那会儿，医生不是要让她喝点山羊奶做的乳清吗?”

马丁夫人点头表示同意，汤姆·伯克继续说道：“哎呀，那我就来告诉你这究竟是怎么一回事吧。山羊一直都是那只山羊，当时送到基兰你父亲家已经有一个月的时间了。在我讲过的那个晚上的第二天清晨，孩子还没醒来，妻子就站在谷仓院子通往大路的岔口，她看到两只鸽子从基尔沃思镇向她飞来。嗯，你是知道的，它们一直飞到河对岸，也就是我们农场对面小山上的房顶，随后落在烟囱上，对四周打量了一两分钟后，径直飞过河流，停在我和孩子躺着的牛棚顶。你觉得它们是无缘无故飞到这里的吗，先生?”

“当然不是了，汤姆。”马丁先生回答。

“不错，当时我妻子立刻走进牛棚，惊恐地告诉我这件事，随即开始哇哇大哭。‘嘘，你这小傻瓜，这可是吉兆啊。’这还真被我说对了。你觉得呢，夫人。而我给你母亲的那只山羊，在那天早上日出的时候，杰克·克罗宁还在给它喂食来着，上一秒还像蜜蜂一般欢快闹腾，可谁想下一刻就死在杰克的面前了。就在那一刻，他同样看见两只鸽子从镇上的房顶飞向利斯莫尔路。那也正是我老婆看到它们的时候。”

“这可太奇怪啦，汤姆，希望你能给我们详细解释一下。”马丁先生说。

“但愿我能啊，先生，不过我有约束在身。只告诉你这些，其他无

可奉告，就像哨兵不能走出他巡视的范围一样。”

“好吧，我记得你说过，你跟那个助你治好儿子病的人之前打过交道。”

“是的，先生，我跟那人比试过。可你想知道他是怎么获得这种超能力的吗？”

“哦！当然，非常想知道。”

“你可以告诉我们他的教名吗？这样我们听故事的时候就能方便一点。”马丁夫人补充道。

汤姆·伯克迟疑片刻，他在考虑这一提议。

“好吧，告诉你们也没什么大碍，他的教名是帕特里克，一直是个聪明伶俐的男孩儿，只要他坚持下去，准会成为一名出色的牧师。第一次见到他的时候，先生，是在我母亲的守灵夜。当时我遇到了大麻烦，因为自个儿不知道该把母亲葬在哪里。她的人和我父亲的人，我指的是彼此的精灵朋友，为了决定我母亲葬到哪一方的教堂墓地，双方在敦曼威的十字路口爆发了一场多年以来最为激烈的冲突。它们大战了三天三夜，不过难解难分。邻居们都在纳闷我还要考虑多久才能安葬自己的母亲，可我有自己的苦衷啊，只是当时没法跟别人讲罢了。哎，先生，长话短说吧，帕特里克第四天早上来找我，说他解决了难题。于是在当天，我父亲的朋友就把她安葬在基尔克鲁普教堂的墓地了。”

“汤姆，他可真是个厉害的角色，”马丁夫人难掩微笑，“不过，你不是要告诉我们，他是如何获得这种神奇的力量么？”

“别急，”伯克回答，“首先，为你的健康干一杯，夫人。我喝了太多潘趣酒了，先生。可说实话，自己还从未喝过这般好酒。它就像橄榄油顺着喉咙往下滑。哎呀，我说到哪儿了？对了，帕特里克，多年前的一天，他很晚才从一场葬礼回家，走到河边，对面就是一片草坪，挨着巴里赫凡恩山寨。当然了，他喝了点酒，只是有一点儿头晕，因此他很清楚自己在干什么。那是在八月，夜空中，月亮闪闪发亮，河流如镜子一般，丝滑明净。他听到河下游一英里左右磨坊的声响，对

岸还时不时传来几声羊叫。突然，他听到很多人齐声狂笑，还有笛手吹着笛子。原来，笑声和演奏声是从山寨前的草坪上传来的，透过河畔上的迷雾，他看到一大群人在草坪上跳舞。帕特里克很喜欢舞蹈，就像喜欢喝酒一样。他麻利地脱下鞋袜，然后拎着朝对岸的山寨游去。到了对岸，他穿上鞋袜，走进人群中跳舞，但并未引人注意。他就想啊，先生，他的舞蹈比他们跳得都要好，因为他的这项本领实在引以为傲。他是有这个资本的，先生，因为在教区没谁能跳出像他那种二步或者三步舞了。不过，他的舞蹈跟他们一比，就像我的相貌和夫人您的相貌相比一样，根本没有任何可比性啊。那些人的身体里似乎没有骨头，并且一直跳啊跳啊，就好像永不会累似的。帕特里克羞愧难当，因为他在整个村子里没人是他的对手。自己刚产生离开的念头，一位站在旁边一直苦笑打量着众人的小老头儿走到了帕特里克面前。‘帕特里克。’他开口说道。帕特里克吓了一跳，想不到这儿还有人认识他。‘帕特里克啊，’他又说，‘你灰心丧气了吧，这倒不足为奇。不过，你身边有个朋友啊。我就是你的朋友，也是你父亲的朋友，我觉得你跳得比这里所有人都要好，尽管他们认为没有人比他们跳得更好啦。现在，走进圈子里去吧，点一首轻快的曲子。别怕。我告诉你，这里最出色的舞者也没你跳得好，要是你愿意的话，就按我吩咐的去做。’帕特里克心里怪怪的，不过觉得自己不该反驳这位长者。于是走进圈子的他招呼笛手演奏一首自己最拿手的二步舞曲。果然，其他人与他一比，简直一天一地！此时的帕特里克就像一条滑不溜秋的鳗鱼，一会跳到这儿，一会扭到那儿，轻得如一片羽毛，可人们还能清楚地听到他合着音乐的舞步声，每一下都合着节拍，就跟笛手合着拍子的左脚一样。帕特里克先在地上跳了一段二步舞，然后他们找了张桌子，他就在上面跳了一段三步舞，人群爆发出阵阵喝彩。最后他点了一首旋转舞曲，周围的家伙看着他就像一支陀螺在桌上快速地旋转，个个惊叹不已。有些人称赞他是有史以来最优秀的舞蹈家。不过，有些人讨厌他，因为他比他们跳得都要好。”

“他为什么会大获全胜啊？”马丁先生问。

“他身不由己的，先生，”汤姆·伯克回答，“是有人让他这么做的啊，还能让他做得比这还多呢。不过当他跳完之后，他们想让他再跳一曲，可他早已筋疲力尽。他们试图说服他，最后生气的帕特里克发狠誓说自己再也不跳舞啦。话音未落，他就发现四周空无一人，只有一头白色的奶牛在他身边悠闲地吃草。”

“汤姆，他后来发现了自己拥有舞蹈的神奇魔力了吗？”马丁先生问。

“关于这个啊，我也会告诉你的，先生，”伯克回答，“慢慢道来嘛。后来，他回到了家，浑身发抖，沉沉地趴在床上睡去。第二天，人们发现他发烧了或是得了类似的怪病，因为他像疯了似的大喊大叫。不过，他们根本听不懂他到底在说什么，尽管他说个不停。最终，医生们都放弃治疗了。他们压根对他的病情一无所知。他病了大约十来天，大家都以为他要病死了，这时，有个邻居带着位男人来找他，是他的一个朋友，来自巴林拉肯。我也不能透露他的名字，只能叫他达比。达比一看见帕特里克，就从口袋里拿出一小瓶草药汁给帕特里克喂了一点。接下来的三个星期，他每天都这么做，渐渐地，帕特里克能下床走动了，如往常一般的健壮结实，常常独自一人在沟边徘徊，自言自语，就好像有人在他身边一样。当然了，确实有人，否则他绝不会变成今天的模样。”

“要我猜，他定是从精灵同伴那里学到本领了吧。”马丁先生说。

“对极了，先生，”伯克回道，“达比告诉他，他的精灵朋友们对他那晚的舞蹈十分满意。虽然他们没法止住他的高烧，可还会帮他渡过难关并教给他比凡人所知道的还要多得多的知识。最后，他们还真就这么做了，因为啊，那晚他在草坪遇见的全都是另一帮派的精灵，只有和他说话的老人才是帕特里克一家的朋友。由于看到其他人那么轻快活泼，又听到他们吹嘘在乡野各地如何如何跳舞，老头子心里很不是滋味。因此在那晚，他赋予了帕特里克一种神奇的能力，事后又传给他各种本领，让他成为令所有认识他的人都惊异的传奇人物。因此发烧后，他神游乱逛只不过是在学习本领罢了。”

“我听说在巴里赫凡恩山寨附近经常发生怪事，”马丁先生说，“这可是精灵们聚会的好地方啊，不是吗，汤姆？”

“可以这么说，先生，”伯克回答，“我能告诉你很多与它有关的故事。有很多回，在晴朗的月夜，我独坐在河对岸，一坐就是两个小时，看着它们玩球，玩得忘乎所以，外套和马甲都脱掉了，一方头上缠着白手帕，另一方戴着红方巾，就像星期天你在西明先生家运动场看到的场景一样。有天晚上，我看到它们一直玩到月落，不过双方并没有决出胜负。我敢肯定它们定会干上一架，直到天明方才作罢。对了，夫人，我听说你祖父以前也经常在那儿遇见它们。”伯克对马丁夫人说道。

“是这么说的，汤姆，”马丁太太回答，“不过，大家不都说基尔克鲁普教堂的墓地和巴里赫凡恩草坪一样，都是精灵喜欢的活动场所。”

“哎呀，夫人，也许你从来没有听说过，戴维·罗克在那个墓地里碰到的事情吧。”

伯克转身对马丁先生讲道：“那是他为你干活之前很久的事情啦，先生。有天晚上，他从基尔坎伯集市走回家，当然，他有点喝醉了，碰上了殉葬队伍。于是，他就跟着走，自个儿还觉得奇怪，这队人中他谁也不认识，除了一个男人，而且他敢肯定这个男人早在多年前就死掉了。不过，他还是一直跟着队列走啊、走啊，直到来到基尔克鲁普的教堂墓地。然后，我的老天，他走了进去，和其他人待在一块，目睹尸体被安葬。坟墓一掩埋好，他们竟然围在一个风笛手旁边跳起舞来，像是参加婚礼似的。戴维很想加入他们（因为那时候他的舞跳得并不差，不管现在跳成什么样子）。可他又非常犹豫，因为自个儿压根不认识任何人，除了那个早已死掉的逝者。最后，这个人好像看出了戴维的心事，便走到他跟前说：‘戴维，找个舞伴吧，让我们看看你的本领，但要小心，不要亲吻她。’‘绝对不会，哪怕她的嘴唇是用蜜糖做的。’说完，他就向圈子里最最漂亮的姑娘深鞠一躬，随后二人开始跳舞。他们跳的是一首吉格舞，你知道吗，当时他跳得棒极啦，所有的人称赞不已。似乎一切都很顺利，直到舞蹈结束，由于他喝了点

儿酒，又跳得十分兴奋，忘乎所以，而根据传统他要亲吻舞伴。可他刚送出这一吻，教堂墓地就剩他孤零零的一个人了，四周什么也没有，只能看到一些高高的墓碑。戴维说，它们看起来好像在跳舞，不过我想啊，这只是他自己的胡思乱想，再加上喝了点儿小酒而已。他到家的时候，差不多天亮了。但是，人们直到第二天才得知这事，因为他睡到第二天中午才悠悠醒来。”

讲完戴维·罗克和葬礼的故事后，喝了太多烈酒的汤姆再也讲不了精灵的故事啦。他自己似乎也意识到这一点。在随后的几分钟，他断断续续地说了些有关教堂、河岸、矮妖、精灵的话语，估计他自己都不知道在说些什么，更别提马丁和他的夫人了。最后，他柔弱地抬了下脑袋，好像在说：“我再也讲不动了。”就在桌子上伸直胳膊缓缓地放下空酒杯，一副谨小慎微的样子，接着起身走向客厅门口。他转过身对着这对夫妇，多次尝试向他们道声晚安，但未成功。因为他一开口总是被酒嗝呛回去，而他握着手柄的那扇门也被他弄得来回摆动，自己的身子也随之摇晃。最后，汤姆只得默默离开。而汤姆老婆派来的车童很清楚究竟怎样的诱惑才能把主人留下，让他在外面待很久。因此，他迅速地把主人带回了家。这一点我十分肯定，因为就在上个月，他还对我说：“自个儿健康快活，不比科克郡任何一个这把岁数的人身体差呢。”

被诅咒的布丁

威廉·卡尔顿

“莫莉·罗·拉弗蒂是老杰克·拉弗蒂的孩子，其实我指的是女儿啊。老杰克可是位大大有名的怪人。他有个习惯，总爱戴帽子。另外，

村里人都认为他们家人也着实古怪。我不知是真是假，据说他们家人从不穿鞋子，常常光着脚走来走去。后来，我又听说这件事颇受非议，因此我宁可对此不置一词，也不肯妄加论断，不愿污损他们的品行。如今，老杰克有两个孩子，帕迪和莫莉，嘿！你们都在笑什么呢？我的意思是一个儿子，一个女儿，邻居们大都认为他们是对兄妹，不过这事啊，有可能是真的，也有可能是假的。哎呀，咱们就别再纠缠这个问题啦。不过，有关他们的流言蜚语确实很多，比如杰克和他的儿子帕迪走路就像鲑鱼，两只脚迈不开步子，只能一跳一跳地向前移动。另外，女儿还有个不寻常的习惯，总是闭着眼睛。一旦她真的闭上眼睛了，就不看见东西啦，损失的可就是她自己喽。

“莫莉是个年轻漂亮、活泼可爱的小姑娘，身材匀称，慷慨大方，漂亮的脑袋瓜上还留着一头红艳艳的头发，这就是她取名称为‘罗’（红色）的原因。另外，她的胳膊啊，脸颊啊，肤色和头发差不多，塌鼻子是全身上下最红的部分。两只又大又红的拳头就像被太阳晒过的红萝卜。她的脾气也是火辣辣的。拉弗蒂一家人的火暴脾气众所周知。看来上帝真的没有白白赐予莫莉又大又红的拳头，这双拳头与其说是装饰，倒不如说是为了配合她的脾气，并且我们有充分的理由相信，这双拳头不会因为缺乏练习而变成其他颜色的。莫莉的一只斜眼同样令人闻风丧胆，只要她轻轻一瞥自个儿可怜的丈夫，他就会永远铭记妻子那只能够转着弯儿看清自己的眼睛。毫无疑问，她发现丈夫许多的怪事，但是不是出于这只眼珠子，我可不敢保证，嘿嘿，我可不敢胡说呀。

“哈哈，至于莫莉怎么结婚的，我来仔细说说。当时，乡里碰巧住着位流浪汉，他与莫莉一般生着副惊世骇俗的面孔。这个流浪汉名字叫古斯帝·吉莱斯皮，上帝保佑我们，古斯帝可是长老会[①]的一员，因此他不过圣诞节，只过那些‘古老已失传’的节日。要是在黑灯瞎火的晚上啊，古斯帝看起来还挺英俊的，就和莫莉一样，哈哈。正是一

① 译者注：长老会是新教改革传统的一部分，其起源可追溯到英国，尤其是苏格兰。

天晚上的邂逅才让他们二人有机会认识彼此。事情的结果就是两家人坐下来认真地讨论婚事。而古斯帝的哥哥，宝迪安·奥·拉弗蒂向古斯帝这位弟弟提出两个选择，当然，这两个选择根本不值一提，因为古斯帝知道哥哥的为人，后者不过是装腔作势的轻浮者。因此，古斯帝打定结婚。当然了，婚前准备乱作一团，不过按照长老会牧师塞缪尔·姆斯托的要求，二人要在下个礼拜日完婚。

“这可是当地有史以来长老会与天主教徒的第一次联姻。双方都曾强烈反对这桩婚事。要是当天没有发生这件事，这样的结合绝无进行下去的可能。原来，新娘有位叔叔名叫哈利·康诺利，是位仙医，他擅长运用各种秘法解决众人的怨气。而他不希望看到自己的侄女就这么嫁给一个乡巴佬，因此曾经强烈反对这门婚事。不过，除了他，莫莉的所有朋友都支持二人的结合。最终，礼拜天的婚礼已经铁板钉钉了。

“到了结婚那天，莫莉像往常一样早早地去做弥撒，而古斯帝则参加长老会会议。二人将在莫莉的老父亲杰克·拉弗蒂的家中会合，天主教莫斯利神父要在弥撒后与主持他们婚礼的马奥肖特尔神父一同赶往新人婚宴。因此，白天这个时候家中除了杰克·拉弗蒂和妻子，再无他人。此时，二老在为参加婚礼晚宴穿着打扮，老实说，这是二老彻底解脱的开始。要是大家知道莫莉的朋友并不十分满意长老会牧师塞缪尔·姆斯托为他们安排的婚姻，那么天主教莫斯利神父也许会为他们安排一位地位更高的天主教神父来主持婚礼。可见，这本来就是一场有些悲伤且东拼西凑的婚礼。

“当拉弗蒂太太要扎起一大包布丁的时候，仙医哈利·康诺利走进屋，他怒气冲冲地嚷嚷道：‘哎呀，蠢货，你们在干什么呢？’

“‘哎哟，哈利，怎么了？到底发生什么了？’

“‘你说怎么了，太阳浸入肥皂泡，月亮高挂屋脊角，空中裂开一道缝，你们俩没注意到天要下酒啦。快快到屋外去吧，然后以这四位圣徒的名义画上三次十字，正如预言所说：天空中一颗星星耀眼夺目，用锅盛满上好的葡萄酒。你们快出去看看吧，快去啊！’

“‘天啊，好吧。’杰克立即出门，而他的妻子则像个两岁小女孩蹦蹦跳跳地跟了出去。直到夫妻二人跑到屋外的台阶张望天空，想瞧瞧天空到底发生了怎样奇异的变化。

“‘哎呀，杰克，这到底是怎么一回事？’妻子问道，‘你能看出什么异常么？’

“‘没有呀。也许，厚厚的云朵遮住了天空。上帝保佑我们！难道真的要发生什么。’

“‘杰克，假如什么也不发生，那为什么无所不知的哈利就能看见？’

“‘我怀疑是婚事，莫莉嫁给长老会信徒是不符合宗教规定的，可现在没法子改变了。’

“‘至于这件事吧，’妻子眨眨眼睛说，‘如果古斯帝对莫莉满意就足够了。现在，我们还是回去再问问哈利所说的奇象吧。’

“他们双双回屋问哈利：‘哈利，天上到底怎么了？要说这世上有谁能参透，也就你了吧？’

“‘哎！’哈利露出一丝苦笑，‘太阳正痛苦地分泌胆汁呢。不过别担心，你们将会迎来一场超乎想象的愉快婚礼。’刚说完，哈利戴上帽子，迅速离开了老杰克的家。

“哈利的回答让二老松了一口气，在通知他要记得回来共进婚宴之后，老杰克坐下来吸着烟斗，而妻子则把布丁放进即将要煮开的锅里。

“婚礼的准备工作有条不紊地进行着，老杰克在一旁悠闲地抽着烟，妻子麻溜地做着饭，两人的礼服也穿戴整齐。不过到了后来，心满意足坐在炉火旁的杰克却对饭锅中的异动十分困惑。

“‘老婆子，锅里煮的是什么玩意啊？’

“‘只是一大块布丁啊。怎么啦？’

“‘什么怎么了，这锅正在跳吉格舞呢。你快来看，还在噼里啪啦地乱叫着呢！’

“‘天啊，一点都没错。这锅上蹿下跳快活得跟只蟋蟀似的。这显然不是锅的问题，里边肯定有古怪。’

“‘我敢肯定，里面有只活物，不然锅怎么可能这么翻腾！’

“‘天啊，杰克，锅里面肯定有个妖怪，这可怎么办呀？’

“就像妻子说的那样，那口锅只管蹦跶，美妙的舞姿都能让舞蹈大师自惭形秽。最后，布丁摆脱盖子从里面跳了出来，在地板上跳来跳去，就像鼓面上的豌豆一样灵活。看此奇景，杰克祈祷着，凯蒂也急忙在胸前画着十字。‘看在上帝的份上，请你离我们远点吧。这里没人伤害你！’

“不过，这块布丁却向杰克发起了总攻，杰克只好跳上椅子，随即又爬到厨房的桌子上躲着它。不一会儿，布丁又跳向凯蒂，凯蒂惊声尖叫，嘴里不断嘀咕着祷词。不过，这坨狡猾的布丁围着她蹦蹦跳跳，像是被她的痛苦逗乐了似的。

“‘要是有把干草叉，’杰克说，‘我就能干掉它，上帝作证，我倒要试试它呢。’

“‘不要，不要这样，’凯蒂喊道，她觉得布丁里有只精灵，‘我们放走它吧。谁知道它还会做出什么事情呢？’于是，她安慰布丁：‘亲爱的布丁，请放松，放松一点啊，不要伤害我们这些从未冒犯您的老实人啊。说实话，肯定是老哈利·康诺利对您施了咒。要是您自个儿愿意，就去追他吧，请饶过一个像我这样手无寸铁的老女人吧。’

“这块布丁，我的天，似乎真能听懂她的话，便跳向杰克。而杰克呢，和他的妻子一样，也觉得布丁里有只精灵，就同样恭维道：‘我向您保证，她说的千真万确，我们都希望您安静下来。老实说，假如您不是一个绅士布丁的话，那么您该有所行动啦。无赖的老哈利才是您的目标，此刻，他正沿着屋外这条路走远啦。要是您跳得快，还能赶上他。像您这样的舞蹈大师不论如何都要找他算账。祝您一路顺风，祝您在旅途中永远不会碰到神父或者长老！’

“正如杰克所说，这块布丁似乎听懂了他的话，它快速地跳出房门，追赶老哈利去啦。当然了，新奇不已的夫妇俩也跟着出了门。由于这一天是礼拜天，路上的行人比往常要多得多，因此，当杰克和老婆冲着布丁张望的时候，街坊邻里早就跑出来跟在布丁后面。

“‘杰克·拉弗蒂，这是啥呀？凯蒂，天啊，你能告诉我这是怎么一回事吗？’

“‘哎呀，’凯蒂回答道，‘这可是我做的布丁，它现在正火急火燎地追……’说到这儿，凯蒂停了下来，她可不愿意提起她仙医哥哥哈利·康诺利的名字，随即改口‘某个给它施了魔法的坏蛋。’

“现在，有了帮手的老杰克终于重拾勇气。他转身对凯蒂说：‘老婆子，现在赶快回家再做一块一模一样的布丁吧。这位是帕迪·斯坎伦的老婆布丽奇特，如果你不想脱下参加婚礼的这身行头，就让她帮你在炉子上煮布丁。另外老帕迪会借给我一把干草叉，我要去逮那块奔跑的布丁，现在乡里乡亲很多人都和我一起去追啦。’

“于是，凯蒂回去准备再做块布丁，而杰克和镇子里一半的男人都去追赶那块神奇的布丁。他们拖着宽铲、鱼叉、干草叉、镰刀、连枷等各式各样的务农工具。只不过，这块布丁跳跃得极为迅速，它以每小时高于七英里的速度向前冲，在它身后，拿着各种驱魔器的天主教、新教和长老会的教众都在追赶它。要我猜啊，布丁的结局定会非常糟糕，只有它自己能够扭转局面。此时，布丁在这儿跳跳，在那儿被人戳戳。不过最终，它还是逃掉了，因为众人挤在一起都想从它身上切到布丁。结果，自个儿没切着，反倒被别人戳伤了。这不，巴利博尔的磨坊主比格·弗兰克·法雷尔就被后面伸过来的农具戳到啦，他发出嘹亮的喊声在教区的另一头都能听得见。还不止这样，有人被镰刀砍了一刀，有人被连枷拍了一下，还有人被铁锹敲得找不着北。

“‘它这是要去哪儿啊？’有人问道。

“‘我敢打赌，它要加入长老会呢。要是转向天主教，我们就为它欢呼。’

“‘假如跑去新教那里的话，哼哼，就把它的灵魂戳出来。’

“‘同意，如果真的向左拐了，那就把它碎尸万段，省得我们这里出现什么新教徒布丁。’

“就在人们计划着要和这块布丁干上一架的节骨眼上，布丁一个急

转弯溜进一条通向卫理公会[1]教堂的小路。顷刻间，众人哗然，大家强烈反对它加入卫理公会。大家七嘴八舌嚷嚷着：‘哎呀，要是跑进卫理公会的教堂，咱们可全都失败啦。伙计们，快逮住它，别让它跑了，你们的干草叉在哪儿呢？快戳它！’

“不过，他们这些家伙没人能追上这块敏捷的布丁。正当众人试图阻止布丁跑进卫理公会教堂的时候，我的老天爷哟，它又跳进左侧的河水。众目睽睽下，布丁像蛋壳一样飘走了。

“恰巧布拉格肖上校在河两岸堆筑的土墙挡住了大家的追路，无可奈何的众人只好转头回家。可是，全镇子的男女老幼都不明所以，不知道这块布丁究竟是何方神圣，它想要干什么，或者要去哪里！要是杰克·拉弗蒂和他的老婆公开哈利·康诺利对布丁施了咒的事情，毫无疑问，可怜的哈利必会成为众矢之的。不过，理智的二人对此守口如瓶，因为哈利只是个孤独的老人，他对拉弗蒂一家也一向和善。当然了，在这个时候，镇子里有人说布丁属于这个教派，又有人说布丁属于那个教派，众说纷纭，莫衷一是。

“同时，凯蒂·拉弗蒂担心婚礼晚餐将近，她赶快回家做了另一块一样大小的布丁，然后把它带到邻居帕迪·斯坎伦家，放入锅中，架到炉子上煮起来，希望它能提前做好，听说婚礼上请到的这位神父，如欧洲大陆的绅士一般，喜欢吃新鲜热乎的布丁。

“不管怎么样吧，这一天就在忙碌中度过。莫莉和古斯帝结为夫妻，没人比这一对更要恩爱。被邀请参加婚礼的朋友们三五成群，谈笑风生，一直聊到吃晚饭的时间。不过席间他们努力琢磨那块布丁到底是怎么一回事。事实上，这段布丁奇遇如今早已传遍整个教区。

“好吧，不管怎么说，婚宴即将来到，帕迪·斯坎伦此刻正舒服地与他的妻子一起坐在炉火旁，布丁在他俩的注视下有条不紊地煮着。就在这时，哈利·康诺利再次走进来，他慌慌张张地嚷嚷道：‘哎呀，你们在干什么呢？’

---

① 译者注：卫理公会是基督教新教卫斯理宗的美以美会、坚理会和美普会合并而成的基督教教会。现传布于英国、美国、中国等世界各地。

“‘哎呀，哈利，又怎么了，又发生什么事情了吗?’斯坎伦夫人问道。

“‘你说怎么了，太阳浸入肥皂泡，月亮高挂屋脊角，空中裂开一道缝，你们俩没注意到天要下酒啦。你们快出去看看天空和太阳吧，快去啊!’

“‘啊，不过，哈利，你大衣里面藏着的是什么玩意儿呀?’

“‘你们还是快出去吧，’哈利说，‘对着天空中那条裂缝祷告吧——天要塌了!’

“当时，帕迪和妻子有没有出门真的很难说，不过当他们看到哈利狂热的表情和犀利的目光，便信以为真。二老再次出门看看天空到底发生了什么奇怪的事情。可他们这儿瞅瞅，那儿看看，除了晴朗的天空，连一片云彩都没有。

“于是，帕迪和他的老婆笑着再次进屋，想责备一下哈利。毫无疑问，只要后者愿意，他就会成为这世上最爱说笑打趣之人。不过，当他们只说了句：‘天呀，你可真倒霉呀，哈利……’哈利就急匆匆地逃出了屋子，自个儿大衣后面还冒着一股气味难闻的黑烟。

“‘哈利，’帕迪喊道，‘我的天呀，你的大衣着火啦，你会被烧死的。难道没看见吗?’

“‘快快画上三次十字，正如预言指示：用锅斟满上好的葡萄酒……’可是，话还没说完，哈利一刻不停地逃走啦，看都没看一眼自个儿身后的烟。任谁都能从他灵活的动作和被逼无奈的奇怪神情，猜出哈利揣着个很烫的东西。

“‘他那件外套里到底揣着什么鬼东西啊?’帕迪问道。

“帕迪说：‘也许，他偷了布丁吧，大家都知道他老做怪事。’

“于是，二老立即检查锅子，发现布丁还在锅里，这让他们更加迷惑不解，不知道自己在观天的时候，他在屋子里瞎忙活了什么!

“好吧，不管怎样，这一天总算过去了，晚餐也已备好，随后无疑举行了一场盛大的婚宴。而在去杰克·拉弗蒂家的路上，长老会的牧师又遇到了卫理公会的一位传教士，据说这位传教士可是位‘大胃

王’。于是，他们结伴而行。在那个年代，即便是不同教派之间也保持着友好的关系，不像现在这样。话说回来，就在这些神职人员快要吃完晚宴之际，杰克·拉弗蒂让凯蒂端上一大锅布丁，推荐道：‘先生们，我希望你们谁也不要拒绝品尝一下凯蒂独家秘方的布丁。当然了，我指的不是那块跳跃逃走的布丁，而是她再次精心制作的一块美味布丁。’

“‘我们绝对不会吃的，’一位幽默风趣的神父笑着回答，‘这样吧，杰克，在你右手边的三个盘子里各放上一块蛋糕给我们享用吧。杰克，我们才不会上你的当呢，因为不想当众出丑啊。’

“尊敬的各位先生，我可是怀着虔诚的心请你们吃呢，没有骗你们的意思，这点我可以保证。自个儿仅希望为你们提供美味可口的食物罢啦。当然了，我们都是平常的老百姓，你不能指望在这里见到什么达官贵人。

“要是有香草味的布丁就更好……”卫理公会的传教士刚说出口，他惊奇地发现旁边吞下第一口布丁的神父和牧师突然从桌旁站起身，转眼间在地板上跳起了欢快的吉格舞。

“就在这时，邻居的儿子跑了进来，告知老夫妇有位路过的牧师要来祝福这对新婚夫妇。可他刚说完，这位牧师便伴随着婚礼乐曲的节奏，扭动着身子走了进来。不过，他还没来得及坐下，卫理公会的传教士又站了起来，也富有节奏地挥舞着他的那一双小拳头跳起舞。

“‘杰克·拉弗蒂，这是怎么回事啊？好神奇啊！’路过的牧师问道。

“‘我也不知道怎么回事，不过阁下要不要也来尝一口布丁？’

“‘好吧，就尝上一小口。不过杰克，’他边将布丁塞进嘴里边说，‘这儿有喝的吗？’

“‘哎呀，说实话，房里有好多美酒，可等不到端上来啦。’

“话音未落，就见这位牧师同样地手舞足蹈起来。此刻，这三名神职人员就像比赛一样卖力地跳着舞。天哪，我可不敢告诉你当时是怎样的情景。不过，在场的其他人，有的笑破了嗓子，有的眼珠子都要

瞪出来了，而更多的人认为这些神职人员疯掉了，另外一些人则认为他们娘娘腔般舞动的小手指头有点太频繁了。

“‘哎呀，这三名神职人员可真丢人！’一个人说道。‘可他们到底是怎么回事？’有人问道。‘好像是被下咒啦。我的上帝，快看看那个卫理公会传教士手舞足蹈的模样！至于那名教区牧师，有谁想到他的大肥脚能跳出这么快的舞步？一会儿这样，一会儿那样，身上的扣子都蹦掉了，比舞蹈大师帕迪·霍拉甘还要强上两倍。愿这名牧师在礼拜天也不得安宁！喔，这可真有趣啊！’

“此时，不仅神职人员在跳舞乐呵，众人又发现老杰克·拉弗蒂也加入他们的舞蹈队伍当中，而且是跳得最好的一位呢。老天，没有什么能比这一幕更富戏剧性的了，大笑、喝彩、疯狂的掌声淹没了一切。不久，老哈利·康诺利镇定自若地走了过来，坐在了杰克原来的位子上，可还没坐好，吹笛手巴尼·哈蒂根接着出现了。顺便提一句，巴尼今早就被叫来参加婚宴演奏乐曲。

“‘天哪，’巴尼说，‘先生们，你们来得可真早！不过今天这是怎么了？你们可不该享受这种破音乐！’于是，在演奏《亲吻我的小姐》之后，巴尼口中的笛子吹不停，双脚随即跳起了吉格舞。

“与此同时，屋中的欢乐又增添了许多，因为老恶棍哈利又把布丁塞到新娘的嘴里，于是，新娘不由分说跳到卫理公会传教士跟前，与传教士一起欢快地跳舞，把众人逗得哈哈大笑。哈利很喜欢这样，他决定尽快为其他人找到舞伴。于是，他把一块块切开的布丁闪电般地塞进众人的嘴里。到了最后，除了吹笛手和他自己，屋中的众人无不跳得热火朝天，就好像他们生来靠舞蹈养家一样。

“‘巴尼，’哈利说，‘快来尝尝布丁吧。这绝对比你以往吃过的都要好吃。在这儿呢，你这个可怜虫！尝一小口吧，味道真是绝了。’

“‘我肯定会尝尝的，’巴尼说，‘自己可不是个拒绝美食之人。不过，哈利，请您快点儿，因为我正忙着演奏呢，要是不让大家合着音乐摇摆，那可是巨大的遗憾。谢谢你，哈利。天啊，这就是那块出了名的布丁吧。啊呀，这是用来干吗的？’

“话音未落，吹笛手也冲进了派对，欢快地跳起来。‘呵，你这可怜虫，让我们好好享受一下吧！去吧，转向你的舞伴。还有牧师，请转动你的脚后跟和脚指头吧。对！这样棒极了！’哈利怂恿道。

“当时，疯狂混乱的场面世所罕见，反正我是这么想的。不过，最糟糕的事情未曾发生，因为他们只是处于舞蹈的兴奋癫狂。到了最后，参加婚宴的所有人都跟在三位神职人员的后面跳着舞，每个人都在回家的路上竭尽所能地舞动。而新娘和新郎也是边跳边上床睡觉去了。现在，孩子们，来吧，让我们在谷仓里跳起霍罗·莱格舞。我早该告诉你们哈利在穿过巴里伯汀桥的时候，在距离布拉格肖上校防护墙的几英里处看见了沿河漂流的布丁。事实上，哈利是在等它。最后，他把它捞上来，裹进大衣里，这一点我想你们都猜到了，而当帕迪和他的老婆第二次仰望天空的时候，哈利调换了布丁。事实上，与精灵往来密切的哈利对布丁施了咒法，好让小精灵钻进去。也许，有人会讲那是他将半磅水银灌进布丁的缘故，可这并不合理。不管怎么说吧，孩子们，我已经讲完‘巴里伯汀疯狂布丁’的故事啦。关于诅咒布丁的其他事情，我可不想涉及，因为自己不想胡编啊。”

提尔纳诺格

提尔纳诺格

威廉·巴特勒·叶芝

从前，有一个神奇的国度叫作提尔纳诺格，意思是青春之国，住在那里的人们既不会变老也不会死亡，既不会流泪也不会大笑。这个神秘的国度常年隐蔽在一片浓密的树林里。曾经，一位骑着白马，与仙女尼亚芙肩并肩踏着浪花的游吟诗人奥尔森在此处居住了三百年。当他打算回去找他的族人，双脚踏上故土的一刹那，三百年的沧桑岁月瞬间向他涌来，把他变成一位驼背的老人，长长的胡子拖到地上。去世前，他向帕特里克讲述了自己在青春之国曾度过的时光。

打那以后，许多人在各个地方都见过这个神奇的国度。有些人在深深的湖底见过它，还听到从里面传出来隐约的钟声。更多则在西部的悬崖之上，在遥远的地平线上遥望它。甚至，就在三年前，一位渔夫也宣称自己进入此地。不过，人们坚信，只要它出现就会挑起民族间的战争。

另外，还有许多类似的说法。一位定居在都柏林的领航员曾告诉1614年在爱尔兰旅行的德·拉·布里格·勒聪先生，极地附近有许多岛屿，一些岛屿难以接近，因为女巫住在上面，她们呼风唤雨阻止试图登岛的凡人。一次，他在格陵兰岛附近61纬度的海面上就遇到过这样的一座海岛，靠近时，小岛凭空消失。他们随即反方向航行，竟然再次遇到同一座小岛。不过这次，他们的船只几乎被一场猛烈的暴风雨摧毁。

现存的许多民间故事都曾指出提尔纳诺格是精灵喜爱的居所。有人说它是由三个岛屿构成的，即生命之岛、胜利之岛与水下之岛。

奥多诺霍传奇[①]

托马斯·克罗夫顿·克罗克

很久以前，在一个古老得说不清的年代，一位名叫奥多诺霍的领主统治着美丽的利尼湖。如今，利尼湖早已改名为基拉尼湖。过去，奥多诺霍用智慧、仁慈与公正统治疆土，臣民过着富裕、幸福的生活。虽因赫赫战功与爱好和平久负盛名，可他的统治也不会因过分的宽容与温和放弃原则。当时的人们总会将一座“奥多诺霍监狱”的岛屿指给外来者，这里正是奥多诺霍羁押不服管教的王子的地方。

奥多诺霍的结局（不能称作过世）的确神鬼莫测。在一次盛大的宫廷宴会上，在权贵大臣的簇拥下，奥多诺霍对未来之事进行了详尽的预言。大臣们听着他真实讲述后代们的种种英雄事迹，所受伤害，犯下的罪行以及遭受的层层苦难，他们时而惊讶，时而愤怒，时而羞愧，时而悲痛。与此同时，奥多诺霍从宝座上缓缓起身，迈着庄严、肃穆的步伐来到湖边，泰然自若地走上仿佛变得坚硬的湖面。走到湖中央，他停了下来，缓缓回身扫望他的臣民，就像做了场简短的告别仪式，挥了挥手，消失不见。

自此以后，一代代人怀着真挚的崇敬之情，珍藏着对奥多诺霍的美好记忆。人们相信，每逢五朔节那天，也就是他离开的日子，奥多诺霍会再次拜访这片古老的领地。不过，只有为数不多的幸运儿才能见到他，这自然预示着好运。假如很多人都看见，这意味着奥多诺霍对世间的祝福，预示大丰收的来临。因为在过去，他的子民常年被这

① 选自《爱尔兰南部神话传说》。

种祝福包围着。

如今，距离奥多诺霍上次出现已过去多年。爱尔兰的四月被暴雨肆虐。不过，到了五朔节的清晨，所有的坏天气一扫而尽，天地间空灵安逸，宁静的湖面映出湛蓝的天空，仿佛一张美丽而神秘的脸，在剧烈的情绪波动后，以它一贯的平静与美好诱骗世人。

日出来临，苍穹中第一束光恰好将格伦纳的山顶镀上一层金色，此时，东岸的湖水激荡而起，尽管其他区域还是平静无波。在翻起的朵朵浪花中，一匹头戴羽冠的战马奔腾而出，它神力活现，跃出水面，冲向图密斯山。

在这匹白色的战马上，坐着位宝相庄严的战士，闪亮头盔上面的白羽优雅地拂动，身后飘扬着一条淡蓝色斗篷。异常兴奋的战马踏着浪花飞奔，阳光下闪亮的湖水仿佛坚实的土地将它牢牢托起。

这位战士自然是奥多诺霍，他身后跟随着无数的善男信女。只见他们步伐轻巧，无拘无束地在湖面上奔跑，宛若月光精灵于空中滑翔，步调合着阵阵动人的旋律，彼此由春天的花环联结一体。当奥多诺霍快要抵达西岸之际，他突然掉转马头，沿着格伦纳山遍布森林的湖岸策马驰骋，巨浪则在前方开路，卷起的浪花竟有马脖子那么高，而骏马又在这巨浪之上喷吐着剧烈的鼻息。

长长的随从队伍识趣地与领主保持着距离，脚下的步伐却丝毫不缓，依然合着超凡脱俗的乐声。经过格伦纳与迪尼斯两山之间狭长的峡谷，他们被湖面不断升腾的薄雾笼罩，自此消失在众人好奇的眼神中。不过，优美的旋律依旧清晰可闻，在远方久久回荡，直至消失。直到这时，聆听者如梦初醒，仿佛做了一场美丽的梦。

收 租 日

佚名

“哎呀呀！全完了！全完了！世界虽大，还能干个啥，何处是我家?”比尔·杜迪嘟囔着，此时的他正坐在基拉尼湖边的岩石上。“该怎么办？明天又到了收租的日子，蒂姆这个扒皮发过誓，这回要是付不上租子，他就要把我的东西全部抢走。我敢肯定，朱迪，我，还有我们可怜的孩子都要被赶出去了，都要饿死在大路上了。因为自个儿现在连半个便士都没有！哎哟，怎能活成这样!”

比尔·杜迪哀叹着命运的苦难，将自己的悲痛倾诉给美丽湖泊中那无忧无虑的波浪。这天是五月的早晨，万里无云的天空下，水浪快活地涌动，似乎在嘲笑他的不幸。阳光下的湖水波光闪闪，湖边美丽的小岛遍布苍岩与青木，四周满是颜色深浅不一的群山。也许，这富有魔力的美景足以安慰任何悲伤之人，可是在比尔·杜迪看来：“美景虽如画，我心独创伤!”

这里并非如他认为的那般孤独，此时此刻，有人正静耳聆听他的倾诉，虽然比尔对此一无所知。不过，这位神秘之人就要伸手帮助他啦。

“你怎么了，可怜的人儿?”一位高大强壮的绅士从荆豆树后走了出来。而比尔正坐在一块可以俯视田野的山岩上，什么都逃不过他的眼睛，唯独这棵生在湖边岩洞里的荆豆树。因此，绅士的突然出现让他顿感惊讶，疑惑自己眼前的究竟是人是鬼。不过很快，他鼓起勇气告诉了他自己的庄稼如何歉收，某个坏家伙如何施法夺走了他的奶油，恶霸蒂姆又怎样威胁着要把他赶出农场，除非明天十二点之前支付租

金。

“这真是个悲伤的故事，要是将此事告知领主的管家，他是不会这么狠心赶你走的。”陌生人建议道。

“心？阁下，这种人哪来的心呐！我想您还不了解他呢，他觊觎我的农场由来已久，还打算把它献给父亲，根本没指望得到同情，只有被赶走的结局。”

“拿着，可怜人，快拿着，”陌生人边说边把一袋金币倒进比尔的旧帽子里，旧帽子正是他因伤心丢在地上的，“快拿这些钱支付租子吧，而我还要好好收拾这个坏人。曾经的这片土地并不是这样的。要是在以前啊，我定会吊死这种人，眼睛连眨都不眨一下！”

不过，比尔压根没有听进去，此时他的目光无法从眼前明晃晃的金币上移开，好不容易缓过神来，抬起头打算千恩万谢，可是，陌生人早已消失不见。困惑中的比尔环顾四周，最终，他远远地望着恩人骑着白马在湖面上驰骋渐渐远去。

“奥多诺霍，是奥多诺霍！善良的奥多诺霍，倍受上帝祝福的奥多诺霍！”随后，比尔像个疯子跑回了家，给妻子朱迪看金币。这下，朱迪也高兴起来，憧憬着往后美满富足的生活。

第二天，比尔去找管家。这一回，他再也不是那个整日畏首畏尾、手抓帽子、眼盯地面、双膝弯曲的卑微模样啦。此时，挺起腰板的比尔俨然成了一位上等人。

“小子，为什么不摘掉帽子？难道不知道自己在和地方长官讲话吗？”

“我只知道自己没和国王讲话，并且我只会对敬重和喜爱之人脱帽致敬。显而易见，我是不会尊敬或者热爱一名管家的！”

“你个恶棍！”管家面对超乎寻常的挑战怒火冲天，“我会让你尝尝傲慢的代价，你可要记住了，我是有这种权力的。”

“当然知道，村里谁没尝过这种滋味。”比尔依然不肯摘帽子，好像自己就是管家的主人金赛尔勋爵似的。

“哼，带钱了吗？今天可是收租日。要是欠一个子儿，或者晚交一

会儿，你就准备今晚之前滚蛋吧，多待一个小时也不行。”

“租金在此，你最好数清楚，另外给我张收条。”

管家惊讶地看着金币，这可是货真价实的基尼金币呀！不是那些又脏又破能塞进烟斗的小额钞票。虽然，这位管家试图毁掉这位不幸的佃农，可现在只好乖乖地收起金币并把收条递过来。拿到收条的比尔骄傲得像只翘着胡须的小猫。

然而不久，管家发现桌子上的基尼金币竟然变成了一堆印有国王头像的姜汁饼干，不由得咆哮咒骂，可这根本没有用，因为现在，比尔的口袋里还揣着收条呢。继续追究此事亦毫无意义，只能沦为别人的笑柄。

自此以后，比尔·杜迪的生活越来越好，经营的产业也逐渐兴旺。不过，他经常忆起偶遇传奇国王奥多诺霍的日子，并真诚感激他的帮助。

治愈之湖[①]

佚名

“你看到那个湖了吗？”我的伙伴一边问，一边将目光投向洛夫里奇湖边的斜坡，“说实话，此地看起来尽管毫不起眼，四周布满了杂草和菖蒲，可它依然是爱尔兰最最有名的湖泊。无论老幼、贫富、远近，人们都会想方设法来到此地，治疗各种疑难杂症。上帝保佑我们四肢健康，要是哪天它们不好使啦，可真让人难过。就在上个星期，这里来了个拄着拐杖、颇有名望的法国人，结果回去的时候健健康康的。

① 《都柏林和伦敦杂志》，1825年。

他当然治好了病症，还打赏比利·赖利了呢。”

“那比利·赖利怎么治好他的呢？”

“噢，很简单啊。他抽出一根长长的杆子，戳进湖底，挑出泥巴，棍尖上的那点足够敷用好多次的啦！”

“那是怎样神奇的泥巴？”

“怎样的泥巴？就是黑泥巴啊，不就是那层铺满湖底据说包治百病的黑泥巴么？”

“那它成为远近闻名的湖泊，实至名归啊。”

“的确大大有名，不过它真正出名的原因可不全是治疗的功效，大家都知道湖底有座美丽的城市，住在那里的精灵就像基督徒过着天堂般的生活。我告诉你的可是事实，因为舍莫斯·厄·斯奈德跟在被偷的棕色母牛背后，看到了这一切。”

“是谁偷了母牛呢？”

“我来告诉你吧，舍莫斯是个穷小伙，他和老母亲住在山上的小木屋。两人千方百计维持生计。全家只有一块小耕地，养着一头可爱的棕色母牛，每天能产些牛奶。由于舍莫斯是个心灵手巧的小伙子，娘俩的日子过得还算不赖。放牧的时候，他会趁机砍石楠，捆回来做扫帚，让母亲拿去集市叫卖，以此换点烟叶、盐巴，还有穷人家少不了的所需东西。

“不过有一次，舍莫斯爬上一座从未去过的高山，为的是寻找生得粗壮高大的石楠，因为住在镇子里的人不喜弯腰扫地，对长把的扫帚偏爱有加。小母牛呢，它差不多和人一样聪明，一路紧跟舍莫斯，跟条哈巴狗似的。这一天，小母牛遇到一片新草地，草叶像韭菜一样嫩绿、嫩绿的。不过，可怜的舍莫斯实在太劳累了，在这个阳光明媚的夏日里，他竟然躺在石冢边上睡着了。

“不久，醒来的他看到成群的小精灵围在四周尽情玩耍，有的投球，有的踢球，还有的跳舞。面对活泼的景象，舍莫斯兴致也来了。其中一只皮肤黝黑头戴红帽的小家伙是他的最爱，因为它动不动就绊倒同伴，就像推蘑菇一样。有一回，它牢牢控住皮球长达半个小时，

舍莫斯忍不住高声喝彩：‘干得漂亮！’话音未落，皮球像一道擦着火的闪电向他射来。可怜的舍莫斯认为自个儿的眼睛要被射瞎了，不由得哀号：‘天杀的！’不过，只听到一阵大笑，当他揉揉眼睛渐渐恢复视力，再次看清太阳和天空的时候，却发现小母牛和淘气的小精灵全都不见了。也许，小精灵都跑回山寨里去啦，可是自家的小母牛在哪儿呢？于是，他找啊找啊，徒劳无果，原因很简单，精灵把它带走啦。

“舍莫斯·厄·斯奈德并不这么想，他要回家得到母亲的帮助。

“‘舍莫斯，牛哪儿去了？’老妇人问道。

“‘哎呀，妈妈啊，它遭遇不幸了，我也不知道它去哪儿啦！’

“‘这算回答么，你个逆子，这就是你给可怜老妈的答案？’

“‘哎哟，妈妈啊，我可没有胡闹。我敢保证，牛待在一个十分安全的地方，我定要找回它，假如我火眼金睛的话。不过，一说到眼睛，今天的运气真好，否则就没法用眼睛找到它咯。’

“‘什么？你眼睛怎么啦？’

“‘哦，上帝保佑！小精灵把皮球踢到我眼睛里啦！害得自己足足一个小时什么都看不清。’

“‘没准是那些小精灵在搞鬼？’老太婆问道。

“‘不，那些精灵不会偷的，因为咱们的母牛就像大法官一样的聪明，它一定不会跟着小精灵走，也不会离开我今天特意为它找到的嫩草地。’

“他们整晚都在讨论奶牛的事情。次日清晨，母子二人立即出门找牛。在搜寻了所有地方后，舍莫斯终于在一个沼泽坑里发现了两只牛角！

“‘哦，妈妈，妈妈啊，我找到它了！’

“‘在哪儿？’

“‘在沼泽坑里。’

“可怜的老太婆哭起来，嘹亮的哭声仿佛响彻爱尔兰所有七个教区。邻居们很快把牛从沼泽里拖了出来。可以说，它看起来还是原来的那头牛，可事实上已经不是了。你继续往下听，就知道怎么回事啦。

“最终，舍莫斯和母亲把牛扛回了家，剥掉牛皮，把肉挂在厨房。没了牛奶是件伤心事，虽然他们还有肉吃，可这样的日子持续不了多久。而且，整个教区都在唾弃这对母子吃了未曾放血的牛肉。有趣的是，牛肉根本无法下咽，因为煮熟的肉竟像死尸般坚硬，泥炭般漆黑。可以想象，吃这种粗肉就像在啃橡木板，而且吃的时候，要离墙远远的，因为牙齿撕扯牛肉用力过猛的话，脑袋就会撞到墙上。娘俩把肉扔给狗吃，狗连闻都不闻，最后只好扔进沟里，任其腐烂。不幸的遭遇让可怜的舍莫斯流了不少眼泪，他现在只能比以往更加努力地工作，早出晚归，还要在山上砍石楠。一天，他背着捆扫帚路过石冢，发现自家的奶牛正由两只红帽妖看着呢。

“‘那是我老妈的牛。’

“‘不，它不是。’其中一只红帽妖说道。

“‘我说是就是。’舍莫斯边说边扔掉扫帚，飞奔过去双手一把抓住牛角。两只红帽妖却赶着母牛逃至陡峭的山路。最后，母牛一跃而起，带着舍莫斯一起掉入湖底。就在舍莫斯·厄·斯奈德觉得快要完蛋的时候，他发现自己正站在一个用各种宝石砌成的宫殿面前。放眼观瞧如此恢宏的建筑，舍莫斯不由得一阵眩晕，不过他足够机智，依然紧紧地抓住牛角。本不想进入宫殿的舍莫斯还是被母牛带了进去。最后，宫殿的大门打开了，里面走出上百位绅士和夫人，与凡间的贵族一模一样，衣着华丽，长相俊美。

“‘这个男孩想要什么？’他们之中的一位问道。这个人明显是他们的首领。

“‘我想要我妈妈的奶牛。’

“‘可这不是你妈妈的奶牛啊。’

“‘肯定是！我对它的了解就像对自个儿的手掌一样。’

“‘那你在哪里丢下它的？’首领问道。

“于是，舍莫斯告诉了他们事情的前因后果。自己如何爬上高山，怎样看到精灵在踢球，球如何射中自己的眼睛，奶牛怎样走丢的。

“‘我相信你说的，’这位先生边说边掏出钱包，‘这些钱足够你

买二十头奶牛啦。’

“‘不，不，我只要我的牛，其他都不要。’

“‘你可真是个有趣的家伙，那就留在这儿，住在宫殿里吧。’

“‘我更愿意和妈妈住在一起。’

“‘蠢孩子！留在这儿，住在宫殿里。’

“‘我更愿意住在我妈妈的小木屋里。’

“‘在这儿，你可以游山玩水，到处是水果、鲜花。’

“‘我更愿意在山上砍石楠。’

“‘在这儿，你吃得更好，喝得更好！’

“‘只要有奶牛，我就可以配土豆喝牛奶啦。’

“‘哎！你真的不能带走这头奶牛，它为我们提供茶点牛奶！’

“‘哼！妈妈和所有人一样都要喝牛奶，所以你们说的话根本没用，我定要牵回自己的母牛。’

“这个时候，所有人来到他的身边，为他捧上一堆一堆的金币，可他什么都不要，只要奶牛。看见他像骡子一样倔强，他们开始对他拳打脚踢，不过男孩依然紧紧地抓住牛角，直到一阵狂风把他卷了出来。不一会儿，他发现自己和奶牛又站在湖边。此时，湖水平静无比。

“就这样，舍莫斯·厄·斯奈德赶着奶牛回了家，妈妈看到自然高兴。可当她说了句‘愿上帝保佑这牲口’，奶牛却像稻草垛似的倒了下去。这就是去过湖底仙境棕色小母牛的结局。”

“当然了，”我的伙伴站起身，继续说，“现在，可是我在照看自家的棕色奶牛。愿上帝保佑，千万不要让精灵将它掳走！”

海布雷希尔——极乐岛

杰拉尔德·格里芬[①]

在神秘的居住之地，大海蚀空岩石，
人们都说，有一片绿荫遍布的土地。
那是一块金光普照、随心所欲之地，
他们称它为海布雷希尔——极乐岛。
年复一年，在海洋湛蓝色的边缘，
这座美丽的海岛忽隐忽现于天际，
金色的云朵深深地遮住它的土地，
看起来像个伊甸园，却遥不可及。

一位农夫听到这则奇妙的传说，
便在轻柔的东风中，扬起风帆。
从圣地阿拉[②]，掉头驶向西方，
阿拉虽神圣，极乐却在哪里?
从此，他听不见岸上的呼唤，
也不顾忌海风的咆哮连连。
家园、亲人、安宁全都抛下，
向极乐岛的方向前进！前进！

① 译者注：杰拉尔德·格里芬（1803—1840），爱尔兰小说家、诗人、剧作家。

② 译者注：爱尔兰蒂珀拉里郡的阿拉河流域。

晨曦自深海升起，在朦胧的海边，
一座浓荫小岛映出迷人的微笑，
午时的阳光焦灼波浪，那海岸
朦胧于天际，同样遥不可及。
孤独的夜晚，农夫独自向西，
他胆怯地朝着阿拉方向看了看，
极乐岛，遥不可及！遥不可及！

鲁莽的梦想家，回去吧！哦，风啊，
把他送回安详的家乡阿拉那里。
轻率的傻瓜！为了幻想中的极乐，
放弃了平静的劳作与安宁的生活。
理智的警告，他都充耳不闻，
阿拉圣地，他没有再次回到！
夜幕降临，暴风与海浪在咆哮，
他死在遥不可及的大海里！遥不可及！

幽灵岛

格拉尔德

最近，海面上冒出了一座岛屿，人们称之为幽灵岛，关于此岛名称的由来，得从一个故事说起。那是风和日丽的一天，一片土地从海中徐徐升起，看到异象的岛民极为惊讶。有人说，这是头鲸鱼吧，也有人认为这是只巨大的海兽，察觉它一动不动的人们最终开口：“不对，是块陆地。”为了弄清真相，岛民挑选几名小伙划船过去看看。不

过，准备登岸之际，这座小岛突然沉入海底。到了第二天，它再次从海中升起，年轻人划船过去，小岛再次消失。到了第三天，他们划着船又一次向它驶去，不过这回，他们听从了老人的建议，向小岛射出一箭，箭头是烧得滚烫的铁蒺藜。借助此法，他们最终登岛，发现这里稳稳当当的，可以住人。

此故事再次证明火是所有鬼魅的劲敌。受到蛊惑之人一旦见到熊熊的火焰，便会立即晕厥。从火的地位和属性来讲，它是世间五大元素之首，也是天堂的组成之物。

另外，天空是炽热的，行星是炽热的，树虽会被火焚烧，可它生生不息。而圣灵端坐在使徒的上方，火焰亦在四周缭绕。

圣人与神父

圣人与神父

威廉·巴特勒·叶芝

爱尔兰广袤的大地遍布着圣井。平日里，人们在井边祈祷，然后堆起小小的石堆，到了审判日那天，通过数石块的方式计算每个人曾祈祷的次数。有时，人们围在井边讲故事。这些故事大都追溯到遥远的古代，亦如诺森伯兰国王曾经写下的诗句：

流亡到爱尔兰那阵，
在因尼斯费尔集市，
我看到美丽的女人，
严肃与欢乐的男人，
很多的教士与俗人。
我寻得金子与银子，
大量的麦子、蜂蜜，
极富同情心的子民，
许多盛宴，许多城市。

由于故事中没有殉教者，古代编年史学家、来自威尔士的格拉尔德时常嘲讽卡谢尔大主教在爱尔兰找不到任何一位因殉教获得桂冠之人。大主教回答："我们的人民也许野蛮，可从未举起拳头对上帝的圣徒动手。现在，我们遭到一个知道如何制造殉教者的民族入侵（时值英格兰入侵爱尔兰），这里很快会出现大量的殉教者。"

另外，圣人遗体的安置也极为挑剔。曾经，在韦克斯福德一个名

为四里水的地方，有一片古老的墓地，里面埋葬的全都是圣人。这片墓地曾经位于河对岸。不过，当人们在此埋葬了一名老流氓，墓地中的圣人遗体一夜间全都跑掉，只剩下孤零零的老流氓。假如抬走他的尸体，那很容易，不过其他的尸体可都是圣徒，即便是死了，也必须讲究排场。

神父的灵魂

王尔德夫人

曾经，爱尔兰拥有许多伟大的学校，人们在这里可以学习到各种各样有用的知识。当时，即便最最穷困之人也比现在的许多绅士更有学识。至于神父，他们可是最为博学的一类人了，因此爱尔兰的名声传遍了整个世界，许许多多外国的国王千方百计把自己的儿子送到这里，让他们在此学习。

那时候，爱尔兰的一所学校有个小男孩，他天资卓越，大家无不暗暗称奇。尽管年纪尚小、出身贫寒，却没有一个国王或者领主的儿子在学习上能够与他匹敌，有时连老师都自愧不如，因为当他们想教他点什么的时候，他却会告诉老师闻所未闻的知识，这更显得他们的无知。而他擅长的本领之一就是辩论，他会一直辩下去，直到向你证明黑色就是白色。最后，当没人能够辩过他的时候，他又会反过来向你证明白色又是黑色又或者这世界上根本没有颜色。长大后，可怜的双亲因他而感到骄傲、自豪，并决定让他成为一名神父。虽然为了筹钱，他俩连饭都快吃不上了，可愿望终于实现。从此，在爱尔兰找不到第二位如此博学的神父。辩论上，他一如既往的杰出，没有人能够说服他，连大主教都想和他聊一聊，不过他会立刻让他们自惭形秽。

那个时候，学校没有专门的教师，都是神父在教育普罗大众。由于他是爱尔兰最最聪明之人，只要他的住所还有空余之地，所有的国王就会把自己的王子塞进他家里。渐渐地，他变得非常骄傲，忘记自己低贱的出身。最糟糕的是，他甚至忘记了上帝，即便是上帝成就了他现在的自己。善辩的本领同样让他洋洋自得，竟然诡辩炼狱不存在，接着愈演愈烈，干脆认为地狱与天堂子虚乌有，上帝本人亦是如此。后来，神父甚至指出人类没有灵魂，正如一条狗或者一头牛，死了就是死了，毫无稀奇，因为他会质疑："有谁见过灵魂呢？如果谁能让我见到，我就相信灵魂的存在。"没人能回答这样的问题。最终，人们开始相信这世间没有另一个世界，每个人都可以在这个世界为所欲为。

另外，神父也为众人树立了坏榜样，他娶了名年轻漂亮的女孩作为自己的妻子。在当时，没有哪个神父或者主教愿意主持这场婚礼，他不得不自己主持仪式。这可真是件丑闻，不过没人敢说什么，因为国王的儿子们都站在他那一边，谁要是胆敢阻止他干坏事，保准送命。当时，可怜的孩子们都信任他，认为他吐出的每个字都是真言。就这样，他的思想开始传播，整个世界走向堕落。直到一天午夜，天使降临人间，告知神父，他只剩下二十四个小时的生命。神父开始颤抖，乞求宽限些时日。

天使不为所动，告诉他这是不可能的。

"你要时间干什么？你这罪人。"天使问道。

"噢，天使大人，可怜、可怜我的灵魂吧！"

"哦？你现在有灵魂了？那么，请告诉我，你是怎么找到的？"

"自打你一出现，它就在我身体里激荡，现在才知道自己以前的想法是多么愚蠢。"

"的确愚蠢，如果你的学识不能告诉你是有灵魂的，那学识又有何用？"

"啊，上帝，我要是死了，请告诉我，要多久才能进入天堂？"

"永远不会，你不是否认天堂吗？"

"那么，大人，我要去炼狱吗？"

“你也否认炼狱。只好去地狱了。”

“可是，大人啊，我也否认过地狱，你也不能把我送到那里。”

天使有些无语。

“好吧，我会告诉你我能为你做些什么。你要么在这世间活上百年，享受每一种快乐，然后永入地狱，要么在二十四小时内死于极度的折磨并被丢进炼狱，直到审判日的降临。只要能找到一位真正拥有上帝信仰之人，并通过他的信仰赐予你怜悯，你的灵魂便会得到拯救。”

神父花了不到五分钟的时间决定下来。

“我选择在二十四小时内死亡，这样灵魂就有了拯救的希望。”

听到此，天使告诉他要做的准备，随后离开了。

神父立即跑进大厅，当着所有学者和王子们的面，喊道：“现在，不要害怕反驳我，快来说出，你们的信仰到底是什么，人有灵魂吗?”

“大师啊，我们曾经相信人是有灵魂的，可多亏了您的教诲，我们不再相信了。这世间既无地狱，也无天堂，更没有上帝，这就是我们的信仰，您正是这样教导我们的。”

神父脸色苍白，大声喊道：“现在，听着！我教过你们的全是谎言。上帝是存在的，人类是有灵魂的。我已经相信了自己曾经否认的一切。”

高涨的笑声淹没了神父的声音，因为他们认为神父故伎重演，试图再次说服他们。

“证明一下吧，大师，只要证明一点，有谁见过上帝？又有谁见过灵魂呢?”

房间再次充满嬉笑。

神父站起身准备回答，可他一句话也说不出，因为雄辩之才早已离他而去，毫无办法的自己只能痛苦地扭着双手，喊道：“这世界是有上帝的！真的有上帝！主啊，请怜悯我的灵魂吧！”

他们开始嘲笑他并重复起神父曾经所教之话：“把灵魂拿出来给我们看看吧，把你的神拿出来给我们看看呀。”

神父痛苦地呻吟，逃离大厅，因为知道这里再没人相信他。那么，自己的灵魂该如何得到拯救呢?

突然，他想到了妻子。“她会相信的，女人永远不会放弃上帝的信仰。”

于是，他跑去找她，然而做妻子的只相信神父所教导过的一切，并且一位好妻子首先要相信丈夫，这份信任甚至要超越天地万物。

绝望的神父从家宅冲了出来，开始询问他所遇到的每个人是否相信人是有灵魂的。不过，同样的答案出自每个人之口，“我们只相信您教导的”。这足以证明他的教义已传遍各地。

时间一小时一小时地过去，神父几乎发疯，他孤独地瘫坐在地上，恐惧地呻吟、哭泣。

就在这时，一个小男孩走过来。“上帝保佑您。”孩子对他说。

神父惊跳起来。

“你相信上帝吗?”

“我来自一个遥远的国度，到此学习有关上帝的一切。阁下，您能告诉我这一带最好的学校么?”

“最好的学校和最好的老师就在这里。”神父随即说出了自己的名字。

“噢，不要这个老师，因为我听说他否认上帝、天堂与地狱，甚至坚信人没有灵魂，仅仅因为看不到它。不过，我要是遇见了他，定能把他驳倒。”

神父热切地盯着他：“怎么做呢?”

“我会问他，是否相信自己拥有生命，然后让我看到他的生命。”

“他的确做不到，孩子。因为生命是看不到的。我们拥有它，可它的确无形。”

“我们看不到生命却拥有生命，我们也可以拥有灵魂而见不到它。”

神父伏倒在地，喜极而泣。因为现在，他知道自己的灵魂终将被拯救。自己终于找到一位相信上帝之人。于是，他把过往的种种邪恶、骄傲，对上帝的亵渎以及天使如何来到他身边的事实一一说出，并告

诉孩子自己唯一的拯救之道就是倚靠一位真正信仰上帝之人的信念与祈祷。

“那么，现在，请拿起这把刀，刺向我的胸膛，并继续刺我的身体，直到我的脸上出现死亡的苍白。然后，你要盯着我，因为死后，一个活生生的东西将从我的肉身中升起。为此，你要跑到学校，叫来所有学者，让他们目睹我的灵魂，要让他们明白曾经的教导全部是谎言，这世间的确存在惩罚邪恶的上帝，既有天堂，也有地狱，更有不朽的灵魂，并且灵魂可以得到永恒的幸福或者无边的痛苦。”

“现在，我要做祈祷了，祈求上帝给我勇气完成这项任务吧。”

于是，孩子跪下祈祷，随后起身，拿起小刀，刺入神父的心，刺了又刺，直到神父全身血流如注。过程虽然痛苦，可神父依然活着，因为他必须耗尽二十四个小时才能死去。

最后，痛苦似乎消失了，神父的表情平静下来。孩子看到一只长着四只雪白翅膀的美丽生物从死者的躯体飞升而出，并在神父的头上徘徊。

孩子跑到学校喊来学者。他们一见此物便知那是老师的灵魂。众人惊奇、敬畏地看着它，直到它渐渐地消失于天际。这就是在爱尔兰所见到第一只蝴蝶的故事。现在，所有的人都知道蝴蝶是死者灵魂的化身，它们等待着进入炼狱时刻的到来，以便历经苦难净化自我。

不过，爱尔兰的学校自打那时起就荒废了，人们都说当全爱尔兰最最聪明之人在即将失去灵魂的时候，才知道自己拥有灵魂。那么，花费如此遥远的路途来此学习又有何用处呢？最后，多亏了这位小孩单纯的信仰，神父的灵魂才得以拯救。

克隆尼的神父

威廉·巴特勒·叶芝

约翰·欧哈特是位好神父，
“惩戒”[①]的岁月安然度，
一日，骑着马儿拜访暴发户，
他靠着鲑鱼、鹬鸟，发家致富。

暴发户接受了约翰的土地，
因为自私鬼都在自己家族。
他把神父的土地当作嫁妆，
送给嫁入豪门的每位女儿。

约翰神父朝东走，
约翰神父向西走。
鞋底磨了几个小洞，
袍子破了几个大洞。

大家都爱他，除了暴发户，
恶魔又把他的头发揪住。
主妇、猫咪、孩子与
云中的小鸟都爱神父。

---

① 译者注：自16世纪伊始，爱尔兰实施打击传统天主教徒的法令，天主教徒的地产必须被没收。这一法令直至1920年才被取消。

小鸟爱他，他打开鸟笼，
神父朝东走，神父向西走，
笑着说：“好啊，平安无事。”
接着，又皱起了眉头。

乡里果真有人去世，
注定少不了哭丧婆。
他请她们停止哭丧，
因为他喜欢安静读书。

这就是约翰神父。
忽然，哭声从远方传来，
大家竞相奔往克隆尼，
啊，永别了，九十四岁的神父。

起初，无人胆敢哀号，
不过，络绎而来的是
诺克纳里亚
与诺克纳什的小鸟儿。

它们从因尼斯穆里一路哀号，
也不停下来，吃吃喝喝。
这样一来，推翻老传统
的家伙，就此遭到谴责。

克隆尼距离斯莱戈镇的南部只有几英里远。上世纪初，神父欧哈特住在此处，备受当地村民的爱戴。这几行诗准确地记录了当时的情形。后来，凡是窃取神父土地之人终未过上富足的生活。另外，这片土地亦多次易主。

小鸟的故事

托马斯·克罗夫顿·克罗克

多年前，某个修道院有位虔诚、圣洁的僧侣。一天，他跪在寺院的花园里祷告，忽然听到一只小鸟站在花园的蔷薇树上歌唱，自己从未听过如此甜美的歌声。

小鸟在树上唱了一阵儿，便飞进寺院不远处的树林。僧侣跟了过去，感到自己仿佛永远不会厌倦这只小鸟发出来的美妙音符。

不久，小鸟飞到远处另一棵树上，唱了一阵，然后又飞到了另一棵树上唱歌，就这样，它越飞越远，僧侣也越走越远，对鸟儿的歌声如痴如醉。

最后，僧侣不得不停下来，因为天色已晚，自己只得返回修道院。此刻正是黄昏时分，夕阳西下，天空洒满前所未见的神圣霞光。当他再次步入修道院，夜幕早已降临。

不过，他对眼前的景象颇为吃惊，因为眼前全是未曾见过的面孔。周遭的一切似乎发生了某种神奇的变化，完全不同于自己清晨离开时的景象。

纳闷之际，修道院的一位僧侣向他走来。他便问道："教友，从早上到现在，这里发生了许多奇怪的变化，这到底是怎么一回事呢？"

僧人似乎更加吃惊，便问他口中的变化所谓何意？这里显然未发生任何变化。僧人继续问道："教友，你为何有如此奇怪的问题，你叫什么名字？从未见过你，可你穿的是我教的服饰。"

僧侣报上姓名，说自己早上做弥撒，然后离开花园，一路追逐唱歌的小鸟。

他说话的时候，那位僧侣仔细地打量他，然后告诉他，修道院曾经有位与他同名同姓的教友。不过，这位教友早在两百年前就失踪了，没人知道他究竟去了哪里。

听闻此言，他说：“我的死期即将来临，感谢上帝的儿子耶稣对我施行诸般的慈爱。”

说完，他跪下身：“教友，请接受我的忏悔，因为我的灵魂马上就要离开。”

他做了忏悔，得到恩赦，行了涂油礼，未到半夜便已逝去。

原来，这只小鸟正是智天使或者六翼天使的化身。上帝通过这种仁慈的方式将僧侣的灵魂召回自己的身边。

公主们的皈依

佚名

有一次，帕特里克和他的神父随从坐在克罗根山寨的一口水井旁，膝盖上摊着《圣经》。清晨十分，康诺特国王的两位女儿走来，她们要在井边沐浴。

小女儿便问帕特里克：“你们打哪儿来？要到哪儿去？”帕特里克回答：“与其问我们从哪儿来，倒不如向上帝忏悔吧。”

“那上帝是谁？他在哪儿？他又是什么？他住在哪里？你们的神有子女吗？有金银财宝吗？他是不朽的吗？他美吗？他是圣母玛利亚的儿子？他的女儿对凡间的男人来说美丽吗？他住在天上还是人间？住在大海还是江河？在高山还是峡谷？”

帕特里克一一回答。于是，两位公主信奉了上帝并接受施洗，披上了白袍。随后，帕特里克问她们，是愿意活着还是选择死亡去看看基督的脸？最终，她们选择了死亡，二人被葬在克莱巴赫的井边。

奥图尔国王和他的鹅

塞缪尔·洛弗

“天哪，我觉得吧，这世界无论远近，都听说过奥图尔国王。不过，还有许多关于他的事情大家并不知晓。先生，尽管您没听过下面的故事，但您一定知道这位奥图尔国王。他可是古时候的一代明君，那些教堂原本归他所有。您知道的，他可是位好国王，一个男子汉，热爱运动就像热爱自己的生命一样，尤其喜爱打猎。天一亮，他就翻山越岭寻找野鹿，这是他最最美好的时光。

“那个时候，国王身体健康，一切安好。可是您看，随着时间的流逝，国王渐渐的老了，四肢变得僵硬，到了后来，心脏也不行了，十分无聊，因为他再也不能打猎啦。最终，这位可怜的国王只能养只鹅作为消遣。哦，您觉得好笑，那就笑吧。不过，我告诉您的可是事实。这只鹅是这样给他带来乐趣的。您知道吧，鹅在湖里游来游去，又会潜水。每逢周五，它会为国王抓条鱼。至于其他时间，它会绕着湖边飞来飞去，逗可怜的国王开心。刚开始，诸事顺利，直到这只鹅也像它的主人一样，衰老了，再也不能给他带来任何的消遣。于是，可怜的国王失去了对生活的热忱。一日清晨，他在湖边散步，哀叹残酷的命运，想着自己投湖算了。突然，拐角处一位壮实的年轻小伙儿向他走来。

“‘上帝保佑你。’国王对年轻人说。

“‘上帝也保佑你，奥图尔国王。’年轻人说道。

“‘不错，我就是奥图尔国王，这片土地的君主。可是，你是怎么知道我的？’‘哦，这不重要。’圣卡文回答。

“您知道，这位小伙儿是圣卡文乔装打扮的，不可能是其他人。随后，圣卡文说：‘哦，这不重要，我知道的还不止这些，你的鹅怎么样了，奥图尔国王？’‘哎哟，你怎么还知道我的鹅？’‘噢，这也不重要，我有能力知道这些。’他们说了会儿话，国王又问：‘你到底是谁？’‘我是个诚实的人。’圣卡文回答。‘好吧，诚实之人，你靠什么赚钱？’‘把旧东西变新。’‘那你是个补锅匠吗？’‘不，奥图尔国王，我有比补锅匠更好的营生。要不，你也试一试，把老鹅变成嫩鹅？’

“我的老天，当听到鹅可以变得跟新的一样，可以想象这位可怜老国王的眼珠子都要瞪出来了。国王吹了一声口哨，他的鹅像只猎犬摇摇摆摆地走向它可怜的主人。圣卡文看了一眼鹅，说：‘我会为你做这件事，奥图尔国王。’‘天哪，假如真能做到，你就是爱尔兰七个教区中最最聪明之人啦。’‘噢，千万别这么说，我可没那么好心，我替你做这件事，你该如何报答我？’‘不管想要什么，我都给你。这样公平吧？’‘不能再公平了，这才是生意之道。奥图尔国王，等着我把老鹅变成嫩鹅吧，你能把它第一次飞过的土地都给我吗？不会食言吧？’‘以荣誉发誓！’奥图尔国王举起拳头大声喊道。‘以荣誉发誓！’圣人同样发誓。‘就这么定了！’圣卡文随后对着可怜的老鹅说道，‘过来吧，你这个不幸的老瘸子，我要把你变成从前的模样。’他提起鹅的两只翅膀，‘给你画十字。’边说边将祝福的标记画在它的身上，‘飞吧’，随即将鹅抛向空中。就这样，老鹅焕然一新，如同雨燕在空中翻出多个花样。

“好了，我亲爱的朋友，这真是一幅美丽的景象。当时，国王张大嘴巴，紧盯着可怜的老鹅如云雀般轻盈飞舞，他从未见过它如此活泼。当鹅重新蹲回国王脚边的时候，国王拍了拍鹅头，说：‘天哪，你可是我的最爱呀。’‘我已经做到了，你该如何报答我？’‘我得说，没人比您再聪明啦，除了蜜蜂。’‘你只想说这个？’‘还有，我对您感激不尽。’‘你会把鹅飞过的土地给我吗？’‘会的，尽管拿去吧，即便是我拥有的最后一亩土地。’‘可是，你会信守诺言吗？’‘信守承诺。’‘很好，奥图尔，假如你不守信的话，魔鬼就会带走你的鹅，让它再也飞

不起来。’国王如此诚信，圣卡文自然高兴，觉得是自己该说实话的时候了：‘奥图尔国王，你是个好人，我来此就是为了试探你。你没有认出我，这没关系，因为我乔装打扮了。’‘哎呀，那么，您到底是谁?’‘我是圣卡文。’国王赶紧画着十字，跪在圣人面前。‘我的上帝，您真的是伟大的圣卡文吗？没想到还是个小伙子呢。您真的是圣人吗?’‘不错。’‘天呐，还以为自个儿在和一个好小伙说话呢。’‘好了，现在知道了吧，我就是圣卡文，圣人中最伟大的一位。’从此，国王的鹅变得如从前一般年轻，只要国王还活着，鹅都会给他带来快乐，因为圣人一直保佑着这只鹅。不过，没过多久，鹅还是死去了，因为在上个星期五，鹅本以为捉到的是条鲑鱼，没承想却是条鳗鱼。结果，没有为国王捉到鲑鱼的鹅反倒被鳗鱼杀死了，但这也不能怪鳗鱼呀，而且鳗鱼也没有吃掉鹅，因为它可不敢吃圣卡文赐福过的鹅。”

恶魔

魔鬼猫[①]

王尔德夫人

在康内马拉，有一对捕鱼的夫妇。渔夫的运气向来不错，妻子总能在家中存上许多鲜鱼，等着到市场上叫卖。不过，令她恼火的是，一只肥猫时常在夜里出没，挑出最最鲜美的鱼儿吃个精光。于是，这位妇人随身带着根棍子，决定盯紧些。

后来的一天，她和一位妇人正在屋中纺纱。突然，房子变得阴森森的，门砰的一声被打开，就像暴风雨来临时一样。一只黑猫走了进来，大摇大摆地来到壁炉旁，转身冲着她们低吼。

“天啊，这定是魔鬼！”旁边捡鱼的一个小女孩叫道。

“我要教教你该怎么说话！”黑猫扑向女孩，抓得她的胳膊鲜血直流，“那么，下次再看到绅士到访，总该礼貌点了吧。”黑猫重返门口，关上房门，免得有人出去，因为这名可怜的女孩正惊恐尖叫试图逃走呢。

与此同时，一位男人路过此地，听到屋中的喊声，便推门前来帮忙。可是，猫就站在门槛上，谁也不让进，这个人拿起手杖打它。猫也不甘示弱，扑向男人，恶狠狠地挠花了他的脸和手掌。男人最后只得落荒而逃。

“好了，现在我要开饭啦。”猫边说边走到桌边，检查桌上的鲜鱼，“希望今天的鱼儿还不错。好了，现在不要打扰我，也不要乱嚷嚷。不用操心，我自己应付得了。”说完，它跳上桌子，挑出最最鲜美的鱼儿

① 选自《爱尔兰古代传说集》。

吃了起来，还时不时地冲着女主人低吼。

“滚！滚出去呀，你这可恶的畜生！”妻子大声喊道，并用火钳狠狠地戳它。若不是恶魔猫，这一下就能打断寻常猫咪的后背。“滚出去！今天没鱼给你吃！”

黑猫邪恶地咧嘴一笑，继续撕咬着鲜鱼。显然，这一棍子下去并没有起到多大的作用。于是，两名女人双双举起棍子狠狠地打它，这足以让普通的猫儿送命。可是，双眼喷火的黑猫跳起来扑向她们，女人们惊叫连连，先后逃出房子。

不久，妻子攥着瓶圣水再次归来。只见她悄悄探进房间，发觉猫儿还在狼吞虎咽，她便蹑手蹑脚走了进来，一声不吭就把圣水泼到黑猫的身上。顿时，屋里冒出滚滚的黑烟，浓烟中除了猫咪火红的双眼，什么都看不见。此时，恶魔猫的眼眸就像火中的煤炭一样熊熊燃烧着。不过，等到黑烟散尽，猫儿好似一块煤炭的身体也最终消失不见。自打这以后，再也没有什么脏东西敢碰这些鲜鱼了，因为恶魔的力量已被摧毁，魔鬼猫亦不会再现人间。

魔鬼与税收官①

帕特里克·肯尼迪

夏日的一个清晨，魔鬼和班特里的壁炉税收官②一起出发，寻找昨晚彼此拿罐潘趣酒打赌的答案。他们要看看究竟谁在日落之前收获最多。不过，彼此只能接受别人心甘情愿献上之物。

首先，他们经过一幢屋子，听到里面可怜的女主人正对着懒女儿

① 选自《爱尔兰凯尔特传说》。

② 译者注：1696年以前，爱尔兰的税款以每户的壁炉数量来衡量。

大吼大叫："哎呀，天啊！你怎么会这么懒啊！今天还想不想起床了？"税收官说道："魔鬼，你来活了！"

"这可不行，不是发自内心的，我们还是去下一家吧。"魔鬼回答。

于是，他们来到了下一间农舍。此刻，女人在院中正冲着她的丈夫大声嚷嚷，丈夫则在屋中修补一只粗革皮鞋。"哎哟，死鬼，你得多用用心，从来不把猪圈关好，现在它们正在土豆地里拱来拱去呢。你跟它们一起见鬼去吧！""你又走运了。"带着墨水瓶的税收官说。不过，恶魔依旧摇了摇长有双角的脑袋，扭了扭尾巴。

于是，他们继续向前走，先后遇到了一个本该在玉米地里干活的懒小伙和一名不好好除草却趴在草地上呼呼大睡的仆人。虽然，一路上有好多东西可以落入恶魔之手，可它并未接受。

不过，一路下来却没人对税收官客气，哪怕是一杯牛奶也没给他喝。在太阳离科里亚山脚就剩半尺高的时候，他们刚好路过莫纳莫林。那里的一位老妇人正在屋外用篮子沥干煮熟的土豆，当发现这两位站在自家门口的时候，便嚷嚷道："哟！这不是税收官嘛！快让魔鬼收了你吧。"

"哎呀，总算有点收获啦。"魔鬼说。

"不，不，不！她不是真心的。"

"她是真心的，而且是打心底说出的真心话。你很倒霉！那么，现在就进去吧，"

说着，魔鬼打开随身的巨大黑口袋……

后来，魔鬼是否再次途经此地，我们不得而知。不过，大家再也没见过与恶魔同行的税收官啦。

凯瑟琳·奥谢伊女伯爵[1]

佚名

许久以前，古爱尔兰突然来了两位不知名的商人，当地人从未听过他俩的名字。不过，二人操着一口纯正的爱尔兰腔，留着一头乌黑的卷发，头发上又缠着金丝儿，衣着华丽无比，二人年纪相仿，看起来五十岁左右，额头上布满了皱纹，胡子也有些灰白。

在下榻的客栈里，人们费神打探他们的底细，可是徒劳无果，因为二人只想安静地度过退休生活。无所事事之际，他们只好每天在客栈里一遍遍地数着钱袋里的金钱，黄灿灿的光亮在窗外都看得清清楚楚。

一天，女房东建议道："先生们，你们这么有钱，为何不救助当地的穷人，做些好事呢?"

"美丽的女主人，"其中一人回答，"我们向来不喜对那些穷人施舍，因为担心有人假扮乞丐行骗。如果谁真的有需要，那就让他自己上门，我们定会欢迎。"

第二天，听说这两名腰缠万贯的异乡人要施舍钱财，街坊邻居便围住他们的住处。不过，从他们房间走出来的人却神态迥异，有的昂首挺胸、一身正气，有的则羞愧满面、唯唯诺诺。

原来，此二人是帮助恶魔购买人类灵魂的商贩。在这里，老人的灵魂只值二十枚金币，一个子儿都不能多了，撒旦早已估算过灵魂的价值：夫人的灵魂值五十枚金币，要是相貌丑陋的话，就值一百枚。

① 该故事首登于伦敦爱尔兰语的报纸，出处已失考。

少女的灵魂最值钱，因为越鲜艳的花朵也就越纯洁，价格自然越高。

当时，城里住着位如天使般美丽的女伯爵，名叫凯瑟琳·奥谢伊。她可是当地大众心中的偶像，也是穷人眼中的救世主。当得知异教徒利用大众的贫穷，从上帝那里偷走灵魂时，女伯爵便叫来管家：

“帕特里克，金库里还有多少钱?”

“十万金币。”

“珠宝呢?”

“和金币一样多。”

“城堡、森林、土地共值多少?”

“是金币和珠宝价格的两倍。”

“很好，帕特里克，现在把所有财产变卖成金币，然后把账单给我，只保留这座宅邸和周围的土地就好了。”

两天后，管家办好了凯瑟琳交代的所有事情，她把财产分给了那些真正需要的穷人。听说，这件事让恶魔极为不满，因为它们再也买不到人类的灵魂了。于是，在一位臭名昭著的仆人帮助下，他们溜进女伯爵家，偷走了她仅剩不多的财产。女伯爵虽试图保住金库，可还是不敌恶魔般的小偷。传闻说假如凯瑟琳当时能画出十字，小偷就跑不掉啦。可是双手被缚，盗窃之事才会发生。

到了后来，穷人们再向凯瑟琳求助，女伯爵已被洗劫一空。哎!这该如何是好，她再也帮助不了这些穷人了，只能任由他们受魔鬼的诱惑。

同时，爱尔兰还需要八天的时间才会有大量的谷子和干饲料从西面运来。八个日日夜夜对于穷人来说简直度日如年，需要大量的金钱才能满足需求。穷人们无路可走，要么在饥饿中痛苦地死去，要么背弃福音书中的教诲，将上帝赐予的最慷慨且最珍贵的礼物——灵魂卖给魔鬼。现在，凯瑟琳一无所有，因为自己已把房子让给那些不幸的人居住。整整十二个钟头里，她一直哭泣，撕扯美丽的金发，捶打百合花般雪白的胸膛。最后，她站起身，鼓起勇气，下定决心，来到两位灵魂商人的面前。

“你想要什么?”

“你们买灵魂吗?”女伯爵问。

“是啊，尽管有你从中阻挠，不过还是买到一些。难道不是这样吗?长着蓝宝石般明眸的女圣人?”

“我今天来是要和你们做笔交易。”

“什么交易?”

“我有个灵魂要卖，不过价格不菲。”

“怎样才能确定这个灵魂是否价值连城呢?灵魂就像钻石一样，要根据它的剔透度来判定价值的。”

“我卖的，是自己的灵魂。”

两位撒旦的使徒惊呆了，他们的爪子在皮手套下捏成一团，灰色的眼睛绽放出火花，这可是未经玷污的凯瑟琳的灵魂啊，美丽、纯洁，简直是无价之宝!

“美丽的女士，你开个价吧。”

“十五万枚金币。”

“成交。”商人们边说边递给凯瑟琳一张印有黑色印章的羊皮契约，她颤抖着在上面签上自己的名字。

凯瑟琳一回到家，立即唤来管家：“快，快把这些钱分给那些穷人。这样他们就能够度过剩下的八天了，不能让他们中任何一个灵魂落入恶魔之手。”

而她却把自己关在屋里，命令谁也不准进来。

三天过去了，她谁也没召见，自己也没有出来。

直到房门被打开，人们才发现她冰冷僵硬的尸体。她是在悲伤中死去的。

由于这场灵魂交易始于凯瑟琳伟大的仁慈，因此被上帝宣布无效，她这样做是为了拯救民众免遭永恒的死亡。

八天过去了，无数的船只驶向闹饥荒的爱尔兰，上面载满了粮食与补给。人们再也用不着忍饥挨饿了。至于那两名灵魂商人，他们消失得无影无踪，没人知道他们的下落。不过，几位渔夫坚信看到他俩

被撒旦关进黑水湖底的牢房，除非能够找回从他们手中逃走的凯瑟琳的灵魂。

三个愿望

威廉·卡尔顿

古时候有个叫比尔·道森的人，他出了名的懒散。人们说他是道森家族的后裔，我想这就是他姓道森的原因吧。

年轻时，比尔称得上是全欧洲最无所事事之人了。没有人能在懒散度日上与他媲美。由于坚持不懈地按照这种方式生活，倘若靠此发财，那他早就富可敌国了。

作为家中的独子，比尔有两个姐妹，不过她们与我接下来讲的故事无关。事实上，比尔的泼皮懒散拜父亲与爷爷所赐。众所周知，他们家出来的人都不是什么好东西，总是要无赖。总之，“不是一家人，不进一家门”。至于比尔，家族中的种种缺陷里里外外全都遗传到他的身上。即便父亲还有些小聪明，可他又偏偏把自己的流氓气传给了儿子。

说句公道话，比尔继续对这份“遗产”发扬光大。每过一天，他就更加无耻，也愈加贫穷，到头来，竟然沦落成全教区最无耻也最贫困的流浪汉。

早在他父亲年轻的时候，由于没有正经营生，自己时常感到诸多不便，因为《流浪法》中某些精妙的规定让他吃了不少苦头。于是，父亲决定让比尔谋个正经工作，便把他送到铁匠那里做学徒。不过，父亲拿不准比尔最后是靠做铁匠谋生还是因此送掉性命，邻居们认为这两种情况都有可能。不管怎么说吧，他当了七年学徒，师傅不得不

采取特别的方法约束他。因为比尔如此懒散，就连圣人也会苦恼。

一天，比尔没干活，他跑到沟边晒太阳，师傅对他说："比尔，比尔啊，我的好孩子，看你身体如此糟糕，为师很苦恼啊。你得的是'懒病'，不过，我有法子治好你，只有一种叫'榛子油'的药水对你管用。每天吃上三四剂，保准治好。现在就吃上一剂吧。"言罢，师傅用榛子棒收拾了比尔一顿，让他疼了一个星期。

"你要是我儿呀，"师傅说，"我给你讲，一定打得你重新做人。如果工作是一种罪过的话，比尔，这世上就没有比你还纯洁的男娃喽。你大概觉得这世界上没什么好人吧，不管怎么样，我把话撂在这儿，只要再犯这种病，就给我乖乖地吃这服猛药吧，直到痊愈为止。"

自此，师傅守着比尔寸步不离。比尔一犯懒病，他就"喂上"一剂猛药，好让比尔有所起色。

可是，随着时间的流逝，比尔却成了自己的师傅。连圣人也搞不懂，对这世间来说，这个小流氓当师傅还是做徒弟到底哪个像样点儿。

后来，比尔讨了老婆，从此他简直怀疑人生。他对妻子虚情假意，妻子对他变本加厉。比尔喝酒，她也喝。比尔打架，她也打。比尔闲着，她也闲着。比尔打她，她也打比尔。要是比尔打青了她的一只眼，她就打青比尔的另一只，两人外貌刚好匹配。满世界再也找不到这么般配的一对夫妻了。吃早饭的时候，他俩越过面包篮子大眼瞪小眼的时候可真有意思，比尔右眼发青，她呢，左眼发黑。

总之，这两口子成了全镇人茶余饭后的谈资。快来瞧瞧哦，早上烂醉如泥的比尔踉踉跄跄地踱回家，一只脏兮兮的胳膊卷起袖子，敞着胸、露着怀，腰间围着条破皮围裙，一角还塞在腰带里。比尔一会儿哼着小曲儿，一会儿跟老婆干架。老婆呢，黑着一只眼，歪戴着顶又脏又破的帽子，脚上趿拉着比尔的旧拖鞋，一只胳膊搂着哭闹的娃，一会儿对丈夫拳脚相加，一会儿对他又亲又吻！看到这对疯癫夫妻，真是太有趣啦！

不过，这样的荒唐日子只能维持一时，不能维持一世。两人游手好闲，嗜酒如命，说出去的话没一点准头，邻里连半根蜡烛都不肯施

舍这两口子，日子自然过得度日如年。他俩渐渐发现打架、酗酒和懒散已让自己成为邻居间的笑柄。不过，他们依然不给孩子买吃买穿，也没在房东上门讨债时交上房租。尽管比尔在与陌生人打交道的时候还是个诚实有趣的好小伙，可正如刚才所说，这位无耻之徒依旧死性不改。

一天，他站在自家的铁砧前发愣，再没有了法子给家人弄点早餐。妻子在屋子里骂骂咧咧，孩子们则光溜溜地趴在她的膝盖上叫嚷着要吃东西。比尔走投无路，一筹莫展。这时，一位瘦骨嶙峋的老乞丐拄着拐杖蹒跚走进铁匠家。老乞丐下巴上蓄着一把又白又长的胡子，看起来又瘦又饿，好似一口气就能把他吹走似的。生活的窘迫反倒让比尔清醒些，对这位老人心生几分怜悯。因为他仔细观瞧，老人脸上的饥饿与痛苦一览无余。

“上帝保佑您啊，诚实的人!”比尔说道。

老人叹了口气，极为痛苦地用拐杖撑起身体，恳求地看着比尔。

“上帝保佑你！也许，你可以赏给孤苦无助的老人一口饭吃？你都看到了，我没法干活，要是能干的话，绝不会向他人开口。”

“说真的，您要是知道在和谁说话，宁愿向猴子讨饭也不会向我要肉吃、要钱花了。整个爱尔兰再没有哪个家伙比我更需要这两样东西，屋中的老婆正劈头盖脸地骂我，孩子们也像小猫一样应和着，嗷嗷地叫个不停。可怜的人啊，要是我有肉、有钱，定会帮你，因为自个儿太清楚缺少这两样东西是什么滋味了。乡亲，口袋空空可站不起来啊。”

比尔所言不虚，此时的他觉得自个儿的处境和老乞丐一样，再也没有什么比少吃少喝更能让人放下尊严，心肠变软的了。

“唉，你的处境比我还糟啊，”老人说，“还有一大家子要养，我只需喂饱自己就可以了。”

“您是说对了，不过，我还是能让您舒服些。老爷子，过来吧，坐在炉火边，让我拉两下风箱让您暖和、暖和。这天寒地冻的，外面又下着雪，一个好炉子多少管点儿用。”

“谢谢，取取暖，真是太好了。唉，这鬼天气真把人冻惨了。上帝保佑!”他坐下来，比尔使劲儿地拉着风箱，熊熊的火焰让这位陌生人暖和不少。不久，老乞丐觉得全身舒坦，老骨头也渐渐恢复了知觉。于是，他站起身，打算告辞。

“虽然，你没给我吃的，可你做了你能做的。现在，许下三个愿望吧，不管是什么愿望，相信我，定会实现。”

尽管比尔认为自己是个明白事理的人，可他毕竟贪心，因为君子和无赖之间总存在天壤差别。以他的性子自然不会老老实实地许出三个愿望，他抓耳挠腮地站着那儿，冥思苦想。

“三个愿望！哎呀，让我想想啊，您说的是三个吗?”

“是的，三个愿望，我保证。”

“哎，这么着吧，老爷子！您说的要是真话，那我还不叱咤整个教区啊。管它贫富老少，一下子就骗上几十个人。所以老混蛋，您别再骗我啦，我又不傻。”他还得意扬扬地拍着额头，“这么冷的一大早，您又巧碰遇上我这个连早饭都买不起的人，也赊不来一瓶威士忌，要不然我们俩就可以一起喝一上午啦。”

“还是先听听你的愿望吧，时间不多了，我马上要走了。”

“看到这支大锤了吗？我的第一个愿望就是不管谁开始用它，都不能停下，除非我答应。”

“第二个愿望，这有一把扶手椅，希望不管谁坐在上面，都站不起来，除非我同意。”

“还有第三个，只要我把钱币塞进这只钱袋，除了我自己，谁都掏不出来!”

“你这个蠢蛋!”老人愤怒地提起拐杖指着比尔的鼻子骂道，“为什么不许些能救你命的东西呢？整个王国里再没有哪个流浪汉比你更需要这些了吧。”

“哎呀！对上天圣贤发誓，我全忘光啦！您能不能行行好，让我换掉一个？要是再给我一次机会，定会许下更好的愿望。”

“滚开，你这混蛋，”老人怒气冲冲，“好运到头了，你根本不知道

是在和谁讲话。我是圣人摩洛克，我给了你三次机会让你和家人过得好点儿，可你根本不把这事放在心上，现在命中注定，你个泼皮的小流氓。大家都知道你是个什么东西！你和你那爱骂人的老婆难道不是人人口中的笑柄吗？不管怎么着，要是下次再碰见你，我就打发你去人迹罕至之地，你个下流胚！”

说完，他抡起拐杖敲了下比尔的头，比尔随即栽倒在风箱旁边。老头子一脚踢开破煤斗，怒气冲冲地离开了铁匠铺。

后来，比尔悠悠转醒，他努力回想刚才发生的事情。自己懊恼万分，谁叫他没有利用至少一个愿望来发笔横财呢。现在命运早已注定，只能好好利用自己许过的三个愿望了。

于是，比尔开始以做生意为由将最富有的邻居一一请来。等他们一进门，比尔就递过椅子，让他们坐下。这样，比尔就能牢牢地控制住他们。除了他自己，再厉害的人也没法救走他们。而比尔的小算盘就是在释放人质之前，狠狠地敲上一笔。到了后来，放眼整片村落，没有哪个富人能逃过他的魔椅，就连教区的牧师也损失惨重，律师亦是如此。甚至，还有位早已退休的法官，他甚至发誓与比尔的椅子相比，法院简直算得上是人间天堂。

骗局顺利地进行了一段时间。不过，关于魔椅的传闻不胫而走，大锤也是如此。不久，男人、女人甚至小孩再不肯进他的家门，大家都躲着他，就像避开枪口或陷阱似的。不过，只要能敲诈邻里，比尔就不存钱，因此伎俩一曝光，比尔一家再次陷入穷困潦倒的境地。他的名声比之前还要坏上五十倍，人们都相信他与魔鬼做了交易。现在，比尔又变回这世上活得最惨、脾气最坏的家伙了。一家人整天吵得不可开交。人人都讨厌他们，诅咒他们，躲着他们，甚至认为比尔全家都结识了基督徒誓不往来的魔鬼。这件事自然传到了比尔耳朵里，令他烦心不已。

一天，他在田野里四处游荡，寻思着如何才能搞点儿小钱。天黑了，比尔发现自己走进了一座孤寂的山谷，周围长满茂密的灌木丛。“好啊，不是说我和魔鬼是一伙的么，反正名声都传出去了，干吗不利

用这儿捞点好处呢。就和魔鬼做个交易吧。”于是，他提高嗓门喊道：“魔鬼，你个罪人，要是方便的话，干吗不露个面，我要来投靠你啦。”

话音未落，一位肤色较深、严肃冷静、律师模样的老绅士出现在他的面前。比尔看着他的脚，果然是对山羊蹄子。

“早上好啊，魔鬼。”

“早上好，比尔，这段时间有什么新鲜事吗？”

“最近还真没听说什么事，下面有什么新鲜事吗？”

“我也说不准呐，比尔。我自己现在也很少待在下面，因为保守党在执政，我在这里忙得不可开交，哪有工夫闲操心。”

“这里挺好的，先生，可以养养生，散散步，没胃口就来这里动一动，要是吃多了不运动，不大利于健康啊。”

“吃多了？好啦，比尔，你很清楚自己这一天一口东西还没吃上呢。”

“恰恰相反。我今早可吃了份大餐，分量大得你只要闻一闻，身上就会长出一块肉来呢。”

“别扯了。你刚才在嘀咕什么？”

“魔鬼呀，你富可敌国，除了一条布莱恩·奥林恩的马裤，什么都不缺嘛。”

其实，比尔一心想让对方首先开口谈条件，因为他常听人说，与魔鬼做交易，假如稍加用心，便能占据上风。不过，对手也是个厉害的主。

“布莱恩的衣服有什么好的？”

“哎呀，那你总听过这首歌谣吧。”比尔随即唱起来：

布莱恩没有马裤穿，
找了张羊皮裹腿间；
有皮的朝外毛朝里，
布莱恩夸道真美气。

“那么，这条马裤对你大有用处吧，魔鬼。”

“你今天可真幽默啊，道森先生。”

“我活在这世上舒舒坦坦的，有花不完的钱，吃得香，喝得辣，还奢求什么呢？”

“不错，像你这么体面的人，身上连六英寸的完整布片都没有。在我看来简直没穿衣服嘛，你穿成这样参加稻草人的派对再合适不过了，比尔。”

“我就爱这么穿。自己当铁匠的可不会穿得像个绅士。你是知道的，这可是我打铁时穿的衣服。”

“好吧，那你召唤我所为何事？你最好明说。彼此心知肚明，少绕弯子，晓得了吧。”

“哎呀，我得谢谢你的直言不讳，就是火药味重了点。你瞧，是这么回事，你是知道我的，自己的生意还不错，只要我愿意，还能过得不赖。不过呢，你有点那个，你明白不？”

比尔故意眨了眨眼，希望能骗魔鬼先提条件。

“你还是明说吧，我这个人话少又喜欢直言不讳。你有什么要说的，就直说。别以为我愿意在你这样的流氓身上浪费时间。”

“好吧，我缺钱，准备接受你的条件。魔鬼，对此你有何想法？”

“那让我先看看你，”魔鬼边说，边围着他转圈圈，“比尔，你现在难道不是个长着两条腿、早已山穷水尽的稻草人吗？”

“我对你的比喻佩服得五体投地。”

“瞧你站在那儿，眼皮子底下都是流氓。”

“可别小看流氓啊，也不要贬低你自己的同伙。”

“哎呀，带你去参加竞拍，能换来些什么呢，你这个无耻的小混蛋？”

“相信我，要是你也参加明天竞拍会的话，他们会争相压低你的出价。最后，我们连把你买走的小面额硬币都没有。”比尔说道。

“假如你愿意以七年为期，归我所有，我将支付远超你这个无赖身价的一笔钱。”

“成交！但不能牵连我的家人。现在直接给钱。”

这笔钱当场就付清了！当时，除了给钱和收钱的两位再无他人在场，因此比尔收了多少，我们无从得知。

“你不给我一枚幸运硬币吗？”老魔鬼问道。

“呵呵，你这么有钱，可不缺这个。不过，还是给你吧，祝你倒霉！对你这么说，就像往一只肥猪身上抹油，毫无效果。现在赶紧滚蛋吧，不然我就当着你的面自杀。没几个人想看到你这个地狱老混球。虽然你我只待了一小会儿，却让我变坏了，发现自个儿并不像刚才那般善良了。”

“比尔，你就是这样感激我的吗？”

“你说的是感激吗，伙计？我真怀疑你说出这个词的时候都不脸红。不过等你再来的时候，要是头上长出第三只眼睛，你就会明白我说的意思啦。”

比尔还没说完，魔鬼早就跳过壕沟，消失在去往伦敦唐宁街的方向，据说他最近在那里混得风生水起。

打那以后，比尔四处出风头，不过也会干点儿老本行骗骗邻居。由于之前是个窘困的流氓，没有哪个体面之人愿意跟他讲话，即便是监狱里那些狱卒也对他嗤之以鼻。当然了，他的确让人看不起，因为他从未正经做人。不过，当众人知道他有花不完的金钱的时候，尽管他比以前还要混蛋，这些曾经看不起他的人都开始围向他，讨好他。想一想，我们都觉得精彩！比尔也根本没有想着与这些光鲜的朋友保持距离。相反，他因与这些体面之人打交道而倍感自豪。只要钱还没花光，他就和这种人“友谊长存，相处愉快”，当然了，他们都是些相貌英俊，骑着高头大马，穿着高档外套，晚餐胃口不错的“美食家”。不过，即便有钱了，什么都不缺了，比尔还是那副德行。不管怎么说，有钱的混蛋和贫穷的混蛋之间还是有些差别的。这一回，比尔真真切切地体验了一把。

七年的期限未过一半，比尔已置办了马车，侍从也一口一句老爷地唤着他。他还养了猎犬、猎手，成了柯里奇头号运动家。他雇了一

帮自己所能碰到的擅长打架的流氓。他们整日整夜地打牌、押钱、赌马。总之，比尔想尽办法体现高贵，除了花钱，他还真不晓得如何才能混入上流社会。

不过，有句古话说得好，“来得早，去得快”。这句话放在比尔身上，一点也不假。总之，老魔鬼发现自己完全供不上比尔的挥霍，简直是“来也匆匆，去也匆匆”，这话用在比尔花钱的速度上再合适不过。因此，还剩下两年期限，比尔突然发现自己的钱袋里再也没有金币了。

现在，到了该认清真假哥们的时候了。当大伙发觉他再也掏不出金币，马、马车和猎犬都被拍卖了，哈！所谓的朋友，外加什么亲戚啊、酒友啊、客人啊、骗子啊，所有的人就像一群闻见火药味的乌鸦，全都消失得无影无踪。迅速破产的比尔一日日地贫困下去，到头来不得不重新围上皮围裙，再次抡起锤子打铁。可他一点也不吸取教训，总是在酒馆里惹是生非，继续和朱迪吵来吵去，过起了干土豆配盐巴的“大餐生活”。如今，大家再次对他冷言冷语，这些话像刀子一样刺痛他。而自己有钱时就瞧不起的穷人，如今他们又以同样的态度对待他。曾经因比尔有钱而勉强与他来往的富人再没有一个对他有好脸色的，甚至冷唇相讥。魔鬼真会修理他！这个下场是比尔咎由自取，要是再凄惨点儿就更好了。

不过，比尔依然是副死猪不怕开水烫的架势，自己根本不在乎别人说什么。他继续诅咒、反抗、咒骂，不放过所有能骗之人，在大大小小的坏事上，无人能及。

终于，七年之期到了。一天清晨，比尔心情沉重地坐在铁匠铺里饥肠辘辘，妻子骂骂咧咧，孩子们像往常一样吵吵闹闹。他正琢磨着如何从老实的邻居那里骗上一顿早饭，好堵住妻儿和自己的嘴巴。这个时候，一人走进门来，除了老魔鬼还能有谁呢，是来完成这笔交易的时候啦。

“早上好啊，比尔！”魔鬼冷笑道。

“欢迎啊！你的记性可真好。”

“两个守信人之间的交易就是交易，自古皆然，而我说的守信人，自然指的是你我，比尔。”他吐着舌头，嘲弄着这个即将被带到地狱的倒霉鬼。

“我的老兄啊，可怜、可怜我吧，你可别再做什么下流事了，不要再逼迫一个落魄之人玷污自己的名声啊。老兄，收回你的脚丫子吧，去别的地方溜达溜达。你出去散个步总比在我旁边要好得多哦，魔鬼。”

“比尔，逃避是没用的，你的这些伎俩骗得了别人，可骗不了我。你正缺一趟旅行，一趟在我指示下的旅行。比尔，我是不会上你当的，我的好老弟。你是骗不了我的，嗯哼！”

“尽管笑吧，你个罪人，我跟你讲，我可比那些卖了你还让你帮着数钱的家伙厉害多了。没有哪个律师能对付得了我，你个恶棍，害怕了吧。”

魔鬼听到这话，一脸茫然。他扭来扭去，坐立不安，看上去极不舒服。

“那样的话，越快带你走就越好喽，随我一起下地狱吧。”

“这么着急干吗？时间都过去这么久了，你还真打算继续干这些卑鄙的勾当？”

“要信守诺言，比尔。”

“耐心点，你个老混蛋，等我打完这只马蹄铁，就剩下最后一个了，这可是我为你的律师朋友打造的最后一副马蹄铁了。瞧瞧，魔鬼，我很讨厌懒惰的，你知道懒惰只会惹出事端。快来帮我拿起这把大锤子，打上十几下，等我腾出手，就跟你走。”

他使劲地拉了拉风箱，抽出红彤彤的烫铁，让魔鬼学着糊口的铁匠，有模有样地抡起大锤。

“天啊，”马掌做好后，比尔对魔鬼说，“你要扔掉大锤，这太可惜了！说到抡锤子，谁还比得上你啊，你可真是个能干的家伙。现在，再好好锻炼锻炼吧，等我去跟老婆孩子道个别，立马和你走。”

毫无疑问，比尔走开啦，不过他根本没有回来的意思。魔鬼也没

想到自己会永无休止地抡锤。现在，只要比尔乐意，魔鬼就得一直抡下去。因此，就留下恶魔兢兢业业地工作去吧，我们现在来讲讲这个比恶魔还要聪明的小混蛋。

在这段时间里，比尔在乡间各地溜达，从一个地方晃悠到另一个地方，随便干点儿零活，足足一个月的光景之后，这才悠然地回到自家。他打算看看自己不在的时候家中情况如何。他一回来就发现魔鬼怒气冲冲，汗流浃背，使劲儿地敲打光秃秃的铁砧。而此时的比尔则平静地靠在墙上，头上的帽子歪向一边，双手伸进马裤口袋，吹起口哨，最后非常幽默地说：

“恶魔，早上好啊！”

“哎呀！”恶魔边敲打铁砧边说，“你这个厚颜无耻的恶棍（砰！），希望最精妙绝伦（砰！）、最高明新奇（砰！）的诅咒堆在一起（砰！），变成一朵厄运之花（砰！）插在你良心的纽扣眼上闪闪发光（砰！）。我谴责你（砰！），你这个十恶不赦的恶棍，彻头彻尾的流氓（砰！）。跟你一比，我所认识的恶棍（砰！），包括律师在内，都是老实人。你真是骗子中的骗子（砰！），翘楚中的翘楚（砰！）。我谴责你，再说一遍，在这次倒霉透顶的交易中（砰！），我竟然栽在你的手里（砰！），遭受这种恶毒的虐待。跟你这种不讲理的骗子（砰！）有瓜葛，真是（砰！）倒霉透顶。”

“你很热啊，恶魔。干吗生气嘛？其实是你自己愿意在铁砧上做运动的，我可不负责。恶魔，你真该为自己的污言秽语感到脸红，这些话和你严肃正经的性格太不相称了。不要说是我让你敲打空铁砧的，你这个老混蛋。既然这么能干，我觉得让你停下来实在太可惜了。我是发自内心地喜欢你这种能干之人，而且还想鼓励你多干些活呢。好好干，你这么踏踏实实地干活，这样的机会可不多。我还在担心，假如你不干这个，恐怕还会干其他糟糕的事儿呢。”

“比尔，可怜、可怜我吧，”卖苦力的魔鬼哀求道，“不要再逼我啦，你是知道的，不该使唤我这么一个毫无恶意、年事已高的绅士去做这种下贱的工作，这会让你蒙羞。比尔，宽容大度才是你最高的美

德。除了这个，你还有很多其他美德，正如你自个儿提到的勤劳，不过你的宽容更让你闪光。来吧，比尔，请彰显你的美德吧，放了我吧。”

“开个价，你这个老混蛋。”

“像你这种宽宏大度之人怎能提条件呢。”恶魔恳求道。

“那么，再见了，老绅士！”比尔冷酷地说，“以后，我每个月来看你一次。”

“不要，不要啊，比尔，你个混……啊，不……你个优秀出色、可尊可敬、讨人喜欢的家伙，别这么快就走了，这么着急干吗。来，说说你的条件吧，你个坏……亲爱的比尔，开个价吧。”

“再给我七年。”

“可以，不过……”

“还要上回那么多的金币，就这么定了。”

“好啊、好啊，好极了。你可真是个老实人，比尔。你心肠真好，我承认。好吧，不打紧。我总会来算账的……分毫不差！你真是个好人，比尔。总有一天，我亲爱的比尔，总有一天……”

“你嘟囔啥呢，老混球？再多说一句，条件翻倍。”

“啊，我什么也没说。”

“再加上同样的金币，答不答应？”

“天呐，比尔！好！好！好！钱放这儿。我同意。真见鬼，比尔！”

“好吧，现在放下锤子，滚蛋吧，”比尔命令道，“不过，你要不要再待上一小会儿，再拿起锤子给我搭把手……呀！走这么急干吗？”看着魔鬼飞快地溜走，比尔又加上几句：“嗨！恶魔！回来呦，你忘了点东西！”老绅士回头看过来，比尔向他晃了晃锤子，魔鬼瞬间消失。

自此，比尔又过上从前的好日子，也召回了那帮趋炎附势之徒。当他们看到他再次有钱，便从四面八方主动前来讨好，为他寻找各种大把花钱的理由。

“说说想要什么，”一个人说道，“比尔·道森可是个有能力的家伙，像王子一般花钱。”

“他可是个好客之人，史无前例。”另一个评价道。

“他唯一的缺点，”第三个人说，“要说有什么缺点的话，就是他太慷慨了，不知道钱的重要性，不过，这个错误对我们来说还是挺好的。”

“他很有魄力，”第四个人说，“总是大摆宴席，好酒管够，开门迎八方来客。”

“哎呀，”第五个人说，“要是活着的时候不尽情挥霍，死了以后就无法享受啦。因此越有钱，花得就越多。”

其实，这些算计他家财的人打心眼里鄙视他。不过，他们知道该如何利用他的弱点。只要当面盛赞他的慷慨，他就会为你做任何事。夸他够义气，你定能把他骗得团团转，有时比尔干脆把一整袋金币丢给无赖，再赏一袋给拍马屁之人，丢第三袋给恶霸，丢第四袋给破产的浪荡子。所有这些只是为了让他们相信，比尔是个靠得住的朋友，也是位有胆有识的体面之人。不过，他从来不知道要去帮助那些善良贫苦之人，比如寡妇、孤儿，或者做点真正有用的事情。据说，如他一般将自己卖给魔鬼的凡人，花钱都是在为魔鬼办事，因为魔鬼才是这些金钱的罪恶之源。因此，他被魔鬼阻挡无法行善。亲爱的读者，说个你我之间的小秘密，这世上像比尔这般糊涂过日子的人比你想象的还要多得多呢。

当他的钱财再次挥霍殆尽，朋友们又玩起了卑鄙无耻的捉迷藏。一旦开始变穷，什么好处也捞不着的时候，无赖们唯恐避之不及，再也不愿踏进他的家门半步。看到衣衫褴褛的比尔走近，这些人竟像小姑娘一样扭扭捏捏地不愿搭理他。还有人认为他要张口借钱，便会以最精妙最委婉的方式扭过身子拒绝，以免尴尬。而另一些人呢，他们看到比尔晚饭的时候在自家门口徘徊，由于“太过荣幸”而会变得糊涂起来，甚至觉得自个儿不在家。而他们的仆人同样拥有这份“荣幸”，便会告诉比尔他们的主人“不在家”。

最后，比尔不得不重操旧业，想尽办法养家糊口。此时的他发现在这世界上再没什么比自己的手艺更靠得住的了。不过，比尔真正欠

缺的还是颗正常的脑袋瓜，因为种种经历足以让他得到教训。可他的这些经验竟像游鸭身上的河水——白白流光了。

如今，比尔别无选择，要么工作，要么饿死。饿死这种事情没人愿意尝试，除非任何补救方法都行之无效。比尔发过两次财，两次从无赖摇身变为绅士，不过他始终是绅士中的无赖，因为不论是金钱还是上流社会都无法磨灭比尔那份与生俱来的鄙俗。现在，他又在铁匠铺与酒馆里喝得烂醉如泥，对谁都是非打即骂，对老婆亦是如此。他总是吹嘘自己曾经花钱如流水，对他所做的一切都夸大其词，宣扬自己和大人物在柯里奇的故事，那些晚宴有多么的阔绰豪华，企图靠着他有钱时的声望骗取别人的信任。然而，他太愚昧无知了，不知道这么做是在炫耀自己的耻辱，为了件隔着九英寸厚的松木板都能脸红的事感到骄傲，真是可悲啊。

后来的一天清晨，他和老婆吵得正凶，老婆手里抓着张三条腿的凳子，显然要把比尔的头当成铁砧，而比尔呢，正用皮围裙对付她。就在这时，有人走进屋提醒他们之间曾经的那个小小的协议。除了魔鬼还能有谁呢。老婆吓了一跳，而尼古拉斯爵士，这个魔鬼却表现出足够的绅士，觉得自己必须支持这位女士，尤其在比尔弄晕她的情况下。恶魔觉得一个男人这么对待老婆实在太糟糕了，他应对妻子负有更多的责任，因此恶魔决定支持女性一方。于是，等到醒过来的朱迪一起身，恶魔就转向她的丈夫将其打倒。

“你这个粗俗的恶棍，就是这样对待自己的老婆吗？荣誉起誓，比尔，我定要好好惩罚你。看到这么野蛮的行为，只要心中还有丝正义的人都不会袖手旁观的……”哐当！他的话还没说完，就被朱迪的搅乳棍打了一下，因为她一见到丈夫被魔鬼击倒便立即反击。

“呸，你个坏蛋！这是回敬你给我老公的那一下，谁让你站在背后把他打晕了的？”朱迪边打魔鬼边骂着，“干涉我们夫妻之间的事情，还想当着我的面，杀了我可怜的老公？嗯？你这下贱的狗崽子，他还不能打我了？我们之间的事跟你有什么关系。你定要事事都管吗？”

这个婆娘绝不是说说而已，她每吐一个字，都给恶魔火辣辣的重

击。魔鬼后退着，左闪右躲，跳来跳去，朱迪呢，步步紧逼，不依不饶地敲着他。最后，他刚好栽进了那把臭名远扬的扶手椅，悠悠转醒的比尔发现恶魔坐在魔椅上，便镇定自若地走到魔鬼和妻子之间。

“温柔点儿，朱迪，”丈夫劝道，“我讨厌暴力。去！把火钳放进火堆里，烧得通红。魔鬼呀，你的鼻子可真好看。”

魔鬼刚要站起身，却惊奇地发现自己动弹不得。

“你感觉如何？哎呀，你看上去并不大好呀。真得谢谢你，我很想让你领着我一起出门呢，这样咱们就可以去地底国家看看啦，不是吗？现在站起来吧，你个罪人，要知道，交易可是两个守信人之间的交易，指的就是你我啊。朱迪，钳子烧烫了没？”

此时，魔鬼的脸色真值得一看，两只眼珠子转来转去，一会儿看看比尔，一会儿瞧瞧朱迪，接着又盯到了钳子上。此刻它烧得如火炉般炽热。同时，他又意识到自个儿没法从椅子上抽出身子。

“比尔啊，”魔鬼说，“你该不会忘记吧，上次见你的时候，我可是用金钱回报了你的宽容大度。”“说实话吧，恶魔，我还真想不起来什么时候给过你宽容呢。别像个娘们儿似的，现在，我只想看看你的鼻子到底是什么东西做的，会不会像无赖的良心一样能够伸长。要是它真能伸长，我们就用钳子把它拉到烟囱上，用顶旧帽子绑在上面，正好做个风向标。”

“有点怜悯之心吧，道森先生，你应该知道你我之间不该争吵。这件事到此为止，再续你七年好啦。”

“彼此心知肚明。”比尔说着，冷静自若地打开炽热的钳子。

“道森先生啊，”魔鬼说，“要是你不记得我对你的友谊，也别忘了我是你爸爸的朋友，又是你爷爷的朋友，更是你祖宗的老朋友。当然了，我还打算当你孩子的好朋友，只要他们还姓道森，这可真是个值得尊敬的名字哦。”

“别扯淡了，恶魔，”比尔说，“你也太谦虚了，这正是你的缺点。现在，抬起头，我给你做个鼻子，我的好朋友，以后你就得雇个侍从把你的鼻子扛在他肩上啦。”

“道森先生，我发誓，不管你的孩子是否愿意，我都会将他们拉到人世高位，不论他们愿不愿意。”

“你真是太热心了，”比尔说，“我对你的鼻子亦是如此。”

比尔边说边捏住恶魔的鼻子，老家伙立即叫了起来。不过，胆大的比尔就这样扯啊、扯啊，魔鬼的鼻子就像一块热蜡任他摆布。然后，他把钳子递给朱迪，自己搬来梯子，又拿起钳子，爬上烟囱，使劲地拽着鼻子，一直把鼻子拉到屋顶上方五英尺的高处。接着，把帽子绑在上面，这才爬下来。

“风向标做好啦，这么一件漂亮的东西可是在公然挑衅整个爱尔兰啊。说真的，恶魔。你的鼻子将会成为全欧洲教堂中最细的塔尖啦，另外帽子也搭配得不赖呢。”

就这样，困在椅子上的恶魔，鼻子被缠在烟囱之上，体验了有生以来一大耻事。

“我想啊，”比尔说，“我们已经玩够鼻子了，朱迪，这玩笑开得可够长的了。”

“你指的是什么啊？”朱迪问。

“啊，当然是笑话。”丈夫说。

“哎呀，我还以为是鼻子呢。”朱迪说。

“你说呢，恶魔？”比尔问道。

“没，没关系的，比尔，”恶魔说，“不过……哈！哈！……这真是个不错的玩笑……一个极好的玩笑，也是一个好鼻子。你一向是位绅士，而且做事很有分寸。不过，要是我能说说关于这件小事看法的话……”

“这根本不是件小事，如果你指的是鼻子的话。”

“那好吧，这不是件小事，不过，要我说呀，假如在不使用暴力的情况下，你能把玩笑和鼻子都缩短点儿，这个人情我记住了，定会尽我所能报答你的。”

“好吧，那就再给点儿钱，再续上七年之约，就跟上回一样，然后立马滚蛋。”

话音未落，钱出现在比尔脚下，撒旦自此消失。比尔夫妇乐得跌倒在地板上。

不用多费口舌再讲一遍了吧。比尔寻欢作乐，挥霍无度，一分钱都没用在正事上。就这样，年复一年，直到第七年结束，比尔的好日子再次到头。现在的他又和过往一样，又变回卑鄙无耻的混蛋。除了铁匠铺、小木屋和几件破家具，他连一个铜板都没有。这一天，他如往常一样站在铁匠铺，绞尽脑汁琢磨着如何弄顿早饭。这个时候，魔鬼走了进来。这位老绅士在铁匠铺四周偷偷摸摸地溜达了许久，直到确定比尔再没有什么东西可以对付自己的时候，才决定接近他。这一回，他变成了一枚金币躺在比尔能看到的空地上。“如果我能闯进他的家里，就能控制他了。”比尔果然上了钩，因为这枚硬币金光闪闪，比尔一把抓起它塞进了钱袋。“哇哈哈！”魔鬼从钱袋里喊道，“可逮到你了，比尔，你个骗子，想想自己接下来要面对什么吧，你个恶棍，咦？你怎么还没吓瘫呢？”“哎呀，原来是你这条倒霉的老狗，”比尔说，“你在钱袋里吗？为啥总要伸着脑袋钻进圈套呢？”

魔鬼开始钻来钻去，挣扎着想要从袋子里钻出来，可无论如何都无法逃出去。

“道森先生，我们彼此非常熟悉。我会再给你七年时间，钱也给你。”

“长点心，魔鬼。你可是知道锤子的重量。不管怎么样，打在你身上的可不是羽毛啊，你放聪明点吧。”

“道森先生，我承认自己不是你的对手。放了我吧，给你双倍的价钱。自己变枚金币只是想试试你的脾气。”

“好啊，我也有个主意，在放了你之前，也来试试你。”随即，比尔抡起锤子猛砸钱袋。魔鬼懦弱地惨叫起来。“我下手重了吧！”比尔说道。

“轻点儿，快轻点儿啊，比尔，要是你还喜欢我的话。最近，我的身体可不大好，道森先生……我身子骨很弱，哎呀，真的不行了啊，道森先生。”

“我相信呢，在没拾掇你之前，你只会更糟。这么收拾一下，你是不是觉得好些了啊?”

“比尔，在你这么体面的铁匠铺里，就这样对待我这位老绅士吗?你觉得，要是你落入了我的地盘，我会对你做这种卑鄙的事情吗?你就一点不后悔?”

“我知道，”比尔怒气冲冲地挥舞着大锤说，“正是因为你热情地招待朋友而臭名昭著，你个老混蛋，非要变枚硬币来打发时间，是不是?不论怎么样，你都要出身汗，你这个罪人。我锤得还行吗?”

“呃，比尔，还是轻点，再轻点吧。”

“哦，你可真虚啊，恶魔!或许你应该喝杯茶或者稀粥什么的才能让肚子好受点。”

“道森先生，住手吧，让我们彼此增进了解。我有个提议。”

“不论如何，还是听听罪人怎么说。”妻子建议道。

“开个价吧。只要能放了我。”

“不，除非你先放了比尔，解除你和他之间的契约，不然你连个脚指头都别想动弹。”妻子说。

“听到了吧，这就是我的条件。你要是不放了我，就再吃我一顿锤……而且，你还必须奉上双倍的价钱。要是同意，立刻交钱，立马滚蛋。”

闪闪的金币瞬间堆在他的面前，比尔嚷嚷道：“成交了，你这条老狗，赶紧滚吧，祝你一路顺风。不过，恶魔啊、恶魔，看这儿，快看看这儿。”恶魔回头看了看，比尔朝他咧嘴一笑，晃了晃自己的钱袋：“恶魔，快快回来吧，我这儿还缺一枚金币呢。”气急败坏的恶魔挥舞着拳头，逃得无影无踪。

故事如果讲到这里，只会告诉读者比尔毫无长进。因此，我们再看看比尔后来的情况吧。长话短说，他再次过上奢华的生活，膝下有两个儿子，一个如他一般泼皮无赖，也叫比尔。另一位则是个品德高尚的年轻人，名叫詹姆斯。不过，后者渐渐远离了父亲，靠自己的勤劳与诚实过着小日子，后来积累了一大笔财富，甚至建造了一座延续

至今名为“道森堡”的小镇。

然而，老比尔呢，尽管非常有钱，可他最后还是不得不去“旅行”，换句话说，他有一天睡着了，忘记醒来。说得再直白点儿，他老死过去啦。

对普通人来讲，当一个人去世，他的生命就此终结。不过，对于我们这位男主角来说，情况就没有那么简单了。比尔一上路，自然朝圣人摩洛克家走去，因为在他看来，这是自个儿最好的归宿。一到此地，比尔非常礼貌地敲了敲门，圣人摩洛克即刻出现。

“上帝保佑您!”比尔谦卑地问候。

“走吧，这里没有你这种人的容身之所。”圣人摩洛克说。

不过，此时的比尔又冷又累，去哪里都无所谓了，就像他自己当时说的那样：“歇歇骨头，烤烤火。”于是，他走到另一座宅邸的黑色大门前，像刚才那般敲了敲门，被告知只要报上姓名便能进去。

“比尔·道森。”他回答道。

“快，快去禀报大人，让他心有余悸的老混蛋就在大门口。”

一提到比尔·道森，屋中引起前所未闻的骚动。他的老相识——魔鬼急急忙忙跑向大门，有好几次差点儿被自己的尾巴绊倒。

“千万别放那个无赖进来，快快锁紧大门，拉上锁链，上好每一把锁，再杠上门闩。快啊，我要倒大霉了，不能再待在这儿了，得赶紧跑路。自打上次回来，我的老骨头到现在还痛着呢。不，不，你这个坏蛋滚开啊，休想进来，我太了解你了。”

比尔情不自禁地冲着魔鬼狠狠一笑，把鼻子伸进隔栏，喊道：“哈！你这条老狗，知道我的厉害了吧?”

可他刚说话，站在隔栏后的魔鬼揪住了他的鼻子，比尔觉得鼻子好像被火红的钳子夹住了似的，就像当初自个儿夹住魔鬼的鼻子一样。

最后，比尔虽然侥幸逃脱，可没过多久就发现自个儿鼻子火辣辣地燃烧着，而且日夜不停，春夏秋冬从不间断。

这就是比尔·道森的悲惨命运，打那时起，他就一直走啊走啊，从一个地方到另一个地方，没有哪儿会收留他。由于鼻孔里冒着火焰，

胡须变得如干草般卷曲成一团。乡亲们便给他取名鬼火，这也完全符合他的秉性：一个四处游荡的无赖，总想钻进最冰冷的泥塘或者沼泽地，好让鼻子舒服一点。此外，他也绝不放过任何哄骗稀里糊涂或者醉醺醺夜路人的机会，因为他总能在行骗中获得满足。

魔鬼缠身

塞缪尔·洛弗

先生，您知道吗，从前有个上校，他在这里有一大片土地。不过，上帝保佑，据说他的财富都是不择手段得来的。因为，魔鬼曾经现身在他面前，许诺给上校用之不竭的金钱和他想要的一切东西。作为交换，他要把灵魂交给魔鬼。

奸诈的上校心黑无比，连上帝都有所耳闻。不过，他依然割舍不下自己罪孽深重的灵魂，并不愿意向魔鬼屈服。这个恶棍灵机一动，想出了一个妙招，既能和魔鬼这老家伙做成买卖，也不让它索去自己的灵魂。凭借自个儿的聪明劲，打算跟它较量一番。

于是，双方很快达成这样的协议：魔鬼要满足上校一切的要求，在他有生之年尽量不去打扰他。即便到了索魂的时候，只要魔鬼满足不了上校提出的要求，就得放他一马。

交易达成后，上校对魔鬼说："好了，现在快把钱给我！"

"你要多少，我就给多少，那么你到底想要多少呢？"

"必须装满这个房间，"上校边说边指着自己事先清理好的一处宽敞无比的房间，"还有，金币要堆到天花板那么高才行。"

"没问题。"

随后，魔鬼疯狂地把金币铲进房间。上校嘱咐他，事成后，就到

楼下的客厅找他，他会上楼看看魔鬼是否履行诺言。上校说完就下楼去了，而魔鬼则继续卖命地铲着金币。

苦干了一个多小时，魔鬼累得筋疲力尽。奇怪的是，房间竟丝毫没有装满的迹象。稍作休息后，它继续卖力地往房间里塞钱，不过房间依然没有被填满。

“哎呀，我可真倒霉，”魔鬼咒骂着，“还从未见过这样的怪事。这到底是怎么回事，厨师能把火鸡肚子填满食材，我竟然用金币都没法填满这个房间。在这里费时费力，忙乎都快一整天了，可这屋子却和五分钟前一样。”

魔鬼正说着，却发现地板中间堆起的金币逐渐减少，最后，就像掉进磨粉机的玉米粒一样，消失得一干二净。

“吼！吼！这就是你想出来的法子吗？”说罢，恶魔跑进钱堆。你猜猜它看到什么了，原来上校假装去客厅里等它，实际却是去楼下把天花板凿了个洞，金币正从这个洞一点点地漏下去。魔鬼透过地板朝下看，只见上校正挥舞着铲子把金币抛进旁边的壁橱里。上校铲得飞快，完全赶得上金币掉下来的速度。于是，魔鬼从洞里探出脑袋喊道：“你好啊，我的邻居！”

一抬头，一双赤红的眼睛正紧紧地盯着他，上校顿时脸色煞白如纸。

“哎呀，你这个厚颜无耻的恶棍！胆敢欺骗我！”

“哦，原谅我这一次吧！我以绅士的名誉担保，绝不会有下一次啦。”

“嘘！嘘！别说了！你这无赖的小贼。不过，我一点儿也不生你的气，反而更加欣赏你。别在楼下忙着装钱，这一回你得到的钱足够多啦。以后只要你想要，说出‘金币’二字，它就会自动出现。”

就这样，魔鬼与上校道别。我也不知道打这之后他们二人是否经常会面，不过上校从此再也没有缺过钱。据说，路上的泥土只要被他轻轻捏起，就会变成金币。于是，他不断收购地产，渐渐成为爱尔兰首屈一指的富人。

最终，享尽荣华富贵的上校病倒了，回想起自己过往的恶劣行径，老上校十分不安，对死亡的恐惧更是压得他喘不过气来。正当哀愁之际，魔鬼出现在他的面前，告诉他是时候该跟它走了。

上校极为害怕，不过狡黠如斯的他鼓起勇气不无幽默地说，自个儿公务缠身，此时不得不参加一个派对，希望魔鬼这位老朋友不要为难他。

魔鬼答应了上校的请求，说他第二天还会再来，不过到时他必须跟它走。可是到了第二天晚上，上校再次见到魔鬼便提醒它，按照以往的协议，只要能说出魔鬼做不到的事情，它就不能带他走。

“是这样，没错。”

“恶魔啊，你言而有信，我真是高兴。”

“从不食言，”魔鬼边说着边骄傲地扬起头上的两只犄角，“信誉至上。”

“那你在河边为我修一座磨坊吧，务必在明早之前修好。”

“乐意之至。”魔鬼说罢走了出去。这一回，上校认为一定难住了魔鬼，自己便安安稳稳地上床睡觉。

不过到了第二天一大早，老上校一睁开眼，便得知这一带所有的村民都跑出去看一座一夜之间出现的磨坊。前一天那里还一无所有，谁知只隔了一夜竟然出现了一座磨坊矗立在河边。大家纷纷揣摩它出现在这里的缘由，有人说这是不祥之兆，更多的人则绞尽脑汁，不得其解。不过，大家伙都认为这座磨坊是不吉利的，天底下哪能有这样的好事儿呢。

听闻此事，上校心里惴惴不安，他开始琢磨着如何才能摆脱魔鬼的掌控。不过，他过去常常听别人说有这么一件事魔鬼无法做到。先生，我敢说您也听说过，那就是魔鬼不能用沙子编成一根鞭子。于是在第三天，魔鬼来到上校面前，告诉他磨坊已经建好，现在必须做出选择，要么提出别的要求，要么跟它走。

无计可施的上校只好硬着头皮说：“我可不想活着跟你走，死了你也可以带走我，对吧？”

“那可不行，我已等不及了。”

“哦，我亲爱的朋友，我也不想让你等啊，只求你现在杀死我，然后将我带走。”

“乐意之至。”

“不过在死之前，你能让我选择一种死法吗？”

“任你选择。”

“哎呀，你对我真是太好啦，我宁愿被一条用沙子做成的鞭子勒死。”

“真巧，我一直随身携带这么一根鞭子，生怕我的朋友哪天会用到它。”说罢，魔鬼抽出一根沙子做成的鞭子。

“你这是在坑我！”上校脸色煞白。

“我赢定了。”魔鬼狞笑。

“这压根不是沙子做的鞭子。”

“不是吗？”魔鬼抡起鞭子抽在上校的脸上，果然是沙子做的，因为漫天飞舞的沙子钻进了他的一只眼睛，痛得他眼泪直流。

“真是大开眼界，”上校边说边费力地想着其他办法，“难道这世上就没有什么让你做不了的？”

“只要说出来，就能办到。现在，多说无益，还是跟我走吧。”

“你能再给我一个提出要求的机会吗？”

“你不配，不过我倒是要看看你还有什么阴谋诡计。”你瞧，先生，魔鬼也不过寻他开心，耍得罪孽深重之人团团转。

“太好了。”上校高兴地说，然后请教恶魔让女人闭嘴的方法。

“我可以试试。”

“哎呀，假如能让我的夫人闭嘴一个月，我定会重重地感谢你。”

“她以后再也不会烦你了。”魔鬼刚说完，上校就听到撕心裂肺的哭喊声，房门被猛地推开，女儿跌跌撞撞跑进来，跌倒在他脚旁，说她的母亲暴毙而亡。

在房门推开的那一刻，魔鬼也走了进来，躲在一张扶手椅之后。由于可怜的夫人骤然离世，上校惊骇不已，几乎忘记自己所处的险境。

他立即摇铃唤来仆人安抚好女儿，正准备带着女儿走出房间时，魔鬼抓住了他的衣角。上校不得已，只好吩咐仆人先把女儿搀出去，随后关上房门。

“好啦，”此时的魔鬼像条欢快的猎狗，咧着嘴，摇着尾巴，幸灾乐祸地说，“你现在要说什么呢?”

“哎，等我把可怜的妻子埋了，我就跟你走，你这个老混蛋。”

“别骂人呀，你最好文明点，绅士可不会忘掉礼数。”

好吧，先生，咱们长话短说，魔鬼假装大发慈悲，宽限上校三日为妻子下葬。可实际上，魔鬼这么做事出有因，原来女儿晕倒后，上校松开她的衣领，脱下她的外衣，解下她脖子上系戴的金项链，装进自己的口袋。而那条项链上正吊着一个镶钻的十字架（感谢上帝!）。有十字架傍身，魔鬼自然无法动他一根汗毛。

可怜的上校因夫人的离世伤心不已，为她举办了一场体面的葬礼。据说，在葬礼上，牧师颂念的悼词让上校大彻大悟。罪孽深重的可怜灵魂终于接受了上帝圣言的洗礼。

好啦，先生，故事的结尾我还是挑重点来讲。在魔鬼宽限的三日里，这位痛心疾首的上校茶饭不思，整日坐在府邸最偏远的一间屋子里，不允许任何人来打扰他，自己则不分昼夜地研读《圣经》，全身心地投入圣言中，也因此打心底增添了一份勇气，即便知道魔鬼迟早要来。在三日之后死寂的深夜，可怜的罪人依旧沉浸在《圣经》里。突然，有人拍了拍他的肩膀，他的心提到了嗓子眼。

“天杀的!”他害怕得都不敢抬头，“是谁?”

“是我，”魔鬼回答。它就站在上校的面前，目光如炬，死死地盯着他，操着刺穿心肺的冰冷嗓音说道：“走吧!”

“请再给我一天时间!”上校哀求。

“多一小时也不行。”魔鬼说。

“那就给我半小时!”

“一刻钟也不行，”魔鬼苦笑着，“现在放下《圣经》，跟我走吧。”

“再给我几分钟。”

“少废话，你这罪不可赦的阴险小人。别忘了，你的灵魂早已卖给我，我不会再和你讨价还价，老畜生，现在快跟我走。”魔鬼不耐烦地伸出爪子准备抓住上校，不料上校迅速把《圣经》放入怀中，苦苦哀求等着烛台上最后一小截蜡烛燃尽，再跟它走。

“好吧，就这么办，你这下贱的胆小鬼。”魔鬼说完就朝他吐了口吐沫。

说时迟，那时快，可怜的老上校（狡猾的本性到死也改不了）从烛台上一把抓起那一小截蜡烛放在《圣经》上，然后合上书，弄灭蜡烛。自知无法实现上校要求的魔鬼愤怒得吼叫如牛，最后只好消失得无影无踪。可怜的上校精疲力竭晕倒在椅子上。魔鬼掀掉房顶离开时的声响引来仆人，他们将主人从昏迷中弄醒。打那以后，上校改头换面。原来，魔鬼用沙子做的鞭子抽他脸的时候，沙子弄瞎了他的一只眼睛。魔鬼啐他一口，又弄瞎了他另一只眼睛。从此，他再也不能读《圣经》了，每天只能让别人读给自己听。

费格斯·奥马拉与空气恶魔

帕特里克·韦斯顿·乔伊斯博士

以前，在爱尔兰偏僻之地常有千奇百怪的妖精出没。不过，人们最最害怕的便是空气恶魔了。他们住在浮云、迷雾与岩石之间，极其憎恨人类。那时候，在德斯蒙德北部（现位于科克郡内）住着一个叫费格斯[①]·奥马拉的男人。他的农场坐落在巴利奥拉山脉的南坡，一条宽阔的道路沿着山坡通向他的家门前。然而，路的两旁既没有竖围墙，

① 译者注：有男子气概的或者强壮的男子名。

也没有围栅栏，只是胡乱地长着些树木和灌木。到了冬天，当你赶着夜路去他家的时候，免不了要走上这片阴森恐怖的小路。而离他家稍远的地方有座臭名昭著的小山，山上布满了密密麻麻的灌木丛，山顶矗立着一块巨大的怪石。每逢夜晚暴风雨来临，人们总能听到从山顶传来可怕而奇怪的声响——刺耳的尖叫声中时不时地混杂着恶魔般的嘲笑。人们认为那是空气恶魔作祟，便给这座山起名为恶魔山。渐渐地，大家都相信这些恶魔盯上了费格斯，不会放过任何机会把他拖下水。多年以前，巴特万修道院的一位老僧侣就警告过费格斯，只要他活得清白正直，就不必害怕这些魔鬼，可一旦经不住诱惑或犯了深重的罪孽，那么恶魔们就等来了日期夜盼的机会。谨慎的费格斯从未忘记僧侣的警告，一来他本性纯良，二来空气恶魔十分可怕。

在这件事发生之前，费格斯七岁的小女儿突然生病去世了。临死之前，这位小姑娘虽日渐衰弱，可没有受到病痛的折磨，甚至比往日更加可爱，更加温柔。她用一种远超她年龄的口吻讲述着自己将要前往的光明之地。不过，这个小姑娘有一事悬挂在心：她恳求父母在她临终之时，将一支圣烛立放在自个儿的手心里。费格斯夫妇十分纳闷女儿为何有这样的要求。并且，她一遍又一遍地恳求他们要向她保证，答应她的这个要求。最终手握圣烛的姑娘安详而恬静地离开了人世，连围在床边的众人都未曾察觉她何时逝去。

一年之后，在十月里一个阳光明媚的周末清晨，费格斯出门去做弥撒。那里距离费格斯家大约有三英里远的路程。做弥撒的地方并不是一间礼拜堂，而是在一个极为偏僻、名为利萨那弗林的古老山寨旁边。那里有一座用石头堆砌而成的简陋祭坛，祭坛由一顶小棚子遮着，神父就站在棚子底下布道。赶来的众人聚集在山寨中央的草地上做弥撒。虽然，在那个时代，许多地方没有教堂，但其虔诚的程度与我们今天在庄严舒适的教堂里丝毫不差。如往常一样，费格斯一家的男人步行，妇女和孩子们乘马过去。因此，这一天，费格斯独自上路。

临近魔鬼山的时候，他非常惊讶地听到急促的犬吠。不一会儿，一只强壮的野鹿从岩石旁的树丛里窜出，身后三只猎狗紧追不舍。在

这一带，没人比费格斯更喜欢打猎了。身形矫健的他毫不迟疑地追了上去。过了几分钟，他突然想起自个儿要去做弥撒，便猛地停了下来，这时已经没有多少时间可以耽搁了。正当犹豫不决的时候，那头鹿似乎放慢了脚步，三只猎狗马上就能追上它，见此一幕的费格斯立即将弥撒抛到脑后，箭一般地冲了过去。不过，这是一场漫长、疲惫的追逐。野鹿和猎狗一旦松懈下来，他几乎能摸到猎狗的尾巴。可没过多久，它们又急速前冲，再次把他远远地甩在身后。它们时而清清楚楚地进入他的视野，时而消失在灌木丛和幽深的峡谷，费格斯只好循着犬吠寻路。就这样，跨越山丘，穿过峡谷，他越跑越远，可猎物踪迹皆无。

弥撒结束，人们四散回家，大家都奇怪为什么不见费格斯的踪影，因为往日里，他从未缺席。妻子急忙回家，希望能找到他。可一进门，她就慌乱了，费格斯不在。自打清晨出门，就再没有邻里见过他。

此时，费格斯早已追逐得精疲力竭，最后，野鹿和猎狗双双消失在荒凉的沼泽地边缘。突然，狗吠变成了可怕的尖叫声与鬼笑声，和他不止一次在魔鬼山上听到的一模一样。坐在沼泽边上休息的费格斯反思他所做的一切，悔恨、羞愧油然而生，再加上刚才听到的声音，自己的心就往下沉，发现中了恶魔的诡计，没能去做弥撒。此时的他害怕僧侣的预言即将到来，一想到这儿，费格斯立即起身，希望能在天黑之前赶回家里。不过，走到半路，天就黑了，暴风雨降临，狂风大作，暴雨不止。多亏身体强健敏捷，对山路一清二楚，最终，费格斯在风雨中靠近了恶魔山。

就在这时，费格斯的耳边又响起了刚才听到的尖叫声与鬼笑声。狂风中，恶魔山顶一朵巨大的旋转乌云迅速向他席卷而来。费格斯惊恐地一边在胸前画着十字，口念祷文，一边朝家的方向冲去。但是旋风越刮越近，借着晦暗的光线，他看到乌云之中满是可怕的鬼脸。这些脸全都死死地盯着他，越靠越近。在生死之际，一道耀眼的光辉从天而降，照在乌云前面。他抬头一看，发现自己早已去世的小女儿浮在空中，她手中握着一根点燃的圣烛。尽管四周狂风大作，她却十分

平静——长长的金发丝毫不动——手中的蜡烛也静静地燃烧着。费格斯压住心中的恐惧，仔细端详女儿，只见她如活着的时候那般，脸颊苍白温柔，眼眸湛蓝，脸上没有一丝悲伤与痛苦的表情，而是充满了欢乐。恶魔似乎害怕这圣洁的光芒，随即狂吼一声，卷起乌云冲向费格斯的另一侧。不过，这个小天使在父亲的四周轻盈地飞舞，阻止恶魔靠近父亲。与此同时，费格斯继续朝家跑，恶魔乌云穷追不舍，猛烈的旋风将树林和灌木连根拔起。而小女儿拿着蜡烛始终在周围游荡，护着她的父亲。

费格斯终于回到了家，家门半掩着，大家都在期待他的归来，不过呼啸而来的狂风让他们又惊又惧。费格斯一跃入大门，就摔倒在地上。一刹那，门不知被何人猛地关上，门闩也稳稳地落下。全家人急忙地冲向他，想把他扶起来，发现费格斯早已昏迷不醒。与此同时，屋外的风声愈来愈大，其中不时夹杂着怒吼，好像整队的骑兵正围着小屋，猛烈地践踏。不久，风声越来越远，最终消失在远方。渐渐地，暴风雨也停止了，夜晚变得十分静谧。

费格斯醒来时，明媚的阳光透过窗户照入，他向家人讲述了自己可怕的经历。又过了许多天，他才从那夜的恐惧中完全恢复过来。在那天早晨，费格斯的家人走出家门，发现房屋四周一片狼藉，到处堆满了连根拔起的树木和灌木，土地也被踩踏得崎岖不平。不过，自此以后，人们再没有听到恶魔山上恐怖的恶魔尖叫。人们都相信它们早已离开恶魔山，到别的地方作祟去啦。

无畏之人

道格拉斯·海德从盖尔语译出

很久以前，有位夫人生了两个儿子，大儿子叫劳伦斯，小儿子叫卡罗尔。自打劳伦斯出生那天起，他从未害怕过世间万物，而卡罗尔这个男人呢，只要天一黑，就不敢迈出家门一步。

根据当时守灵的习俗，只要有人去世，家人必定轮流看守死者的坟墓，防止恶人偷盗尸体。

因此，当他们母亲去世的时候，卡罗尔便对劳伦斯建议道："既然你是个天不怕地不怕的男人，那我就赌你今晚不敢去墓园为母亲守墓。"

"赌就赌，我才不怕呢。"

夜幕降临，劳伦斯佩戴利剑只身前往墓园。他在母亲坟墓边的一块墓碑上坐下来，直到夜深，困意向他席卷而来。突然，劳伦斯看到一团巨大的黑影向他袭来。待它来到眼前，劳伦斯看清这是一颗无尸头颅，他立即拔剑攻击，可这个贼溜溜的鬼东西根本没敢再向前。劳伦斯眼睛不眨一下地盯着四下里游移的头颅。直到破晓，它才消失。

劳伦斯回到家中，弟弟卡罗尔问他，在墓地是否碰见什么脏东西。

"看见了，母亲的遗体还差点被偷走呢，不过还好有我保护。"

"那你看见的是什么东西啊？究竟是死的还是活的？"

"我也不清楚，不过是颗头颅罢了。"

"哥哥，你难道不害怕？"卡罗尔问道。

"怕什么，弟弟，你难道不知道在这世上就没我怕的东西么。"

"那我再跟你打一次赌，赌你今晚不敢再去守灵。"

“赌就赌呗，根本不怕你。只不过，我一晚都没休息，另外，今晚本该你去守墓。”

“哎呀，就算把全世界的金子都给我，我晚上也不去墓地。”

“要是没人守护的话，母亲的遗体早就不见啦。”

“你要是答应今晚和明晚都去守灵，那么你这一生的家务活我都包了。可是呀，我觉得你不敢再去呢。”

“那就让弟弟你看看我有没有这个胆量，今晚我继续守灵。”

说完，劳伦斯睡觉去了，到了傍晚，他再次起身，戴上配剑，只身赶往墓地，再次坐在母亲坟墓旁边的同一块墓碑上。午夜时分，他突然听到一阵急促的脚步声，一个巨大的黑影奔向母亲的坟墓，开始掘土。勇敢的劳伦斯立即拔剑，把这个黑影竖劈成两瓣，横劈成四瓣。最终，这个不知道是什么的鬼东西逃之夭夭。

第二天清晨，劳伦斯再次回到家，弟弟卡罗尔又问他，在墓地是否看见什么脏东西。

“弟弟，看见了，母亲的遗体还差点被偷走呢，不过还好有我在。”

“这回来的又是那颗头颅?”

“不，这次是只巨大的黑影，它要挖母亲的坟墓，我就把它劈成了四瓣。”

到了第三天傍晚，休息好的劳伦斯知道弟弟胆小，不敢出门，于是他默默地再次佩戴好利剑，赶往墓园，坐在同一块墓碑上。到了半夜，劳伦斯看见的是一只白花花的怪物。只见它长着一颗人的脑袋，牙齿却跟刷子一样长。勇敢无比的劳伦斯二话不说，立即拔剑准备刺向它。就在这时候，这个鬼物开口说道：“住手，无畏之人，你已经尽职尽责守住了你母亲的躯体，没人如你这般勇敢。你要是去寻宝的话，定能得到珍贵无比的宝物。”

就这样，到了第四天的清晨，劳伦斯回到家，弟弟卡罗尔再次问他在墓地是否遇见什么古怪。

“当然，”劳伦斯说，“要不是我在那里，母亲的遗体早被偷走了，不过现在再无须担心啦。”

翌日清晨，打定主意的劳伦斯对弟弟说："现在，把属于我的那份家财给我吧，弟弟，因为我准备云游四方。"

卡罗尔把家财给了他。劳伦斯随后离开家门，就这样一直向前，走啊走啊，不久来到一个镇子上。他走进一家面包店买面包，面包师傅见他是外乡人便与他攀谈，问他还有多久的路要赶。

"事实上，我正在找能让我害怕的东西。"劳伦斯回答。

"那你的盘缠足够多吗?"

"我有五十英镑。"

"那我跟你赌五十英镑，赌你不敢去我说的一个地方，因为在那里你必定害怕。"

"我跟你打赌，只要那个地方不太远就行。"

"放心，离这里不足一英里远，"面包师说，"你在这里等着，等到晚上就去墓地。那里有所老教堂，为了证明你去过那儿，你得把教堂祭坛上的圣杯带给我。"

面包师在打赌的时候，确信自己会赢，因为教堂墓地里有只强大的幽灵，这四十年来，进去的人绝无离开的机会。

夜幕降临，劳伦斯戴上利剑，只身闯进墓地。他来到教堂大门前，举剑敲了敲门，门竟然自动打开，从里面走出来的是只黑公山羊，它头上两只威武的羊角长如连枷。劳伦斯立即挥剑劈砍，山羊顿时消失得无影无踪，地板上只留下两只被砍断的脚踝，在地上汩汩兀自冒着鲜血。见门口再无动静，劳伦斯便昂首走进教堂，拿到圣杯，回到面包店，把杯子交给面包师。五十英镑的赌资自然进了他的口袋，不过好奇的面包师一直问他在墓地是否看见什么鬼东西。

"我只见到一只长着长角的黑公羊，不过，我砍了它一剑，血就从它身上流了出来啦，地板的血多得都能在上面跑船，因此，我确信它必死无疑。"

第二天一大早，面包师便与众人一起赶往墓地，亲眼见证了地上黑公羊的血迹之后，他们急忙找来神父，说邪恶的黑公羊已经被驱逐出教堂墓地了。起初，神父不敢相信，因为以往不管是神父还是僧侣

都无法将其消灭，这四十年来，闹鬼的教堂一直无人敢去。不过最终，神父还是与他们一起来到教堂，当亲眼见到门口斑驳的血迹时，他才壮着胆子差人将劳伦斯叫来，让他亲口说出前一晚发生的整个事件。最终，放下心来的神父派人拿着祷告文，邀请众人一同走进教堂做弥撒。这一回，没有了公山羊的阻挠，神父终于可以安心布道。神父欣喜万分，又给了劳伦斯五十英镑的金币。

次日清晨，劳伦斯继续前行，继续在这世间寻找让自己恐惧的事物。他走啊走啊，走了一整天的路，也没碰到一户人家。午夜时分，他来到一座偏僻幽深的山谷，凭借皎洁的月光，看见一大群人在围观两人爱尔兰曲棍球比赛。不一会儿，其中一人一脚猛踢，球便飞出场地直接砸到了劳伦斯的怀里。他伸手将球从怀里掏出，仔细一瞧，原来是颗人脑袋。劳伦斯一把它抓在手里，它便惊声尖叫，最后问劳伦斯："陌生人，你难道不害怕吗？"

"一点都不害怕。"劳伦斯淡定地回答。话音刚落，那颗脑袋和人们都消失得无影无踪，只留下他一人孤零零地站在山谷里。

劳伦斯只好继续赶着夜路，不久便来到一座城镇。酒足饭饱后，他继续踏上旅程，就这样寻寻觅觅，最终来到路边的一所大房子前。他敲了敲门，想问问这里的主人能否让他借住一宿。一个年轻人打开门对他说："你这是要去哪儿啊？"

"我也不知道要去哪里，只是想找找能让我害怕的东西。"

"哎呀，要是这样的话，那你用不着走那么远啦，"年轻人说，"假如你敢去对面的那座大房子住上一晚，我就给你二十英镑。"

"好，我现在就去。"劳伦斯爽快地回答。

于是，年轻人领着他，来到路对面的房子，打开了门，把他带进一间极为宽敞的地下室，并对他说："你可以在这里生火，我随后派人给你送来吃喝。"劳伦斯自己动手在地下室生起了火。不久，进来一位姑娘，她端来了极为丰盛的晚餐。

就这样，劳伦斯在里面舒舒服服地打发时间，直到午夜，他听到头顶传来一阵巨响。不一会儿，一匹种马和一头公牛冲了进来，彼此

开始打斗。劳伦斯既没搭理它们，也没有立即逃走。等彼此斗得精疲力竭，它们便兀自走出房间。这一晚再无怪事发生，劳伦斯一觉睡到第二天早上，年轻人才来找他。小伙子极为惊讶地见到他还活着，便问他是否见到了什么怪事情。

“没什么怪事情，只是看到一匹种马和一头公牛狠狠地打了两个小时的架。”

“你不害怕么?”

“没什么好怕的。”

“好吧，假如你还能待上一晚，我再给你二十英镑。”

“一言为定。”

到了晚上十点左右，劳伦斯正准备躺下睡觉，这时两只黑公羊冲进屋来，又开始激烈地打斗。劳伦斯同样既没跟它们说话，也没有被吓跑，等到零点的钟声敲响之时，两只公羊便跑了出去。随后，天亮不久，年轻人再次登门，问他昨晚是否见到了什么怪事。

“没什么，只看到两只黑公羊在打架。”

“那你就一点也不怕么?”

“有什么可害怕的。”

“那好，你要是肯再待上一晚，我就再给你二十镑。”

“一言为定。”

到了第三天晚上，正在睡觉的劳伦斯发现一位满头白发的老人走进屋来，对他说：“你真是全爱尔兰最最勇敢的英雄，其实我早在二十年前就死了。不过，成为鬼魂的自己一直在寻找像你这样勇敢之人。现在，无畏之人，跟我走吧，我要让你见识一下我的财宝。早在你看守母亲坟墓的时候，我就告诉过你，一笔巨大的财富正等着你呢。”

于是，老人把劳伦斯带进另一间密室，拿出一个大罐子金子给他，说：“这些金子都给你，但你要给玛丽·克里根这个寡妇二十英镑并请求她原谅我曾对她所犯下的过错。然后，买下这所房子，与我女儿结婚，你从此都将幸福一生。”

次日早晨，年轻人来找劳伦斯，问他昨夜是否见到了什么鬼东西。

“见到了。这所房子里住着一只鬼魂，不过这世上没有什么东西能吓到我。如果你愿意，我要买下这所房子和周围的土地。”

“低于一千镑的话，我是不会卖掉这片房产的，而且我确定你没有那么多钱。”

“真的可惜啊，我的钱多的是，甚至能买下你所有的土地和牲畜。”

年轻人听到劳伦斯如此富有，自然欣喜，便力邀他共进晚餐。席间，老者的女儿也对劳伦斯一见钟情。

劳伦斯最后完成了老人的遗愿，来到玛丽·克里根家里，给了她二十镑，并得到她对逝去老者的原谅。接着，他娶了小伙子的妹妹，从此过着幸福的生活。

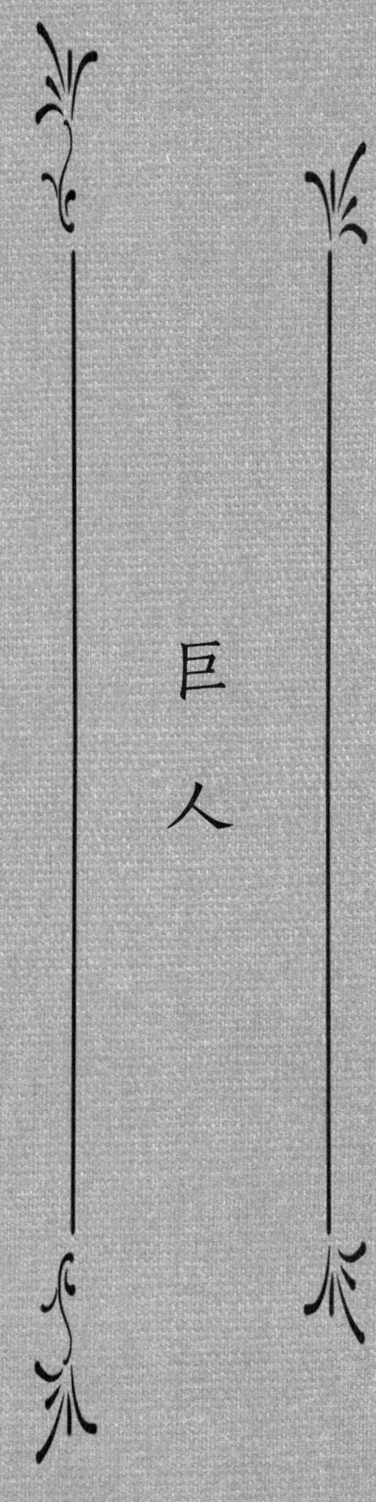

巨人

巨　人

威廉·巴特勒·叶芝

当爱尔兰的传统神灵“达努女神”一族失去信奉与贡品的时候，人们认为它们会变得越来越小，最终变成爱尔兰的小精灵。而传说中的英雄则越变越大，最后成为巨人。

巨人堤道[1]

托马斯·克罗夫顿·克罗克

从帕西奇到科克郡的路上，有座名为罗纳恩的古老宅邸。人们可以轻易地辨认它，因为它有着林立的烟囱与带着山墙的屋顶，以至于往哪儿走，都能看到它。莫里斯·罗纳恩和他的太太玛格丽特·古尔德从前就住在这里，如今宅邸古旧高耸的烟囱上还刻着他们家族的徽章。这对夫妇受人尊敬，他们膝下只有一子，名叫菲利普，据说，这可是根据西班牙国王所起的名字。

小时候，菲利普一吸到冷空气就会打喷嚏，这被认为是头脑清醒的迹象。的确，他学习的速度叫人惊奇不已，一拿到小学课本，自己

① 选自《爱尔兰南部神话传说》。

直接把入门部分撕得粉碎，以示不屑。父母也对这位儿子深感自豪，因为他如天才般的表现无可争辩，或者用他们当地的话来讲“天赋异禀”。

不过，在他七岁那年的一个清晨，少爷菲利普失踪了，没人知道他到底去了哪里。仆人们被派到各处寻找他的下落，有骑马的，有步行的，可没人打听到他的消息。即便夫妇俩重金寻子依然无果。就这样，时间一年一年地过去了，罗纳恩夫妇始终没有找到自己的宝贝儿子。

那时，在卡里加林附近住着位铁匠，名叫罗伯特·凯里。他心灵手巧，这一带的年轻人无不对他精湛的技艺肃然起敬。罗伯特不仅能打造出最最完美的马蹄铁和犁耙，而且还会为少女解梦。此外，他又能在婚礼上演唱《亚瑟·奥布莱德利》，也能在洗礼仪式上充当帮手。大半的乡里乡亲对他称赞有加。

这天深夜，罗伯特做了一个奇怪的梦，梦中的小菲利普·罗纳恩骑着匹漂亮的白马出现在他面前，告诉自己是被巨人马洪·麦克马洪掳走的，现在就住在巨人堤道。“罗伯特，我七年的役期快满啦，”孩子说，“要是今晚您能将我带离此地，我愿为您效劳终生。”

“可我如何知道此事是真是假，”即便在梦里，罗伯特不无睿智地回答，“这不过是个梦而已。”

“那么，”孩子说，“以此为证。”话音未落，骏马的后腿猛地一抬，正好踢中了罗伯特的额头。可怜的罗伯特认为自己保准没命了，从睡梦中惊叫醒来，发现自己额头上留下一个鲜红的马蹄印。平日里总能为人释梦的罗伯特·凯利这一回却弄不明白自己的梦。而那个巨人堤道的地方，罗伯特十分熟悉。说实话，谁不知道那个码头呢？那里到处都是巨人堤道之上，一块摞着一块，看起来就像从海底延伸而出的阶梯，倚靠在陡峭的卡里格马洪的峭壁上。能够迈上去的，要么是位巨人，要么需要一跳一英里远的超能力。据说，在遥远光辉的芬尼年代，巨人麦克马洪就擅长此事。因此，这一带的村民都认为巨人住在堤道顶的悬崖上。

罗伯特忘不了自己的奇梦，打定主意去试试，看看是不是真的。不过，启程前，他意识到自个儿带上铁犁是个不错的选择，按照过往经验，作为一种强有力的工具，铁犁能够快速解决分歧。于是，在这个清冷的寒夜，罗伯特扛着铁犁出发了。他穿过鹰谷来到蒙克斯顿小镇，这里住着一位名叫汤姆·克兰西的老朋友。听完罗伯特讲述的奇梦，这位朋友答应把小船借给他并划船将他带到巨人堤道那里。

在这美丽、宁静的夜晚，小船顺畅地前行，船桨有规律地划着水，远方的水手唱起了歌谣，有时还能听到来往卡里格罗渡口旅者的对话。此时此刻，唯有这些声音打破了大地、海洋、天空之间的静谧。他们一路追逐潮水，很快抵达了巨人堤道的海域。

罗伯特急切地寻找着巨人宫殿的入口。据说入口只有在午夜时分才能显现。原来自个儿太心急，来得太早了。罗伯特焦急地等待了很长时间，最终忍不住对同伴说："汤姆·克兰西，咱俩可真是大傻瓜，一个梦就让咱们跑到这里来啦。"

"这能怪谁？还不是你的主意？"

就在二人互相埋怨之际，一束微光从崖壁里射出，随后，光路愈来愈宽，最终形成一条光廊，浮现于海面，气势恢宏足以容纳一座宫殿。他们快速掉转船头，划到入口。罗伯特·凯利便扛起铁犁勇敢地走了进去。

不过，入口极为古怪、苍凉，两侧的墙上尽是阴冷、怪异的石脸。它们相互交织难以分别：这个怪人的下巴正好是那个人的鼻子，有的乍眼一看像一只呆滞的眼珠，走进一瞧，却变成一张血盆大口。高隆的额头也会变成飘飘垂垂的胡须。

越观察这些人脸，越发现它们的恐怖之处，罗伯特也就越想把它们区别开，自己也就越觉得这些脸十分可怕与凶残。渐渐地，石廊里的光线越来越弱，侧壁上的石脸渐渐消失。当他拐进一条黑漆曲折的甬道时，前后左右隆隆作响，两边的岩石似乎就要关闭。此时，可怜的罗伯特终于害怕，自言自语道："罗伯特啊，罗伯特，要是此番行程只是为了干件蠢事，那么你现在值不值得呢？"不过，话音未落，一丝

光亮再次出现在黑暗中，佛如夜空中的一颗明星。现在折返，难比登天，罗伯特唯有硬着头皮朝着光亮寻去。最终，他来到一所大房子前面，原来正是房顶高悬的吊灯引着他来到此地。

在这个四周昏暗的狭促空间里，凭借一丝灯亮，罗伯特发现有几名巨人正围坐在一张石桌。他们似乎都在沉思，谁也没说话，四周一片死寂。坐在桌首的正是巨人马洪·麦克马洪本人。浓密的胡须因时代久远，仿佛生了根，与石桌缠在一起。而他也是第一个发现了罗伯特的巨人。于是，他起身，胡须从巨大石桌上连根拔起，掀翻石桌，摔成碎片。

“你来这儿干什么?”巨人以雷霆般的嗓音质问。

“我啊，”无比害怕的罗伯特还是鼓足勇气回答，“我来这儿，是接菲利普·罗纳恩回家的，今晚他的服务期限就要满啦。”

“是谁派你来的?”

“只有我自己。”

“那你必须从我的侍从中把他选出来。假如选错了，就拿自个儿命来抵偿。现在，跟我走吧。”随后，巨人领着罗伯特来到一间极为宽敞的大厅，里面灯火通明，两侧站满了俊俏的小男孩，他们身着绿衣，看起来都是七岁的光景。

“就在这儿，”巨人马洪说，“现在，选出菲利普·罗纳恩吧。不过，可别忘了，我只给你一次机会。”罗伯特一筹莫展，因为这里有成千上万名小男孩，他早已记不清梦中菲利普的模样。不过，罗伯特故作轻松，跟在巨人马洪的身旁，沿着大厅走着。巨人每走一步，身上的铁甲发出震耳的巨响，远比罗伯特平日里用大锤敲打铁砧的声音响亮。

快要走到大厅尽头的时候，无人说话。此时的罗伯特意识到，唯一的解决之法是要和马洪交交朋友。于是，他打算讨好他，看看效果如何。

“哎呀，这些可爱的小男孩看起来都健健康康的，即便与新鲜的空气和温暖的阳光相隔，您还是把他们养得这么好!”

“不错，你说的对极了。来，咱们握握手。你是个诚实的铁匠。”

虽不怎么喜欢这只巨手，罗伯特还是举起了铁犁，让巨人一把握住，对巨人来说，铁犁就像一根土豆梗一样。看到这一幕，大厅里的孩子们放声大笑。笑声中，罗伯特突然听到有人在唤自己的名字。他迅速地跑近那个孩子，一把抓住他并大声叫道：“不论死活，我就选他了，他就是菲利普·罗纳恩。”

“不错，他就是菲利普，走运的菲利普。”身边的孩子们嚷嚷道。突然，大厅一片漆黑，罗伯特耳边沙沙作响，所有的一切立刻陷入模糊与混乱。不过，罗伯特依然紧紧地抓住孩子，再次醒来时，他自个儿正躺在巨人堤道的最高台阶上，而小男孩也紧紧抱着罗伯特的胳膊。此时的天空已经开始蒙蒙亮了。

到了后来，朋友们将罗伯特的历险传遍四方，帕西奇、蒙克斯顿、卡里加林还有整个凯里男爵封地都轰动了。

“你能确定吗，罗伯特，带回来的男孩就是菲利普·罗纳恩?”这是众人最最关注的问题。尽管，男孩失踪七年，可他还是之前的模样，既没长高也没变老，甚至还能说出自己被掳走之前的事情，仿佛做了一场七年之久的南柯梦，一切都发生在昨天。

“我确定？哎呀，这问题可真滑稽。”罗伯特总是如此回答，“这个男孩有着妈妈一样的蓝眸，留着父亲一样的红发，更别提他鼻翼右侧还生着一模一样的小瘤子呢。”

不论罗宾·凯里受到怎样的质疑，罗纳恩夫妇对他们的孩子从巨人麦克马洪那里被带回来的事实深信不疑。他们对罗伯特感激无比，并赠予他一笔丰厚的奖赏。

自此，菲利普活了很多年，他的一生都因铁匠手艺而备受称赞。据说他在服务巨人马洪·麦克马洪的七个年头里，一直精进这门手艺。

诺克玛尼山的传奇

威廉·卡尔顿

在爱尔兰，无论男女老少，有谁没听过我们大名鼎鼎的大力神芬恩·麦克库尔[①]的故事？无论是从克里尔海角到巨人堤道，还是从巨人堤道到克里尔海角，他的故事无人不知、无人不晓。不过话说回来，既然提到巨人堤道，就立刻开始我的故事吧！故事是这样的，芬恩和他的巨人族族人都在堤道上工作，他们打算修建一座跨海通往苏格兰的桥梁，如果可以的话，能铺出一道结实平坦的大路就更好了。芬恩非常疼爱自己的妻子乌娜，觉得自个儿该回家看看独守空房的妻子如何度过这些时日的。据说，芬恩是个地地道道的爱尔兰男人，一心想着赶回去确定爱妻是否愉快舒适，特别在夜里是否睡得安稳，因为只要自个儿在家，妻子时常辗转反侧，夜不能寐，他为此焦躁不安，总想着让妻子恢复新婚时那种活泼健康的模样。想到这些，芬恩砍倒一棵冷衫，削去根与枝干，做成手杖，朝着爱人的方向出发。

当时，乌娜和芬恩住在风景绝美的诺克玛尼山顶，诺克玛尼山还有一座兄弟山，名为库拉莫尔山。话说，库拉莫尔一半如山、一半像坡，高耸直立。按照水手糊弄旱鸭子的说法，它坐落于诺克玛尼山的“南面朝东再朝东”的位置。

我必须坦白，芬恩虽深爱妻子，可他此次回家绝非为了她。因为，当时还有个巨人，名叫库·丘林。有人说他是爱尔兰人，也有人说他

① 译者注：爱尔兰民间传说和神话中的中心人物。他是菲奥那骑士团的领袖，以勇敢、英俊、睿智和慷慨著称。传说北爱尔兰著名的“巨人之路”就是这位英雄的杰作。

是苏格兰人，不论他打哪儿来，非常确定的是他是个厉害的角色。当时，没有哪个巨人胆敢在他面前猖狂。他力大无穷，发起怒来，跺下脚都能让整片村落抖上三抖。库·丘林声名远扬，没人能打得过他。我也不清楚这个传闻是真是假，不过有人说，他只要挥一挥拳头，能把闪电砸扁，然后装进口袋。因此，一旦有人向他挑衅，他就会掏出这块闪电饼子给他们瞧瞧。毫无疑问，库·丘林打败了爱尔兰所有的巨人，只有一人除外，那就是芬恩·麦克库尔。于是，这位库·丘林庄严发誓，不论冬夏，不管日夜，他都会找到芬恩，让他尝尝苦头。而生来谨慎的芬恩一点也不想遇到这位一生气就会引发地震，一挥拳就能砸扁闪电的家伙。因此，每每听到库·丘林要来找自己，芬恩都要东躲西藏，一点勇士的风范都没有。这一回，芬恩虽然宣称要回去看看乌娜，实则是为了躲开库·丘林，当然我得说，看乌娜也是他回家的部分原因。

总而言之，他听说库·丘林正赶往堤道，欲与自己比试身手，不用想，芬恩必败无疑。不过，此时的芬恩又突然心疼起自个儿的老婆来了，可怜的女人，身子不佳，形单影只！（他对别人也是这么说的）于是，正如我刚才所讲，他拔起一棵冷杉，削成拐杖，急匆匆地踏上赶往诺克玛尼山顶看望妻子的旅程。

周围村落里的巨人都很纳闷，芬恩为什么要把房子建在这么一个狂风肆虐的山顶，他们当面也是这么问的。“麦克库尔先生，您到底是怎么想的？为何要把房子建在诺克玛尼山顶呢？那里冬夏不分，天天刮大风，而且乌云遮蔽，就像个睡帽，还没等着上床又或者喝点酒就套在你们脑袋瓜上啦。哎呀，再说那里也缺水啊。”

“说什么呢，自打我长得如圆塔一般高耸，大家就知道我喜欢屋外的好风景。除了诺克玛尼山，哪儿还能望得更高，看得更远呢？至于水嘛，我正在打井，希望老天保佑，只要堤道的活儿一干完，水井的事也快完工啦。”

芬恩的话我们只可听听，真相却是为了随时关注库·丘林的行踪。当然了，他还可以在山顶看到自己在各地的交易，因此把房子建到山

顶并不是……不过没关系，我们别对芬恩过于苛刻，只需注意一点就行，如果非要找到一个能够时刻观察乡里乡亲行踪的地方，那么在美丽的阿尔斯特省，除了斯莱夫·克鲁伯山、斯莱夫·多纳德山、库拉莫尔山，还真的找不到比这里更舒服、更方便的地方了。

“愿上帝保佑一切！”芬恩心情愉快地说道，面露真诚地走进家门。

“天啊！芬恩，欢迎回到乌娜的身边，你个死家伙！”乌娜似水柔情、浓情蜜意的媚眼把山脚下的湖水激起了一层浪花。

“是啊！亲爱的，你过得怎样？乌娜！我的甜心，我不在的时候，你是怎么度过的啊？”

“不能再快活了，就像最快活的单身女人一样。”

芬恩忍住笑，轻咳了两声，随即大笑。他极为高兴，因为自己不在的时候，妻子过得还好。

“啊，芬恩，为什么这么早就回来了？”

“这个嘛，”芬恩自圆其说，“能为什么呢，当然是深切的爱意让我迫不及待地回来了，乌娜，你还能不知道为啥吗？”

他和乌娜度过了两三天幸福的时光，与担心库·丘林的到来相比，这几天的日子自己过得极为舒畅。可是，他心中老挂念着这件事，妻子也察觉到了什么。要是一个女人想从自己的丈夫口中挖出想要知道的秘密，你可拦不住，芬恩就是个典型的例子。

“是库·丘林的事让我烦心。他一发怒、一跺脚，整个镇子都要晃上三晃。大家都知道，他能战胜闪电，总带着块闪电饼，到处给质疑他的人看。”

他边说边咬着自己的大拇指，每次预测未来，或是想要知道自己不在的时候发生了什么，他都会这样。妻子自然知道他做这个动作的用意，温柔地说：

“芬恩，亲爱的，别冲着我，好吗？”

“不，亲爱的，我只是咬咬大拇指而已。”

“我知道，亲爱的，但是要小心，别咬出血啊，啊！芬恩，别咬了，傻瓜，别再咬了。”

“他来了，他现在就在邓甘嫩。”

“我的天，亲爱的，谁来了啊？上帝保佑！”

“库·丘林那个混蛋。我该如何是好，跑？那我的尊严何在。迟早要面对他，大拇指是这么告诉我的。”

“他什么时候到？”

“明天两点钟左右。”芬恩叹了一口气。

“好了，亲爱的，别太担心啦，交给我吧，或许我能帮你摆脱困境，比你咬大拇指还管用呢。”

妻子的话让芬恩悬着的心放下了一半，因为他知道乌娜与精灵私交甚好。并且实话告诉你，乌娜本人也可能是精灵呢。如果真是这样，那她定是位心地善良的精灵，因为在邻里乡间从未听说她做过什么坏事。

正巧，乌娜有位姐姐名叫格兰娜，就住在他们的对面，正是我之前提过的库拉莫尔山顶，格兰娜和她的妹妹一样强大。两山之间有道美丽的峡谷，大约三四英里宽，在夏日的傍晚，姐妹俩站在各自的山顶交谈甚欢。乌娜决定去和姐姐谈谈，想想用什么法子解决当下的困扰。

“格兰娜，你在家吗？”

“没在，我在恶魔谷捡覆盆子呢！”

“现在快快到库拉莫尔的山顶，看看周围都有什么，然后告诉我。”

“好的，”过了几分钟，格兰娜说，“我在山顶了。”

“你看到什么了？”

“老天啊！有个极为高大的巨人正从邓甘嫩赶来。”

“哎！这就是我们担心的事儿。这个巨人正是库·丘林，他来找芬恩，要剥了他的皮，该怎么办啊？”

“我把他引到库拉莫尔山，这样就可以拖延点时间，你们趁机想想办法。不过，现在家里只有六桶奶油了，几位巨人朋友还要与我共进晚餐。乌娜，如果能丢给我十五六桶奶油，或者把你家里最大的一缸奶油丢过来，那就太感谢啦。”

“乐意之至，不过话说回来，格兰娜，真的感激你能为我们争取时间，这样我们就能想想主意，万一芬恩这个可怜的家伙出了什么事，我可怎么办。”

于是，她搬出最大一缸奶油，足足有两打磨盘那么重，亲爱的读者，你能轻易地想到奶油到底有多少，然后她叫来自己的姐姐：“格兰娜，你准备好了吗？我要把这缸奶油扔过去啦，你可要接好啊！”

“好的，可要扔准啊，别半路掉下去哦。”

乌娜扔了过去。由于担心芬恩的事情，她竟然忘记念咒语，奶油没有如她预料那般抛到库拉莫尔山上，而是掉在两山之间的峡谷一个名为布罗德沼泽的地方。

“我诅咒你！”乌娜嚷嚷着，“真令我蒙羞！现在要把你变成一块灰不溜秋的石头，你就躺在那儿作为事故的见证吧，愿第一个试图搬开或者砸碎你的人倒大霉！”

从此，石头就待在那里，直到今天，上面还印有一只手指印，那是乌娜抛石头的时候留下的。

“算了，算了，我定会全力对付库·丘林，就算没留下，我也会给他喝一碗石楠汤，让他肚子翻江倒海。要么就在栎树皮上裹上面糊给他吃。不过，你也要想想方法，帮帮芬恩摆脱困境，不然他就死翘翘了。乌娜，你一向机敏聪慧，依我看啊，这回你们定会遇上麻烦，除非你先想出对付他的法子。”

格兰娜随即在山顶点着了火，浓烟缭绕，手指塞进嘴里，吹了三声口哨，邀请库·丘林前来库拉莫尔山做客。在古老的爱尔兰，这种方式被看作是邀请陌生人或旅者的信号，这样受邀之人就会知晓自己受到了主人的邀请，可以随时上门，分享主人的一切。

同时，芬恩郁郁寡欢，不知所措。毫无疑问，库·丘林是个难缠的对手，另外传言中的闪电饼也令他惴惴不安：即便自己勇猛强壮，可面对这样一个一愤怒就能让整片村子抖三抖，把闪电砸成饼子的巨人，自己再强壮又有什么用呢？和他对抗真是毫无胜算。芬恩不知如何才好，朝左还是朝右，向前还是向后？他一筹莫展。

"乌娜，你就不能帮帮我吗？你的那些法子都跑哪儿去啦？难道我就只能像只兔子，当着你的面被他剥了皮，让全族都以我的名字为耻？怎样才能打败这个地震与闪电缭绕的怪物？他的口袋里还装着那个饼呢……"

"放松点，芬恩，说真的，我为你感到羞耻，别再抖啦？说到饼又能怎样，也许我们也能像他一样造出山崩地裂的效果，管它是闪电还是其他什么做的！如果我没法教训他，那你以后就别再信我了。现在，把他交给我吧，你尽管照我吩咐的去做。"

芬恩如释重负，他非常信任自己的妻子。此事发生之前，乌娜曾帮他摆脱不少麻烦，眼下虽说是有史以来最大的一次困境，他还是多少有了信心，能像平时一样吃饭。而乌娜则拿出九根颜色不一的羊毛线，每逢急需解决的重要事情，她都会拿出这几根线找出解决问题的最好法子。首先，她把这九根线分成三股，一股缠在右胳膊上，一股绕在胸口，剩下一股则绑在自己的右脚踝，这样保准万事无忧。

随后，她跑去邻里借来二十一口煎锅，把它们塞进二十一个面团里，像往常一样，放在火上烘烤成二十一块面饼，摆放在碗柜里，之后，又取罐新鲜的牛奶做成凝乳，她还教会了芬恩在库·丘林来的时候如何使用它。

做完一切，乌娜安心地坐下来，等待即将在第二天下午两点左右来临的客人，这是芬恩咬大拇指预测的时间。说真的，芬恩的这项技能可真神奇。尽管他动用了自己的超能力，咬咬大拇指就能知道所要发生之事，但要不是妻子从中谋划，他也不会逃过此劫。在这一点上，他和劲敌库·丘林其实挺像的，大家都知道，后者拥有的力量源于他右手的中指，一旦中指出了问题，即使块头再大，也与常人无异。

第二天终于来临，他们看到库·丘林穿过峡谷，乌娜知道时机已到，赶忙做好摇篮，让芬恩躺在里面并用衣物盖好。

"现在，你要装作我的儿子，安静地躺着就好了，什么都不要说，一切听我的安排。"对芬恩来说，这真是奇耻大辱，因为自己只能懦弱地躺在摇篮。不过，他是了解乌娜为人的，再加上自己没什么更好的

法子，唯有面露难色地躺了进去，按照吩咐，一声不吭。

果然，两点钟左右，库·丘林来了，他说："上帝保佑你！那个了不得的芬恩·麦克库尔是住在这里吗？"

乌娜回答道："是啊，尊敬的先生，愿上帝也保佑你，快坐下来歇歇吧！"

"谢谢你，夫人，我猜你就是麦克库尔太太吧？"

"是的，希望我没有因为自己的丈夫而感到羞耻。"

"不会，他可是全爱尔兰最勇猛强壮的男人了，但是这里还有个男人想与他一较高下，他现在在家吗？"

"哎，不在啊，不过他刚才怒不可遏地出了门，因为有人跟他说，有个叫库·丘林的巨人正在堤道找他，所以他就赶过去啦，希望那个可怜的家伙没碰到他，否则芬恩要是见到他，非把他拍成肉饼不可。"

"呵呵，我就是库·丘林，这一年，我都在找他，他总躲着我，因此我昼夜不停地找他，一定要给他点颜色瞧瞧。"

乌娜放声大笑，充满了不屑，她看着库·丘林，就像看凡人一样。

"你见过芬恩吗？"妻子口气大变。

"上哪儿见去？他一直躲着我。"

"我想也是，希望你能听我句劝，你这可怜的家伙该日夜祈祷千万不要碰到他。告诉你吧，一旦碰上了，你肯定遭殃。你该察觉到了，风正吹着门呢，既然芬恩不在家，你或许可以帮忙，把房子调个头，因为芬恩在家的时候总是这么干的。"

听到这些，库·丘林多少有些胆怯，不过他还是站起身，拽了拽右手的中指，弄出"咔咔咔"的三声响，按照乌娜的吩咐，将房子调了个反方向。看到这场面，芬恩紧张极了，觉得自己全身的毛孔都要渗出汗水。而乌娜呢，这位智慧的女人一点都不害怕。

"啊，我觉得你真的很有礼貌，也许还能帮帮我们呢，因为芬恩不在这儿，诸事不便啊。你看，这里干旱许久，现在一心希望下雨。芬恩说过，在山脚的岩石底下有口清澈的泉水，他总想打碎那些石头。可一听说你要来，他就气呼呼地走了，还没来得及打井，假如你能帮

忙打开这口泉眼的话，我将感激不尽。”

她带着库·丘林来到山脚下找水井，那里只有坚硬无比的巨石。库·丘林伸出右手的中指，“咔咔咔”地掰了九声，弯下腰在大地上硬生生撕开了一个四百英尺深，四分之一英里宽的裂口，由此得名兰姆福德大裂谷。这下子连乌娜都有点招架不住了，不过又有什么事是一个精明能干、沉着冷静的女人做不到的呢？

“现在，进屋吃点东西吧，我们这里只有粗茶淡饭。你和芬恩虽是死对头，可他不会在自个儿家里对你招待不周的。芬恩如果知道自己不在的时候，我就这么招待客人的话，他也会不悦的。”

她带着库·丘林进了屋，端上半打我们刚才提到的面饼、一两罐奶油、一大块煮熟的咸肉和一堆包菜，请库·丘林尽情享用。话说，这个故事发生的时候，爱尔兰还没有土豆呢。虽然库·丘林十分厉害，却是个贪吃鬼。他抓起面饼就咬，随即发出一阵雷霆般的嚎叫，把芬恩和乌娜都吓了一大跳。“真是活见鬼！这是什么东西啊？我的牙崩坏了两颗！你给我的到底是什么鬼面饼？”

“怎么了？”乌娜平静地问道。

“什么怎么了？你说怎么了?！我最好的两颗牙都崩掉了！”

“啊，这就是芬恩平常吃的饼啊，他在家的时候只吃这种饼。哦，忘了告诉你，这种饼除了他自己和摇篮里的儿子外，谁也吃不下去。听说你身材矮小却十分结实，我以为你也能行呢。不是有意冒犯，谁叫你自以为能和芬恩一较高下。来，吃这块吧，这块应该没那么硬。”

这会儿，饿如豺狼的库·丘林对着第二块面饼也狠狠地啃了下去。瞬间，他再次发出刚才一般嘹亮的惨叫。“可恶啊！”他咆哮着，“快快拿走你的面饼，我的牙快掉光了，现在又掉了两颗！”

“尊敬的先生，你不吃就不吃吧，能不能小点声，可别把我的孩子吵醒，你看，他现在都醒了，正瞧着我呢。”

芬恩发出一声吼叫，巨人吓了一大跳，毕竟这只是从孩子嘴里发出来的声音。“妈妈，我饿了，要吃东西。”乌娜走过去，给他一块里面没有掺煎锅的面饼。芬恩偷偷地关注着刚才发生的一切，这会儿自

个儿也饿得不行，便狼吞虎咽吃完整张饼。库·丘林大惊失色，庆幸自己没有碰到芬恩，他琢磨着连芬恩的孩子都能吃下这种面饼，那芬恩得多厉害啊，和他决斗，注定是自讨苦吃。

“我想看一眼摇篮里的小伙子，我敢说，一个孩子能在这种雨水稀少的夏天吃下这种鬼东西可不是开玩笑的。”

“乐意之至。快起来，宝贝，快给这位矮个子叔叔瞧瞧你的本领，可别丢了爸爸芬恩·麦克库尔的脸呀！”

穿得就像个小娃娃的芬恩随即起身，把库·丘林带出家门，问道：“你很强壮吗？”

“我的老天！”库·丘林大叫，“这么丁点大的娃娃竟然能发出这种声音！”

“你很强壮吗？你能从那块白色的石头挤出水来吗？”他边说边递给库·丘林一块石头。库·丘林挤了又挤，可是怎么也挤不出来。或许，他可以撕开兰姆福德大峡谷，可以手砸闪电，但是此时的他无论如何也不能从一块普通石头里挤出水来。芬恩就这样轻蔑地看着他挤啊、挤啊，费了老大的劲，脸色都变青了。

“啊，你可真弱！来，快把那块石头给我，我要你看看芬恩的儿子到底有多大的能耐！想想我爸爸有多厉害。”

于是，接过石头的芬恩悄悄用凝乳调了包，握在手里一挤，清澈的凝乳如清水一般喷涌出。

“现在，我要回摇篮里睡觉去了，可不想把时间浪费在你身上，你连我爸爸的面饼都吃不动，石头也挤不出水来。在我爸爸回来之前，你还是赶紧走吧，他要是抓住了你，两分钟就能把你捏成面团。”

库·丘林害怕极了，膝盖打着战，生怕芬恩现在就回来。于是，他急急忙忙地与乌娜告别，跟她说打今天起自己再也不想听到任何有关芬恩的消息，更不愿意遇见他。“虽然我很强壮，可我必须承认自己比不上他。告诉芬恩，我会像躲瘟疫一样躲着他，有生之年不再踏足这片土地。”

此时此刻，芬恩在摇篮里静静地躺着，听到库·丘林打算离开，

高兴的心提到了嗓子眼，直到现在，库·丘林也没发现他俩是在糊弄他。

“这对你再好不过了，幸好他现在不在，否则非把你的肉拿去喂老鹰。”

“我知道，他把我喂给什么我都信。不过在走之前，能不能告诉我，他们到底长了怎样一口牙齿啊？居然能吃掉这种面饼。”他边说边指着面饼。

“乐意之至，因为他们的牙齿长得靠后，你必须把手指伸进去摸摸才能弄清楚。”

这么小的孩子竟然有如此坚硬的牙齿，库·丘林惊呆了，可他还是很好奇，不由把被赋予全部力量的中指伸进了芬恩的嘴里。忽然，他大叫一声，芬恩咬掉了他的中指，恐惧、无力瞬间席卷库·丘林全身，他摔倒在地。事情的进展正如芬恩所料，现在这个残暴凶猛的对手任由他摆布，他立刻跳出摇篮，短短几分钟，伟大的库·丘林，这个曾经令他和族人惶惶不安的巨人变成了一具踩在自己脚下的死尸。在妻子乌娜计谋的帮助下，芬恩成功战胜了强大的敌人。假如没有这个谋略，他们永远无法凭借武力战胜库·丘林。这个故事也在证明：女人虽然会给男人带来无尽的麻烦，可她们同样能帮助男人摆脱困扰。

国王，王后，公主，伯爵，强盗……

十二只野天鹅[1]

帕特里克·肯尼迪

从前有对十分幸福的国王和王后。他们有十二个儿子，却没有女儿。话说，凡人总是渴望获得从未拥有过的事物，对已有之物熟视无睹，王后亦如此。那是冬日里的一天，护城墙积满了白雪。王后从王宫大厅的窗户向外望去，目光停留在一只刚刚被宰杀的牛犊身上，一只乌鸦就站在尸体的不远处。“唉，我要是有这么一个女儿，肌肤如雪，面颊嫣红，头发像乌鸦一般黑亮就好了，我情愿拿出十二个儿子与她交换。”

话一说出口，王后心里立即涌起一股不安，浑身哆嗦了一下。霎时间，一位表情严厉的老妇人出现在她面前，说道：“你许下的可真是个邪恶的愿望，为了惩戒你，就让你的愿望实现。你将得到一个女儿，不过，她降临之刻，你将失去所有的儿子。”话音刚落，女巫消失得无影无踪。

女巫的话果真应验。临产前，王后虽将十二个儿子聚集在王宫的一间大屋子里，四周遍布守卫。可是就在女儿诞生的一刹那，宫殿内外都听到一阵巨大的旋涡呼啸着，守卫们眼睁睁地看着王子一个接一个迅速地飞出窗户，如离弦的箭一般，越过森林，消失不见。可以想象，痛失子嗣的国王陷入了巨大的悲伤。要是知道王后负有如此不可饶恕的罪责，他必定暴跳如雷。

后来，大家将这位美丽的公主称为“雪中玫瑰”，因为她皮肤白

① 选自《爱尔兰炉边故事集》，都柏林吉尔父子出版社。

皙，嘴唇红润。她是这世上最可爱也最讨人喜欢的姑娘。到了十二岁的年纪，公主觉得自己十分孤单。她一次次地询问妈妈有关十二位哥哥的事情，王后备受折磨。起初，公主以为哥哥们已不在人世，因为没人敢告诉她事情的真相。

这个秘密沉甸甸地压在王后的心头，在小公主的一再追问下，她终于道出了实情。“母亲，我的那些可怜兄长是因我才变成野天鹅的，现在他们正遭受折磨。一天也不能再等了，我现在就要出宫寻找他们，还要想法子让他们恢复原样。”小公主对母后说道。

虽然，国王和王后派人牢牢地看着她，可她还是溜了出去。到了第二天夜晚，她独自一人穿过森林，身上带着几块蛋糕，路上也捡些坚果、蔷薇果、海棠果充饥。到了第三天日落时分，她终于来到一座漂亮的小木屋前。环绕木屋的精致花园里开着美艳娇羞的花朵。花园的篱笆上有扇小门，她穿过小门走进屋去。

屋中的桌子上摆着十二支盘子、十二副刀叉、十二个汤勺，各种糕点、野味、水果应有尽有，壁火烧得正旺。而在另一间房间里，有十二张床依次排列。当她四周张望的时候，房门被推开，一阵脚步声从走廊传来。随后，十二名英俊的小伙出现在她的面前。他们惊诧地看着她，不久却露出痛苦的神情。

最年长的一位说：“哎呀，你可真倒霉，竟然来到这里！因为一个妹妹的缘故，我们不得不离开王宫，整日变成野天鹅。因此，十二年前，我们就发下毒誓，要杀掉我们遇见的第一个女孩。像你这样美丽而纯洁的女孩子，真是可惜了。不过，我们只能遵守誓言。”

“可我就是你们的妹妹啊。我压根不知道这件事，直到昨夜，才从父母的宫殿里逃出来，就是为了寻你们。如果可能，我还要设法救你们呢。”哥哥们攥紧了拳头，低着头怔怔地看着地面，此时安静得都能听到针落地板的声音。年长的哥哥突然哭出声：“可恶的誓言啊！我们该怎么办呢？”话音未落，一位老妇人出现在他们中间。

“让我来打破你们邪恶的誓言吧，没人该遵守。你们谁敢动她一根指头，我就把你们变成十二根豚草。不过，这里有个法子可以破除咒

语，只不过需要妹妹到树林之外的沼泽地亲手收集芦苇，亲自纺纱织布，做成十二件衬衫给你们穿，这要花费整整五年的时光。在这期间，她不能哭，也不能笑，更不能说话，否则你们将永远变成野天鹅，直至死亡。因此，好好照顾你们的妹妹吧，这么做是值得的。”女巫说完，消失不见。

接下来，十二兄弟只顾着争吵，看看谁有资格第一个拥抱、亲吻妹妹。在随后的三年里，这位可怜的小公主在荒原上寻寻觅觅，忙于收割芦苇，把它们绞成丝，束成线，最后一针一线地织成衬衫。到了第三年的年关，她已经织好了八件。这段时间里，她没说过一个字，没有笑出一声，也未曾哭泣过。不哭、不笑对她来说是最最难忍的事情。

这一天，风和日暖，公主坐在院子里纺纱，一只高贵的灵缇犬跳了进来，它前爪搭在她的肩上亲昵地舔着她的额头和头发。不久，一位年轻英俊的国王骑着骏马来到花园门口，脱帽行礼，请求是否可以入内。她轻轻地点了点头。国王进来，不停地为自己的冒失表示道歉，接着又问了她许许多多的问题，可她没法开口回答。即便如此，国王对她一见钟情，即将离别之际，坦言他的王国就在这片森林的边上，恳请公主能和他一起回到王宫，永结百年之好。

公主也深深地爱上了他，尽管频频摇头，对离开兄长感到内疚，最终还是答应了他，让他握住自己的小手。因为，她明白好心的仙女和哥哥们会找到她的。出发前，她带上两只篮子，一只装满芦苇，另一只装着已经织好的八件衬衫。随从拎着这两只篮子，国王则把她抱上马背，让公主坐在自己的身前。在回宫的路上，满心欢喜的国王只有一件事情略感心烦，就是他的继母如何看待此事。

不过，在自己的行宫，他可以完全做主。一进皇宫，他将新娘精心打扮，召来主教，举办了婚礼。婚礼上，新娘淡定自若地用手势有问有答。举止上，国王看得出新娘出身高贵。再也没有这般情投意合的一对儿了。即便邪恶的继母费尽心思，声称新娘只是樵夫的女儿，年轻的国王不为谣言所动，对王后的爱意一往如初。

不久，年轻的王后诞下一子，聪明可爱。国王心花怒放，竟不知如何庆祝。面对洗礼仪式的庄严宏大、新婚夫妇的眉欢眼笑，继母恨之入骨。她决定毁掉二人平顺惬意的生活。因此，她为年轻的王后送去了嗜睡的牛乳酒，王后昏昏沉沉地睡着了，正当继母绞尽脑汁盘算如何弄走婴儿的时候，她发现皇家园林里有只凶恶的野狼正舔舐着嘴巴，直勾勾地盯着自己。继母灵机一动，将婴儿从熟睡的王后怀里扯出，丢了过去，野狼一跃而起叼住孩子，转眼间越过篱笆消失不见。这个恶毒的女人随后刺破自己的手指，将鲜血涂在王后的嘴唇上。正在此时，年轻的国王狩猎归来，他穿过城堡围墙，前往宫殿。一进门，继母捶胸顿足，假惺惺地哭诉，最后带着他赶往王后的寝室。唉，被人蒙蔽的国王看见爱妻唇上的鲜血和消失不见的婴儿，怎能不触目惊心？当时的场面极为混乱，王后无法按捺悲伤却苦于无法诉说。亲爱的读者们啊，继母恶行造成的种种恶果真得用两个钟头才能讲完呢。最后，国王不准任何人说出真相，可这个老女人表面上言听计从，背后却把自己在卧室看到的景象告诉了所有人。

在这之后很长的时间里，年轻的王后是全爱尔兰最最不幸的女人。她郁郁寡欢，心灰意冷，徘徊于失子之痛和丈夫的猜忌之间。即使如此，她也一言未发，一声未泣，如同往常，收集芦苇，编织衬衫。

这个时候，人们常常看到在宫廷花园的树上或者松软的草地栖息着十二只灰天鹅，它们时不时地透过窗户向她张望。王后全力工作，一心尽快完成所有的衬衫。又一年过去了，最后一件衬衫只剩下一只袖子未曾织好，不过她不得不再次卧床休息，因为她又有喜了，不久生下一位美丽的小姑娘。

这一回，国王亲自看守，不准王后与孩子独处哪怕是一分钟。不过，歹毒的继母贿赂了服侍王后的仆人，催眠了其他仆从，当她再次给王后喝下嗜睡的牛乳酒并让一个守卫偷走婴孩的时候，那头野狼再次出现，依旧舐着嘴巴直勾勾地盯着她。于是，继母让野狼叼走第二个孩子，将鲜血涂抹在沉睡母亲的双颊与嘴唇上，随即在宫里向国王和所有人大喊大叫。不久，寝宫挤满了人，在场之人都相信年轻的王

后再次吃掉了孩子。

惨遭变故的王后知道自己将不久于人世。她无暇思考，只像块石头静静地坐在那里，埋头织着最后一件衬衫的袖子。

国王准备将她带回森林里二人初见的木屋，却遭到了继母和大法官的阻挠。她被判处在当天下午三点烧死在城堡的护城墙上。行刑的时间快要到了，国王躲到王宫最僻静的角落。此时，整个王国没人比他更加痛苦与悲伤。

当刽子手带走王后的时候，她把衬衫搂在怀里，还差几针没有缝好。趁着他们把她绑在桩子上的空当，她依然织着衬衫。缝好最后一针，王后如释重负，一滴眼泪不由得落在衬衫上，随即起身大声喊道："我是无辜的，叫我丈夫来！"刽子手们惊异地停下了双手，只有其中一个邪恶的家伙趁机点燃了柴火。众人目瞪口呆之际，天空传来一阵翅膀拍打的声音，十二只野天鹅围住木桩，大家还没来得及看清，王后就把衬衫抛了出去。眨眼间，十二名英俊的小伙儿一闪而现。几位哥哥立即去解妹妹身上的绳子，而大哥则抓起根木棒狠狠打了那个放火的刽子手一记，刽子手应声倒地。

十二位兄长安慰着年轻的王后，国王匆匆赶来。就在这时，一位端庄的女子出现在他们中间，只见她一手抱着出生不久的小公主，另一只手牵着小王子。众人欢呼雀跃，喜极而泣。就在所有人要感谢那位为了保护孩子幻化成狼的精灵的时候，她已消失不见。这一回，珍贵的欢乐与弥足的幸福在任何宫殿都不曾有过，而邪恶的继母和她的帮凶则被野马分尸，他们受到这样的惩罚也算罪有应得。

懒美人和她的三位姑妈[1]

帕特里克·肯尼迪

从前有一位穷寡妇，她有个女儿，这个女儿生得如花似玉，却懒如猪猡。可怜的母亲终日辛劳，是整个教区最最勤勉之人，又是纺织能手。她打心底盼望女儿能够与她一般心灵手巧。只可惜，这个姑娘每天睡到日照三竿，祷告还没做完就去吃早餐，吃完饭也无所事事。不论手中拿什么，似乎都会烫着手指，说起话来也是慢吞吞的，就好像张口也很费力气似的。也许，她的舌头正如本人一样糟糕。可怜的母亲没少责备她，她却如八月份的死禽，一点长进都没有。

一天清晨，女儿的糟糕行为实在让母亲忍无可忍，就在母亲像磨坊的拍板不换气儿地训斥女儿的时候，国王的儿子恰好骑马路过。

"天啊，这名女子可真会训人！必定是哪个不学好的孩子才让你大动肝火，可这般花容月貌的女子绝无可能。""哎哟，亲爱的殿下，她才不是呢。我是在抱怨她实在是太勤劳啦。您信吗？她一天内竟然纺出了整整三磅纱线，第二天还把它们织成麻布，到了第三天，又做成了衬衫。"王子听后大为震惊："老天爷，她正是能够满足我母后的奇女子呢，我母亲可是这王国最厉害的纺纱高手。夫人，若不介意，可否麻烦帮她戴好帽子，披上斗篷，随我一同前往王宫？我想我的母亲见到她定会欣喜，说不定不到一周的时间，她就会成为我的妻子啦。当然，如果她本人同意的话。"

母女二人既开心又激动，也怕真相暴露，一时间手足无措。不过，

---

① 选自《爱尔兰炉边故事集》，都柏林吉尔父子出版社。

当二人犹豫不决的时候，女儿安蒂已被随从扶上马背坐在王子身后，在众人的陪伴下，跟着王子出发了。母亲虽然拿到一只沉甸甸的钱袋，却不安了很长时间，生怕什么不幸的事情发生在可怜的女儿身上。

一路上，女孩少言寡语，王子无法判断这名女子的教养与智慧。看到一位年轻的乡下姑娘和自己的儿子坐在一起，皇后十分惊讶。不过念她面容姣好，听闻纺织本领高超，皇后觉得这位女孩也没什么好挑剔的。王子不失时机，悄悄告诉姑娘，如不反对成为他的妻子，就得设法讨好自己的母亲。

傍晚转瞬即逝，王子与安蒂情意绵绵，感情渐深，可一想到纺纱，安蒂的心里不由得发怵。已是就寝时间，安蒂跟随皇后一同前往华美的寝室。与这位姑娘互道晚安后，皇后指了指地板上的一捆上等亚麻，说道："如果你愿意的话，明早就可以开始干活，后天一大早，我希望能够看到三磅上好的亚麻线。"当天晚上，可怜的安蒂辗转反侧、泪如雨下，悔恨当初没有好好听从母亲的教诲。第二天清晨，她独自一人待在卧室着手纺织，心情沉重。尽管摆在面前的是一架高级的红木纺车，亚麻的品色也是最最上乘的，可自己纺出的亚麻线却断个不停，一会儿细如蛛丝，一会儿粗如马鞭。最后，她把椅子朝后一推，双手抱膝，痛哭起来。

就在这时，一位身材小巧、脚板奇大的老妇人突然出现在她面前。老人问她："怎么啦？漂亮的小姑娘？""明早我得把这些亚麻纺成线，可是，自己现在连五码线都还没纺完呢。""那你介不介意邀请库拉·库斯莫（大脚老太婆）参加你跟王子的婚礼？答应的话，这些亚麻明早就会纺成最好的丝线，今晚你大可安心休息。""怎么会呢，您一定要来，也十分欢迎您呢，我定会对您恭敬有加。""很好，小姑娘，现在快回房间去吧，告诉皇后明早可随时取纺线。"不久，真如她所说，纺出的亚麻线细小、均匀，堪比鱼线，皇后验后惊喜道："你可真是位了不起的姑娘！我要把自己的红木织布机送给你，今天你不需要再忙活什么了。'好好休息，再干活，好好休息，再干活。'这就是我的人生格言。明天你还要把这些线纺成布，谁知道还会有怎样的惊喜等着

我呢?”

可怜的女孩比上回更加的惶恐不安，因为自个儿不懂得如何将线头绕到纺轮上，更不知如何使用梭子，不过，她更害怕失去王子。就在满心悲伤、一人独坐之际，另一位矮个子老太婆一闪而现，她结实的肩膀好像直接长在屁股上，老妇人告诉姑娘自己名叫库拉卡·克拉玛莫，并与安蒂达成相同的约定。于是，在第二天清晨，皇后惊喜地发现这世间最最细密与雪白的织布。“真是太棒了！今天你要好好地跟着贵妇与绅士们放松放松，假如明天能够把这些布匹织成衣衫，将其中的一件送给我的儿子，你就可以与他结婚。”

唉，我们难道不会同情这位可怜的姑娘吗?她虽与王子近在咫尺，可保不准哪天又与他天各一方。尽管如此，她还是手里握着剪刀，捏着针线，耐心地等待着。正午一点刚过，她兴奋地看到第三位老太婆出现了。这位老婆婆长了一只红红的鼻子，自称沙隆·莫尔鲁·阿。她的手艺与前两位一样精湛。因此，皇后第二天一大早来看安蒂的时候，一打衬衫早已整整齐齐地摆放在桌子上了。

如今，王国上下唯一的话题就是安蒂与王子的婚礼。毋庸置疑，婚礼极为盛大隆重，女孩的母亲也被邀请到婚礼现场。晚宴上，上了年纪的皇后除了喋喋不休地夸耀安蒂的纺织本领之外，就是絮絮叨叨地说自己和蜜月后的儿媳将会多么开心，她们每天都可以一起纺线、织布、缝制衬衫，如此往复。

王子并不喜欢皇后谈论这些，当然了，新娘更不喜欢。就在王子准备说几句客气话制止的时候，侍从径直走到酒席前，对新娘说：“夫人，您的姑妈，库拉·库斯莫请求入殿。”新娘的脸唰地一下子红了，自己恨不得钻到地缝里，好在王子大方得体：“请转告库拉·库斯莫夫人，不管我们身在何处，新娘的亲戚一律欢迎。”随即，一位大脚的女人进入宫殿，坐在王子身边。

皇后并不喜欢这样的安排，寥寥数语过后，她不怀好意地挖苦大脚老妇人：“亲爱的夫人，你的脚为何如此巨大?”“唉，尊敬的皇后陛下，实不相瞒，我这辈子差不多都站着纺线，这就是脚大的原因嘛。”

王子听后急忙转头对新娘说："亲爱的，向你保证，从今往后我绝不让你在纺车前度过哪怕一个钟头。"

接着，同一位侍从再次禀报："启禀殿下，王后的另一位姑妈，库拉卡·克拉玛莫要求觐见，如果您和在座各位容许的话，她希望参加婚礼。"懒美人羞愧异常，不过王子依然落落大方，表示欢迎。第二位姑妈入座后，大快朵颐。皇后这会儿又发话了："夫人，敢问您的脑袋到小脚之间为何如此粗短？""哦，皇后陛下，这是因为我这辈子差不多都坐着织布啊。"话音刚落，王子急忙转头对妻子说："我以我的王权起誓，以后绝不准你坐在织布机旁哪怕一个钟头。"

这个时候，侍从再次出现："启禀殿下，安蒂王后的姑妈，沙隆·莫尔鲁·阿请求进殿参加婚宴。"新娘子的脸涨得更红了，不过王子依然高兴地表示："转告沙隆·莫尔鲁·阿夫人，她的到来，我们深感荣幸。"老妇人进殿后备受礼遇，被安排在首席。不过，坐在下面的众人都高举酒杯挡在自己的鼻子面前，掩饰笑容。皇后再次不怀好意地问道："夫人，如果你不介意的话，能否说说你的鼻子为什么又大又红呢？""回您的话，尊敬的皇后陛下，我这辈子差不多一直低着头缝制衣物，血都涌进我的鼻子里啦。"王子听完大惊失色，郑重地对安蒂说："亲爱的，要是以后看见你手里有针有线，我就跑到与你相隔百里之远的地方去，再也不见你啦。"

"孩子们，这的确是一个有趣的故事。然而，这个故事的寓意却并不怎么积极。如果你们的哪个傻孩子想效仿安蒂，你会发现，没有人如故事中的女孩那般走运。她倾国倾城的容貌你们没有。此外，她还有三个魔力无边的精灵前来帮忙。而且现在也没有什么精灵啦，在忙活或者偷懒的时候，也不会有王子或者国王经过。也许，到了晚年或者当世俗的烦恼找上门的时候，故事中的国王与王后也未必那么幸福呢。"

以上就是莫菲神父的女管家，穷苦的谢贝尔在班特里伯爵的领地写下的故事，距今已有半个世纪之久。

傲慢公主[1]

帕特里克·肯尼迪

从前，有一位高贵的国王，他只有一个女儿，生得如花似玉。不过，公主打小狂妄自大，什么国王、王子都瞧不上眼。父王毫无办法，只好将所有认识和不认识的国王、王子、公爵、伯爵统统召见入宫，让女儿再好好选一次夫君。

结果，他们全来了。第二天用过早膳，他们在草坪上站成一排，公主从他们面前挨个走过逐一挑选。看见身体肥胖的，她挖苦道："我不要你，啤酒肚！"身材高瘦的，她就说："我不要你，瘦杆子！"脸色不好的，她说："我不要你，死人脸！"长着红脸蛋的，她说："我不要你，公鸡脸！"不过，她在最后一位男人的面前站了好长一阵儿，因为他的面貌和身材都无可挑剔。公主想找出点瑕疵，还真没有什么不顺眼的地方，除了下巴上蓄了一把卷曲的棕色小胡子，她欣赏了一阵，最后还是漠然地吐出："我不要你，小胡子！"

就这样，没人能够留下来，国王异常震怒，对女儿说："为了惩罚你吹毛求疵、目中无人的毛病，我将把你许配给第一个上门的乞丐或者流浪歌手。"第二天清晨，正如税收官征收壁炉税一样的准时，一位衣衫褴褛、散发披肩、脸上尽是红胡须的乞丐来到宫殿门口卖唱。

一曲唱罢，宫门大开，歌手被带进皇宫，在神父的见证下，公主嫁给了这位满脸胡须的男人。公主声嘶力竭，可父王毫不理会。他对新郎说："看见了没？这里有五枚基尼金币给你，然后带着你的妻子快

① 选自《爱尔兰炉边故事集》，都柏林吉尔父子出版社。

快从我眼前消失，不要让我再看到你们一眼。”

流浪汉带着公主离开了王宫。一路上，公主尽管黯然神伤，唯一能慰藉她的是丈夫那美妙的歌声和温文尔雅的举止。“这片森林属于谁呀?”他们穿过一片树林的时候，公主问道。“它属于昨天那个被你叫作小胡子国王的。”接下来，穿过草地、玉米地，最后路过一座漂亮的城市，他都是这样回答妻子的。“啊，我可真是个大傻瓜，”公主自言自语，“小胡子国王真是个完美的男人，我该选他为夫君。”最终，他们来到了一间破败的木屋。“你为何带我来这里?”可怜的女孩问道。“这是我的家啊，现在也是你的啦。”听完，她放声大哭，可自己又累又饿，只好跟着丈夫进门。

哎呀！屋里既没有摆满佳肴的桌子，也没有炉火。没法子，她只能帮着丈夫生火煮饭，饭后还要自己收拾。第二天，他就让她穿上破袍子，缠上棉布头巾，当她打扫好屋子再无他事可做的时候，丈夫又带回来一捆柳条教她编篮子。可是，纤细的手指很快被柔韧的柳条勒出了道道瘀青，她忍不住哭起来。接着，丈夫又叫她补衣服，可是针又戳破了她的手指，她又哭又闹。见不得她掉眼泪的丈夫只好买来一些陶器，让她去集市叫卖。这可是最具挑战的考验了，好在她生得娇美、两靥带愁。结果，不到中午，所有的锅碟盘罐卖得一干二净。不过，她还是露出一点点往日的高傲性情，当一名破落的贵族子弟邀请她进屋喝酒的时候，她直接给了那家伙一耳光。

丈夫对此很是满意，第二天又打发她去集市叫卖。不过，今天的运气可没那么好了。一位醉醺醺的猎手骑着马儿冲进她的陶器摊子，踩碎了所有的货物。她回家泣不成声，面露不悦的丈夫对妻子说：“看来你也不是个做生意的料。来吧，我带你去王宫里找个厨娘的活儿干，我认识那里的厨师。”

可怜的公主不得不再次将骄傲压在心底。她终日忙碌，由于生得俊俏，男仆和管家总想占她的便宜，亲她一口。第一次遇到这样的侵犯，她发出凄厉的尖叫，厨师操起扫帚把那个家伙痛打了一番，自此再没人敢对她动手动脚的了。每天夜晚，公主都回家与丈夫团聚，侧兜里塞着用纸包好的残羹冷炙，她要带回去给丈夫吃。

就这样，她在厨房干了一个礼拜。突然，大家忙碌起来。原来，

国王要结婚了，不过没人知道新娘是谁。这天晚上，厨师给她的口袋里塞满了冷肉和布丁，并对她说："走之前，我们何不去大厅里瞧瞧热闹呢。"于是，他们跑到门口偷看，谁知英俊潇洒的"小胡子"恰好从大厅里走出来，撞了个正着。"美丽的偷窥者，作为惩罚，你要与我跳一支吉格舞。"国王不由分说拉着她走进大厅。小提琴手随即奏乐，没跳几步，公主口袋里的冷肉、布丁七七八八地撒了一地，众人哄堂大笑。她哭得十分伤心，逃向门口。不过，国王敏捷地将她拽了回来，并把她带入后宫。"亲爱的，你不认识我了吗？我可是你的丈夫啊，也是那名流浪歌手，又是那个骑马的醉汉。你的父王知晓这里发生的一切，是他特意安排你这样嫁给我的，这么做都是为了克服你骄傲的坏毛病。"一时间，害怕、羞愧、喜悦一齐涌上公主的心头。不过，她心中最多的还是爱意，她扑进了丈夫的怀里，如孩子般哭泣。不一会儿，宫中的伴娘带走了她，为她穿上最最华美的礼服，别上最为精致的别针。公主的父王和母后也赶到这里。就在众人好奇国王和这位美丽的姑娘之间到底发生了什么事情的时候，"小胡子"国王带着公主再次现身，不过此时的她身着华服，美得大家都认不出来了。各地的国王与王后也纷纷前来道贺，如此盛大的婚礼与诚挚的祝福，我们一生都无缘再见。

杰拉尔德伯爵的魔咒①

帕特里克·肯尼迪

很久以前，在爱尔兰有位了不起的男人叫菲茨杰拉德。他的名字

① 选自《爱尔兰凯尔特神话传说》，麦克米兰出版社。

其实是杰拉尔德。但是爱尔兰人历来习惯将个人与家族联系在一起，因此大家都叫他杰拉尔德伯爵。杰拉尔德在穆里马斯特拥有一座巨大的城堡，每当英格兰想尽办法对爱尔兰挑起事端的时候，他都会选择站在爱尔兰这一方。他不仅是位百战百胜的军事天才，还擅长各种兵器，甚至精通魔法，能够随心所欲地变形。妻子知道他有这种本事，隔三岔五便求他展示下自己的魔法，特别想看看丈夫变成怪异的模样，可是丈夫总以各种理由推辞。妻子是个锲而不舍的女人，最终，丈夫答应了她的请求，并告知妻子如果看见自己脱离人形时，哪怕露出一丝的害怕，他将无法复原，除非再等上数百年。“哎呀，如果她能被轻易吓到，那么她就不配当伯爵的妻子啦。那就让她开开眼，这样杰拉尔德也会了解自己的妻子是怎样一位镇定自若的女英雄了。”

于是，在夏日一个和风习习的晚上，夫妻二人坐在巨大的客厅。他转过脸，口中念念有词，眨眼间消失不见，只有一只可爱的金翅雀在客厅盘旋。尽管伯爵夫人已经做好了心理准备，看到后还是有些惊讶，不过她很好地掩饰住了自己的情绪，盘旋的金翅雀落在自己的肩上，抖动着翅膀，用喙碰着自己的嘴唇，唱起了婉转动听的曲子。不一会儿，它在客厅里飞来飞去，与妻子玩起了捉迷藏，时而飞进园林，时而飞回来落在她的膝盖上，一会儿看起来像是睡着了，一会儿又猛然间振翅飞起。

夫妻二人玩得十分尽兴，不过它再次冲入夜空，又立即钻进妻子的怀里，因为一只凶猛的老鹰紧随其后，妻子吓得尖叫连连，最后那只老鹰如一支离弦的箭撞在桌角顿时送了命。妻子将目光从老鹰颤抖的尸体上收回，再次寻找金翅雀身影的时候，不管鸟儿还是杰拉尔德伯爵本人早已消失不见。

后来，每隔七年，杰拉尔德伯爵都会再次出现，他身跨战马沿着基尔代尔的沼泽巡游一番。此时，马儿的银马掌只有他消失那会儿的一半厚了。实际上，只有当马掌如猫耳朵那样薄的时候，他才能重返人间，再与英格兰大战一场，再当爱尔兰四十年的君王。

如今，伯爵和他的士兵在穆里马斯特城堡一条幽深的地道里沉睡。

一条长桌置于地道中央，伯爵端坐在桌首，士兵们甲不离身，枕着胳膊睡在两侧。战马在主人身后的马厩里，鞍不离背。每隔七年，生有六指的磨坊主儿子就会吹响号角，战马自会刨地嘶鸣，士兵们则纷纷从沉睡中苏醒，翻身上马，冲向战场。

当伯爵外出沿着沼泽巡视的时候，夜里路过的村民都会看到地道的入口。百年之前，一名马贩醉醺醺地赶夜路，看到灯火通明的山洞，便走了进去。地道里的肃穆以及身披战甲的士兵着实吓了他一跳，马贩醉意全无、浑身颤抖，不小心碰掉了一根缰绳，声音在地道中久久不去。趴在不远处桌边上的一名士兵微微抬了头，用沙哑沉闷的嗓音问道："时间到了么？"马贩急中生智，回答说："还没有，不过快了。"士兵又低下了头，头盔沉重地砸在桌上。马贩随即溜出山洞，从此再没听到有人胆敢造访此地的故事了。

穆纳察与玛纳察的故事

道格拉斯·海德译

很久、很久以前，有两个人分别叫穆纳察和玛纳察。一天，他们二人一起去摘树莓。穆纳察采多少，玛纳察就吃多少。穆纳察说，自己一定要找根柳条，把它编成绳子，吊死玛纳察，因为他吃光了所有的树莓。于是，他去找柳条。柳条说："愿上帝保佑你，你要去哪儿啊？""愿上帝和圣母玛利亚保佑你，找根柳条，编成绳子，吊死吃光我所有莓子的玛纳察。"

柳条说："我不会帮你的，除非你能找来斧子，自己砍下一根。"于是，他去找斧子。斧子说："愿上帝保佑你，你要去哪儿啊？""愿上帝和圣母玛利亚保佑你，找把斧子，砍下柳条，编成绳子，吊死吃光

我所有莓子的玛纳察。”

斧子说：“我不会帮你的，除非你能找块石板把我磨利。”他去找石板。石板说：“愿上帝保佑你，你要去哪儿啊?”“愿上帝和圣母玛利亚保佑你，找块石板，磨利斧子，砍下柳条，编成绳子，吊死吃光我所有莓子的玛纳察。”

磨刀石说：“我不会帮你的，除非你弄点水打湿我。”他走向水边。水说：“愿上帝保佑你，你要去哪儿啊?”“愿上帝和圣母玛利亚保佑你，弄点水，打湿石板，磨快斧子，砍下柳条，编成绳子，吊死吃光我所有莓子的玛纳察。”

水说：“我不会帮你的，除非你找到一只小鹿，让它在我这里游泳。”他去找小鹿。小鹿说：“愿上帝保佑你，你要去哪儿啊?”“愿上帝和圣母玛利亚保佑你，找只小鹿，让它在水里游泳，用水打湿石板，石板磨利斧子，砍下柳条，编成绳子，吊死吃光我所有莓子的玛纳察。”

小鹿说：“我不会帮你的，除非你找来一条猎狗追我。”他去找猎狗。猎狗说：“愿上帝保佑你，你要去哪儿啊?”“愿上帝和圣母玛利亚保佑你，找条猎狗，猎狗追小鹿，小鹿在水里游泳，用水打湿石板，石板磨利斧子，砍下柳条，编成绳子，吊死吃光我所有莓子的玛纳察。”

猎狗说：“我不会帮你的，除非你找到点儿奶油涂在我的爪子上。”他去找奶油。奶油说：“愿上帝保佑你，你要去哪儿啊?”“愿上帝和圣母玛利亚保佑你，找块奶油，奶油涂在猎狗爪子上，猎狗赶小鹿去水里游泳，用水打湿石板，石板磨利斧子，砍下柳枝，编成绳子，吊死吃光我所有莓子的玛纳察。”

奶油说：“我不会帮你的，除非你找到一只猫来挠挠我。”他去找猫咪。猫说：“愿上帝保佑你，你要去哪儿啊?”“愿上帝和圣母玛利亚保佑你，要找只猫，猫去挠奶油，奶油涂在猎狗的爪子上，猎狗赶小鹿去水里游泳，用水打湿石板，石板磨利斧子，砍下柳枝，编成绳子，吊死吃光我所有莓子的玛纳察。”

猫说："我不会帮你的，除非你找到牛奶给我喝。"他去找奶牛。奶牛说："愿上帝保佑你，你要去哪儿啊？" "愿上帝和圣母玛利亚保佑你，找头母牛，母牛给我牛奶，牛奶给猫，猫去挠奶油，奶油涂在猎狗的爪子上，猎狗赶小鹿去水里游泳，用水打湿石板，石板磨利斧子，砍下柳枝，编成绳子，吊死吃光我所有莓子的玛纳察。"

奶牛说："我不会帮你的，除非你从打谷人那里要来一捆稻草给我。"他去找打谷人。打谷人说："愿上帝保佑你，你要去哪儿啊？""愿上帝和圣母玛利亚保佑你，要捆稻草给母牛，母牛给我牛奶，牛奶给猫，猫去挠奶油，奶油涂在猎狗的爪子上，猎狗赶小鹿去水里游泳，用水打湿石板，石板磨利斧子，砍下柳枝，编成绳子，吊死吃光我所有莓子的玛纳察。"

打谷人说："我不会帮你的，除非你去磨坊主那儿为我们讨到做蛋糕的原料。" 他去找磨坊主。磨坊主说："愿上帝保佑你。你要去哪儿啊？""愿上帝和圣母玛利亚保佑你。向你要蛋糕原料，原料给打谷人，打谷人给我捆稻草，稻草给母牛，母牛给我牛奶，牛奶给猫，猫去挠奶油，奶油涂在猎狗的爪子上，猎狗赶小鹿去水里游泳，用水打湿石板，石板磨利斧子，砍下柳枝，编成绳子，吊死吃光我所有莓子的玛纳察。"

磨坊主说："你从我这儿得不到一丁点原料，除非你去河边，为我打来一筛子的河水。"

于是，他提着筛子走到河边。每次弯腰把筛子浸入河中都能装满水，可一提起来，筛中水就漏得干干净净。说实在的，如果他用这个法子，就算忙活到现在也没用。

一只乌鸦恰巧从他头顶飞过。乌鸦说："涂泥巴，涂泥巴。"穆纳察豁然开朗，对乌鸦说："啊，灵魂属于上帝，你这个主意妙极了。"说罢，他从河岸边抓起红黏土涂在筛子底，每一个网眼都涂得严严实实的。于是，他把河水送给磨坊主，磨坊主给他蛋糕原料，他把原料给打谷人，打谷人送他一捆稻草，他把稻草交给母牛，母牛给了他牛奶，他把牛奶给猫喝，猫帮奶油挠痒痒，他把奶油涂在猎狗的爪子上，

猎狗追赶小鹿下水游泳，河水打湿石板，他用石板磨快斧子，砍下柳条，编成绳子。一切准备就绪，我得赶紧提醒一下玛纳察跑远点儿。

几乎每种西方语言都有叠加性质故事的存在。以上故事实与约翰·弗朗西斯·坎贝尔[1]关于勤勉和爱国主题的作品《西部高地故事集》中的《穆纳察和玛纳察》类似。坎贝尔指出："《杰克造的英格兰房子》包含十一次叠加，《有银便士的苏格兰老太婆》包含十二次叠加，《诺夫斯克的公鸡和母鸡》有十次叠加，其中第十次又包含另外两次叠加。德国格林童话中的类似故事有五六次叠加，都是很简单的情节。"不过，此篇比上述作品都要长，故事中的人物有时也会变化，主人公的名字会变成苏拉察和穆拉察，乌鸦换为海鸥，喊的不是"涂泥巴，涂泥巴"，而是"和泥巴，和泥巴"。

唐纳德与他的邻居们[2]

佚名

赫德恩、达德恩与唐纳德是近邻，三人都住在巴林康利格男爵的封地上，每人都有一头用来耕作的公牛。可自私贪婪的赫德恩与达德恩非常妒忌唐纳德的富饶土地，他们决定杀死唐纳德的公牛，这样他就无法继续耕地，只好把土地转卖给他们。

可怜的唐纳德发现自个儿的公牛被杀死了，便剥掉牛皮扛在肩上，

① 译者注：约翰·弗朗西斯·坎贝尔（1821—1885），著名的苏格兰作家和学者，凯尔特语研究专家。

② 选自《爱尔兰故事集》，威廉·梅克比斯·萨克雷曾在其著作《爱尔兰素描本》提到此篇。

前往镇子准备卖个好价钱。半途中，一只喜鹊落于牛皮上，啄食上面的碎肉，美美地叫唤。神奇的是，这只喜鹊竟然断断续续口吐人语，想必是哪位大户人家遗失的玩物。唐纳德发现了这只喜鹊的奇特，便捉住它，塞进外套里衬的口袋里，继续赶路。

来到镇子的唐纳德卖掉牛皮，随后走进酒馆，准备好好地喝上一杯。跟着老板娘走入酒窖的时候，他灵机一动，掏出怀里的喜鹊轻轻地捏了捏。小鸟儿吃痛，便开始断断续续口吐人语。女主人十分惊异地问道："是什么东西在叫啊？感觉像是人在说话，可我听不懂它在说什么。"

唐纳德回答："不错，这是只无所不知的喜鹊，它能预知危险，我一直把它带在身边。现在，它正告诉我酒窖里藏着好多好多的美酒，而你却舍不得给我喝。"

"真是不可思议。"老板娘边说边领着唐纳德走到装有美酒的酒桶边，问他愿不愿意将这只神鸟卖给自己。

"当然愿意，只要能得到足够高的价钱。"

"那我就用你所戴帽子那么多的银币来换这只神鸟吧。"

唐纳德十分满意，庆幸自己的好运，因为他不仅喝到美酒，还赚到银币。后来，他独自离开酒馆，在回家的路上，遇见了可恶的赫德恩与达德恩。

"先生们，你们以为做了一件让我倒霉的事情，可事实上你们却让我得到更好的运气。快来瞧瞧啊，我用牛皮换到了什么。"唐纳德边说边端出一帽子的银币，"这些银币都是卖牛皮得来的，你们从来没见过镇子对牛皮有这么高的需求吧。"

愚蠢的赫德恩、达德恩信以为真，当晚立即宰掉自家的公牛。第二天一大早，二人背起牛皮赶往镇子打算卖个好价钱。可他们跑遍了整个镇上，所有商人却只肯出几个小钱，最后，他们不得不接受商人的低价。愤怒中的赫德恩和达德恩跑回了家，发誓要狠狠地教训唐纳德。

不过，聪明的唐纳德早就想到自私、狭隘的赫德恩和达德恩要来

打劫。因此在白天，唐纳德常常躲在厨房窗户下观察外面的动静。到了夜晚，他又害怕自个儿在睡梦中被杀死，便想出了一条妙计，弄来一支布偶化妆成母亲的模样，置于自己卧室的床榻上，而唐纳德则悄悄躲在另一头的房中休息。

这一晚，赫德恩与达德恩偷偷潜进唐纳德的居所，误把布偶当作唐纳德，试图掐死。唐纳德故意发出呼号，吓得二人急忙逃窜。慌忙中，竟然忘记带走唐纳德装满银币的钱袋，这让二人十分懊恼。

老谋深算的唐纳德熬到早上，便背起布偶母亲走进镇子，把它巧妙地置于水井边，摆出弯腰找水喝的姿势，自个儿却大摇大摆地走进附近的客栈买酒喝。

他吩咐自己身旁的女仆："请把我的老母亲叫来吧，她正在不远处的井边找水喝呢。母亲的耳朵很背，要是她没听到，你就轻轻地摇摇她，告诉她来我这儿。"

女仆走出酒馆，对着布偶召唤多声，可老妇人没有回应。这位可怜的女仆只得上前摇晃母亲的手臂，轻轻一碰布偶就翻滚着栽入了井里。女孩惊恐万分跑回客栈告诉唐纳德不幸的消息。"啊，天啊。怎么会是这样啊?"唐纳德跑到井边，一会儿哭泣，一会儿悲叹，装出一副快要晕厥的模样。

但是，与唐纳德的装模作样相比，女仆的情况更加糟糕，她认定是自己的过失导致了这位妇人的不幸。聚集起来的乡亲们听到这样的惨剧竟然发生在自己的镇子，便合计掏出一大笔钱补偿唐纳德。就这样，在毛毛草草葬掉布偶后，唐纳德拿着比上次卖喜鹊还要多得多的金币，喜气洋洋地往家赶。路上他再次遇见贪婪的赫德恩与达德恩，并再次炫耀自己刚刚赚来的一袋子金币。"昨晚，你们打算杀死我，可是误杀了我母亲，这反倒让我更加走运，老妇人的尸体在镇子里卖了个好价钱，这是因为他们要拿尸体造火药。"

愚蠢至极的赫德恩、达德恩竟然信以为真，被贪婪蒙蔽了双眼。夜晚来临，他们二人竟然残忍地杀死了各自的母亲。翌日，二人背起尸体去镇子里到处叫卖："买尸体来做火药喽！谁买尸体来做火药啊?"

镇上人哈哈大笑，笑话他们的愚蠢，一帮小伙子把他俩轰了出去。直到这时，他们才明白自己再次受骗，两人恨得咬牙切齿，发誓要杀死唐纳德。埋葬母亲后，赫德恩、达德恩去找唐纳德算总账。他们趁着吃早餐的唐纳德不备之际，逮住了他，把他塞进麻袋，准备丢进河中淹死。

途中，突然窜出一只生有三条腿的野兔吸引了他们的注意。赫德恩、达德恩都觉得三条腿的兔子跑不快，便扔下麻袋去抓野兔。跑开不久，一位赶着小母牛的牲口贩子碰巧路过，听到有人在麻袋里哼唱，便好奇地上前问道："为什么要唱歌啊，为什么要躲进麻袋里啊？"

"噢，我要去天堂了，不久我就可以解脱了。在麻袋里唱歌是因为从这里可以进入天堂，我将告别世间所有的烦恼啦。"

"天呐，怎样才能把这个位置让给我？"

"我也不知道啊，要不你给我一大笔钱吧。"

"可是我身上没带多少钱，只能拿二十头母牛交换。"

"好吧，那我就不在乎这里了，我出来了啊。"

贩子迫不及待，立刻拉开麻袋放走唐纳德，自己又迅速地钻了进去。重获自由的唐纳德扎紧袋口，赶着二十头壮实的小母牛优哉游哉地回了家，把它们安置在自己的牧场里。

抓着兔子回来的赫德恩和达德恩误以为里面塞着的依旧是唐纳德本人，便扛起麻袋走到河边，直接将麻袋抛了进去，随即走向唐纳德的老家，企图侵占他的财产。

诡异的事情发生了，当他们发现唐纳德不仅安然无恙，而且牧场里竟然多出了一大群小母牛，两人不禁问道："唐纳德，这是怎么回事？我们认为你已经淹死了，怎么还会出现在我们面前？"

"哈！这还要多多感谢你们才是啊。你们把我扔进了河里，却帮了我一个大忙。这是我一生都没遇见过的奇遇。河底尽是成片的牛群、成堆的黄金，我一个人只能带这么多的小牛回来。不过，我可以带你们去那里，这样你们也可以得到成百上千的肥牛与黄金啦。"

赫德恩、达德恩这两个奸诈的家伙发誓要把唐纳德当作自己最好的朋友，唐纳德便领着他俩来到了河水的最深处。唐纳德举起一块石头，用力抛向水中。“现在，你们瞧见了吧，石头落水的地方就是藏宝之地。你们先跳下去一个人，如果需要帮忙的话，大喊一声就行了。”

贪婪的赫德恩二话没说，一马当先跳进了湍急的河水，立即潜入河底。没过多久，赫德恩挣扎着冒出水面，嘴里吐着泡泡，就像那些快要淹死之人一样，张着嘴却吐不出话来。

“他在说什么?”达德恩问道。

“他在喊着帮忙呢！你难道听不见么？要不你守在这里，让我先跳进去吧，我比你更加熟悉河底呢。”

自私的达德恩生怕唐纳德率先得到宝贝，便毫不犹豫跳入河中，最终与赫德恩一同淹死在河里。

寒鸦

佚名

汤姆·摩尔是萨克维尔街的一名麻布商。父亲去世的时候为他留下一大笔钱财外加一间日进斗金的商铺。

一天，他站在门口，一位乡下人过来兜售一窝寒鸦：“老板，要买一窝寒鸦吗?”“不要，一只都不要。”“老板，这窝寒鸦贱卖了，只要九便士就都归您了。”“不要，不要，上别处问问吧。”摩尔打发他说道。

农夫正要离开，一只寒鸦从笼子里探出头来，“摩！摩！”地叫了起来。摩尔大为吃惊，自言自语：“真见鬼，这只鸟竟然知道我的名字。喂，等等，乡下人，这只鸟卖多少钱?”“这只啊，三便士。”摩尔买下了这只寒鸦，还订制了一只鸟笼挂在店里。

店中的伙计都很喜爱这只寒鸦，经常敲着笼子，对它说：“你是

谁？你是谁呀？萨克维尔街的汤姆·摩尔。”

很快，这只寒鸦学会了这句话。想要食物或者饮水时，它就用喙啄着笼子，翻着白眼，抬着脑袋，大声尖叫：“你是谁？你是谁呀？萨克维尔街的汤姆·摩尔。”

摩尔嗜好赌博，可经常输得一败涂地。他发现自己不在店里，生意就无人照看。不得已，自个儿在商铺餐厅的角落搭了一张赌桌，邀来朋友一起赌玩。

这个时候，寒鸦已不怕生，笼门总是开着，它在房间里面飞来飞去，有时也会飞进餐厅，乡绅就在那儿赌钱。不过，其中的一位朋友总是赢钱，其他人经常抱怨：“真见鬼，他够狠的。”聪明的寒鸦也学会了这句话，再加上之前的那句，它会说：“你是谁？你是谁啊？萨克维尔街的汤姆·摩尔。真见鬼，他够狠的。”

由于赌桌上连连败北，再加上店铺疏于打理，汤姆·摩尔最终进了富力特大街的监狱。他带着寒鸦，靠着一帮朋友接济，住在老爷们的牢房里，日子过得还不赖。人们时不时地向他打听，进来犯的是什么事儿啊？每逢此刻，他都会摊开双手回答道：“交友不慎，嗜赌如命啊。”后来，小鸟也学了这句话，又把它加在之前所学的后面：“进来犯的是什么事儿啊？交友不慎，嗜赌如命啊。”

可好景不长，摩尔的朋友不是早早离世，就是背井离乡，再没人接济他了。他只得搬进普通的牢房，不久染上了瘟疫。弥留之际，他僵直地躺在破草席上。两天水米未沾的寒鸦突然爬到他的脚边，啄着地板叫道：“你是谁？你是谁啊？萨克维尔街的汤姆·摩尔。真见鬼，他够狠的。进来犯的是什么事儿啊？交友不慎，嗜赌如命啊……交友不慎，嗜赌如命啊……”

听了这些话，摩尔心头一震，回想自己种种往事，不禁哭出声来：“仁慈的上帝啊，我竟堕落到如此田地！先父撒手人寰时，给我留下万贯家财和一份稳固的家业。可如今，家财尽败，生意尽毁，自己身陷图圄，可怜这小家伙也随我遭此不幸，无人照看。自己这辈子总要做

件公道事，我要让它重获自由。”

他挣扎着从床上爬起，打开窗子，寒鸦飞了出去。一群从教堂飞来的寒鸦恰巧从监狱上空飞过，汤姆·摩尔的小鸟加入了它们。打这之后，花匠在教堂花园里铺好草皮，白天铺上多少，夜里寒鸦就拔起多少。于是，他找来一杆猎枪，打算射下几只小鸟儿。可是，狡猾的寒鸦时刻安排同类站在树墩上放哨，一看到有人举枪，它就发出“摩，摩”的告警声，寒鸦听到后纷纷飞走。

有人给花匠出主意，张网捕鸟，他们照做了，头一晚竟然逮到十五只寒鸦。汤姆·摩尔的鸟儿也未能逃脱。它们被一名花匠提在网兜里，带进一幢无人居住的阁楼。花匠关好门窗，把鸟儿放出来。“现在，你们这些黑色的讨厌鬼，好好接受惩罚吧。”言罢，他拧断了第一只寒鸦的脖子，扔到地上。“干掉一个!”

趁着花匠抓第二只小鸟的空档，摩尔的寒鸦跳到阁楼一角的横梁上，尖叫道：“真见鬼，够狠的。”花匠顿时警觉起来，“有人在说话，可是这房子没人住啊，门也是关着的，自己肯定是幻听了。” 当第三只鸟儿惨遭毒手，汤姆的寒鸦再次叫嚷：“真见鬼，他够狠的。”花匠丢掉手中的寒鸦，转向声音的源头，看到汤姆的鸟儿正张嘴讲话，便喊道：“你是谁?”“萨克维尔街的汤姆·摩尔，萨克维尔街的汤姆·摩尔。”“真见鬼，你是怎么到这儿来的?”摩尔的鸟儿抖了抖翅膀：“交友不慎，嗜赌如命啊……交友不慎，嗜赌如命啊……”花匠吓得半死，一把拉开阁楼的小门，冲下楼梯，跑出了房子。鸟群紧随其后，最终，全部重获自由。

康恩·艾达传奇：厄恩湖的金苹果[①]

尼古拉斯·奥卡尼

此故事发生的时候，古爱尔兰的西部地区还没有确定名称，谁统治这片土地，就用谁的名字命名。每换一位领主，就要变更一次名字。这片神圣的土地曾受一位强大国王的统治。作为骁勇善战的战士，无论在陆地还是海洋，均无人能敌，四方无不拜服。受他掌控的广阔疆域从拉斯林岛延伸到香农入海口。他的名字叫康恩·摩尔，不仅威震四方，也深得民心。王后是位不列颠公主，同样备受爱戴，各个方面又与国王交相辉映，一方缺少什么，另一方总能弥补。

人们都相信上苍庇护着这对善良的夫妻。在位期间，庄稼喜获丰收，产量足足是平时的九倍，河流湖泊和四周的海域满是肥鱼，牲畜迅速繁衍，奶牛和绵羊产下丰裕的奶水，纯净的乳汁如瀑布般流淌在牧场，填满了每一道犁沟和每一处洞穴。这一切都是上天对康恩君王领土的恩赐。在他和儿子以及后人的精心治理下，这个地方博得了“西部幸福之岛”的美名。康恩·摩尔和妻子艾达的统治持续了多年，夫妻二人育有一子，取名时从父母的名字中各取一字，名为“康恩·艾达”，因为德鲁伊特祭司曾经预言孩子将会继承父母双方的优点。

小王子渐渐长大，仁慈亲切的品质愈加明显，身体也长得结实高大。父母对他宠爱有加，人民也以他为傲。他是那么的受人尊敬，备受爱宠，以至于不论是贵族还是平民百姓平时赌咒都会以他的名字起

① 1855年首次发表在《寒武纪杂志》，随后再次发表在《民间传说记录》第二卷。尼古拉斯·奥卡尼根据说书人亚伯拉罕·麦科伊爱尔兰语的故事译出。

誓，而不是太阳、月亮、星辰或者其他自然界的元素。不过，好事多磨。突然有一天，王后病重卧榻不起，没过几天魂归西天。她的丈夫、儿子和人民都陷入极度悲伤，难以自拔。

善良的国王和臣民为王后的离世哀悼了一年零一天。丧期过后，国王勉强接受大祭司与大臣们的建议，娶了大祭司的女儿为妻。前几年的时光里，新皇后似乎处处效仿善良的艾达，民众对她颇为满意。时光荏苒，生过几个孩子之后，她发现康恩·艾达才是国王和人民最为中意的王子，若国王升天，他必将继承王位，而她的孩子却没有任何机会。

想到此，大祭司的女儿妒火中烧，决定用尽一切手段置王子于死地，或者把他驱逐出国。她到处散播王子的谣言，不过，国王信任儿子，对各种传闻付之一笑，王公贵族和老百姓自不理会。王子本人也默默地忍受这一切，用宽容和善良回报她的种种敌意之举。王后发现这些谣言毫无效用，不由得更加憎恨王子。为了达到她邪恶的目的，她铤而走险找到一名臭名昭著的巫婆帮忙。

第二天一早，她溜进巫婆的小屋，倾诉烦恼。听罢，巫婆说："我可以帮你，除非你能给我满意的酬劳。"王后不耐烦地问："想要什么?""报酬就是用羊毛塞满我胳膊下面，用红麦塞满我用小棍戳出的洞眼。""我答应你，并且立即兑现。"

于是，女巫站在简陋小屋的门前，胳膊撑在门的两侧，让皇家侍卫通过她胳膊下面向房间里塞羊毛。她不准他们片刻休息，直到房子里再也塞不下羊毛为止。接着，她爬上哥哥家的屋顶，用小木杆戳了个小洞，往里面倒麦子，直到装得满满当当的。

王后说："好了，既然你已经得到了酬劳，现在告诉我怎么做才能实现愿望。"巫婆说："带走这棋盘，用它邀请王子下棋。第一局你必赢无疑。不过，你可以事先立下规矩，赢的一方可以要求输的一方做一件事。等你赢了，你就给他两个选择，要么流亡国外，要么在未来的一年零一日内，去厄恩湖的费尔伯格，从王宫花园里摘下三颗金苹果，还要牵回费尔伯格国王的黑骏马和神犬赛摩。如此珍贵的三样东

西被严加看管，仅凭王子一人绝无成功的可能。假如贸然前往，必定有去无回。”

王后欣喜若狂，急不可耐邀请王子前来下棋，并在下棋之前按照女巫的嘱咐与王子立下规矩。果真如女巫预言，王后赢了。以为王子再也逃不出自己的手掌心，膨胀的王后约王子再战一局。出乎意料，王子轻松赢得了第二局。

“好啦，”王子说，“你赢了第一局，可以先提要求。”王后说：“我要求你在一年零一天内，去厄恩湖费尔伯格国王的花园里摘下三颗金苹果，还要牵回他的黑骏马和神犬赛摩。如若不然，你将被放逐海外，永世不得返回。否则，人头落地，以命相抵。”王子听罢回答道：“没问题。不过，我的要求是你要坐在塔尖上，直到我回来为止，其间不许吃任何食物，除了那些用针尖能戳起的红麦。要是我在期限内没有回来，你将重获自由。”

一想到王后提出的艰巨任务，康恩就烦恼不已。他心里清楚，要到达目的地，一段艰辛漫长的旅途必不可少，因此他决定立刻出发。不过，他得先亲眼看着王后坐在塔尖上。夏季骄阳的炙烤，冬季风雪的鞭打，她起码还要忍受一年零一天。

如何获得黑马和神犬，康恩·艾达毫无头绪，不过他明白，人类的力量微不足道，在出发之前必须拜访自己的一位老朋友，来自斯里阿·巴那达的大祭司费奥恩·达哈。王子来到祭司家，大祭司盛情款待。他刚坐下，就有人给他端来热水洗脚，旅途的劳顿一下子减轻了不少。祭司请他享用了最新鲜的食材与最浓醇的烈酒之后，这才问他来此何意，为何看起来如此悲伤。王子把他和继母的赌约原原本本地告诉了挚友。

“你能帮我吗?”王子面带愁容地问道。祭司回答：“现在，我帮不了你，不过明天破晓时，我会去森林中施法，向我信奉的神灵求助，看看它能不能帮到你。”第二天日出时分，祭司果真去了森林施法求助。回来后，他把康恩叫到身边，给他说了这样一番话：“亲爱的孩子，我发现，你面对的是一个苛刻得几乎不可能完成的任务，目的是

要你的性命。世上没人能给王后提出这种建议，除了科里伯湖的卡丽苛，她如今可是整个爱尔兰最强大的女巫师，也是厄恩湖费尔伯格国王的亲妹妹。我的能力不够，无法帮你免除此项艰巨的任务，我信奉的神灵也不能。不过，你可以去司莱巴密向人头鸟打听打听，如有什么办法能救你，这只鸟儿一定知道，它通晓过去也能看透现在与未来。但是，它的栖身之所很难找到，要从它口中得知答案更是难上加难。不过，我会尽我所能，替你解决这两件事，这就是我能为你做的一切。”

大祭司接着吩咐：“骑上这匹小马，立刻出发！因为三天后，这只神鸟就会隐身不见。小马自会带你前往它的栖身之所。要是鸟儿拒绝告诉你要的答案，就把这块宝石给它，它自会给你满意的答案。”王子激动地谢过祭司，骑上小马，接过宝石，踏上旅程。根据祭司的指示，王子松开缰绳让马儿自己选择方向。途中的艰难险阻花上三天三夜也讲不完。这匹小马又会口吐人言，十分神奇，果真是一匹魔法骏马。

王子在三天之内找到了这只奇鸟的藏身之所。按照祭司的嘱咐，给鸟儿看过宝石之后，他问鸟儿如何才能完成这项艰难的任务。鸟儿衔住宝石，飞到一块人类无法攀登的石头上歇一歇脚，操着嘶哑嗓音说道：“康恩·艾达，挪开你脚下的石头吧，你会发现一个铁球和一只杯子，骑上马儿，把铁球朝前方扔去，马儿就会告诉你剩下该做的事情。”说完，鸟儿飞走，消失不见。

康恩·艾达仔仔细细地按照神鸟的指示去做，在鸟儿指点的石头下面，找到了铁球和杯子。他将它们拿起，翻身上马，把铁球朝前方丢去。球跳跃着前滚，他与马儿一路紧随，就这样来到了厄恩湖边，铁球沉入湖里，消失不见。这时，马儿说：“下马吧，伸手从我耳朵里取出一小瓶冰块（包治百病）和一只小篮子，然后再骑上来，现在是你真正面对危险与困难的时刻啦。”一路上，康恩对马儿言听计从，这次也不例外。

取出这些东西的王子骑上小马继续赶路，跃入湖中，铁球再次出现并一直滚到一处堤坝，三条凶恶的大蛇盘踞其上，虎视眈眈。它们

吐信子的声音老远就能听见。走近一瞧，血盆大口和那可怕的獠牙足以吓退最最勇敢的凡人。马儿说："听着，王子，现在掀开篮子，取出肉丢进每只蛇的嘴里。然后，定要稳稳地坐好，我们才能安全跃过。不过一定要精准地扔进去呀，否则，我们就完蛋啦。"

康恩·艾达把肉准确无误地扔进蛇嘴里。小马说："干得漂亮，你真是个有前途的好小伙。"说完此话，小马腾空一跃，飞过大蛇看守的河流与浅滩，稳稳停在湖边七十尺远的地方。"你还在我背上吗？王子？""还在呢。""你未来必定建功立业，已经过了一关，不过还有两关要闯呢。"

他们跟着铁球继续前行，来到一座燃着熊熊火焰的大山。"坐稳啦，我又要跳啦！"小马提醒。王子胆战心惊，顾不上回答，立即抓紧马背。马儿突然腾空跃起，如离弦的箭飞过火焰山。"你还活着吗？康恩·艾达，康恩·摩尔的儿子？""还活着呢。再不能这样干啦，我快要被烧焦啦！"小马说："这会儿还活着，我敢保证，你未来必定名满天下。我们最大的危险已经过去，大有希望渡过最后难关。"

向前没走多远，忠实的马儿提醒王子："康恩·艾达，现在下马，为你的伤口上涂一点冰吧。"王子立马照做，冰块一涂，伤口立即痊愈，好像从未受过伤似的。再次上马的康恩王子继续循着铁球，最终来到了一座高墙围绕的城堡前。只见城堡有一道大门并无武士看守，只不过两侧的高塔喷出长长的火舌，老远就能看到。小马说："下马吧。从我的另一只耳朵里取出小刀，杀死我，剥下皮。把皮披在你身上，你就可以安然无恙地穿过大门了。进去之后，你就可以自由地进出，再也没有什么危险了。而我唯一想要的报答是，一旦通过大门，你要回来赶走打算吃掉我尸体的怪鸟，如果瓶子里还剩些冰水的话，请在我尸体上滴上一滴，这样我的尸体就会不腐。如若不是太麻烦，最好挖个坑，把我埋啦。"

"天啊，"康恩·艾达说，"我高贵的马儿，一路上你对我是这么的忠诚，我还要指望你继续帮我呢，我不能接受你这样的要求，这种做法太忘恩负义了，更别提我对你的感情。作为王子，我要说，无论前

面等待我的是什么，是可恶的死神还是其他，我都不会牺牲宝贵的友情来满足自己的私欲。我在此以家族立誓，即便面对最最可怕的危险甚至死亡，也不会背叛人性、荣誉与友情！你怎能为我做出这么大的牺牲！”

“哎呀，朋友！快照我说的做，然后带领你的国家走向繁荣昌盛吧。”王子喊道：“绝不，绝不。”“要是现在不听我的，这么告诉你吧，我们两人都将死去，永无再会之时。不过照我说的去做，事情将会比你想象的要顺利得多。一路上我没误导过你吧，既然如此，为什么要质疑这个生死存亡的决定呢?”

王子无法说服忠心耿耿的马儿，极不情愿地从马耳掏出匕首，颤抖着举向小马的脖子。王子泪流满面，刚把刀尖靠近小马，一股神秘的力量涌来，把刀子扎进了马儿的脖子，瞬间杀死了它。高贵的马儿立即倒地，王子见状不由跪下来痛哭流涕，最后昏了过去。过了许久，缓过神来的王子发现骏马的尸体早已变硬，意识到自己无力回天，唯有按照马儿的指示最为稳妥。泪如雨下的他心痛难忍地举刀剥下马皮，昏昏沉沉地钻进马皮，朝眼前雄伟的城堡走去。他不费吹灰之力穿过大门，令他意外的是，城里居民众多，繁华富裕。不过，这一切对王子都没有意义，眼前的俗世远不能安慰自己痛失爱马的悲痛心情。

进城后，走了不到五十步，小马最后的请求在脑海中闪现，他不得不返回城门，看到了惊人的一幕，乌鸦和其他食腐鸟儿正撕扯小马的尸体。他立刻赶走鸟儿，从怀中取出瓶子，拔开软木塞，将珍贵的药水小心翼翼地洒在早已血肉模糊的尸体上。令康恩·艾达吃惊的是，马尸刚碰到有魔力的冰水，形体就开始变化，几分钟后，王子又惊又喜，马儿变成了这世界上最英俊、最高贵的年轻人。年轻人一下子翻起身，一把搂住王子，拼命地亲吻他，激动地流着眼泪。

等年轻人从狂喜中镇定下来，王子从目瞪口呆中缓过神来，陌生的年轻人对王子说：“你真是我见过最最善良的人儿啦，何其幸运让我遇见了你，才得以变回人形。我就是之前的那匹小马呀！事实上，我是这座城市国王的弟弟，可恶的祭司费奥恩·达哈一直拘禁我。不过，

你去找他帮忙，他不得不还我自由，因为我的魔咒被打破啦。要不是你刚才的慷慨之举，我还不能恢复人形呢，是我的亲妹妹劝说王后，也就是你的继母，让你来找黑骏马和神犬的。如今，它们都归我哥哥所有。至于我的妹妹，请相信我，她对您没有任何恶意，并且十分尊敬您。以后，你会发现，假如她怀有一丝恶意，不费吹灰之力就会将你置于死地。好了，不说这些题外话啦，她只是想帮你躲过未来一劫，也借助你的力量让我战胜无情的敌人。现在，跟我来吧，我亲爱的朋友、救星，骏马、神犬和金苹果全都是你的啦，真心欢迎你来到我哥哥的国家，这些都是你应得的，更好的礼物还在后头呢。”

两人没再浪费时间，径直奔向厄恩湖国王的宫殿。国王和大臣热情地接待了他们。国王得知康恩·艾达的来意后，立刻把黑骏马、神犬赛摩和花园里三颗能够带来健康的金苹果赠予他，唯一的条件是王子一定要留在宫殿做客，一直住到不得不回去完成任务的时间为止。在盛情的挽留下，康恩·艾达勉为其难，答应留下来住一阵。这这段时间里，王子天天欣赏湖光山色，尽尝了人间美味。

返程的时间终于来到，人们从欢乐花园的水晶树上摘下三颗金苹果，塞进他的口袋，为神犬赛摩拴上皮带交到他的手中，黑马也套上了华丽的马具，供他骑行。国王亲自扶他上马，兄弟俩保证王子再也不用害怕火焰山还有毒蛇了，骑着这匹黑骏马在王国的领土上必将畅行无阻。好客的国王和他的弟弟还求康恩·艾达每年至少来看他们一次，康恩·艾达欣然同意。最后，他与亲爱的朋友和他的哥哥含泪相别，在约定的时间回到了父王的宫殿。此时，王后还在塔尖上站着呢，本来她满是欢喜，因为只要再过一天，便可以下塔，重获自由，王权也会落入她的手中。

不过，她的美梦注定破灭。派去打探消息的随从回来告诉她，王子已经归来。她不肯相信，当亲眼看到王子骑着丰神俊朗的黑马，牵着颈戴银圈的神犬，她才知道王子胜利归来，自己的歹毒计划一败涂地。极度绝望中，继母从塔尖上一头栽下，摔成肉泥。父王激动万分地迎接自己的儿子回家，因为他本以为王子再也回不来了，终日沉浸

在悲痛。最终，王后的阴谋传遍了全国，国王和大臣下令烧掉她的尸体以此惩罚她的背信弃义和邪恶心肠。

当康恩·艾达把三颗金苹果埋在自家花园的一瞬间，一棵大树破土而起，结出一模一样的金果。有了这棵神树，王国各地风调雨顺，频获丰收。在金苹果神奇力量的庇佑下，这个国家也变得与费尔伯格一般富足。从此，神犬赛摩和黑骏马成为王子的得力助手。在位期间，玉米、水果、牛奶、家禽、鱼类年年丰裕，百姓欢天喜地。自此，这片备受福佑的土地就以康恩·艾达的名字来命名。

欧尼兄弟

杰拉尔德·格里芬

这个故事发生在很久以前。那时候的爱尔兰还是王国林立，英格兰红衫军未在这里横行，人们的生活富足安康、和和美美。利默里克郡不远处的村子住着一对年轻的堂兄弟。其中一个名叫欧尼，他是位外表英俊、心地善良的小伙子，虽有些瘦弱，但才智过人。

而他的堂哥也叫欧尼，乡里乡亲为了区别他们兄弟俩，便在他受洗时为他取名为长鼻子欧尼，因为他长了一只长长的鼻子。由于他的鼻子长得实在不可思议，人们开玩笑说，从他左半边脸绕过长鼻子走到右半边脸得花上一个早晨的时间。他是个健壮的小伙，不过蠢得像条老狗一样，并且性子暴躁，虽然两人住在一起，但他对堂弟极为苛刻。

他们两人都是地位卑微的锡匠。不过，哥俩总能从王公贵族、骑士乡绅那里揽到源源不断的生意。有一天，小欧尼在镇上办事，一条长长的队伍从他眼前经过，里面有好多领主、贵妇、将军及权贵。其

中最引人注目的自然是国王的女儿，这世界上最最娇艳的玫瑰都比不上她的美貌。当公主看向欧尼的时候，他激动得快要昏过去了，自个儿深深地爱上了公主，即便回到家里也无心干活。

他知道，要想接近国王，用钱开路无疑是最稳妥的办法。于是，他开始处处精打细算，最终存下几枚金币。可是哥哥长鼻子欧尼找到了藏钱之处，和过往一样，他把弟弟辛苦攒下来的金币占为己有。

一天夜晚，小欧尼的妈妈感觉自己时日无多，便把他叫到床前，对他说："你一直是个孝顺的孩子。这只神奇的瓷杯是你应得的，现在快快拿它到集市上卖掉。记得要多动动脑子，多观察观察，让出价高者得，这样就算成功了。我的宝贝，愿上帝保佑你。"

最终，这位年轻小伙把床帷盖在去世母亲的身上。几天后，心情沉重的小欧尼带着那只精美的瓷杯，动身前往加里欧文集市。

集市上热闹非凡，在现在被称为加洛斯绿地的草坪上，到处扎满了帐篷，美酒琳琅满目（在那个时候，爱尔兰还没有威士忌，更别提带有"国会"一词的英格兰酒了），娇美的姑娘如云。在集市上转了一整天，可怜的小欧尼想着碰碰运气，可又羞于把自己的瓷杯子端出来兜售，因为集市上精美的货物数不胜数。最后夜幕降临，他准备回家。就在这时，一位陌生的男子拍了拍他肩膀，说："年轻人，我注意到你端着杯子在集市里转悠了好久，也不找人搭话，你是想要卖什么东西？还是打算再买只杯子啊？"

"我是来卖杯子的。"

"你说你要卖什么来着？"这时，另一个男人走了过来，上下打量着这只瓷杯。

"你来干什么？"第一个男人开口道，"这和你有什么关系，少管闲事！你要知道这小伙卖什么东西干吗？"

"你真没礼貌。我连询价的权利都没有吗？"

"哼，你能打听到的也就是它的价格。来，小伙子，我出一枚金币买你的杯子。"第一个男人说道。

"看在老天的份上，希望这只杯子永远不会成为你家吃吃喝喝的器

具。我出两枚金币，小伙子。”

“好，瞧好了，就算要用金币把这个杯子填满，我也毫无怨言。你甭想用你的脏手碰我的杯子了。小子，啥也别说了。快把杯子给我，我出十个金币。”

“花十枚金币就为买一个瓷杯子！”一位骑马路过的大领主惊呼着，“这必定是件价值连城的宝贝，来，小子，我给你二十枚金币，快把杯子交给我的仆人。”

“快把它给我，”另一位领主大声喊叫，“这是我的钱包，里面有三十枚金币。要是再有人胆敢提价，我就把他劈成两半。”

“我提价！”只见一位蒙着面纱的美丽女子从这位领主旁边走过来，将五十枚金币随手丢在地上。

四周顿时鸦雀无声，无人再次竞价。小欧尼立即双膝跪地，把瓷杯递到了这位神秘女士的手里。

“一只瓷杯竟然值五十枚金币？”小欧尼一边回家一边自言自语道，“两只杯子都不值这些钱！啊，母亲，虚荣让人们变得慷慨啊。”

不过，快到家门的时候，小欧尼打算把钱藏起来。他知道如果不这么做，哥哥连一个子儿都不会给他留下的。于是他挖了一个坑，只把两枚金币留在身上，其余的全部埋进坑里，然后才回家。看到弟弟回来，哥哥立即开始冷嘲热讽，说端个大酒杯在集市上叫卖能碰到什么好运气。

“还不赖，一个破瓷器换了两个金币也还说得过去。”

“两枚金币！啊！快让我看看！”他从小欧尼手里抢过了钱，瞪大眼睛仔仔细细端详这两枚金币，然后把它们装进自己的口袋里。

“欧尼，我会替你好好保管这两枚金币的。不妨告诉我，你是怎么用只彩绘瓷杯子换来这么多钱的？那东西可不值那么多呀，最多就值五便士。”

“当时，我走到集市中央，若无其事地四处张望，然后开始叫卖杯子。后来，有个男人走过来问我打算要卖多少钱，我就壮着胆子喊：‘一百枚金币。’那人听了哈哈大笑，之后他跟我讨价还价，最后把价

格压到了两枚金币。买卖就是这么做成的。”

长鼻子欧尼装作一副漠不关心的样子，不过到了第二天一大早，自个儿便从壁橱里找了一只旧瓷碟，没跟任何人打声招呼，就出发去了集市。亲爱的读者，你可以轻易地想象出一个大块头男人在热闹的集市中央，一手举着碟子，嘴里不停地叫嚷：“货真价实的瓷碟子，只要一百枚金币喽！货真价实的瓷碟子，谁来买呀？”

“哎呀，你在叫喊什么呀？”一个男人走到他面前，先瞧了碟子，然后盯着他的脸，继续说道：“你以为会有人傻到花那么多钱只买这么一只破碟子？”长鼻子欧尼并没有理他，继续喊着：“货真价实的瓷碟子，只要一百枚金币喽！”

不一会儿，一群人围拢过来，发现他只重复着那句话，却不解释为何碟子要价一百枚金币。于是，忍无可忍的大伙把他撂倒在地，一顿暴打。之后，这群人高声谈笑、一哄而散。直到太阳落山的时候，长鼻子欧尼才从地上爬起来，自个儿的钱袋和碟子早已消失不见，只好爬回了家。小欧尼看到哥哥这般模样，急忙把他扶进铁匠铺里。虽是为了报复哥哥平日里对自己的所作所为，才引诱他做这桩愚蠢的买卖，可此时小欧尼的心里也十分难受。

“欧尼，你给我过来，哎哟……”长鼻子欧尼关紧房门，又把两块烙铁放在火上烤。“你个小恶棍！”他一边骂一把揪住小欧尼，“我要弄瞎你，省得让你再干坏事。”说罢，就抓过一块烧得通红的烙铁。

可怜的小欧尼跪地求饶，但这根本没有用。因为他太瘦弱了，而哥哥又是那么的强壮。长鼻子欧尼一把抓住了他，用烙铁烫瞎了他的双眼。欧尼疼得昏死过去。长鼻子欧尼把小欧尼背起来，一直背到诺克帕特里克一座荒山的墓园中，把他丢在了一块墓碑旁，随即转身离去。过了一会儿，小欧尼悠悠转醒。

这个可怜的小伙子躺在墓园里心想着：“啊，明媚美好的阳光啊，我现在是怎么了？难道这是我咎由自取吗？往后余生我只能在黑暗中度过了吗？我再也无法目睹公主那娇美的容颜？就算我失明了，她的音容笑貌依然在我脑中挥之不去。”也许，欧尼会一直这样自怨自艾下

去，可他突然听到嘹亮的猫叫声。这叫声震耳欲聋，就好像全世界的猫都聚集在了这座小山上。他费尽所有力气，躲在墓碑下面，屏住呼吸，一动不动，想知道接下来会发生什么。不一会儿，欧尼听到了此起彼伏的猫叫声、呼噜声，就好像有很多的猫在墓园里嬉戏打闹。甚至，有一两只猫的尾巴扫到了他的鼻子，不过还好未被猫发现。

“安静！”只听一只猫发话，墓园里所有的猫儿就像见了猫的老鼠一样，顿时鸦雀无声。“现在，整个郡的猫都来了。不论你们是大是小，是灰色的、红色的、黄色的、黑色的、棕色的、斑点的还是白色的，如今我们齐聚于此。我将以猫王的名义，宣布一件要事。白日已落、新月初升，万籁俱寂，在这样的夜晚，没有人会听到我们的私语，我要告诉大家一个秘密。你们可知道明斯特国王的女儿吗？”

“当然啦，怎么会不知道呢。快把你的秘密告诉我们吧。”群猫异口同声。

等着众猫都安静下来，一只脏脸小黑猫说：“有一次，我听说过她。那时候，我是锡匠欧尼哥俩的家猫。小欧尼常常坐在炉火边一边抚摸我，一边喃喃自语，盘算着自己怎么才能进宫呢。”

“闭嘴，你这家伙！小欧尼与我们有什么关系？”猫王打断它。

“老天啊！老天啊！有人听过这样神奇的对话吗？”小欧尼心想。

“好了，先生们，我要说的是，在上周，国王突然失明了。你们都应该知道如何才能让他重获光明。只要去巴里贡井边诚心祈祷一番，国王眼病便能痊愈，除此之外别无他法。好了，现在你们都听好了。行邪术的西门的曾孙要来试试运气。他要靠自己的本事用井水治好国王的眼疾。只要能治好老国王的病，他就能娶公主为妻。他保证事成之后要用全世界最最肥美的老鼠犒劳我们。所以听好了，把嘴都给我闭紧了，千万别走漏了风声。”说罢，猫群里发出雷鸣般的掌声。之后群猫欢叫、蹦跳着四散离去。

小欧尼从墓碑下爬出来。他知道去巴里贡井的路该怎么走，于是摸索着上路了。不久，他听到了福恩斯港口传来的海水声音，知道很快就要到达目的地了。最终，小欧尼来到井边，像个虔诚的基督徒绕

着水井转了一圈，然后用井水清洗双眼。之后，他抬头仰望天空，只见黎明时分，东方泛着鱼肚白，他再次重获光明。感谢完上帝的欧尼起身回家。亲爱的读者，你可以轻易地猜到，当长鼻子欧尼早上打开锡匠铺的大门，发现自己的弟弟双眼炯炯有神、满脸欣喜地站在门口的时候，该有多惊讶。

“哎呀，老哥，你可干了一件了不起的好事。你把我扔在那儿，让我又找到了两枚金币。”小欧尼边说边掏出从藏宝坑里取出来的另外两枚金币，“假如你也能忍受被弄瞎双眼的痛苦，那么你进入墓园又会碰上怎样的好运气。”

“这可不行，弄瞎我的眼睛你想都别想，而且你也背不动我呀。不过今晚，你可以带我去那个地方，让我碰碰运气。假如你说的都是真话，那到底是什么让你重见光明？我可是用烙铁把你的眼睛烫瞎的。”

“到时候你就知道了。”小欧尼打断哥哥的话。他瞥见铁架上的那只小黑猫正死死地盯着他。于是，他示意长鼻子欧尼要么闭嘴，要么说些别的。这时，黑猫扭过头不再看他们俩，开始用猫爪洗脸，并时不时地打量小欧尼。不久，这只小黑猫走出铺子。小欧尼急忙关紧房门，继续刚才的话题。长鼻子欧尼心急如焚，恨不得自己现在就躲到墓碑底。小欧尼也觉得事不宜迟。可这哥俩刚说完话，小欧尼瞥了一眼窗户，发现那只黑猫正从窗户玻璃的缺口偷偷地看他们。不过，小欧尼什么也没说，开始着手准备把哥哥带到自己藏身的地方。夜幕降临，他终于把他哥哥藏到了墓碑之下，然后独自下山。不过，他并没有回家，而是在沙纳戈尔登待了一晚，想等到次日天亮，看看哥哥会有怎样的遭遇。

长鼻子欧尼躺了两三个小时的光景，突然听到四围一阵嘈杂。这种声音逐渐涌上山坡，同昨天夜里困扰小欧尼的声音一模一样。他看见一大群猫跑进墓园，心里隐隐不安，赶紧把自己藏得严严实实的。可即便如此，自个儿的长鼻子还是无法藏全。就在这时，众猫就像人类做弥撒之前一样，有的坐着，有的走动，有的拜托别的母猫照料幼崽，还有的躺在墓碑上伸着懒腰，等待它们的国王。看到这样的情景，

即便心里早有准备的长鼻子欧尼也惊讶异常。

好不容易大家都安静下来，猫王开始讲话："现在，整个郡的猫都来了。不论你们是大是小，是灰色的、红色的、黄色的、黑色的、棕色的、斑点的还是白色的，如今我们齐聚于……"

"停下！快停下！"那只脏脸小猫边跑进墓园，边嚷嚷道，"别说话，有人类在偷听。我一路赶过来就是来通知你们，昨晚有人听到了你的演讲。今早我待在欧尼哥俩的铺子里，看见屋中的烟囱管上挂着一瓶取自巴里贡井的井水。"

竟然有这样的事情，所有的猫咪开始愤怒地尖叫，四处乱窜。它们仔细搜索着墓园每一个角落，在每一块墓碑下寻找可疑的踪迹。可怜的长鼻子欧尼想方设法不让自己被发现，心怦怦直跳，还不断在胸前画着十字。不过这并没有奏效，一只猫发现了他从墓碑底下钻出来的长鼻子。眨眼间，嘶吼的群猫把他拖到了墓园中央，然后蜂拥而上，从头到脚对他又撕又咬。

第二天清晨，小欧尼走进墓园看看哥哥怎么样了。他一遍又一遍地叫着大欧尼的名字，但是没人回应。最终他看到哥哥的肢体被撕得到处都是。

"这就是你的下场，"小欧尼攥紧拳头，低头看着哥哥的断肢，"尽管你活着的时候不是什么好东西，但我也不希望看到它们把你撕成碎片。"言罢，他把哥哥的尸骸装进了一只袋子里，出发前往巴里贡井旁边。一到那里，他沿着井走了一圈，然后把袋子丢进了井里。眨眼间，弟弟看见长鼻子欧尼完好如初地从井里爬了出来。他急忙上前拉他出来，问了问他的感受。

"哦！想知道我感觉是怎样的吗？很简单！我现在就来告诉你，让你也尝尝这种滋味！"说完，长鼻子欧尼一拳打在他的脑袋上，还没等小欧尼缓过劲来，就把小欧尼塞进了原本装大欧尼尸体的袋子里，打定主意要把他淹死在香农河，以绝后患。

不过，长鼻子欧尼越走越累。到了罗伯茨敦城堡旁边的一个小酒馆，他停下来休息，打算吃点早饭再赶路。与此同时，可怜的小欧尼

在袋子里悠悠转醒，但对眼前的困境束手无策。恶毒的哥哥把他关到厨房，警告他只要敢乱动，就要了他的小命。言罢，长鼻子欧尼又回到酒馆大厅，大吃大喝去了。

为了保命，小欧尼在袋子上割开了一个小口，偷偷地瞧了瞧外面的厨房，盘算着有没有办法脱身。这个时候，他看到一个相貌平平的人正在壁炉角落里数着念珠，还不时拍打胸口，抬头仰望，看似正在虔诚地祈祷。

“神啊，求您带我走吧，求您审判我的灵魂吧。我现在无依无靠。求您满足我的愿望。几枚小钱对个穷人来说又有什么用处呢？我只求一处僻静的墓地。”

“该死的！天杀的！这个人求死不得，我却要迎接死亡。说实话，我还不想死。”小欧尼自言自语。想了一会儿，小欧尼欢快地唱起歌，不过他压低了嗓音，生怕被隔壁的哥哥听到：

那位把我绑到这里的人啊，
我要不分昼夜地为你送福，
感谢你将送我上天堂之路。
条条通往天堂的光明大路，
凡人一步也不能耽搁，
谁愿意乘着袋子旅行，
目的地是美妙的天堂。

“你说的可是天堂？”壁炉角落的男人睁开眼睛，问道，“那你不妨担起基督徒的责任，带上一个同伴一起上路，因为他早已厌倦了这个丑恶的世界。”

“你真傻啊！真傻啊！”欧尼说。

“我知道自个儿笨，邻居们也是这么说我，不过那又怎样？我内心虔诚，无论如何，都乐意与你一同上路。”

小欧尼装出一副极不情愿的模样，最后犹犹豫豫才答应将他塞进

袋子里。他准备扎紧袋子，但一想到这个无辜的人马上就要替他死去，便心生怜悯。这时，他看到了墙角挂着前天刚杀的一头猪。他心生一计，把猪肉装进袋子里，并把袋口扎得结结实实的。

“好了，我的朋友。现在什么都不要说，心里默默感谢上帝就好。今天早上你可是差点丢掉性命呢。”

他们俩一起走出了厨房。没过多久，酒足饭饱的长鼻子欧尼走了进来，他根本不知道袋子里的人已经调了包，二话不说就把袋子扛在肩上，大步流星来到了福恩斯港口，爬上礁石，直接把袋子扔进了汹涌澎湃的大海里。

不久，长鼻子欧尼回到了家，当推开房门之际，他惊奇地发现为他开门的竟然是自己的弟弟。亲爱的读者，你可以想象当时他有多么的吃惊，还以为看到了弟弟的鬼魂，自己一遍遍地在胸口画着十字，嘴里嘀咕着祷文。而小欧尼笑嘻嘻地站在哥哥的面前，说道：“哥哥，别害怕呀，你这辈子做了那么多件好事，可都比不上这一回。”接着，欧尼说自己在海底发现了这世界上最最美妙的福地，那里有着数不清的金币。“快来看，这四枚金币就是从海里捞上来的。”欧尼边说边把事前从坑里挖出来的金币给哥哥看，“你可别以为我在骗你哦。”

“哎呀，你的经历真是难以置信啊。不过我可没心思去碰同样的运气。自己从诺克帕特里克一路赶回来从未停歇，你咋走得比我还快?”

“哦，海底有条近路。不过，进入提尔纳诺格，你可一定要彬彬有礼，这样你才能找到数之不尽的财宝呢。”

最终，小欧尼成功说服了哥哥。长鼻子欧尼钻进了袋子，被小欧尼牢牢地捆住。这时有辆马车刚从城里卸下燕麦回来。小欧尼就把袋子放到了车上，最终来到了福恩斯海港。小欧尼跳下马车，拖着袋子走向岩石。正当他犹豫是否要把袋子丢进汹涌的海浪时，只见一只小帆船朝港口驶来。他挥了挥手，攀谈中得知小船将被运上一艘准备离港远航的外国商船。于是，小欧尼拖着袋子登上甲板，和船长讨价还价一番后，把装着哥哥的袋子留在这艘船上。自此，他再也不会被他哥哥欺负了。

回来的时候，欧尼再次经过巴里贡圣井，自己装了满满的一瓶圣水，之后回到家中，用剩下的金币买了一套精美的衣服，第二天一大早就动身前往利默里克郡的宫殿。穿过繁华的大街小巷，周围美好的一切都让他心驰神往。最终他来到了皇宫门前。宫殿大门上竖立着许多的长矛，每一根长矛上都插着一颗人头。那些人头在阳光下仿佛咧嘴笑他。

不过，小欧尼一点也不害怕，反而猛敲大门。这时一位卫兵开门问：“你是谁，来此有何贵干？”

“我是远道而来的神医，特地前来治疗贵国国王的眼疾。现在，请带我谒见国王。”

“不要急，看到城门上面插着的那些人头了吗？假如你走进皇宫治不好国王的话，说不定你的脑袋要与它们为伴。这些人头以前可都属于像你一样从四面八方赶来的医生啊。过去，要不是他们悬壶济世，我国臣民怎会如现在这般健康，即便是天堂也不过如此啊。”

“别说话了，你个蠢货。现在，快快带我去见国王。”

小欧尼被带进了皇宫，不过谒见之前，他再次被警告如果无法医治，他将一命呜呼。假如能够治愈国王的眼疾，不仅能与美丽的公主喜结连理，而且在国王去世之后还能顺利继承王位。小欧尼兴奋不已。首先，他跪在地上对着瓶子祈祷了一圈，之后倒出一点圣水，擦在国王的眼睛上。不一会儿，国王突然从王座上跳了起来，睁大双眼，东瞅瞅西瞧瞧。大家可想而知，他的眼睛恢复了光明。国王立即命令欧尼穿上王子的服装，并派人给他的女儿传讯，让她成为小欧尼的妻子。

公主听说父王眼睛痊愈的消息开心不已，可她不大喜欢父亲草率安排的婚配。亲爱的读者，这也不能全怪她，因为国王的女儿与她的未婚夫还未曾谋面。不过，当公主看到穿金戴银的小欧尼走过来时，立即改变了主意，并想看看眼前的这位男人是否才貌双全。于是，她告诉小欧尼必须在第二天早晨回答出自己的两个问题，否则不配与她结婚。小欧尼朝公主鞠了一躬，静静等待公主的提问。

“这世界上最甜美的东西是什么?”

“这世界上最美的三样东西是什么?”

虽然，问题有些难度，不过这根本难不倒聪明过人的欧尼。只见他略做思考，很快想出了答案。虽然度日如年，可他还是热切地盼望着第二天早晨的到来。

第二天清晨，他被召唤到皇宫的庭院。此时，王宫贵族云集、皇旗飘飘、号角响起，辉煌宏大的排场一步步上演。此时的公主正挨着老国王坐在一把金制的宝座上。欧尼站在一方精美的地毯上回答公主的问题。当号角声响，公主用清澈甜美的嗓音问他第一个问题。

他坚定地回答道:“这世上最甜美的东西是盐!”

四周掌声雷动，公主会心一笑，心中暗叹他竟然答对了。

“那第二个问题，世界上最美的三样东西是什么?”

“恩，这道问题的答案是乘风破浪的帆船，硕果累累的麦田，还有……”

尽管众人并没有听见最后一个答案，但是在座的贵妇们顿时脸颊绯红，娇笑连连。公主也是一脸笑意，朝他点了点头，对他的聪明才智十分满意。当时在场的各位贵族纷纷表示即使是本国最最睿智之人也未必能回答得如此巧妙，像欧尼这样能言善辩的年轻人更是世间罕见。于是，欧尼被带到国王面前。国王挽着他的手臂，又将他带到公主面前，宣布二人结为夫妻。公主不禁感叹自己眼前的小伙子的确才貌过人。国王下令为这对新人即刻举行盛大的婚礼。据说，在这一年里，新婚的公主便是这世间最最美丽的第三样事物。

库丘林[1]授勋记

斯坦迪什·奥格雷迪

在比尔之火[2]篝火熊熊燃烧的晚上，德鲁伊[3]占星师凯西瓦正在夜观天象，站在他旁边的是刚满十六岁的库丘林。自从费格斯·马克·罗伊被流放后，库丘林常伴在这位德鲁伊左右，他很乐意与他一起研究星象。这时，这位老人放下手中的仪器，沉思片刻，问道："瑟坦达，你年满十六周岁了吗？"

"还没有，大人。"

"这样的话就很难说服国王封你为骑士了。不过，我已窥得天机，明日康科巴·马克·奈萨国王赏赐武器之人必定是你。"

果然，到了第二天，凯西瓦设法说服国王授予库丘林骑士的称号。而在同一天早上，一位马夫向康科巴国王禀报："伟大的红枝军团首领，康科巴国王。我们这里出了件怪事，在金贝·马克·法欧坦时代，用来供养伟大女战神玛查·蒙加路[4]神马的马厩许久不曾使用，因为凡马会玷污神马的圣洁。可在今天早上，从东边院落途经这座马厩的时候，我却看到这座马厩里出现了一匹高大俊美的银灰色母马。我好奇地走进马厩，那匹马转向我，它通人性般的温柔目光让我大吃一惊，

---

① 译者注：爱尔兰传中的一位伟大英雄。

② 译者注：凯尔特人点燃篝火崇奉太阳的仪式。

③ 译者注：德鲁伊是古代凯尔特文化中高级职业阶层的一员。虽然他们最令人难忘的身份可能是宗教领袖，但他们同时也是法律权威、裁决者、失物招领者、医疗专业人士和政治顾问。

④ 译者注：凯尔特神话中的命运与战争的三女神之一。

双手端着的奶酪罐掉在地上，那可是为科诺·克拉里纳骏马准备的饲料。就在这个时候，这匹母马向我走来，把头搭在我的肩膀上，发出安慰的嘶鸣。”

马夫正禀报怪事，康科巴国王的儿子考希腊·蒙德·蒙加同样走到国王面前说：“尊敬的父亲大人，您可知道，曾经守卫我国疆土的伟大女战神玛查·蒙加路的战车一直保存在密室里。而这间密室一直由我看管。自始至终，我尽职尽责，保持战车光洁如新。不过，就在今天清晨，当我再次走向密室却听到震耳欲聋的声响。那可怕的声音正是从密室里传出来的，像极了战场上的厮杀声，好似无数的战士赤身肉搏、短兵相接，欲置敌人于死地。当时，我吓得后退连连，在跑回宫殿的路上，遇到了戈金国之子明罗沃，他前晚才从东边的莫哈尼赶来，现在正要去看看他的战马是否安好。于是，我们两人一起打开密室，那架古老的青铜战车竟像烈火般熊熊燃烧，火焰中爆发出阵阵喝彩。毫无疑问，红枝军团将要出现一位伟大的战士了，如此嘹亮的声音百年未曾响起。尽管库丘林未到受赏武器的年龄，但除了他，我实在想不出还有谁能获此殊荣。”

这就是库丘林受封之前发生的事情。

随后，康科巴国王在宫殿当着英勇战士的面，将武器赐予库丘林。这位英雄少年对红枝旗帜庄严宣誓，将严守古老勇士的甘撒誓约[①]。随即，他对受赏的武器端详了一番，用矛刺矛，剑砍盾，看看是否坚固。结果剑和矛都断成了两截，盾牌上也裂出一个大窟窿。

“国王陛下，这些可称不上上乘的武器。”

国王又赐给他另一套更加精良的武器，结果依然如此。

“哦，国王陛下，这些也不好，虽然我还是个孩子，但也不希望在受赠武器的当天被当成笑柄。”

康科巴国王十分满意，他看出眼前这位倔强的小伙拥有天生神力。当库丘林瞥过他周围战士的时候，细长眉毛下一双眼睛如宝剑一般精

① 译者注：爱尔兰古代武士的奇特誓言，誓言内容不详。

光四射，他站那像是一把耀眼的火炬，时刻散发出勇猛的气息，甚至比刚刚打磨过的钢铁还要纯粹、洁净。

于是，国王召来一名骑士，那骑士领命后匆匆离开，随即又迅速返回。原来，他从武器库取来了国王的佩剑、长矛和盾牌，一并交到小伙子的手上。库丘林掂了掂兵器，这一回使出全身的力气，武器坚固如初。

库丘林大为满意："国王陛下，这几件是上好的武器。"

两匹骏马和一辆战车随后被拉进宫，国王将它们授予库丘林。库丘林跳上战车，双脚分立、重重踩踏、使劲摇晃。最后，战车的车轴破裂，整辆车也被晃成了碎片。

"国王陛下，这可不是辆牢固的战车。"

不久，又有三辆战车被拉上来，结果同样在库丘林手中被撕成了碎片。

"陛下，这些都不是什么好战车，英勇的战士从不会踩着这些腐朽的木板上阵杀敌。"

于是，国王召来王子考希腊·米德·玛查，下令他将御马勇士拉格和精良的马具带到他日夜看管的女神战车密室，牵来神圣马厩里那匹神秘的银灰色战马与尤瑟之子科尔卡赠送的良驹。随后，国王又赐予拉格一套御马装备，让他为库丘林驾驭战车。此时此刻，在国王和大臣心里，库丘林就是女战神玛查预言的神骑士。

伴随着雄伟战车发出雷鸣般的巨响，战马震撼人心的嘶吼，库丘林热血沸腾。很快，壮丽的一幕映入眼帘，拉格这位御马夫头绑金丝带，昂首立于战车，他使出浑身的力气牵着这两匹躁动不安的战马。其中一匹前胸宽阔、灰背白肚，另一匹鬃毛蓬散浑身黑亮。

挣脱战士束缚的双马狂奔起来，如雄鹰一般在疾风中沿着峭壁俯冲而下，又像三月的寒风席卷平原呼啸而过，更似雄鹿遇上猎狗，从穴中闪电跳起守卫领地。战马四蹄如风如火奔踏在石板上，地动山摇。神圣战车上闪闪发光的车轮高速旋转，如圣灵附体。

终于，御马夫在众人面前勒住了战马。在场的民众激动不已，都为

库丘林喝彩。就在这时，苏尔旦之子库丘林怒喊一声，如出征的勇士跃上战车。他昂首挺身，挥舞长矛，俨然盖尔人的战争精灵，向天地致敬，挑战峡谷野人与空气恶魔。库丘林这位最最伟大的盖尔勇士，就这样站在国王、勇士与民众的面前，全副武装，手持武器，时刻准备战斗。

德利克的织布工

塞缪尔·洛弗

很久以前，在德利克的城门边儿住着位诚实守信、吃苦耐劳的织布工。他虽已娶妻生子，不过孩子生得实在太多，可怜的织布工只好夜以继日地工作才能勉强喂饱家人。不过，织布工毫无怨言，因为就像我之前说的，他是个吃苦耐劳的老实人。他每天起早贪黑，织布机一刻不停。

这天早晨，他坐在织布机前纺线，妻子对他说道："亲爱的，早饭做好啦，快过来吃饭吧。"他不予理睬，依然专心干活。又过了一两分钟，他的妻子扯着嗓门喊："哎呀，别把自己累坏了，快趁热把饭吃了吧。"

"别管我！"织布工边说边加快手里的梭子。

又过了一会儿，妻子直接走过来温言软语地劝道："萨迪，亲爱的，你再不放下手里的活过来吃饭的话，麦片粥会变得像石头一样又冷又硬。"

"我还有一个花纹样式要处理。不弄完，我绝不吃饭。"

"哎，想一想那碗精致的麦片粥吧，再不来，我可全倒了啊。"

"让它见鬼去吧。"

“天呐，愿上帝宽恕你。竟然诅咒这么好的早餐！”

“你也见鬼去吧。”

“萨迪，在如此美好的早上，你胡乱发什么脾气。自打和你在一起，你就没几天是好脾气的。现在，你爱待在哪儿就待在哪儿，让粥冷得像石头一样，我再也不来催你了。”

老婆骂咧咧地走开了。老婆唠叨得越多，男人就越心烦，你懂的，人之常情。最终，心烦不已的织布工放下手中的活，起身走到餐桌旁喝粥。可当他朝碗里一瞧，你猜怎么着，粥如乌鸦的羽毛，黑漆漆一片。原来，时值酷夏，上面密密麻麻爬满了苍蝇。

“哎呀，真倒霉，你们这些肮脏的虫子，没地儿待了吗？你们这辈子没吃过麦片粥？”他越说越气，话音刚落，便举起手掌狠狠地拍在粥碗上，结果，七十只苍蝇立即丧命。随后，他把这些死苍蝇挨个儿摆在一只干净的盘子里，好看得清楚一些。

欣赏杀戮成果的织布工觉得浑身充满了力量。那一天，他再也没有干活，自个儿走出家，不论遇到谁，都是一副傲慢无礼的模样，甚至十分粗鲁地亮出自己的拳头，摆出打架的架势，还大声嚷嚷：“快来看看这拳头，我用它一下子就拍死了七十个，呼！”

妻子和左邻右舍都觉得他疯了。傍晚来临，织布工踉踉跄跄地回到了家，醉醺醺的他把兜里的钱花得干干净净，双眼依然紧盯拳头。

“亲爱的，你的手好脏啊，快去洗一洗吧。”可怜的妻子说得一点也没错，因为在回家的路上，他跌进了一条臭水沟。

“你胆敢说全爱尔兰最有力量的手脏？”丈夫气呼呼地抡起拳头准备打妻子。

“好吧，不脏，不脏。”

“和你这种女人生活简直就是浪费时间。每天坐在织布机前，一辈子只是个小织布工，我应该成为圣乔治那样的伟人，即便做那条龙也好啊。”

“好吧，即便圣乔治有两个名字（他的妻子并不知道圣乔治屠龙传说），那和咱们有啥关系呢？”

“你瞎唠叨什么啊，你这个无知的傻娘们儿，真是要多粗俗有多粗俗。反正我不会再织这些破布了，让织布见鬼去吧！”

“噢，亲爱的，那孩子们该怎么办?”

“让他们变戏法卖艺去吧。”

“做这行当，孩子们可吃不饱呀。”

“不必操心，我马上就要发达了，还会成为一位伟大的英雄。”

“哎呀，亲爱的，听你这么说我倒是很开心。不过，我实在不晓得你怎样才能变成有钱人，你现在还是躺床上休息一下吧。”

“老婆娘，别跟我谈什么床的事情了，像我这样的人就应该在上帝的荣光中安然入睡。”他摆出了英雄的姿态。

“哦，上帝让我们惠及荣光，”妻子边在胸前画着十字边说，“不过现在，萨迪，你得睡觉啦。”

“我是要好好睡上一觉。”

“是呀，亲爱的，好好睡一觉对你有好处。”

“我要成为一名骑士！”

“只要你开心，每晚都可以（骑士与夜晚英语同音）。”

“可别骗我，我心意已决，而且要马上出发当一名云游骑士。”

“一名什么?”

“云游骑士。”

“老天保佑，行行好吧，那是个什么呀?”

“云游骑士是名副其实的绅士。他仗剑恣意，云游四方，路见不平拔刀相助。”

到了第二天，萨迪果然独自一人出发了，路过街坊邻居家时，他从这家拿个水壶，从那家顺只平底锅。然后把壶和锅带到裁缝那里，拆下锡皮，缝成骑士铠甲。随后，他又借了只锅盖。这只锅盖非比寻常，他要拿它做盾牌。他提着锅盖，跑到一个油漆工和上釉工的朋友家里，要求给自己的锅盖上刷上几行大字：

天下无双，

拳头一抡，

打死七十。

“一看到这个，坏人就不敢靠近我了。”织布工自言自语道。

不仅如此，临行前，他还让妻子从家中搜出一只小铁锅。“把它做成一只精美的头盔。”等着妻子找出来，他一下子戴在头上。妻子见状道：“老天爷，萨迪，你把死沉死沉的铁锅戴在头上，要当帽子吗?”

“当然啦，骑士的脑袋上怎能没有厚重的头盔呢。”

“可是，亲爱的。这上面有洞呀，不能遮风挡雨。”

“这样正好凉快，”织布工调了调头上的铁锅，“要是哪天真的看它不顺眼，也能用稻草之类的东西把洞堵上。”

“可是那铁锅上面有三只脚啊，看起来怪怪的。”

“所有的头盔都有犄角，这头盔上面有三个的话，只能说明这个头盔比别的厉害。”

“好吧，”妻子痛苦叹息，“该说的我都说了，反正你又不是第一个干这种蠢事的人。”

“夫人，您忠实的仆人要先行告退啦。”说完，织布工出门上路。

不过，他还需要一匹坐骑。于是，他走进附近的田野，恰好磨坊主家的马儿在吃草。往日里，这匹马驮着玉米面往返于乡间。

“这简直是专门为我准备的啊，它平日里习惯了驮着面粉或者主人，而我可是位身着盔甲的骑士，跟我在一起简直绝配。”

当他骑马走出田野的时候，磨坊主看到了他，问道：

“萨迪，你要偷我的马吗？你可一直是个老实人啊。”

“不是，我打算带它溜达溜达。今晚凉风习习，跑上两圈对它身体好。”

“那可真是太谢谢你了。让我的马待在原地就好了，这样的话也算帮我大忙了。”

“恕难从命!”说罢，他骑马跨过沟渠，策马而去。

“该死的家伙！无耻之徒！看看你这一身破锡片，比锅匠穿得还

破。快回来，你这个流浪汉。”

不过，磨坊主再怎么咒骂都无济于事。此时的萨迪骑马一路飞奔，前往都柏林。他觉得现在最好的出路就是去投奔都柏林，那可是国王待的地方，说不定国王还会给他一件美差。他骑马在路上跑了四天四夜之久，因为那时候道路并不像现在这般通畅，自己骑的也不是什么良驹。不过，谢天谢地，那会儿还没有国家设置的道道关卡！

一到都柏林，织布工径直走向皇宫。皇家庭院里四处青草繁茂，他翻身下马后，便让马儿随意吃草。亲爱的读者，你瞧，都柏林城到处生机勃勃。

此时，国王从会客厅的窗户往外眺望，碰巧看到萨迪大摇大摆地走进皇家庭院，径直来到宫殿窗户外的石椅上坐下，假装对国王熟视无睹。当时，国王可是位乐善好施、体恤民众的好人，他特意让下人安置了许多石椅供臣民休息。

正如我刚才所讲，萨迪躺在石椅上，假装呼呼大睡。睡觉之前，他故意把盾牌刻字的一面朝外。瞧见织布工的国王立即召唤为自己托着长袍的领主，说道：“快来看看，这么一个流浪汉就在我的眼皮子底下睡觉。这是不是说明我是位好国王啊？我摆上椅子，供他们休息，甚至让他们有机会见到我的尊荣，但这并不代表他们能把这里当成旅馆，想来就来，想睡就睡。那家伙到底是谁？”

“我不知道，陛下。”领主回答。

“我觉得他是一个外地人，瞧他穿得多古怪。”

“他一点礼数也不懂。”

“我要亲自过去看看，跟我来吧。”国王庄严地挥了挥手，招呼领主一同前去。

他们走出宫殿，径直来到萨迪面前。国王一眼看见了盾牌上的那几行大字。国王对他的领主说：“天呐，这就是我要的勇士。”

“为什么这么说，陛下？”

“毫无疑问，我需要这个人帮我杀掉那头巨龙。”

“您觉得他有这个本事吗？整个国度最强壮的骑士都做不到。个个

有去无回，全被那怪兽活吞了。”

“我知道，不过，你没看到吗？”国王指了指盾牌说，“他一拳头就能打死七十个。想来有此本事之人做其他事自然不在话下。”

言罢，国王走到织布工身边，拍了拍他的肩膀将他唤醒。织布工揉了揉眼睛，装出刚刚睡醒的模样。

“愿上帝保佑你。”

“上帝也保佑你。”织布工假装不知道对方的身份，镇静自若地回答。

“知道我是谁吗？你这个不知礼数的小伙子。”

“我的确不知，不过，您的身份必然高贵无比。”

国王不无骄傲：“那是自然，看不出我是都柏林的国王？”

织布工立刻跪在国王面前：“愿上帝宽恕我的罪行，国王陛下，请原谅我的无礼。”

“没关系，起来吧，年轻人。你为何来此？”

“陛下，我来这儿是想找个活儿干干。”

“好啊，那我现在就给你份差事，如何？”

“能为您效劳是我最高的荣幸。”

“很好，我知道你一拳头就能杀死七十个。”

“没错，对我来说，这种小事无足挂齿。自个儿拳头再不练练，都快不好使啦。”

“你现在就会有活儿干了。不过这次不是去对付七十个坏蛋，而是要你去解决一条恶龙。它侵犯国土，骚扰佃农，吃掉家禽，弄得我连鸡蛋都吃不上了。”

“不过，陛下，你蜡黄的脸色就像一下子吃了十二枚蛋黄一样。”

“少废话，总之那头龙必须死。不过，我还要提醒你，这条龙虬于戈尔韦的沼泽里，它在那里独得地利。”

“哦，拥有地利又如何，以前我杀死的七十个也是来自那种地方的。”

“那么，你打算何时起身？”

“我立即动身对付它。”

“太好啦，现在，赏金都是你的啦。”

“说到钱的话，我只恳请您拿出一点，作为路费即可。”

“你想要多少就拿多少。”说完，国王带他走进金库，打开一只橡木箱子，里面满满的全是金币。

“随便拿吧。”待国王说完，织布工把金币塞进锡皮铠甲，连条缝都没剩下。

“陛下，我已准备好出发。”

“太好了，不过你得有匹良驹呀。”

“哎呀，我也是这么想的。”纺织工早就打算把磨坊主的那匹老马换掉。

亲爱的读者，你可能怀疑要去杀龙的织布工怎会有胆量与它决一雌雄？其实啊，佯装睡觉的时候，他压根没想到自个儿会摊上这么一件苦差事。他只想捞些好处，骑上马一溜烟逃回家。

不过，织布工能耍小聪明，国王更奸猾。织布工一跨上国王馈赠的战马，这匹训练有素的马儿就一路狂奔，跑向戈尔韦。

在四天四夜兼程之后，马背上的萨迪看到一群人好似恶魔附身四处逃散。他们边逃边哭喊着：“恶龙来了，恶龙来了！”勒不住骏马的织布工只好硬着头皮冲向恶龙。顿时一股硫黄般的恶臭从恶龙嘴里喷出来。说时迟，那时快，织布工纵身下马，如敏捷的小猫爬上旁边的一棵大树。恶龙转眼间把萨迪的坐骑吞进肚子里，连根骨头都没吐出来。之后，它四处嗅嗅，最终发现了躲在树上的织布工，说道：“从树上下来吧，我保证不伤害你。”

“鬼才下去！”

“好吧，好吧，你爱在哪待着就待着吧。现在，你就像我口袋里的金币，对付你易如反掌。我就躺在树底下，你早晚会落入我的口中。”说完，巨龙一屁股坐在地上，开始用尾巴剔尖牙。今天早上，它可是把整个村子的人都吃进了肚子里，再加上萨迪的那匹坐骑，真是顿丰盛的早餐。不一会儿，树下的巨龙打起盹来，没过多久便开始呼呼大

睡。不过，在熟睡之前，它把自个儿的身子盘在树干上，就像女士把丝带缠在手指上一样。这样一来，织布工再也逃不掉了。

听见巨龙打呼噜，织布工知道这家伙肯定睡熟了，于是缓缓地爬下，小心翼翼的就像只狐狸。不幸的是，他抓着的树枝突然断裂，自己一个跟头砸在巨龙的脑袋上，两条腿正好跨在巨龙的脖子上，双手不由自主地抓紧了恶龙的两只耳朵。被惊醒的恶龙竭尽全力想把织布工咬下来。可是，织布工躲在它的脖子后面，任凭恶龙如何摇晃都咬不到自己。恶龙使劲地抖动身子，织布工依旧抱住不放。即便恶龙竖起全身的鳞片，仍然束手无策。

“你竟敢和我作对，再不下来的话，我就带你去一个你想都不敢想的地方，让你尝尝天火的滋味。”巨龙发疯了似的飞了起来。你猜它要飞到哪儿去？它要飞到都柏林。织布工原本应是他果腹的食物，可谁知他现在竟然骑在自己的脖子上。恶龙怒不可遏，一路横冲直撞，结果一不留神撞上了宫殿，脑浆迸裂，最后一声不吭栽倒在地。织布工的运气着实不错。而此时，都柏林国王正百无聊赖地从窗外眺望天空，他一眼就见到织布工骑着一头狂怒的火龙飞驰而来。国王立即召集朝臣，共同目睹了这惊心动魄的场景。

“战神保佑，云游骑士回来啦。他驾驭的正是那头恶龙。要是让他们飞进宫殿，你们一定要做好灭火的准备。”不过，见到恶龙一头栽在宫外，国王一行人赶忙下楼冲进庭院。等他们跑过来，织布工早从龙身上跳了下来。他机灵地跑到国王面前，说道：“尊敬的陛下，我认为屠龙这种荣耀的事情不该让我来完成，只有您这样的尊贵国王才能胜任。因此，我把它带来了。不过，在把它带来之前，我早已降服它。现在，您只需割断它的脖子。”

于是，国王拔出宝剑，干净利落地砍下了龙头。朝廷内外一片欢呼。国王对织布工大加赞赏：“你真是位名副其实的骑士，不过现在恶龙已除，你不用再当骑士了，我封你做领主。”

“啊，领主！”织布工被突如其来的幸福弄得手足无措。

“你可是我听说的第一个驭龙之人，那我封你做‘驭龙领主’吧。”

“尊敬的陛下，那么我的领地在哪儿呢?”机灵的织布工总能把握住机会。

“哦，我怎么会忘呢。我早就给你准备好啦。我国这片土地上所有的恶龙就是我给你的礼物。从现在开始，你有权统领它们。”

“就这些?”

“就这些！哼，你这忘恩负义的流浪汉。你见过我给过别人这样的恩赐吗?”

“当然没有，谢主隆恩!”

“不过，对你的奖赏还不止这些。我要把我的女儿赐予你。”哎，你瞧，国王从未食言。只不过呀，国王的这位女儿可是这世界上最最厉害的母龙，她大嘴一张比恶魔还要恐怖，还留着一把已有年头的三英尺长的假胡须，那可是马尔卡希神父让她戴着赎罪用的……